DANS L'OMBRE DE STELLA

L'auteur :

Alexandra Sirowy a grandi entre Rhode Island, sur la côte Est des États-Unis, et la baie de San Francisco, en Californie. Elle adore voyager (sa destination préférée est Istanbul) et découvrir des nouveautés (surtout en matière de gâteaux). Elle vit avec son mari dans une petite ville qui ressemble à celle de Savage (en moins terrifiant).

ALEXANDRA SIROWY

DANS L'OMBRE DE STELLA

Traduit de l'anglais (États-Unis)
par Noémie Saint Gal

POCKET JEUNESSE
PKJ·

Titre original :
The Creeping

Collection « Territoires » dirigée
par Pauline Mardoc

Loi n° 49 956 du 16 juillet 1949 sur les publications
destinées à la jeunesse : septembre 2017.

ISBN : 978-2-266-26954-4

Chapitre 1

J'ai de la chance ; du moins, c'est ce qu'on dit. Je peux admirer les feux d'artifice du 4 Juillet sous une lune orangée, jouer avec le tulle violet de ma robe au bal de fin d'année, trinquer sous le soleil du Midwest et siroter des cocktails près du lac.

Cependant, malgré les apparences, tout n'est pas si facile.

Lorsque les parents de Jeanie ont déménagé à l'autre bout de la ville, je me suis sentie soulagée. C'en était enfin terminé de leurs regards en coin. Ils se demandaient pourquoi j'avais été épargnée, et pas leur fille. Deviendrais-je quelqu'un d'exceptionnel ? L'avais-je mérité ? À en croire leurs grimaces quand ils me croisaient, je n'étais pas à la hauteur. Mais qui le serait ?

N'oubliez pas, lorsque vous êtes tenté de me juger, que je suis issue d'un effrayant mystère. Des gens qui ne connaissaient même pas Jeanie ne cessent d'en parler. Moi, j'y étais. J'ai beau ne rien me rappeler, c'est un poids, d'être celle qui a survécu. Un poids qui ne cesse de m'écraser, comme si je portais pour toujours le cadavre de Jeanie sur le dos, et qu'elle me dirigeait de ses doigts poisseux, emmêlés dans mes cheveux. Je ne peux lui échapper, et je lui en veux.

Pour être franche, je crois que Jeanie aurait été quelqu'un d'ordinaire. À six ans, elle était balourde, ses tout petits yeux se voyaient à peine au-dessus de ses joues rondes. Alors que tout le monde apprenait à lire, elle ne savait même pas écrire son prénom. Dans un chœur de petites filles sopranos, elle était l'alto bégayante. D'accord, on ne devrait pas dire du mal des morts, mais c'est injuste que tout le monde pense qu'elle aurait été éblouissante. On ne le saura jamais. À six ans, Jeanie était comme une pièce terne oubliée sur le trottoir, que personne ne prend la peine de ramasser ; elle n'aurait rien eu d'un diamant à dix-sept ans.

Toutefois, si je me souvenais mieux d'elle, je suis certaine qu'elle me manquerait. Il paraît que je l'adorais.

Tout ce que je sais d'elle, c'est ce que les autres m'ont dit. Pour moi, Jeanie est un fantôme auquel je dois la vie. Après tout, si j'avais été seule ce jour-là, c'est peut-être moi qui aurais été emportée. C'est grâce à elle que je suis là, sur les rives du lac Prior, à regarder mes trois amies se balancer en bikini sur une corde, tout excitées à l'idée des deux mois de vacances qui nous attendent.

— Alors, si je comprends bien…, fait Cole en plissant les yeux, tu ne te rappelles rien du tout de ce qui s'est passé ? Que dalle, zéro, nada. Rien ?

Touchant l'eau avec les orteils, elle penche la tête et me dévisage d'un air incrédule. Michaela et Zoey continuent leur escalade. Elles ont passé l'après-midi à monter sur un énorme rocher pour s'élancer dans le lac cristallin agrippées à une vieille corde. Elles ont entendu cette histoire un million de fois. Tous les parents de Savage l'ont racontée à leurs enfants, à voix basse, inquiétante. Et tous les enfants ont levé les yeux au ciel, comme si ça ne pouvait jamais leur arriver.

— Vraiment. Je ne me souviens de rien.

Je me force à sourire. C'est la troisième fois que je le répète. Cole n'habite à Savage que depuis quatre semaines. Avec son diamant dans la narine, ses parents ex-hippies qui fument de l'herbe le week-end et son enthousiasme à toute épreuve, elle est un vrai bol d'air frais.

Je regarde d'un œil morne mon maillot de bain fatigué. Je n'ai pas trouvé mon nouveau deux-pièces blanc. J'espère que Taylor et son groupe ne vont pas nous rejoindre aujourd'hui...

Taylor Martinson et mois flirtons depuis des mois. Je me la joue distante et indifférente. Zoey dit que la seule façon de planter ses griffes dans un garçon est de se faire désirer. Et c'est une experte. Elle est sortie avec autant de mecs que Cole, Michaela et moi réunies. Mais il me plaît. Son sourire en coin, ses yeux bleu orage, son rire de velours qui me pince le ventre, sa souplesse quand il s'assied, qu'il tend ses longues jambes bronzées et prend toute la place, la tête renversée, comme si rien n'avait vraiment d'importance.

La seule chose qui me dérange, c'est le petit groupe de joueurs de crosse, la « brigade des minables », avec qui il traîne. Ce sont des chiens, ni plus ni moins : ils se frotteraient contre n'importe quelle jambe du moment où elle appartient à une fille. Et même si ça, ça ne me dégoûtait pas, leur malhonnêteté m'exaspère. Ils s'en prennent à des proies plus jeunes en leur promettant de leur faire connaître le bonheur éternel et de les emmener au bal de fin d'année. Une fois qu'elles leur ont cédé, ils les plaquent. Mais je n'en veux pas à Taylor : leur amitié doit dater de la maternelle. Vu sous cet angle, ça prouve sa loyauté.

Il est peu probable que Taylor et ses *potes* nous retrouvent ici. C'est notre cachette, à Zoey et moi. Nous sommes à plus d'un kilomètre de la moindre habitation, bien loin des sentiers battus, à l'opposé des plages du lac de Blackdog, où les autres lycéens vont nager et allumer des feux de joie.

Nous passons toujours l'été ici, à paresser tout l'après-midi, les seins nus pour éviter les marques de bronzage, et à boire en cachette des sodas alcoolisés. Quand on était plus jeunes, le frère de Zoey, Caleb, nous installait des lignes de pêche. C'est ici que Sam Worth m'a donné mon premier baiser quand on avait dix ans. Il avait les mains si moites qu'il ne cessait de les essuyer sur son pantalon. Il avait serré très fort les paupières et approché ses lèvres tremblantes à un centimètre des miennes. J'avais dû l'attraper par le col pour qu'elles se rencontrent. Trois ans plus tard, Scott Townsend m'a donné mon deuxième baiser, que j'ai prétendu être mon premier. C'est ici que Zoey s'est allongée nue pour la première fois avec un garçon ; elle a souffert de brûlures d'ortie pendant deux semaines. C'est un endroit précieux, à l'abri des regards, un endroit à nous.

Cole s'assied à côté de moi sur sa serviette et

renverse la tête en arrière, savourant la chaleur du soleil. Nous sommes à des milliers de kilomètres de l'océan, pourtant ses cheveux ont cet aspect frisotté des jours de plage, comme si son enthousiasme générait de l'électricité statique.

— Attends ! Comment peux-tu n'avoir aucun souvenir ?

Son débit rapide fait ressortir son accent californien. À mon avis, elle le fait exprès, mais c'est plutôt mignon.

— Aucune idée. Les premières années, j'ai vu des psychiatres, des psychothérapeutes, des psychologues. Finalement, les policiers ont convaincu ma mère de me confier à une hypnotiseuse. Elle était complètement dingue, elle m'a installée sur un canapé violet, a fait brûler de l'encens et affirmé plonger dans mes pensées.

Je continue en parlant plus bas, je ne sais pas pourquoi.

— Mais rien à faire. Je ne me suis jamais rien rappelé. Comme si c'était arrivé à quelqu'un d'autre.

Et, d'une certaine façon, c'est le cas. J'avais six ans à l'époque, là, je viens de fêter mon dix-septième anniversaire. Je n'ai aucun souvenir de ce jour, ni de ceux qui l'ont précédé. C'est comme si cet après-midi-là, quelqu'un avait effacé ma mémoire, ne me laissant que mon nom et le visage de mes parents.

Mon premier souvenir remonte à un an plus tard : c'est Zoey qui me vole un œuf de Pâques fourré à la guimauve. Zoey est une vraie brute. Mais c'est *ma* brute, et je l'aime plus que tout.

— Mais ça ne te fait pas peur, d'être ici ?

Cole indique la nature qui nous entoure.

Je devrais répondre : pas toujours.

— Pas du tout, dis-je. Les arbres ne se sont pas animés pour dévorer Jeanie. Elle a été enlevée.

Zoey se balance sur la corde et crie : « On s'ennuie ! » avant de plonger dans l'eau en nous éclaboussant.

Cole renifle avec indignation.

— Oui, bah, désolée si c'est le truc le plus fascinant que j'aie jamais entendu ! Deux petites filles qui jouent dehors disparaissent, puis l'une d'elles revient. Flippant !

Un frisson me descend le long de la colonne vertébrale. Je jette un coup d'œil vers les bois. D'habitude je suis impassible quand je raconte cette histoire. C'était déjà le cas en CE2, lorsque l'élève précoce que j'étais la relatait dans le cadre d'un exposé. Mais aujourd'hui, chose bizarre, je préfère en chuchoter les détails.

— N'oublie pas que Stella avait changé de coiffure, lance Zoey. Sa mère a juré qu'elle portait des couettes quand elle l'a déposée chez Jeanie, or à son retour elle avait des nattes africaines.

Elle fait claquer ses lèvres d'un air entendu et sort de l'eau en pataugeant. Ses cheveux blonds coupés à la garçonne lui tombent devant les yeux. Elle replace son haut de bikini minuscule. Zoey a une poitrine énorme ; son jeu préféré est de porter des triangles si petits qu'ils lui couvrent à peine les tétons. C'est ma plus vieille amie. Le jour où Jeanie a disparu, elle aurait dû cueillir des fraises avec nous dans les buissons entremêlés qui longeaient l'allée en terre menant à la maison des Talcott. Mais comme Caleb avait attrapé la varicelle, leur mère avait interdit à Zoey de sortir. C'est bizarre : un virus lui a probablement sauvé la vie…

Je me demande ce qui a sauvé la mienne. Après la disparition de Jeanie, les fraisiers ont été arrachés, comme si leurs fruits étaient coupables.

C'est à ça que je pense : Zoey chez elle, l'enlèvement de Jeanie, les fraises pourries écrasées par terre. Je n'aime pas ressasser mon rôle dans l'histoire. Pas parce que je suis traumatisée ; je ne le suis pas. Mais je frissonne quand même à l'idée que dans les profondeurs de mon cerveau se cache ce qui est arrivé à Jeanie. Quel qu'en soit mon désir, je ne peux pas y accéder.

Il y a trop de choses dans ce monde qu'une fille de dix-sept ans ne peut changer. Pas besoin d'en rajouter.

Avec une grimace de douleur, Zoey remonte le rivage de galets sur la pointe des pieds.

— Tu sais, maintenant que j'y pense, tu ressembles beaucoup à Jeanie.

Les mains sur les hanches, elle regarde Cole de la tête aux pieds.

— Si ça se trouve, le pervers qui l'a chopée va sortir de sa cachette et s'attaquer à ton petit cul. Peut-être que ça te plairait !

Zoey se passe la langue sur les lèvres d'un air suggestif avant de glousser. Cole se force à rire, mais son regard se tourne vers l'orée du bois.

Je jette un ourson en gélatine en plein sur le front de Zoey.

— Tu ne lui ressembles pas du tout, dis-je à Cole. Jeanie avait les cheveux roux et des taches de rousseur. Et puis, d'après la police, c'était un crime sans préméditation, ou je ne sais quoi. Il n'est plus rien arrivé de semblable depuis, et on n'a trouvé aucun suspect, alors ça ne devait pas être quelqu'un du coin.

Il est parti depuis longtemps. Savage reste globalement sûr et ennuyeux.

— Ennuyeux, tu peux le dire…

Zoey lève les yeux au ciel et mord la tête de l'ourson qu'elle a récupéré.

— Et les flics sont de vrais cons ! Moi, y a un paquet de cochons dans cette ville que je soupçonnerais rien qu'à leur tête de pervers.

— On change de sujet, sinon ce truc va être sur toutes les lèvres ce soir, gémit Michaela en nageant vers la rive.

Elle porte un maillot une pièce noir, tout simple ; ses longs cheveux bruns sont plaqués sur son crâne, ce qui met en valeur ses grands yeux de chat. Michaela est dans la même classe que Zoey et moi depuis la quatrième, l'année où ses parents ont quitté le Michigan. Elle est première partout, a un talent fou pour le webdesign et a fondé le club des Femmes leaders de demain au lycée. Elle est le contraire absolu de Zoey. Réservée, chaste, elle croit que le meilleur moyen de réussir est de suivre les règles mieux que tout le monde. Elle est aussi très jolie, dans le style jean et blazer, tandis que Zoey se passe de soutien-gorge ou porte un push-up. D'après ma meilleure amie, tous les premiers rendez-vous doivent se finir en pelotage, et une jupe n'est jamais trop courte. Zoey ne suit pas les règles : elle les enfreint sous le nez des autorités, avec tant de culot que les profs se cachent pour en sourire. Zoey vit le moment présent, Michaela vit pour demain. Je me balance entre ces deux extrêmes.

— Il y aura encore plein de séances de spiritisme débile et de types obsédés qui racontent des histoires d'horreur pour se frotter contre toi, fait Michaela en essorant ses cheveux.

Ça paraît complètement déplacé, et ça l'est peut-être, mais du plus loin que je me souvienne, les terminale du lycée de Wildwood High ont appelé cette date le Jour des Os. C'est celui où, il y a onze ans, je revenais dans le jardin de Jeanie, où sa mère nous appelait, paniquée.

Tout a commencé lorsqu'un groupe de terminale soûls s'est lancé à la recherche des os de Jeanie, une chasse au trésor dérangeante, même s'ils pensaient sincèrement aider. S'ils avaient trouvé quelque chose, ça aurait été le cas… Bref, c'est devenu le jour du souvenir, et maintenant ce n'est plus qu'une excuse pour boire et se raconter des histoires de fantômes. Tous les ans, les élèves de Wildwood font un feu de camp sur les rives du lac de Blackdog. C'est peut-être amoral, mais j'en suis l'invitée d'honneur.

— Une dernière question, S., supplie Cole.

La première fois que Zoey nous l'a amenée à déjeuner, elle m'a donné ce diminutif sans me demander mon avis. Mais elle l'a dit dans un souffle d'espoir, et il me plaît. C'était nouveau, comme elle.

Je souris et hoche la tête.

— Alors, euuuuh… Comment dire… Il ne t'est rien arrivé de bizarre ? Genre…

Ses joues s'empourprent. Je sais exactement où elle veut en venir.

— Non, je n'ai pas été abusée. Les médecins et les psy ont dit que de ce côté tout allait bien.

C'est vrai. On n'a pas touché à un seul de mes cheveux, à part pour me faire les nattes dont Zoey a parlé.

Michaela s'agenouille à côté de ma serviette et fouille dans son sac en toile.

— Je meuuuuurs de faim. On dîne ensemble ? Ma mère ne va jaaaaamais me laisser sa voiture après le coup de la dernière fois.

Elle jette un regard accusateur à Zoey, qui hausse les épaules. Le « coup de la dernière fois », c'était ce week-end, lorsqu'elle a trouvé hilarant d'attacher son soutien-gorge à l'antenne-radio de la berline de la mère de Michaela. C'était grandiose. Sauf que nous sommes tombées sur le chef des pompiers, voisin de Michaela, qui a reconnu la voiture. Les parents de Michaela ne sont pas aussi indulgents que les nôtres…

Ils sont très vieux ; ses sœurs aînées leur ont déjà donné des petits-enfants. Retraités, ils sont tout le temps sur son dos.

Les mains sur les genoux, Michaela attend des excuses, en retard de six jours. Or pour montrer qu'elle n'a aucun regret, Zoey se met à trier les oursons en gélatine par couleur.

— Je conduirai, dis-je.

Je ne veux pas que la situation s'envenime. L'amitié de Zoey et Michaela s'explique surtout par le fait qu'elles sont complètement différentes. Mais parfois les opposés explosent. Plus précisément : Zoey explose.

Je lance :

— Je dîne avec mon père, alors rendez-vous chez moi à vingt heures.

— Tu concluras jamais avec Taylor si tu es sobre et raide comme un balai ! gémit Zoey.

Cole éclate de rire.

Transformer cette soirée en séance de drague n'est pas

très respectueux envers Jeanie. Et je ne vais pas gâcher mon rôle de belle indifférente en appelant Taylor.

Même Michaela, qui d'habitude me protège contre les machinations de Zoey, a un sourire excité sur les lèvres. Elle a renoncé aux garçons jusqu'au bouclage de ses dossiers d'admission anticipée à l'université. En attendant, elle prend très à cœur nos relations, qu'elle vit par procuration.

— Je serai le capitaine de soirée, dit-elle d'un ton malicieux.

Cole pousse des cris de joie ; Zoey adresse un sourire complice à Michaela avant de me faire la moue. Je jette un ourson dans son décolleté et me rallonge sur ma serviette. Je sens bien qu'elle me regarde, mais je ne dis rien. Je ne suis pas très bien aujourd'hui. J'ai des valises violettes sous mes yeux douloureux. Les festivités à venir m'ont empêchée de dormir. J'en discuterais bien avec Zoey, la seule à avoir vécu les conséquences de l'enlèvement avec moi, mais ces derniers temps elle n'a d'intérêt que pour les garçons ou les sorties.

Je ferme les paupières et savoure la chaleur du soleil sur mon corps. La brise agite les feuilles des chênes, les faisant tinter comme un millier de cloches miniatures. J'inspire l'air au parfum de terre humide et d'aiguilles de pin. Tout est encore gorgé des pluies de printemps.

Les autres parlent de la soirée de fin d'été de Zoey, de la fête nationale et du voyage de Michaela sur la côte Est, où elle va faire le tour des facs. Zoey lâche une mauvaise blague sur les étudiants de l'université de Brown. Cole jacasse sur la fête qu'elle organise chez elle la semaine prochaine. Je visualise l'été illuminé par leurs espoirs, scintillant sous mes paupières comme les feux d'artifice qu'elles attendent avec impatience. Je laisse leurs voix s'éteindre et me concentre sur un battement d'ailes : au-dessus, un grand oiseau, un faucon ou un corbeau, plane. Je sens son ombre passer sur ma poitrine lorsqu'il nous survole. Le babillement lointain d'un ruisseau accompagne le fredonnement des branches.

— ... J'ai dit que j'irais, mais seulement si c'était une sortie de groupe...

J'écoute Zoey. Michaela répond gentiment, Cole glousse ; je les oublie à nouveau.

L'oiseau refait un tour. La disparition momentanée de la chaleur du soleil me fait frissonner. J'entrouvre les paupières et j'essaie d'identifier la silhouette floue dans le ciel. De longues plumes qui tremblent dans le vent et un bec blanc et crochu qui dépasse d'une tête couverte de ce qui ressemble à de la cire orange fondue.

— Beurk ! fait Michaela. Un vautour, ça veut dire qu'il y a quelque chose qui pourrit non loin d'ici.

Zoey foudroie l'intrus du regard.

— Y a pas intérêt à ce qu'un cadavre empoisonne notre crique !

Michaela laisse glisser ses lunettes de soleil sur son nez pour observer l'oiseau.

— C'est autour de nous qu'il tourne, dit-elle d'un ton neutre.

Je frissonne à nouveau. Le vautour plane à une dizaine de mètres au-dessus de nous. Soudain, on entend un bruissement dans les frondaisons ; une branche craque. Je me redresse brusquement et me mets à surveiller les ombres.

— T'es pas un peu stressée ? se moque Zoey.

Son sourire ne se reflète pas dans ses yeux. Elle ne l'avouerait jamais, mais elle est aussi inquiète que moi. L'oiseau continue à tourner au-dessus de nous. Il fait très sombre dans le bois ; il est impossible de voir à plus de quelques mètres. Je ne quitte pas des yeux l'endroit où j'ai entendu craquer la branche. Ce n'était pas le bruit léger d'un écureuil qui court, mais le pas lourd d'un être humain.

— C'est quoi ? chuchote Michaela.

Sur l'autre rive, une silhouette se tient entre deux troncs d'arbre. Son visage est caché dans l'ombre, mais vu son jean et ses cheveux courts, c'est un garçon.

— Il nous espionne ?

Zoey se relève d'un coup et crie :

— Hé, le pervers ! T'as bien reluqué ? Casse-toi, ou on appelle les flics !

Cole attrape son sweat à capuche et l'enfile à la hâte. Je mets mon short en jean et rejoins Zoey, qui avec ses quarante-cinq kilos toute mouillée, les poings serrés, se tient prête à nous protéger dans son mini-bikini. L'angoisse me serre le ventre. L'inconnu fait un pas en avant.

— Qu'est-ce que..., marmonne Michaela.

C'est un garçon, un peu plus âgé que nous. Il m'est vaguement familier. Il ne nous regarde pas. Il lève la tête vers le vautour. Il bouge furieusement les lèvres, mais ne fait que mimer les mots, ils ne nous sont pas adressés.

Chapitre 2

Je me force à décrisper les poings. Michaela et Cole remballent précipitamment leurs affaires. Quelqu'un me pousse en avant, on ramasse ma serviette. L'étranger est figé comme une statue à quelques pas des arbres, le regard perdu dans le ciel. Zoey crie, je ne sais pas quoi. Elle est furieuse. C'est notre jardin secret ! Un jardin secret, où elle croit qu'il ne peut rien nous arriver de mal. Moi, je ne suis pas si naïve. Le mal arrive partout. Je fixe l'inconnu : la courbe de ses pommettes, sa mâchoire carrée, ses paupières baissées, tout chez lui renforce la tension qui me tord le ventre.

Zoey m'agrippe le coude. Je détourne le regard : elles ont les bras chargés de nos affaires. Cole et Michaela sont déjà à l'orée de la forêt, pressées de s'enfuir. Je me laisse entraîner loin de la rive. Je glisse sur les rochers couverts de mousse. Au moment où nous nous enfonçons dans les bois, je jette un dernier coup d'œil vers l'arrière. L'inconnu me scrute, il penche la tête et m'adresse un clin d'œil avant de tourner les talons et de disparaître dans les taillis.

Un clin d'œil complice. *Comme si on échangeait une blague.*

— Mais qui c'était, merde ? crie Michaela.

Elle ne jure jamais, alors je sais qu'elle a été secouée.

Cole s'extasie :

— Il était super bizarre, à regarder le ciel comme un zombie !

— Et il ne nous a même pas répondu ! remarque Michaela.

Zoey et moi les suivons de près. À l'ombre des arbres il ne fait que quelques degrés de moins, mais je suis frigorifiée. Zoey porte son sac à dos, la lanière de cuir de mon sac de toile en travers de son torse, nos serviettes de plage sous le bras. Elle me tend sa main libre. Je m'y accroche comme à une bouée de sauvetage.

— Probablement un connard de campeur, dit-elle. Il essayait juste de nous faire flipper. J'aurais dû l'attaquer avec ma bombe lacrymo !

L'imaginer courir après l'inconnu avec son mini-spray me détend un peu.

Je m'apprête à dire que sa tête m'était familière, puis je me ravise : mieux vaut ne pas effrayer Cole et Michaela. Si on était seules, j'en parlerais à Zoey. Je suis sûre que ce n'est rien. Un autre jour, je n'y aurais pas prêté attention. Nous aurions ri, lui aurions fait un doigt d'honneur ; peut-être que, si on avait bu trop de rosé ou de bière, Zoey lui aurait montré ses seins, Michaela l'aurait traité de *cacatoès*, son insulte préférée. Mais aujourd'hui, c'est... aujourd'hui. De la superstition, je sais. Je suis pas aussi folle dingue, d'habitude. On dirait que, plus le temps passe, moins je me contrôle...

Les inspecteurs Shane et Berry, qui étaient chargés de l'affaire il y a onze ans, reviennent toujours en septembre. On joue invariablement le même numéro. Nous commençons par échanger des bonjour-comment-ça-va, puis viennent les éternelles questions : te souviens-tu de quelque chose d'autre ? As-tu vu un visage familier ? rêvé de ce jour-là ? retrouvé la mémoire des années précédentes ? La réponse est toujours non.

Bien sûr, les premières années, ils espéraient apprendre quelque chose, penchés vers moi avec impatience, carnet de notes à la main ; désormais, ils ont renoncé. Sont-ils soulagés ? L'affaire remonte à si longtemps qu'elle en devient de l'histoire ancienne...

Mais en septembre dernier, j'ai fait une erreur. Emportée par la curiosité, je voulais lire le dossier. Grisonnant et costaud, l'inspecteur Berry s'est lancé dans un sermon, comme quoi il fallait que je passe à autre chose et sois franche avec mes parents, blablabla. Mais Shane, qui n'était qu'un bleu d'une vingtaine d'années à l'époque de l'enlèvement, a acquiescé discrètement.

Deux jours plus tard, quand je suis arrivée à ma voiture sur le parking du lycée, l'inspecteur Tim Shane m'attendait. Sa chemise froissée était rentrée à la va-vite dans son jean, des taches de moutarde parsemaient son col et un badge était pendu à sa ceinture.

Sous le soleil, les rides sur son front et autour de ses yeux évoquaient un croissant au beurre.

— Ne me le fais pas regretter, d'accord ? a-t-il dit en me confiant une enveloppe kraft. Et ne dis pas à tes parents que je te l'ai donné.

J'ai essayé de couiner un merci, mais j'étais trop émue pour articuler un mot.

— Tu as le droit de savoir, a-t-il marmonné.

J'ai gardé l'enveloppe sans l'ouvrir pendant cinq jours, le temps qu'il m'avait fallu pour trouver le courage. Je savais que la police n'avait pas beaucoup d'éléments à part les déclarations de Mme Talcott. Aucun des habitants de la voie privée n'était chez lui ce jour-là, et personne n'avait signalé d'individu au comportement suspect depuis des jours. C'était comme si Jeanie s'était désintégrée. Ou qu'elle n'avait jamais existé.

J'ai enfin pris mon courage à deux mains un vendredi soir, où mon père travaillait tard à Minneapolis.

Comme ma mère nous a abandonnés quand j'avais douze ans, je n'avais pas à m'en soucier. Pour ne pas avoir à faire la tournée des soirées du week-end, j'avais dit à Zoey que j'étais malade et je me suis barricadée dans ma chambre. Au début, j'ai été dévastée de ne rien apprendre de neuf. Tout ce que je trouvais dans le dossier avait été ressassé en une de la presse locale et nationale. Furieuse d'avoir été si bête, j'ai froissé les vingt premières pages, jusqu'à ce qu'une copie carbone jaunâtre glisse de l'enveloppe. C'était la retranscription de mon interrogatoire le jour de la disparition de Jeanie. Je l'ai ramassée, et j'ai lu avec une terreur grandissante ce que j'ai répété deux cent cinquante-cinq fois au cours de mon entrevue avec Berry et Shane. C'est d'ailleurs la seule chose que j'aie dite aux policiers avant de plonger dans un silence qui a duré une semaine. À la fin de cette période, je me suis remise à parler comme si de rien n'était.

Cet automne-là, j'ai commencé le CP avec les autres enfants sans montrer aucun signe de traumatisme. D'après tous les adultes, j'ai grandi comme n'importe quelle petite fille heureuse et en bonne santé. Traduction : je ne suis pas cinglée.

Peut-être qu'à l'époque ça ne m'empêchait pas de dormir ; maintenant, oui. Je repense sans cesse à la fillette de six ans, qui chuchotait, terrorisée : « À trop parler de monstres, ils finissent par prendre vie. »

Je secoue la tête pour chasser ces pensées. Zoey jette des regards en arrière tandis que nous traversons le bois. Au cours des années, nous avons tracé un sentier qui facilite le trajet jusqu'à la clairière en bord de route où nous nous garons. Une fois dans le 4x4 de Zoey, le rire nerveux de Michaela est tel un barrage qui craque. Nous l'imitons toutes. Blottie contre le cuir doux des sièges, je parcours le lecteur mp3 de Zoey. Grâce à l'odeur familière de café et de gloss, l'image de l'inconnu flippant s'estompe. Quant à mes copines, je ne sais pas : elles ne vivent que pour l'adrénaline des rebondissements dramatiques. Moi, je suis plus sage. Du moins je l'étais.

— Ça devrait être intéressant, ce soir, vu qu'on est déjà complètement allumées, rigole Zoey en s'engageant sur la voie rapide avant d'accélérer.

La conversation glisse sur les voyages qu'on fera en terminale et aux garçons ; passé cinq minutes, c'est comme si notre journée au lac avait fini de façon tout à fait ordinaire.

Six heures plus tard, je suis en train de me sécher les cheveux, pliée en deux. Je ne les ai pas eus aussi longs depuis mon enfance. Je grimace en pensant à la facilité avec laquelle Zoey coiffe les siens. Les miens frisent, alors il me faut des heures pour les discipliner.

J'y suis encore lorsqu'on sonne à la porte. Je fonce dans le couloir, et je surprends mon père penché sur son bureau. Seule sa petite lampe de verre teintée éclaire la pièce.

— Papa, tu vas devenir aveugle sans le plafonnier, dis-je en entrant.

J'appuie sur l'interrupteur. Il relève la tête des documents qu'il parcourait. Ses lunettes métalliques lui tombent sur le nez, il a l'air surpris de me voir à la maison.

— Tu es jolie comme tout, Stella ! fait-il. Tu vas quelque part avec Zoey ?

C'est tout lui ! Il est si distrait… Nous avons mangé ses fameuses pâtes primavera aux crevettes il y a à peine deux heures, et il a déjà oublié que j'étais là. Avocat avant tout. Je comprends que c'est pour ça, et pour tout un tas d'autres raisons, que ma mère est partie il y a cinq ans. Cela dit, elle s'est quand même comportée comme une sale sorcière. Tromper mon père avec son associé, puis l'avouer le jour de leur anniversaire de mariage devant tous les amis et la famille… C'était dingue ! Et au passage super humiliant pour moi. Mais c'est ma cinglée de mère. Une femme que je ne vois plus qu'à Noël, maintenant qu'elle fonde une *nouvelle* famille à Chicago. Mon beau-père, que je hais autant que les poux, et elle essaient d'avoir un enfant. Un *enfant* ! Franchement !

Je hoche la tête, mais mon père ne me regarde plus.

— C'est le Jour des Os, tu sais. Je rentrerai tard, et les filles dormiront peut-être ici. Ça ne te dérange pas ?

— Mmmh ? Comme tu veux, ma petite chérie. Je t'aime.

— Je t'aime aussi, papa.

Je descends l'escalier quatre à quatre et je cours dans l'entrée. J'ouvre la porte et je crie : « Je prends mon sac ! » avant d'abandonner Zoey sur le perron.

— Tu as dit que tu serais prête à vingt heures ! proteste-t-elle. Michaela et Cole sont là aussi !

— Je sais, je sais !

La voix aiguë de Zoey qui hurle mon nom me poursuit tandis que je cherche fiévreusement mes Converse bleu marine. Je retourne à la porte d'entrée : Zoey est à genoux en train de câliner notre chat. Moscou est un bleu russe qu'on a eu quand j'étais bébé. Mon père dit toujours en plaisantant qu'il doit avoir un cœur mécanique.

— Au revoir, mon prince rondouillard !

Je caresse son ventre rebondi, puis j'attrape les clés sur le guéridon et je verrouille la porte derrière nous.

Tandis que nous remontons l'allée, Zoey me jette un regard en biais.

— Tu sais que les tennis, c'est pour les sportifs et les paysans, hein ?

Je lève les yeux au ciel. Puis je jette un regard sur ses escarpins rouges compensés, et je sens mes joues s'empourprer. Quoi que je mette, j'ai toujours l'air d'une grande enfant, alors que Zoey est super sexy.

Dans l'allée, je vois Michaela, appuyée contre la portière de ma voiture. Cole est assise en tailleur sur le capot ; elle porte une flasque rose à ses lèvres. Michaela intervient :

— Arrête de boire ! L'été dernier, James Hammer a été surpris bourré au volant, son université l'a appris, et il a été viré. Maintenant, il vit dans un trou à rats avec deux colocataires et il travaille dans un fast-food.

Cole lui fait un clin d'œil et prend une nouvelle gorgée. Je me dis pour la énième fois qu'elle ressemble bien plus à Zoey qu'à Michaela.

Une fois dans la voiture, son excitation à l'idée du feu de joie nous contamine.

Zoey, assise sur le siège passager, lance la musique à fond ; la force des basses fait trembler les haut-parleurs de ma vieille Volvo. Malgré cet après-midi étrange, tout semble normal. Nous sommes à l'aise. Dans le rétroviseur, je souris à Michaela, qui se met méthodiquement du gloss. Ses parents sont perturbés quand leur *toute petite fille* se maquille, alors elle évite le débat en le faisant une fois partie, dans la voiture. Grâce à son expérience, elle pourrait probablement appliquer un trait d'eye-liner parfait pendant le démarrage d'une fusée.

Nous traversons le centre de Savage par la rue principale et nous engageons sur une route en lacets qui va au lac de Blackdog.

— Le Jour des Os se passe toujours là-bas ? crie Cole par-dessus la musique.

Zoey repousse ma main quand je fais un geste pour baisser le volume. Elle se tourne vers le siège arrière.

— Oui !

Elle préfère hurler plutôt que de devoir arrêter de gigoter au rythme de la musique.

— Comme la plupart des feux de joie du lycée, poursuit-elle, même s'il y a plein de lacs autour de Savage ! Mais il n'y a qu'un cimetière glauque, et il est sur cette rive.

Un frisson me parcourt. Je chasse cette sensation désagréable en me frottant les bras, l'un après l'autre pour ne pas lâcher le volant. J'espère que personne ne me voit faire.

— Non, c'est vrai, un cimetière ? C'est démentiellement flippant ! s'enthousiasme Cole.

— Tu n'imagines même pas, intervient Michaela. Certains trouvent ça super romantique. Les couples y vont pour s'embrasser. Le week-end, c'est rempli de voitures, les vitres tout embuées. Ils s'envoient en l'air au milieu des morts.

— Tu l'as fait ? lui demande Cole.

Michaela lâche un rire musical et fait semblant de chercher quelque chose dans son sac à main. De nous toutes, c'est la moins expérimentée – par choix, bien sûr – mais elle a quand même passé quelques soirées à se faire peloter à l'ancien cimetière de Savage, comme tout le monde. Sauf qu'elle n'est pas du genre à s'en vanter.

— Nous l'avons toutes fait, dis-je.

La plupart des filles n'en parlent pas : ça les gêne. Ce n'est pas mon cas. Pourquoi les mecs devraient être les seuls à s'en vanter ?

Zoey hausse les épaules et adresse un clin d'œil à Cole.

— Oui, c'est même plutôt romantique quand il y a un grand feu de joie à côté. Ce n'est pas comme si on faisait ça sur une tombe, encore que ça a dû arriver. Nous, au moins, on reste dans la voiture.

Nous suivons la route qui serpente dans la forêt jusqu'à la rive orientale isolée. Les pins sont plus denses et plus hauts ici, leurs ramures entrelacées créent une épaisse canopée qui bloque la pâle lueur de la lune. Sur des kilomètres, il n'y a pas de maisons ni d'autres voitures, pas de signe de vie. Au bout d'un moment, je tourne sur un chemin de terre indiqué par un squelette d'enfant attaché à un poteau de bois. Il est accroché à l'aide d'une corde épaisse ; ses membres se balancent dans la brise. Chaque Jour des Os, Scott Townsend kidnappe le squelette du cabinet de pédiatrie de son père.

Cole s'exclame :

— Waouh ! C'est glauque… C'est un vrai ?

— Il appartient à Scott Townsend. Notre Stella ici présente est sortie avec ce loser pendant une année entière, révèle Zoey allégrement. Hélas ! en quatrième, elle lui a brisé le cœur.

Son ton mélodramatique me fait lever les yeux au ciel : Scott et moi, on avait juste échangé nos codes de casier, et on s'asseyait à la même table au déjeuner.

Je réplique :

— Zoey est d'avis que les garçons qui ne sont pas sélectionnés dans au moins deux équipes sportives n'ont aucun intérêt.

— C'est le cas, déclare Zoey avec conviction.

Pourquoi perdre notre temps ? Le monde devient toujours plus dur, les filles ! Si on ne s'en sort pas maintenant, il va nous dévorer.

Je lui jette un regard en coin.

— Eh bien, je pourrais citer une centaine de noms qui démonteraient ta théorie. Figure-toi que la plupart des multimillionnaires étaient des losers au lycée !

Elle ne répond pas : il n'y a plus que son mascara qui l'intéresse. Elle contemple son reflet dans le rétroviseur avec fascination. C'est tout à fait Zoey : obsédée par l'idée de mettre la main sur les mecs les plus populaires, toujours à la poursuite de la gloire. Et elle se débrouille comme une chef : trois fois nominée reine du lycée, rôle principal dans au moins cinq pièces du club théâtre, le titre de la fille la plus suivie sur Internet de tout Savage… C'est aussi ma bouée de sauvetage, mon doudou humain, la sœur que je n'ai pas eue. C'est grâce à elle que je ne suis pas devenue folle lors du divorce de mes parents. Le lycée, c'est l'enfer sur terre si on n'a pas une fille populaire pour nous protéger.

Michaela et Zoey ne s'entendent pas sur beaucoup de choses, mais au sujet du succès au lycée, oui. Michaela croit que s'inscrire à tous les cours de spécialisation scientifique assurera son accès à l'université, à une carrière dans les médias sociaux et au mariage avec le fils d'un tsar ou d'un joueur de golf professionnel. Michaela est probablement la seule personne au monde qui, en quatrième, pouvait transformer notre duo en trio sans se faire démolir par Zoey. Elles n'ont rien en commun, à part moi et le désir d'être la meilleure. Heureusement, elles ne veulent pas la même chose…

Ce que je veux, moi, est plus difficile à définir, plus flou. Je ne suis pas obsédée comme elles par la réussite. J'ai essayé différentes activités : il y a eu le violon quand j'étais petite, j'ai aussi été la pom-pom girl la moins enthousiaste du monde, j'ai participé à l'album de fin d'année… Mon père dit que j'ai plusieurs cordes à mon arc ; Zoey, elle, prétend que je n'arrive pas à m'engager.

La seule fois où j'ai persévéré, c'est au *Wildwood Herald*. Au début, je me suis inscrite au journal du lycée pour gonfler la partie « activités » de mes dossiers d'inscription à l'université. Mais quand mon premier article sur le trafic sexuel a été publié, du très lourd comparé aux entrefilets de mes camarades sur les équipes sportives et l'orchestre, je me suis retrouvée accro. Le fait de lire mon nom en gras en signature m'est monté à la tête. C'était un article écrit par moi ! Ça changeait des papiers sur la disparition de Jeanie. D'accord, notre journal n'est qu'un bulletin de quatre pages qui donne de vagues nouvelles du jour, mais c'est mieux que rien si je veux écrire à l'université.

Cole, elle, est une sorte d'expérimentation pour nous, chose que je ne lui dirai jamais en face. Pendant des années, des filles ont essayé d'intégrer notre groupe. En vain : Zoey ne s'est jamais intéressée à qui que ce soit avant ce lundi matin où Cole a traversé la cour dans un short en jean blanc, des sandales et un tee-shirt « MORT AUX HIPSTERS ». Quand le vent a fait onduler ses cheveux blonds, tous les garçons dans un rayon de cent mètres se sont figés. Je crois que, pour la première fois de sa vie, Zoey a eu peur. Elle est bien plus belle que Cole, et je ne dis pas ça parce que c'est ma meilleure amie, mais pour les mecs, l'exotisme a son charme, et ici il n'y a pas plus exotique qu'une fille de la côte californienne. Zoey avait une décision à prendre. Quand elle nous a retrouvées sur le parking pour le déjeuner, Cole était avec elle.

J'ai toujours pensé que Zoey pourrait être un grand maître d'échecs. Elle a compris qu'il valait mieux se faire une amie de plus que de voir la nouvelle devenir sa rivale. Inutile de déclencher une guerre perdue d'avance…

Ma voiture grince et tremble quand j'accélère sur le chemin criblé de nids-de-poule. Après un virage à droite serré, nous arrivons sur un parking, où il y a déjà une grosse soixantaine de véhicules. Je me gare à côté d'une Mustang, celle de Taylor. Cole saute de la voiture avant qu'elle se soit arrêtée. Zoey me fait un clin d'œil malicieux.

— Tu sais qu'on ne sera pas fâchées si tu nous lâches pour conclure avec Taylor.

— Ça risque pas ! Je flippe encore à cause de tout à l'heure.

Elle fait la grimace.

— En plus, je n'ai pas vraiment envie que ma première fois se passe sur un siège de voiture le jour de… tu vois ce que je veux dire.

Zoey hoche la tête.

— Je comprends. Alors, on va s'éclater comme jamais, OK ?

Elle replace une mèche rebelle derrière mon oreille. Michaela se penche pour prendre mes clés et dit :

— Je te ramène à la maison à la nanoseconde où tu veux rentrer.

Je leur souris avec reconnaissance.

— On se grouille, les amoureuses ! crie Cole, qui trépigne d'impatience.

Les pulsations de la musique font trembler le sol ; les basses se répercutent jusque dans mes os. Malgré tout, j'ai hâte de danser sous les étoiles. Nous traversons un labyrinthe de voitures pour rejoindre la rive.

Le feu de joie est haut comme plusieurs autos, et il a la largeur d'une berline.

— C'est dingue ! murmure Cole, émerveillée.

La chaleur me brûle le visage. Autour, il y a des garçons et des filles en sous-vêtements.

— Ha ! Des amateurs ! se moque Zoey. C'est exactement pour ça que je garde mon maillot de bain.

Elle retire sa robe d'été.

Le feu gronde sur la rive rocheuse ; au-dessus de la tour de flammes, le ciel est dégagé. Des lanternes blanches qui brillent comme des lucioles géantes sont accrochées aux branches. La grille en métal du cimetière longe le parking à notre gauche ; les tombes sont parsemées de bougies. Le spectacle laisse Cole bouche bée. Certains portent des masques monstrueux : cicatrices mal recousues, sourires macabres et blessures sanglantes. Peut-être parce que c'est la première fois pour Cole, je ressens tout plus fort : la chaleur du feu sur mes joues, le froid mordant dans le dos, les masques…

Un lycéen soûl titube devant nous : il a des crocs

et du faux sang au coin de la bouche. Zoey se renfrogne.

— Ils croient quoi, ces nazes ? Que c'est Halloween ?

Il y a quelques cadavres en plastique pendus aux arbres, la corde au cou. C'est bien le genre de mes camarades de Bizzarowood, d'aller trop loin dans le glauque. Nous ne sommes qu'à quelques mètres du groupe quand Janey Bear, la plus grande commère du lycée, me repère.

— Elle est là !

Son cri suraigu couvre la musique. Je me fige tandis que les visages se tournent vers moi les uns après les autres, attentifs. Bouche bée, étouffant des ricanements, la bave aux lèvres : des créatures assoiffées de spectacle. Une meute de sadiques. Drogués par le mystère de ce qui est arrivé à quelqu'un d'autre, de ce qui a secoué notre petite ville, s'appropriant un peu de cette horreur.

On pourrait croire que j'y suis habituée depuis le temps. Ces trois dernières années se sont déroulées de la même manière. Depuis le début, mon rôle de *survivante* m'a valu une popularité de dingue. Si j'avais été une gothique portant des bottes à bout en fer et une épingle à nourrice dans le sourcil, j'aurais été une paria. Vu que je suis plus du style jean slim et ballerines, avec des yeux verts lumineux et que j'ai l'aura de celle qui s'en est sortie, mon statut social est magnifié.

Mais cette fois, quand la foule se tourne vers moi, trinquant à ma santé avec leurs gobelets en plastique rouge, célébrant ma survie, je vois la petite Jeanie devant le feu. Elle a les joues sales et trempées de larmes, son haut relevé jusqu'au cou. C'est un pull en vichy bleu que je reconnais immédiatement : elle le portait le jour de son enlèvement. Ça n'a rien d'étonnant, ce détail a été relaté dans tous les journaux.

Ce qui est étrange, c'est le sang qui coule de sa tête et serpente entre ses yeux. Et, d'un coup, je sais que cette image ne sort pas de mon imagination. Elle émerge de ma mémoire calcinée. Jeanie est debout devant moi, quoique vu la façon dont ses cheveux défient la gravité, j'ai l'impression d'être au-dessus d'elle, qui est allongée sur le dos. Soudain, je me rappelle l'odeur de sa peur lorsqu'elle a fait pipi dans sa culotte et que j'ai pris sa main ensanglantée dans la mienne.

Chapitre 3

Une centaine de regards rampent sur moi. La vision disparaît. Secouée par ce souvenir, je n'arrive pas à détourner la tête de l'endroit où se trouvait Jeanie. Zoey crie quelque chose de méchant et sarcastique à la foule. Tous rient comme si elle plaisantait. Elle me touche le bras. Le contact de sa peau me réveille d'un coup : je souris à l'assistance en faisant un clin d'œil. Trop soûls pour remarquer mon comportement étrange, ils m'acclament en réponse. Zoey se tourne vers moi, inquiète, mais avant qu'elle dise quoi que ce soit, Taylor se détache des autres, un duo de sportifs nauséabonds sur les talons.

— Salut, Stella ! Salut, Zoey ! lance-t-il.

Il me tend son deuxième gobelet de bière. J'essaie de retrouver mon sang-froid, mais c'est comme tenter de recoller les vases de ma mère après les avoir brisés en mille morceaux. Incroyable ! Je me suis souvenue de quelque chose ! Devrais-je sauter de joie ou sangloter de peur ? Je ne fais ni l'un ni l'autre. Je prends le gobelet, et je le vide d'un coup, sans un mot. Ce n'est pas de la bière. Le liquide me brûle la gorge.

Zoey prend le contrôle de la situation.

— Quoi de neuf ? demande-t-elle.

Puis elle salue les copains de Taylor.

Elle est plus ou moins sortie avec les deux. Drew et Dean jouent au crosse avec Taylor. Bizarrement, je n'arrive pas à les différencier. Peut-être que Zoey non plus, ce qui expliquerait pourquoi elle a embrassés l'un et l'autre. Si les joueurs de Wildwood n'étaient pas aussi tristement célèbres en dehors du terrain que dessus, je me sentirais mal pour eux. Taylor est plus correct que la plupart des types du lycée : ses petites amies sont toutes de notre âge, ses ex ne disent jamais de mal de lui, il tient toujours la porte aux filles, même celles qui ne sont pas populaires… Et son sourire est craquant.

— Oh, on boit des bières et on se fait des shots, répond Taylor.

D'accord, il n'ira sans doute pas à la fac, mais, même dans ma confusion actuelle, je le trouve sexy. Derrière les épaules carrées de Taylor, je vois Michaela et Cole qui disparaissent dans la foule. Cole adore les gens et, comme elle n'a passé que les dernières semaines de l'année scolaire à Wildwood, elle a envie d'en rencontrer. Le feu projette des lueurs dansantes sur les troncs d'arbre. Ça donne l'impression que le monde entier bouge et se balance au rythme de la musique. La boisson que j'ai avalée me brûle à l'intérieur ; je jurerais qu'elle s'empare de mon cerveau.

Taylor se penche vers moi d'un air attentif. Zoey écarquille ses yeux bleus quand elle se rend compte que je n'écoutais pas. Je secoue la tête.

— Pardon, tu disais quoi ?

Le sourire arrogant de Taylor s'efface. J'inspire profondément pour tenter de reprendre mes esprits, et de la fumée m'emplit les poumons. Je m'étouffe, ma gorge se serre. Je suis trop près du feu, je ne cesse de voir le visage meurtri de Jeanie.

Je bredouille :

— Excuse-moi, je reviens tout de suite.

Je tourne précipitamment les talons. Une fois l'ondulation des flammes derrière moi, je me sens plus à l'aise. Je m'éloigne de la foule et les cris s'estompent. Je me dirige droit sur le portail en fer forgé du cimetière. Il faut que je m'asseye sur un banc. Là, je serai seule avec moi-même et je me calmerai. C'est faisable. Je panique, c'est tout.

Zoey crie mon nom mais ne me suit pas. J'atteins le portail, je passe sous l'arcade festonnée. Par habitude, je lève le bras et touche le cœur de fer qui marque son sommet. Un jour, Zoey m'a dit que ça chassait les esprits tourmentés. Sinon, ceux qui ne sont ni au paradis ni en enfer hantent quiconque pénètre dans le cimetière. Je sais, je sais, elle a dû tout inventer. Peu importe. Les trucs de ce genre me donnent la chair de poule.

Le cimetière est un des plus vieux du pays ; certaines pierres tombales ont plusieurs siècles. Ça fait une soixantaine d'années que personne n'y a été enterré. Zoey aurait entendu dire qu'à l'origine c'était un cimetière amérindien qui a été profané par des colons.

C'est peut-être faux, mais ça ne m'empêche pas de le répéter. Les colons vandalisaient toujours les choses sacrées, c'est bien connu.

Un gloussement lointain et un gémissement me rappellent à la réalité. Je pars dans la direction opposée. J'écarte des branches de saule qui me frôlent le visage. Il y a des bougies partout pour me guider. Je dépasse ma statue préférée, celle d'un ange qui pleure, dont je caresse l'aile cassée. En face se trouve un banc de granit. Je m'allonge dessus. Le froid de la pierre pénètre dans mon dos. Je frissonne.

Le parc régional de Blackdog est suffisamment loin de la ville pour qu'il n'y ait aucune pollution lumineuse. Les étoiles brillent comme de minuscules ampoules dans le ciel d'un noir profond. Les bougies qui scintillent çà et là donnent l'illusion que certains astres sont tombés et se sont éparpillés dans le cimetière.

Je ferme les yeux un instant ; le visage ensanglanté de Jeanie est là comme une image indélébile. J'ouvre les paupières et étouffe un cri. Deux yeux marron me fixent de près.

Je me redresse d'un coup.

— Sam ! Tu m'as flanqué une de ces frousses !

Il recule d'un pas, écarte les cheveux de son front et fourre les mains dans ses poches.

— Hé, désolé. Je t'ai vue partir, et je voulais m'assurer que tout allait bien, dit-il avec un sourire incertain.

Je hausse les épaules.

— Tu sais… ça me fait toujours bizarre, d'être ici… ce jour-là.

Ce qui est bizarre aussi, c'est que ce n'est ni Zoey,

ni Taylor, ni Michaela, ni Cole, mais Sam, qui s'est inquiété pour moi.

— C'est quoi, cette veste ?

Je montre du doigt le truc rouge vif qu'il porte par-dessus son tee-shirt.

Sam Worth était l'un de nos meilleurs amis, avant. Enfants, nous étions inséparables, jusqu'à ce que Zoey décide que nous serions populaires, et que Sam était un loser. Il n'est pas vilain, mais ce n'est pas non plus le genre de garçon qui plaît aux filles. Du moins à celles que je connais.

Sam baisse les yeux et devient vert.

— Oh, c'est mon uniforme ! Je l'oublie toujours !

Il retire sa veste si vite que j'ai peur qu'il la déchire.

Il roule en boule ce cauchemar de polyester et tente de le fourrer dans la poche de son jean. Le tee-shirt Star Wars qu'il porte dessous n'est pas beaucoup mieux. Je réprime un sourire.

— Ton uniforme de quoi ?

Je lui fais de la place sur le banc. Zoey piquerait une crise si elle voyait ça, mais je suis suffisamment secouée pour prendre ce risque.

— Je travaille chez BigBox, répond-il en s'asseyant à côté de moi, enthousiaste comme un chiot.

BigBox est l'un de ces magasins géants où on trouve de tout.

— Ah bon ? Depuis quand ?

— Tous les étés depuis quatre ans, dit-il avec un petit rire dans la voix. Ce n'est pas grave, tu ne pouvais pas savoir.

Je cligne des yeux dans le noir. Est-il sarcastique, ou gentil à ce point ? Je fais du mieux que je peux :

Zoey a rayé Sam de sa vie, mais moi, quand je le vois dans les couloirs, je lui dis toujours bonjour.

Cela dit, je n'irais pas jusqu'à l'inviter à déjeuner avec nous… Ma popularité ne résisterait pas au fait d'être vue avec Sam Worth, fan de science-fiction, habillé de fripes, employé chez BigBox.

C'est plutôt dommage, parce que, s'il faisait un effort, il pourrait être sexy. Dans la lumière pâle, je devine les taches de rousseur qui parsèment son nez, et qui me font penser à un beau jour ensoleillé. Il a un regard intense, qui semble dire : « Je serai toujours là, je t'écrirai des lettres d'amour. » Les filles adorent ça. Pourtant, il atteint un degré astronomique de bizarroïde. Je n'en suis pas certaine, mais je crois apercevoir un lacet à sa ceinture.

— Petite étoile, je t'ai demandé si ça allait, dit Sam, probablement pour la centième fois.

Ce vieux surnom me hérisse le poil. C'est dépassé depuis le collège ! Et je n'ai pas envie que les gens se moquent de moi. Je parcours le cimetière d'un regard inquiet. Il y a un petit groupe de fumeurs d'herbe qui s'installe à quelques mètres de nous. Eux, je n'ai pas peur qu'ils entendent. Mais Janey Bear et sa meilleure copine Kate Lucey titubent dans notre direction, bras dessus, bras dessous, gobelet rouge à la main, l'œil curieux. Génial. Janey serait incapable de garder un secret même si ça devait lui sauver la vie. Me voir en pleine scène romantique avec Sam Worth serait le scoop dont elle a toujours rêvé. Avant la fin de la nuit, le bruit courrait que, alors qu'on couchait ensemble entre les tombes, Sam m'appelait par mon surnom d'enfance et que, moi, je lui avouais mon éternel amour. J'en ai la nausée. Si ça arrive, je peux renoncer à jamais à embrasser Taylor.

Je me tourne vers lui et j'articule en silence :

— Ne m'appelle pas comme ça.

Il écarquille les yeux d'une façon qui me rappelle mon vieux hibou en peluche.

— T'appeler comment ? Petite étoile ? Pourquoi ? demande-t-il si fort que Janey l'entend à coup sûr.

Je prends une inspiration tremblante et je jette un coup d'œil vers les deux langues de vipère. Janey me fixe, intriguée ; rien n'échappe à ses prunelles bleues. Paniquée, je fusille Sam du regard.

— S'il te plaît, ferme-la !

Il se met à rire.

— Qu'est-ce que tu as, ce soir, Petite étoile ? lance-t-il au moment où Janey et Kate s'arrêtent devant nous.

— Salut, Stella, dit Kate, l'air ravi de nous avoir surpris.

Janey, elle, se contente de nous observer. Le grain de beauté sur sa lèvre tremblote.

Nous ne sommes pas vraiment amies. Dans leur dos, Zoey traite Janey et Kate de sangsues. Elle dit qu'elles sont très gentilles avec les gens populaires dans le but de se faire inviter aux soirées. J'ai d'autres raisons de ne pas les aimer : elles cherchent tout le temps à rabaisser les gens.

Quelqu'un devrait leur expliquer que ça fait seulement d'elles des punaises. À cet instant, je meurs d'envie de le leur dire. Mais je choisis la solution de facilité.

Je lève le doigt vers elles pour leur demander d'attendre un instant, puis je croise les bras.

— Je t'ai dit de ne pas m'appeler comme ça ! Je n'ai plus dix ans, Sam. Comme, manifestement, tu n'as pas compris, je te le répète : on-n'est-pas-amis. Quand est-ce que ça va te rentrer dans le crâne ?

Mes mots ont un goût amer. Sam ne me quitte pas des yeux. Ses lèvres commencent à se courber, comme s'il allait sourire ou rire.

Je n'arrive pas à garder mon air méchant. Les mains dans les poches, Sam n'accorde pas une seconde d'attention aux deux filles. Bizarrement, ça me procure un frisson de satisfaction. Il sourit comme s'il était moins bête que… que quoi ? Je n'en ai aucune idée. Puis il me dit :

— Tu savais qu'au Moyen Âge les gens écrivaient les nouvelles sur les murs des cimetières ?

J'en reste littéralement bouche bée, sidérée par cette information qui sort de nulle part. Je ne m'attendais pas à ce qu'il me fasse le coup de l'encyclopédie.

— Fais attention à toi ce soir, Petite étoile, lâche-t-il avant de s'en aller.

Je le suis des yeux. Pourquoi m'a-t-il sorti un truc pareil ? Et devant les pires commères du lycée ! Ne comprend-il pas qu'il y a déjà trop de gens qui chuchotent dans mon dos ? Je me sens un peu barbouillée quand je me retourne vers les filles.

Janey me regarde, les yeux plissés. Elle doit être en train de penser aux gros titres qu'elle va inventer. Je passe à l'attaque :

— Quelqu'un a un bonbon à la menthe ?

Je vois presque les rouages s'emballer dans sa tête.

Elle fouille dans son sac à main et sort une boîte de pastilles.

— C'est quoi, son problème ? demande-t-elle, tout sucre tout miel.

— Il est chelou, décrète Kate.

Je suce deux pastilles pour chasser le mauvais goût qui persiste dans ma bouche.

Je marmonne à contrecœur :

— Complètement. Bon, je vous laisse, je dois retrouver Zoey. À plus !

Je me dépêche de m'en aller, essayant de chasser cette nausée qui me secoue. Je ne suis qu'une sale garce ! Mais Sam ne m'a pas donné le choix. Je l'ai supplié de ne pas m'appeler comme ça ! Cela dit, c'est peut-être mieux ainsi... Oui, il faut que Sam renonce à notre amitié.

Trop d'années se sont écoulées. En plus, il sait que j'ai menti au sujet de mon premier baiser avec Scott Townsend. Je ne voulais pas admettre que c'était avec lui... Comment pourrait-il m'apprécier après cette trahison ?

La menthe se mélange au goût aigre de la honte, de la culpabilité et du remords. Je recrache la pastille par terre. Avant de quitter le cimetière, je touche le cœur sur le portail pour ne pas entraîner d'esprits maléfiques avec moi. Le feu de joie brûle toujours. Maintenant, il y a plus de filles et de garçons à moitié nus qui dansent sur la rive. Cole n'a gardé que sa jupe et son soutien-gorge ; elle se trémousse collée à un joueur de foot américain de terminale, arrivé l'année dernière, lui aussi. Michaela, elle, est habillée ; elle danse à presque un mètre de son partenaire.

De l'autre côté du feu, je vois Zoey debout sur une chaise pliante, entourée de garçons. On dirait une reine qui s'adresse à ses sujets depuis son piédestal. L'un après l'autre, tous prennent une gorgée de liquide transparent. Zoey renverse la tête ; ses lèvres suçotent le goulot de sa bouteille d'alcool. Elle m'aperçoit et me fait de grands signes d'ivrogne. D'un geste, je lui demande d'attendre. Zoey dansera, flirtera, ira plus loin que tout le monde : il faudra que je l'arrache à la fête. Rien de nouveau. Au moins, je n'aurai pas à lui tenir les cheveux pendant qu'elle vomira dans le parking.

Je vais droit sur la foule de danseurs. Je tends le cou et me dresse sur la pointe des pieds pour apercevoir Sam. Ce goût amer dans la bouche ne s'en ira pas avant que je lui aie demandé pardon, que je lui aie expliqué que c'était à cause de Janey et Kate. Il comprendra forcément.

Je ne suis pas surprise de ne pas le trouver sur la piste de danse, alors je scrute ceux qui entourent le feu : il n'est pas là non plus. Peut-être que je devrais crier son nom ? Non, la musique couvrirait ma voix. Et ça ferait jaser.

À l'écart, je vois un groupe de garçons à l'air nerveux. Alors que tous les autres sont à moitié nus, eux portent des pulls à manches longues ; des gouttes de sueur brillent sur leurs tempes. Ils me font penser à ceux qui gardent leur tee-shirt à la piscine pour cacher leurs rondeurs. L'un d'eux a même un cardigan aux boutons en bois, mon père a le même. Je me faufile vers eux : ce sont les seuls ici qui pourraient être des amis de Sam… Quatre faces de lune à lunettes, dont trois couvertes d'acné me dévisagent d'un air ahuri. Celui qui se tient le plus près recule, effrayé.

Je m'époumone :

— Est-ce que Sam Worth est avec vous ? SAM WORTH. Vous l'avez vu ?

— Il est parti avec Anna Young, répond Cardigan.

Il me regarde effrontément dans les yeux alors que ses amis contemplent leurs chaussures. Je ne prends pas la peine de demander qui c'est, celle-là, pour ne pas qu'ils croient que Sam m'a jetée. Je leur adresse un sourire maladroit, marmonne : « OK » et quitte la Sibérie sociale. Je fouille dans mon sac à la recherche de mon portable : un texto sera mieux que rien. Avant que je puisse toucher l'écran tactile, quelqu'un tire sur mon bras, me force à me retourner.

— Aïe ! Tu m'as fait mal, espèce de soûlarde ! crie-je à Zoey en me frottant la peau là où elle a enfoncé ses ongles.

Elle est toujours en bikini, ses cheveux sont tout ébouriffés et une pellicule de sueur brille sur sa poitrine. J'ai l'envie irrépressible de lui faire enfiler le sweat-shirt qui se trouve dans mon sac à main.

— Qu'est-ce qui ne va pas ? je lui demande. Tu fais une de ces têtes…

Elle se mordille la lèvre, l'air inquiet. Son haleine empeste la vodka. En un éclair, Michaela arrive en traînant Cole par la main. Comment Zoey a-t-elle fait pour lui faire quitter la piste de danse ?

— Tu ne croiras jamais qui est de retour en ville ! hurle-t-elle, les mains sur mes épaules. Le grand frère de Jeanie !

Michaela étouffe un cri. Zoey pivote vers Cole et résume la situation :

— Ce mec est complètement cinglé ! Il a pété un plomb quand Jeanie a disparu. Ses parents l'ont envoyé dans une sorte de centre de redressement, mais il est revenu au collège, et il suivait Stella partout. Il a dû repartir, après que son père s'est plaint aux flics. La dernière fois qu'il s'est pointé, il a mis une barmaid enceinte et s'est enfui. C'est lui qui nous regardait à la crique, tout à l'heure.

J'ai du mal à suivre son discours. Chaque fois que je comprends des bribes, mon cerveau rembobine.

Michaela me prend la main, Cole me presse l'épaule amicalement. Bien sûr, que c'était Daniel ! Je savais bien qu'il me disait quelque chose. Je ne l'ai pas vu de près depuis mes douze ans ; lui en avait quinze.

— Attends la suite…, dit-elle d'un ton dramatique. Il est là ce soir !

Cette fois, Michaela crie et fait un pas en arrière, comme si les mots l'avaient agressée. Les yeux de Cole manquent jaillir de leurs orbites. La terre tremble, mes genoux se plient et se redressent comme si je cherchais mon équilibre sur un bateau. Je ferme les yeux et je me stabilise, mais tout ce que je vois, c'est Daniel à quinze ans, me pressant contre le mur de briques qui délimitait le parking du collège. Les bords inégaux me griffent le dos. « Dis-moi ce qui s'est passé ! » exige-t-il pour la millionième fois, montrant les dents.

Et comme toujours, je prends une profonde inspiration et je lui jure, en larmes, que je ne me rappelle vraiment rien. Il me l'a redemandé encore et encore, jusqu'à ce que Sam m'entende hurler et vienne à ma rescousse, menaçant d'appeler mon père. Ce qu'il a fait. Daniel a été envoyé dans un autre centre de redressement.

Même enfant, j'étais en admiration devant la dévotion de Daniel envers sa sœur. Je rêvais d'avoir un grand frère qui m'aimerait autant. Il me faisait peur, mais je ne lui en ai jamais voulu. Il s'est mis en tête que j'en savais plus que je ne disais, et du plus loin que je m'en souvienne, il a soutenu que j'étais une « sale menteuse »

Zoey me prend dans ses bras, et pendant un instant je me sens à l'abri. De grosses gouttes de pluie commencent à tomber, de plus en plus nombreuses. Bientôt, un rideau tiède s'abat sur nous. C'est le chaos.

Zoey renverse la tête en arrière, la bouche ouverte pour avaler les gouttes. Elle a les joues rouges, son maquillage coule. Des groupes d'adolescents trempés se précipitent vers le parking en criant et en riant. D'autres restent là, à danser sur la musique qui continue à faire trembler le sol. Zoey, ravie, applaudit. Un footballeur de terminale, dont le cou est aussi large que la tête, lance un concours de tee-shirt mouillé. Zoey disparaît dans la foule.

Je l'appelle :

— Zoey ! Tu n'as même pas de tee-shirt !

L'averse s'intensifie. Ma robe et mes chaussures dégoulinent.

— Allez à la voiture, je vais la chercher ! crie-je alors qu'un éclair illumine nos visages.

Cole et Michaela partent en courant. Elles évitent les voitures qui patinent dans la boue et contournent les plus jeunes, qui supplient qu'on les ramène. Le tonnerre retentit ; le grondement est si fort qu'il est partout. Il m'entoure, il est en moi. On pourrait croire qu'un orage au bord d'un lac inciterait plus de monde à se mettre à l'abri, mais quand je pars à la recherche de Zoey, c'est comme si les danseurs s'étaient démultipliés. Le feu grésille, les flammes s'éteignent. La seule lumière provient des lanternes à piles et de la lune voilée. Dans le noir, les membres et les torses des danseurs se dissolvent, il n'y a plus qu'une seule créature de l'ombre qui tremble et bat en rythme.

Des bouteilles d'alcool volent de main en main. Je vois les doigts fins de Zoey en attraper une. Le bracelet doré qu'elle porte depuis qu'elle est toute petite m'envoie un reflet de lumière. Il y a bien une quinzaine de personnes qui nous séparent. Je crie son nom. Peine perdue : j'entends à peine ma propre voix. Je reçois des coups de coude. Mes orteils craquent lorsqu'un talon s'enfonce dans ma tennis mouillée. Je jure et joue des épaules pour avancer. Quelqu'un me pelote les fesses, je tente de repousser sa main. Le temps que je traverse l'amas de danseurs ivres et trempés, Zoey a disparu.

Je m'extirpe de la foule. Ils sont devenus complètement dingues ! Jour des Os, mon œil : ça n'a rien à voir avec Jeanie Talcott. C'est une excuse pour se soûler et vivre sans limites le temps d'une nuit.

Je m'éloigne des danseurs et je remonte aussi vite que possible la rive boueuse en direction de la voiture. Encore quelques minutes de ce déluge, et Zoey nous rejoindra comme un chaton qui a échappé à la noyade et suppliera qu'on la laisse entrer dans la voiture.

Tout ce que nous avons à faire, c'est l'attendre. J'ai les jambes qui tremblent : qu'y avait-il dans le gobelet que Taylor m'a tendu ? Dieu merci, Michaela ne boit pas. Mon estomac se retourne à l'idée de faire le trajet sur le siège passager, à toute vitesse sur cette route étroite, et mouillée. Mais mieux vaut ça que conduire dans cet état, et prendre le risque que mon père l'apprenne.

Tout à coup, une main calleuse m'attrape l'épaule ; un doigt glisse sous la bretelle de ma robe. Je me retourne.

— Daniel ! dis-je en me dégageant.

Mon cœur rate un battement. Je ne recule pas, je le laisse approcher son visage à quelques centimètres du mien. Un éclair illumine le ciel, révèle des yeux verts, parsemés de brun. Ils sont étrangement semblables aux miens. Ses sourcils épais lui donnent un air sauvage. Ils sont de la même couleur que ses cheveux auburn.

— Mais c'est que tu es devenue jolie ! lâche-t-il, les dents serrés.

Ce n'est pas un compliment.

Il se tient si proche de moi que je sens son haleine alcoolisée. La seule chose qui m'effraie plus qu'un Daniel adulte est un Daniel adulte et soûl. Il m'attrape le bras. La chaleur de sa peau me fait trembler.

— Pourquoi tu nous espionnais ? réussis-je à articuler.

À ma grande surprise, ma voix est calme. Il se penche encore plus. N'importe qui nous prendrait pour deux personnes sur le point de s'embrasser sous la pluie. Je continue :

— Pourquoi tu es ici ?

— Quoi ? Tu croyais que je ne reviendrais pas admirer ce que tu es devenue ?

Son ton se durcit.

— Tu croyais que je n'irais pas voir la garce qui a survécu, alors que ma sœur est morte ?

Il resserre sa prise.

— Quand je t'ai regardée jouer dans l'eau avec tes copines si parfaites, je me disais que, même si Jeanie était en vie, elle ne serait pas là avec vous. Pas assez bien pour vous. Pas assez belle. Pas assez mince.

Il n'y a que de la méchanceté dans sa voix.

— Tu vas peut-être me dire le contraire ?

Sa main meurtrit mon bras.

— Tu vas prétendre qu'elle serait encore ton amie ?

La pluie nous martèle ; les trombes d'eau m'empêchent de voir à plus de deux mètres. Comme toujours, il m'a cherchée et, au lieu de la petite fille effrayée de la dernière fois, il a trouvé un groupe d'adolescentes de l'âge qu'aurait eu Jeanie. Il a dû voir Michaela sauter dans l'eau, constater que nous étions pleines de vie. Je voudrais lui jurer que ce n'est pas vrai, que Jeanie aurait été avec nous. Mais il a raison.

Je lance :

— Tu n'as pas le droit de me parler !

J'essaie de me dégager, en vain.

J'insiste :

— Tu ne dois pas m'approcher !

Daniel se penche, sa bouche est au niveau de mes yeux.

— Je n'arrête pas de dire : « Tu vois, Jeanie ? Tu

vois ? Tu vois à quoi tu as échappé ? Ces filles t'auraient fait du mal ! »

Je bloque mes genoux qui s'affaissent et résiste à l'envie de me couvrir le visage. Au moment où nous avions fui la crique, Daniel parlait à sa sœur morte ! Il ne pense pas ce qu'il dit ; c'est son chagrin qui parle.

— Daniel, pourquoi es-tu revenu *aujourd'hui* ?

Je connais déjà la réponse. Je lève les yeux. Ses vêtements sont gorgés d'eau qui dégouline dans ses bottes.

Les larmes aux yeux, je lance :

— Tu es là à cause de ça !

Je fais un geste de ma main libre. Au loin, j'entends un cri aigu, paniqué.

Ses lèvres se tordent en un rictus. Bien sûr, il est là pour voir comment on commémore la disparition de sa sœur, pour vérifier ce que je suis devenue, pour savoir comment vont ses parents… Il est là pour la même raison que celle qui m'a empêchée de dormir la nuit dernière, celle pour laquelle j'ai demandé à Shane le rapport d'enquête. Qui sait ? peut-être qu'il revient ici tous les ans sans que quiconque le sache.

Mais avant qu'il puisse me répondre, un hurlement perçant nous fait sursauter.

— Un cadavre ! Il y a un cadavre !

Chapitre 4

Je m'élance en direction des cris, sous la pluie torrentielle. Daniel me suit de près. Tantôt il me tient le bras comme pour m'empêcher de fuir, tantôt il me soutient quand je glisse sur le sol instable. Nous sommes tous les deux en proie à la même angoisse : un cadavre signifie quelque chose de plus intime pour nous. Cela pourrait être le squelette de Jeanie. Nous courons l'un et l'autre à cause d'elle.

Daniel entremêle ses doigts aux miens ; sa façon de me menotter. Autour de nous, une foule chaotique se précipite vers les appels à l'aide. Pendant que nous pataugeons au ralenti dans la boue, le vent ne cesse d'apporter des cris.

Je lève le bras pour toucher le cœur sur le portail du cimetière, et je trébuche. Daniel passe le bras autour de ma taille, sa main serrant toujours la mienne, et il me hisse.

Les appels sont de plus en plus distincts. C'est une

fille qui hurle dans la nuit. Les bougies à piles sont toujours allumées. Dans leur lueur, nous discernons Tara Boden, une élève trop jeune pour être ici, penchée sur une pierre tombale déplacée par les intempéries. Sa voix est à présent éraillée, c'est à peine un murmure rauque. Sa chemise déboutonnée révèle un soutien-gorge en dentelle jaune. Un garçon de la classe supérieure, torse nu, lui frotte le dos. Les autres restent en arrière en regardant ce que Tara désigne, les yeux écarquillés. La violence de la pluie a emporté un pan de la grille en fer forgé qui sépare le cimetière de la rive. La pente douce qui descendait vers la plage de galets est éventrée ; on dirait qu'un monstre géant en a pris une énorme bouchée.

Les cercueils gisent à ciel ouvert, entraînés par le glissement de terrain, ou ressortent du sol comme des os fracturés qui percent la peau. Des morceaux de squelettes jaunâtres sont éparpillés partout. Le soulagement m'envahit : ce ne sont que les restes de gens morts il y a un siècle. Tara Boden a saisi cette occasion pour attirer l'attention ; elle adore se donner en spectacle.

Je me dégage de Daniel et m'avance au milieu des os dans le cratère creusé par l'éboulement. Daniel ne me suit pas.

Une fois au fond, je m'accroupis. Je scrute la boue ; la lueur des bougies permet d'entrevoir des racines noueuses, des stèles écroulées, une statue brisée de la Vierge qui a basculé, sans tête. Les nuages s'écartent et la lumière de la lune perce l'obscurité. Je vois un bout de tissu jaune qui sort de la boue. Un nid de lichen marron, ou de cheveux sales. Une tennis. Des ongles fuchsia. Un corps.

Elle est allongée à la diagonale sur un cercueil, au fond du cratère. Avant la tempête, elle gisait peut-être toute droite, les mains croisées sur la poitrine, profondément endormie, telle une princesse attendant qu'un baiser l'éveille. Je retiens mon souffle.

Je me laisse tomber à quatre pattes, affolée. Je rampe, avec prudence, pour que la boue ne m'avale pas. Un haut-le-cœur me secoue lorsque je frôle un crâne humain. Des os, de la chair décomposée, des yeux, de la cervelle, des vers. Mais je dois atteindre ce corps. Je dois m'assurer que c'est un cadavre, et que je n'ai pas une hallucination. Que je ne suis pas devenue complètement folle.

Derrière moi, j'entends la voix de Zoey. Plus que quelques mètres. J'essaie de relâcher doucement mon souffle bloqué et d'inspirer sans que les morts le remarquent. Je ne veux pas respirer leur odeur.

Ça y est, j'y suis. Cheveux, mains, torse. Je suis soulagée que le corps ne soit pas démembré. Puis je remarque ses traits. Fins comme ceux d'une poupée. *Une petite fille.* De la peau d'ivoire tendue sur les os, les cheveux collés au front. Ma langue se colle au palais lorsque j'essaie de prononcer le nom de Jeanie. Ce n'est pas elle, bien sûr. Je ne suis pas médecin légiste, mais j'ai vu des cadavres en décomposition dans les séries télé. Un corps enterré il y a onze ans ne ressemblerait pas à ça. Pourtant... Elle a l'air d'avoir six ans.

Je tends la main vers elle en me faisant violence. Dix centimètres. Cinq. Un instant avant que je la touche, la boue cède sous moi et je glisse contre le couvercle du cercueil. Le choc fait tourner sa tête, mais les cheveux roux et le bout de peau qui lui sert de cuir chevelu ne bougent pas. Son crâne est chauve. Écorché. Son scalp dépasse de la boue à côté de sa tête.

— Zoey.

Je répète son nom, encore et encore, pendant qu'elle rampe en glissant au milieu des tombes dévastées, soûle et à moitié nue. Elle me rejoint enfin et tente de m'écarter.

La police met vingt minutes à arriver. Je suis comme un animal hagard obsédé par le spectacle de ceux qui m'entourent. Zoey ordonne à Tara Boden d'aller chercher une couverture dans la voiture de son petit copain. Elle sent le moisi, mais je la laisse l'enrouler entour de moi. Serrée contre Zoey dans le noir, je ferme les yeux pour fuir la scène macabre.

Daniel est toujours au même endroit. Ses chaussures se sont enfoncées dans la boue, comme avalées par du sable mouvant. Ça n'a pas l'air de le déranger. Il est parfaitement immobile : pas de grimace, pas de tremblement, pas de larmes. Son regard ne quitte pas les cheveux sales qui émergent de la terre retournée, séparés du crâne.

Michaela et Cole ne sont pas là. Elles ont dû se mettre à l'abri de la pluie dans ma voiture. Ce ne sont plus des torrents qui se déversent sur nous, rien que de la bruine. Oui, voilà. Il y a onze ans, Jeanie est montée au ciel, et ce soir le paradis l'a recrachée. Heureusement que je n'arrive pas à parler ; Zoey m'aurait mise à l'asile.

Il a fallu qu'elle me tire, ses bras sous les miens,

pour m'éloigner de là. La toute petite main du cadavre, tendue, les ongles recouverts d'un verni écaillé, m'avait privée de mon bon sens. J'étais si sûre qu'elle était liée à Jeanie. Pourquoi sinon son corps aurait-il surgi juste ce jour-là ? Pouvait-il y avoir une autre petite fille ? Le comble, c'est que Daniel et moi en soyons témoins. Il s'agissait forcément d'un jugement divin qui nous dépassait.

Mais plus Zoey m'éloignait du corps, plus la voix sévère de la raison s'imposait. Qu'est-ce qui m'arrive, bon sang ? Ai-je eu le cerveau réduit d'un coup en bouillie ? Où était passée la fille sensée qui a grandi au milieu de l'hystérie des autres, refusant d'y participer ?

Le temps que Zoey se compose un sourire et nous fabrique un cocon de couvertures, j'ai mis fin à ce délire. C'était une coïncidence, un pur hasard ! J'ai dû imaginer que ce corps était mieux conservé qu'en réalité. Peut-être que ses cheveux se sont détachés du crâne parce que c'est ce qui arrive pendant la décomposition. Mais il y a le détail gênant du vernis rose vif qui n'existait probablement pas il y a cent ans. Tandis que les sirènes de police se rapprochent, je sens de nouveau ma raison s'évanouir et la peur m'envahir.

Les gyrophares rouges et bleus des voitures lancent autour de nous des reflets telles des boules à facettes. Zoey s'écarte, elle prend mon visage entre ses mains et dépose un baiser sur mon front. Elle murmure quelques mots, puis elle disparaît. Les autres s'éloignent aussi, plus ou moins chancelants. Je tends le cou pour regarder le flot de policiers qui envahit le cimetière. L'inspecteur Shane se fraie un chemin parmi les uniformes et se dirige vers moi.

— Stella ! crie-t-il par-dessus la cohue.

Je me redresse, les jambes tremblantes. Zoey est derrière lui : elle était partie à la recherche de quelqu'un que je connais. Ma meilleure amie qui pour moi a rampé parmi les cadavres. L'inquiétude ride le visage de Shane ; je me dis, un peu honteuse, qu'il ressemble à un shar-pei. Il est plutôt jeune, et c'est probablement mon enquête, non résolue à cause de ma mémoire pourrie, qui l'a fait vieillir prématurément. C'est ça, ou alors il fume trop.

— Tu es blessée ? me demande-t-il.

Je dois donner l'impression qu'un bulldozer m'a enfoncée dans la boue. Zoey me rejoint : on a l'air de sortir des entrailles de la planète.

— Non. Il y a un cadavre de petite fille, là-bas. C'est Jeanie.

C'est sorti tout seul. Zoey me jette un regard inquiet et passe le bras autour de mes épaules. Shane se mordille l'intérieur de la joue avant de se retourner et de fixer l'éboulement qui s'étend à nos pieds. Des policiers en uniforme installent des lampes géantes.

— Et si tu ramenais Stella à sa voiture ? dit Shane à Zoey. Je vous rejoindrai sur le parking aussi vite que possible. Elle n'a pas besoin de voir ça.

Son expression et le ton de sa voix sont fermes. Zoey acquiesce d'un air entendu. Ils croient que j'ai craqué. Ils ont probablement raison. Je la laisse m'entraîner à travers une foule chaotique d'uniformes, des tas d'équipements, de radios qui grésillent, des groupes d'adolescents trempés jusqu'aux os. Daniel, lui, a disparu. Je marmonne :

— Est-ce que Sam est revenu ?

Zoey me sourit tristement. Elle doit croire que je délire. Je réussis à dire :

— Il était là tout à l'heure.

Mais je n'ai pas l'énergie d'expliquer. Une fois sur les graviers, nous passons sous la bande jaune qui délimite la zone. Michaela, qui se prenait le bec avec un policier, se précipite vers nous, suivie de Cole.

— Oh, mon Dieu ! Est-ce que ça va ? Ils ont refusé de me laisser passer, et même de me dire quoi que ce soit ! s'écrie-t-elle en foudroyant le policier du regard.

Zoey ne quitte pas des yeux Cole, qui n'arrive pas à cacher son excitation. Elle dirige son portable vers les lumières pour prendre une photo. Pour elle, c'est un fait divers comme les autres, elle n'en ressent pas la portée.

— Aucune photo sur Internet, compris ? dit Zoey d'un ton menaçant.

Cole marmonne une excuse, l'air perdu, tandis que Zoey la dépasse et m'installe à l'arrière de ma voiture.

Mes paupières se ferment toute seules ; je sombre dans un néant trouble. Ce n'est qu'au bout d'un long moment que je reviens dans le monde des vivants. Cole m'observe du siège passager. Nous avons probablement rejoint la ville, car la lumière des lampadaires éclaire sa crinière blonde par intervalles. Elle se mordille la lèvre. Des légers coups de freins me secouent : normal, c'est Michaela qui est au volant. Ma tête est sur les genoux de Zoey, qui me masse les tempes du bout des doigts.

— Je suis vraiment, vraiment, désolée, S., lâche Cole. Je n'avais pas compris… Je n'aurais jamais…

Je tends la main pour lui tapoter le bras.

— Coucou, marmotte ! fait Zoey en se penchant sur moi. Ne t'inquiète pas. On te ramène à la maison. Michaela a dit à l'inspecteur machin-truc qu'il pourrait te parler demain.

Soulagée de pouvoir retourner dans le royaume du néant, je referme les paupières. Je les rouvre brièvement, au moment où mon père me prend dans ses bras et monte l'escalier sur la pointe des pieds, comme quand j'étais petite et qu'il ne voulait pas me réveiller.

Des murmures. Le grincement de la porte de ma chambre. Le couinement des ressorts du matelas sous mon poids. Des mots aux consonances douces flottent vers moi… Puis le sommeil m'emporte.

Le matin est lumineux. Il n'est que six heures et demie, mais je n'arrive pas à me replonger dans mes rêves où l'horreur de la nuit dernière n'existe plus. La voix grave d'un présentateur télé me parvient du rez-de-chaussée. Sans me changer, je dégringole l'escalier et m'installe devant la télévision comme si ma vie en dépendait. C'est peut-être le cas. Je secoue violemment la tête pour chasser cette pensée morbide.

— Bonjour, mon poussin ! lance mon père depuis la cuisine.

J'entends des bruits de vaisselle : il doit être en train de concocter un repas mémorable. Mon père a été élevé par sa grand-mère, qui croyait fermement aux bons petits plats. Pour elle, il n'existait aucune maladie, même la plus grave, qu'elle ne pouvait guérir à coups de beignets de tomates vertes ou de tartes à l'abricot.

— Bonjour, papa.

Je reporte mon attention sur le journaliste chauve et trop bronzé. Cet espèce d'Oompa Loompa est devant le vieux cimetière de Savage. La bande qui défile en bas de l'écran rappelle brièvement les événements de la nuit dernière. À chaque nouveau détail, j'ai moins faim. « *Un corps non identifié trouvé dans un cimetière... Lien possible avec une affaire vieille de onze ans... C'est la victime qui a découvert le corps.* » C'est moi qu'ils appellent victime ? Tout le monde a toujours dit que j'avais eu de la chance. J'ai la bouche sèche à l'idée que les gens parlent de moi comme si j'étais brisée à jamais. Le présentateur continue, décrivant la disparition de Jeanie Talcott. Des techniciens en combinaison blanche s'affairent derrière lui. Ça donne un côté extraterrestre au cimetière. Comme si cette horreur arrivait sur une autre planète, peuplée d'astronautes. Si seulement.

— *La découverte a été faite hier soir vers onze heures et demie par la survivante de l'affaire Jeanie Talcott*, continue-t-il d'une voix monocorde.

Je le foudroie du regard : ce n'est pas moi qui l'ai trouvée ! C'est Tara Boden. Mais ce qu'ils veulent, c'est une effroyable coïncidence, comme si ce n'était pas assez horrible.

— *Les événements se sont déroulés pendant un orage impressionnant.*

Le journaliste presse le doigt contre son oreille et écoute les informations qu'on lui envoie avant de reprendre avec un sourire satisfait.

— *Mon météorologiste me signale qu'un orage similaire s'était déclenché le soir de l'enlèvement de Jeanie Talcott. Un autre lien troublant entre le crime vieux de onze ans et le corps retrouvé.*

J'en ai la nausée. Je perds complètement l'appétit.

Un quart d'heure plus tard, lorsque mon père dépose une pile de pancakes chauds sur la table basse devant moi, je suis encore l'émission. Je me force à prendre une bouchée, si grosse que j'arrive à peine à mâcher la bouche fermée. Le reportage enchaîne sur des habitants de Savage qui réagissent à la découverte. Une vieille femme au nez crochu et aux cheveux pleins de bigoudis ne cesse de se signer. Le journaliste qui l'interroge lui demande si elle pense qu'une secte y est mêlée, ou s'il s'agit d'un sacrifice rituel. Elle saisit les deux crucifix de bois qui pendent à son cou, rentre chez elle en courant et claque la porte. Je manque m'étouffer quand ils en viennent à parler de secte.

— Veux-tu discuter de la nuit dernière, ma chérie ? demande mon père, la bouche pleine et du sirop d'érable sur les lèvres.

Plutôt que de répondre, je lui fais signe de s'essuyer.

— C'est aussi bien, dit-il en haussant les épaules. J'ai tout vu aux nouvelles, et l'inspecteur Shane a appelé hier soir pour me raconter. Il sera là à huit heures et demie pour entendre ta déposition.

J'acquiesce en évitant son regard. Je suis soulagée que mon père comprenne que je ne veuille pas tout ressasser avec lui. Comment le pourrais-je alors que je ne comprends pas ce qui s'est passé ? Ce qui est sûr, c'est que ramper dans la boue au milieu des squelettes la nuit dernière était insensé. J'ai vécu ces onze ans d'après-Jeanie sans perdre les pédales. Il y a forcément une explication raisonnable à ce qui est arrivé. Sans vaudou, ni secte maléfique.

Je réprime ma panique pour empêcher le pancake de remonter. Je réussis à avaler une seconde bouchée avant que le visage de Jeanie se mette à danser devant moi. Avec toute l'horreur de la nuit dernière, j'avais oublié que j'ai enfin retrouvé un souvenir. Ma mémoire était jusque-là une mer noire, épaisse. Je ne m'en plaignais pas, je m'étais résignée à avoir perdu ces années. Mais mon idiot de cerveau n'a pas pu s'en contenter.

L'image de la figure pâle de Jeanie parsemée de taches de rousseur, les traits déformés par la peur alors que du sang noir coule sur son front, ne m'apporte aucun réconfort. Serait-ce différent pour ses parents ? Ou Daniel ? J'en doute. Ses parents se sont persuadés il y a longtemps que Jeanie est morte sans souffrir, ou qu'elle a grandi quelque part loin, au sein d'une famille parfaite qui l'a aimée. Seul Daniel est dévoré par le besoin de savoir. Ce qui me semble moins absurde que de nier la réalité, de prétendre que le monde est plein d'arcs-en-ciel et que les agresseurs d'enfants n'existent pas. L'obsession et la folie de Daniel le rendent à mes yeux plus sensé que ses parents. Je ressens un élan de pitié pour lui, et ce n'est pas la première fois…

Alors, quel intérêt de raconter ce dont je me souviens à la police ? Savoir que quelque chose ou quelqu'un a frappé Jeanie à la tête et qu'elle en a fait pipi de terreur ne les aiderait pas à résoudre l'enquête. En plus, je pourrais me tromper.

Mon père se penche et me donne une tape sur le nez.

— La Terre à Stella ! Tu m'entends, ma chérie ? Je disais qu'il faut que j'aille au bureau aujourd'hui.

Inquiet, il fronce tellement ses sourcils qu'ils se touchent presque. Je chasse mes pensées embrouillées.

— D'accord, papa. Pas de problème.

— Ça ira ? Tu pourrais venir avec moi. Il y aura bien un ordinateur de libre pour que tu t'occupes en m'attendant.

— Tout ira très bien. Zo viendra me voir.

Il ramasse les assiettes et les rapporte à la cuisine dans un fracas de vaisselle.

— D'accord. Mais appelle-moi si tu as besoin de quoi que ce soit. N'oublie pas que la police s'en occupe, tu n'as pas à te faire de souci. Et ta mère aimerait sûrement avoir de tes nouvelles.

Je lève les yeux au ciel : si elle voulait de mes nouvelles, elle téléphonerait…

Une minute plus tard, il me fait signe de la porte d'entrée, une sacoche à la main, dans l'autre une tasse de café sur laquelle persiste le rouge à lèvres de ma mère. J'ai beau la passer au lave-vaisselle, je n'arrive pas à effacer sa présence. Malgré tout, ou peut-être pour cette raison, mon père boit à cette tasse tous les matins depuis cinq ans.

Roulée en boule devant la télé, les jambes ramenées contre la poitrine, j'écris un texto à Zoey. J'appuie sur « envoyer » lorsqu'une journaliste à la voix de velours retient mon attention.

— *Flash spécial*, gazouille-t-elle avec excitation. *Le coroner vient de confirmer que la victime est décédée depuis moins de trente-six heures. La mort a été causée par un traumatisme crânien. Les médecins légistes estiment qu'elle a entre cinq et six ans. Attention, l'image que nous allons montrer peut choquer. Nous avons cependant décidé de la diffuser afin d'aider à l'identifier.*

La blonde disparaît, remplacée par une photo prise par le coroner.

Les paupières de la petite fille sont closes. Elle a la peau pâle. Elle repose sur une table d'acier ; son corps est recouvert d'un drap de papier bleu. Elle a les cheveux mouillés, placés de façon à couvrir la blessure sur son crâne, mais les mèches rousses sont reconnaissables. Sa ressemblance avec Jeanie est troublante. Je me lève d'un bond. J'ai juste le temps d'atteindre la cuisine avant de vomir mes deux bouchées de pancake dans l'évier.

Chapitre 5

Je suis propre et habillée lorsque l'inspecteur Shane frappe à la porte. J'ai vidé le ballon d'eau chaude pour noyer sous la douche le malaise provoqué par la ressemblance entre Jeanie et la victime du cimetière. *Coïncidence.* Je le répète encore et encore, dans l'espoir de le rendre réel.

— Bonjour, Stella, dit Shane en entrant.

Je le laisse passer.

— Ton père a dit qu'il travaillait ce matin. Il est déjà parti ?

— Oui, tout à l'heure.

Il me suit dans le salon, où je me recroqueville dans un coin de notre grand canapé à motifs. Ma mère l'a acheté l'année de son départ. Elle disait que les fleurs ressemblaient à des oiseaux qui essayaient de s'échapper par la fenêtre. À l'époque, ça m'évoquait un conte de fées. Désormais, je me dis que j'aurais dû comprendre. C'est elle qui voulait s'échapper. Je veux que mon père s'en débarrasse, mais il n'a jamais le temps d'aller en acheter un autre.

— Comment vas-tu ce matin ? Tu as dormi ? demande l'imposteur assis dans le fauteuil en cuir de mon père en repliant ses longues jambes.

Je fais comme si je n'avais pas entendu.

— Pourquoi l'inspecteur Rhino Berry n'est pas là ?

C'est ainsi que j'appelle l'inspecteur Frank Berry depuis que j'ai sept ans. J'étais obsédée par le parc du Serengeti quand ils sont venus me voir cette année-là. Je ne voulais parler que de safaris. Berry m'avait dit que je pouvais l'appeler Rhino.

Shane baisse les yeux sur ses chaussures ; la boue du cimetière est encore accrochée à ses semelles.

Je me raidis sur mon canapé et répète :

— Où est Frank ?

Il passe la main sur sa calvitie naissante.

— Il a fait une crise cardiaque il y a deux mois. Et une autre il y a trois semaines. Ça l'a achevé.

Mon ventre se tord à nouveau, mais cette fois je ne vomirai pas : il est vide.

— Mais… il n'avait qu'une cinquantaine d'années ! Presque comme mon père…

Shane lâche un soupir et tapote sa chemise d'un geste absent. Je devine la forme d'un paquet de cigarettes.

— Ce boulot…

En grandissant, j'ai vu quelles étaient les conséquences d'une affaire qui n'évolue pas : épaules affaissées sous le poids des années, cheveux blanchis à cause du stress.

Shane se redresse, bombe le torse.

— Pour des raisons évidentes, c'est moi qui dirige l'enquête, alors ne perdons pas de temps.

Il a pris l'accent de la ville du Sud où il a grandi. Un jour je lui ai dit qu'il était dingue de vivre à Savage plutôt que dans un lieu où le soleil brille toute l'année. Il ne m'a pas contredite. Il a juste expliqué qu'à l'époque, déménager là où la famille de son père a vécu pendant quatre générations, lui semblait une grande aventure. Je ne cherche pas à savoir pourquoi Shane reste. Je ne veux pas qu'il me dise qu'il a des regrets dont il ne peut se libérer, comme l'affaire non résolue de Jeanie.

Il sort un carnet de la poche de son manteau. Je lui raconte tout ; du moins, ma version. Je ne parle pas de Daniel, parce que je ne veux pas lui causer plus de problèmes. Oui, je sais que je devrais faire attention, vivre comme une parano jusqu'à ce qu'il reparte. Ce n'est pas grave.

Je ne parle pas non plus de mon souvenir de Jeanie.

Pour tout le reste, je suis sincère.

— Cette petite fille ressemble beaucoup à Jeanie, dis-je une fois qu'il a reposé son carnet. J'ai vu sa photo aux infos.

Il rebouche son stylo comme si ça lui demandait une grande concentration : il essaie de gagner du temps.

— Est-ce que ça a un rapport avec elle ? Je croyais que celui qui l'a enlevée ne vivait pas ici.

J'ai la voix qui tremble. Moi qui voulais rester calme !

— Shane, j'ai peur ! Dites quelque chose. Est-ce que j'ai pu croiser le type qui a enlevé Jeanie ?

J'essaie de retenir mes larmes, en vain. Je ne m'étais

même pas rendu compte combien j'avais peur. Ça aurait pu être n'importe qui ! La police a éliminé les suspects locaux depuis longtemps, mais qu'en savent-ils ? Ça pourrait être M. Robins, employé au secrétariat de l'école primaire, Jeremy Rangle, qui nous reluque toujours quand il nous fait le plein à la station-service, ou le facteur aux cheveux gris, qui salue de la main tous les enfants qu'il croise. Je croyais que le ravisseur de Jeanie était parti, alors je me sentais en sécurité.

Shane renverse la tête en arrière et se masse les tempes. Il regarde le plafonnier en clignant des yeux.

— Nous ne sommes peut-être pas loin de faire un lien. La petite fille serrait quelque chose dans la main.

J'imagine un bout de tissu arraché aux vêtements de son agresseur, le bras moisi d'un ours en peluche, une poignée de coccinelles écrasées qui dansaient sur sa paume quand elle a été attaquée.

— C'est un os de doigt.

Ces mots se dispersent dans mon cerveau. Je fixe le coussin du canapé. Un frisson parcourt les oiseaux, ils se déforment, se tordent.

— De qui ?

Pourquoi demander ? Je sais à qui il appartient.

— Nous essayons de l'identifier. Mais si l'ADN n'est pas enregistré dans le système, nous n'aurons pas la réponse.

On dirait que Shane a pris un siècle. Mon cerveau travaille au ralenti.

— Avez-vous l'ADN de Jeanie ?

Il détourne le regard.

— Oui. Nous avons gardé une mèche de ses cheveux. Si c'est son doigt, nous le saurons.

Je serre un coussin contre moi. Je ne sais pas ce qui serait pire : que le doigt appartienne à Jeanie ou pas.

— Ça ne pourrait pas être celui du tueur ?

Il secoue la tête.

— Non, son propriétaire est mort depuis au moins huit ans, le temps qu'il faut à la peau et à la chair pour se décomposer.

Je déglutis. Le doigt de quelqu'un mort depuis des années. *Quelqu'un comme Jeanie.* Je me recroqueville dans le canapé. Je n'ai jamais imaginé qu'on la retrouverait en vie. Je ne sursaute pas chaque fois que je croise une rousse de mon âge, je ne scrute pas les gradins lors des matches de football américain, *au cas où*. Je sais que Jeanie n'est nulle part ; aucune chance de voir une fille de dix-sept ans, la peau rougie par le soleil, en train de rire si fort qu'elle en recrache du soda par le nez. Mais je n'ai jamais cru non plus qu'on la retrouverait morte. C'était peut-être plus facile d'en faire un nuage de fumée, comme si onze ans plus tôt, elle était devenue poussière et que le vent l'avait emportée.

J'attends la fin du discours de Shane.

— Ce que je peux te dire, te *promettre*, c'est que nous allons te protéger. Que les deux affaires soient liées ou non, tu seras en sécurité.

Je hoche la tête : je le crois, mais ça ne me réconforte pas.

— Qu'est-ce qui est arrivé à son crâne ? C'est à cause de ça qu'elle est morte ?

Il se frotte le front.

— Le médecin légiste a confirmé un traumatisme crânien. Il est trop tôt pour l'affirmer, mais il pense que c'est arrivé après son décès.

Je vois bien qu'il ne veut pas en dire plus. Je me frotte les bras, j'ai la chair de poule. De toute façon, je n'ai pas très envie qu'il développe.

Avec un dernier soupir, il se lève, puis penche la tête et me dévisage.

— Tu ne m'as jamais téléphoné pour discuter de ce que tu as découvert dans ton dossier. J'ai eu peur d'avoir pris la mauvaise décision en te le donnant…

Je déglutis. *À trop parler de monstres, ils finissent par prendre vie.*

— Vous avez bien fait, dis-je. Il fallait que je sache.

Il n'a pas l'air convaincu, je ne dois pas sembler sûre de moi. Il se passe la main sur la joue.

— Et ça ne t'a pas rappelé quelque chose ?

C'est pour ça qu'il me l'a donné ? Il espérait qu'il y aurait un déclic ?

— Non, je ne me suis pas soudain souvenue que Jeanie avait été enlevée par un monstre violet.

Il secoue lentement la tête.

— Tes paroles… Ça ne voulait peut-être rien dire.

Je contemple mes genoux ; de fines lignes blanches les parcourent, blessures d'enfance cicatrisées. Je lève les yeux vers Shane.

— Mais je n'ai pas cessé de le répéter ! Ce devait être important.

— Les enfants voient des monstres partout, dit-il d'un ton désinvolte.

Mais il ne me lâche pas du regard.

— Avec tout ce que les journaux ressortent, cela pourrait être difficile pour toi de… tu sais… laisser ça derrière toi, tourner la page.

— J'en ai réchappé, ne l'oubliez pas. Je suis celle qui a eu de la chance, dis-je tout bas.

La voix du journaliste résonne dans ma tête.

— C'est ce que je me dis chaque fois que j'arrive sur une nouvelle scène de crime : ne rumine pas. Tu as de la chance que ce ne soit pas toi. Sois reconnaissant !

Il me jette un coup d'œil sans se retourner, puis ajoute :

— Ça ne rend pas les choses horribles que je vois plus faciles à supporter. Appelle-moi si tu as envie de parler !

J'entends le moteur de sa voiture banalisée ronfler dans l'allée, ses pneus crissent lorsqu'il fait demi-tour trop vite. J'ai la tête qui tourne, alors je me focalise sur mon téléphone. Il est neuf heures et quart ; Zoey sera là à dix heures. Je me verse un verre d'eau pour faire passer la nausée. On sonne à la porte, je me précipite. Peut-être que Zoey a sauté l'étape de son masque visage pour arriver plus tôt ? Je regarde par l'œilleton, et c'est Sam que je vois, indécis, sur le pas de la porte.

— Salut, dis-je en l'ouvrant d'un coup.

Je suis tellement soulagée qu'il soit là que je dois avoir un sourire de citrouille de Halloween. Surpris, il écarquille un instant les yeux. La constellation de taches de rousseur sur son nez ressort sous la lumière pâle du matin. Un coin de veste rouge dépasse de sous son sweat.

— Tu vas travailler ?

Les yeux plissés, il hoche la tête.

— Oui. Tout le monde n'a pas un papa avocat friqué.

Je ne peux retenir une grimace. Il prend une inspiration saccadée et fourre les mains dans ses poches.

— Stella, j'ai appris ce qui s'est passé hier soir… Je voulais m'assurer que tu vas bien. Je vois que tu es en un seul morceau. Du coup, je m'en vais.

Il fait un pas en arrière.

— Oh, dis-je bêtement.

Il s'en va. J'ai la gorge serrée. Je ne veux pas me retrouver seule, à penser à des petites filles mortes.

— Tu ne veux pas rentrer ?

Un pied en l'air, il s'immobilise, les sourcils froncés, l'air confus, comme s'il avait raté la chute d'une blague. Quand il comprend que je suis sérieuse, il hausse prudemment les épaules. En me passant devant, il dit :

— Rien n'a changé, ici.

Il sourit en scrutant notre salon. Il se tourne vers moi, me dévisage. Embarrassée, je m'agite. Quelle idée de l'avoir invité à entrer !

— Certains meubles ont été déplacés, poursuit-il, mais à part ça, tout est pareil depuis des années.

— Si on oublie le côté famille décomposée.

— Oui, d'accord, à part le départ de ta mère.

Quand il le dit, ça ne fait pas mal. C'est un fait.

— Vous vous parlez souvent ?

Je secoue la tête. Quand ma mère est partie, elle n'a pas quitté que mon père. Je vais la voir à Noël tous les deux ans, mais c'est comme rendre visite à une inconnue, dans une maison où l'on ne reconnaît rien et où l'on dort dans une chambre d'amis qui sent les fleurs séchées. Ce n'est même pas comme ces parents divorcés qui essaient d'acheter l'amour de leurs enfants : à Noël, elle m'a offert un pull à col roulé. Sans commentaire…

Je jette un coup d'œil discret à l'horloge : pourvu qu'il s'en aille avant l'arrivée de Zoey ! Non, il retire son sweat comme s'il avait l'intention de rester longtemps… Cela me permet de constater qu'il a bien un lacet pour ceinture. Il surprend mon regard.

— Quoi ? Tu n'es pas au courant de cette mode ? Attends un mois, Petite étoile, et tu me supplieras de te dire où j'ai acheté ce lacet super tendance !

Il rit aux éclats de sa propre blague.

— Tu joues toujours du violon ?

Il indique la photo prise en studio, clouée au-dessus de la cheminée. Instrument à la main, je souris, entourée de la lueur orangée des bougies. Le sourire est artificiel : ma mère a insisté pour que je prenne cette pose ridicule. Le cliché a été pris quelques mois avant son départ. Je n'ai pas touché à mon violon ni à une partition depuis qu'elle ne m'y force plus.

— Oh, non !

Je le soupçonne de le savoir déjà. Je suis très mal à l'aise, sa présence ici fait ressurgir des choses auxquelles je n'ai pas envie de penser.

Je relâche mon souffle et prends mon courage à deux mains.

— Écoute, Sam, j'ai essayé de te retrouver après… après ce que je t'ai balancé hier soir. Un copain à toi a dit que tu étais parti avec une fille.

Je ne me rappelle pas le prénom de ce type ; n'empêche, Sam devrait être reconnaissant que j'aie pris la peine de le chercher.

— Je t'ai dit ça parce que… Tu sais.

Mon explication est complètement nulle. Je finis par agiter le poignet comme Zoey lorsqu'elle n'a pas envie de s'étendre sur un sujet.

Il me fixe comme s'il cherchait un sens caché à mon attitude.

— Je sais, les gars m'ont envoyé une centaine de textos. Tu as failli flanquer une crise d'asthme à Harry.

Alors, Cardigan et compagnie lui ont rapporté mon passage en Sibérie sociale… J'ai le ventre qui se tord quand j'imagine Harry, vissé à son inhalateur, en train d'en parler d'une voix sifflante… Sam me regarde, l'air sérieux.

— Eh bien, non, je ne comprends pas pourquoi tu as dit ça, ni pourquoi tu as voulu me retrouver après.

Je hausse les épaules : qu'il l'interprète comme il veut. Je regrette amèrement de l'avoir invité à entrer. C'est le tête-à-tête le plus embarrassant du monde.

— Je te signale que Janey et Kate étaient *là*, dis-je.

— Et alors ?

Je tape du pied.

— Comment ça, et alors ? On était là, assis dans le noir… Tu m'as appelée par ce surnom que plus personne n'utilise…

Il secoue la tête : il ne comprend toujours pas.

— C'est juste que… J'avais peur de ce qu'elles penseraient, de ce qu'elles diraient aux gens, dis-je, honteuse que l'opinion de quelqu'un comme Janey m'importe.

J'inspire à fond avant de lâcher :

— Et j'avais peur de ce que tu penserais. Enfin, j'ai mon groupe d'amis, et tu… toi, tu as tes trucs à toi. En plus, je ne fréquente pas vraiment de garçons. Tu es beaucoup trop gentil avec moi, et je ne veux pas que tu te fasses des idées.

Il garde longtemps le silence. Je m'assieds sur le bras de la causeuse et j'attends qu'il réagisse. Il fixe les photos exposées sur le manteau de la cheminée. Sur l'une d'elles, au cadre en papier mâché qu'il a fabriqué pour moi en CM1, on nous voit en train de ramasser des pommes pendant une sortie scolaire. Il doit trouver curieux qu'elle y soit encore.

— Tu trouves que je suis trop gentil avec toi ? finit-il par lâcher.

Il se tourne vers moi.

— Tu préférerais que j'oublie ton prénom ? Que je drague tes amies devant toi ? Ou que je dise que je vais t'envoyer un texto, et que je ne le fasse pas ?

Son regard cherche le mien. Il ne serre pas la mâchoire, il essaie de me comprendre sans perdre son calme.

— Je sais comment sont les types avec qui tu traînes, ajoute-t-il. Tu mérites mieux que ça, Stella.

Je suis prise au dépourvu. Je suis partagée entre l'envie de hurler et celle de pleurer.

À la place, j'affiche un sourire moqueur et je lance :

— C'est ça !

Il se raidit et redresse la tête comme si je l'avais

frappé. En trois grandes enjambées, il est sur le seuil où il s'arrête, l'air en colère.

— Tout ce que tu veux, c'est jouer avec des types qui n'en ont rien à faire de toi, qui ne te connaissent même pas. Et mes amis à moi ne décident pas à qui j'ai le droit de parler, ils me soutiennent quoi qu'il arrive. Tu aurais bien de la chance d'avoir de tels amis. Or, malgré le peu de *toi* qui reste, jusque-là tu en avais un.

Il s'en va. Il ferme la porte si doucement que je n'entends pas la clenche. Bizarrement, c'est bien pire que s'il l'avait claquée.

Je suis sans voix. Je ne l'avais jamais vu s'emporter comme ça. Je suis atterrée : j'essayais de me faire pardonner !

J'aurais de la chance d'avoir des amis comme les siens ? Malgré le peu de moi qui reste ? Il ne sait plus qui je suis ! Il ignore quels garçons me plaisent, et ce qu'ils ressentent pour moi. Ça fait des années que je n'ai pas eu de petit ami. C'est moi qui l'ai décidé. Il y a plein de garçons qui sont intéressés. Comme Taylor. Mais sortir avec quelqu'un, ce n'est pas mettre la main dans les flammes en croyant qu'on ne s'y brûlera pas. Je ne cautionne pas les sentiments mêlés à toute cette affaire de couple. Quel intérêt ? J'ai dix-sept ans. De toute façon, ces histoires ne sont pas censées durer. Elles finissent tôt ou tard par une rupture. J'ai vu trop de filles souffrir et se rabattre sur le chocolat… Merci, très peu pour moi !

Et ce qu'il a dit sur mes amis ? D'accord, ce n'est pas complètement faux. À douze ans, Zoey m'a dit que je devais choisir : Sam ou elle. C'était l'été avant la cinquième et elle avait des projets. La décision n'était pas facile à prendre, mais à la réflexion, ça ne pouvait être que Zoey. Elle a des manières de brute, mais c'est ma meilleure amie. Ses bêtises faisaient rire ma mère : elle disait que, si le diable existait, il serait une adolescente. Zoey est mon diable à moi, et je l'aime. Si Sam est si intelligent, pourquoi il ne le comprend pas ?

J'enfonce le poing dans le coussin du canapé, comme si c'était le visage de Sam. Ça ne m'aide pas autant que je l'espérais. Et puis merde ! Je lui ai rendu un sacré service : plein de nanas dans l'orchestre, ou à la chorale, enfin, les endroits qu'il fréquente, lui tomberaient volontiers dans les bras. Des filles avec qui il aurait une chance. Comme cette Anna Je-sais-pas-quoi avec qui il est rentré hier soir.

Je remonte l'escalier en soufflant. Je me sens injuste. Et blessée par ses paroles. Mais pourquoi ? Avec tout ce qui se passe, pourquoi ce que dit Sam Worth m'atteint à ce point ? Pourquoi je suis aussi sensible à la façon dont il me traite ?

Je me laisse tomber sur mon lit, je roule sur le dos et j'envoie un texto à Zoey, tapant rageusement sur l'écran de mon téléphone. Pas de réponse. J'essaie de me détendre, mais mes pensées se tournent sans cesse vers Sam. Est-ce que ses amis s'habillent tous comme ça ? Je parie que même les filles de son groupe ont des lacets à la place de la ceinture. Je repense aux types nerveux de la soirée d'hier, que j'ai tout de suite identifiés comme assez losers pour faire partie de ses amis. J'étouffe un rire mauvais. Avec des copains comme ça, il serait encore mieux seul.

Je ne sais pas qui est Harry l'asthmatique, ni où ils déjeunent. Probablement dans le laboratoire de biologie, la bibliothèque ou la salle de musique. Qu'est-ce que Sam aime, d'ailleurs ? Comment se fait-il que je ne sache pas s'il appartient à un club ?

Pour m'empêcher de me focaliser là-dessus, je roule par terre et m'aplatis sur le sol. Mon violon bleu marine est sous le lit, où je l'ai abandonné il y a des siècles. Une couche épaisse de poussière recouvre son étui. Je le sors et je passe la demi-heure qui suit à l'accorder. Il y a quelque chose de tellement prévisible dans la façon dont il fonctionne… Les chevilles que je tourne sont si douces sous mes doigts. J'avais oublié combien j'aimais son poids sur mon épaule et dans ma paume, mes doigts recourbés sur l'archet. *Les doigts.* Je contemple mon index. Est-ce celui d'un enfant qui a fini dans le petit poing de la victime ? Je chasse cette pensée et je dépoussière soigneusement mon violon avec un chiffon, découvrant le grain du bois.

— Pourquoi t'as sorti ton banjo ?

Je me retourne vivement. Zoey est appuyée contre l'encadrement de la porte. Elle sort une poignée d'oursons en gélatine du sac qu'elle tient à la main.

— Tu n'as pas répondu quand j'ai frappé, alors je suis entrée, dit-elle, en dévorant ses bonbons.

— Attention, tu vas t'étouffer !

Je range vite mon instrument dans son étui en disant :

— Pour info : ce n'est pas un banjo, c'est un violon.

Elle lève les yeux au ciel.

— Kif-kif. J'ai encore des crises d'angoisse quand

je repense aux cris d'agonie que tu en tirais. Tiens, prends ça !

Elle me balance le sac de bonbons dans la figure avant de poursuivre.

— Purée, j'ai mis une éternité à venir ici. Il y a des flics partout !

Je trie les oursons : je ne mange que les verts.

— Tu m'écoutes, Peggy la Cochonne ?

— Vas-y.

Je souris, la bouche pleine de bonbons.

— Est-ce que je suis sexy, Zo ? Tu crois que je pourrais aller chez Taylor comme ça ?

Je cligne d'un œil, puis de l'autre. Elle me couvre la bouche, mais je sors la langue et lui lèche la main.

— Beurk ! Arrête, c'est dégueu ! proteste-t-elle en rigolant.

J'essaie de prendre l'air sérieux en essuyant le sucre qui dégouline sur mon menton, mais ça se termine par un fou rire.

— Stella ! J'étais en train de te dire un truc important.

Je roule par terre en me tenant le ventre. C'est tellement libérateur, de rire après ces heures affreuses.

— Stella, écoute-moi. C'est la mère de Jeanie.

J'avale immédiatement les oursons. Je me rassieds et la dévisage, attendant la mauvaise nouvelle.

— Ils l'ont découverte ce matin. Elle est morte.

Chapitre 6

Mort est un mot étrange. Je répète depuis toujours que Jeanie est sans doute morte, mais c'est différent d'entendre que quelqu'un l'est vraiment. Ma grand-mère paternelle est morte quand j'avais dix ans, les parents de ma mère bien avant ma naissance, alors je n'ai pas beaucoup d'expérience en la matière. Zoey le prononce comme une injure. Moi, j'ai toujours dit que c'est comme tirer la carte « Libéré de prison ». La mort de Jeanie est la meilleure chose qui ait pu lui arriver ; c'était fuir le monstre qui s'était emparé d'elle. Mais pour Mme Talcott, c'est différent.

La matinée et l'après-midi passent vite. Des policiers envahissent ma maison. Ils mettent une heure à arriver, mais une fois qu'ils sont là, on dirait qu'ils se démultiplient à grande vitesse pour remplir le moindre espace vide. Les flics parlent de moi en chuchotant dans tous les recoins de mon salon, les radios grésillent, le va-et-vient est incessant. Comme il pleut à nouveau, ils mettent de la boue partout. Si ma mère vivait encore ici, elle piquerait une mégacrise. Mon père, lui, ne remarque pas ce genre de détails. Je suis recroquevillée sur le fauteuil à bascule, le regard perdu dans le vide.

Au début, je ne comprends pas ce qu'ils font là, puis un mot révèle tout : *homicide.* La mort de Mme Talcott est immédiatement étiquetée. Un tout jeune flic au visage ravagé par l'acné dit en bégayant à une collègue que, à son avis, le tueur de Jeanie est revenu régler ses affaires et tuer les témoins. Puis tous les deux me jettent un coup d'œil furtif, comme s'ils s'étonnaient que je sois toujours en vie.

L'inspecteur Shane arrive au moment où les journalistes s'installent sur notre gazon. Ils ont apporté des bâches et des parapluies géants pour protéger leur matériel. Tout en essuyant ses bottes pleines de boue sur le paillasson, Shane leur aboie de reculer sur le trottoir. Il entre, hume l'air… Son expression s'adoucit quand il perçoit l'odeur du rôti de papa.

— Tous ceux qui ne vivent pas ici, dehors ! ordonne-t-il avant de s'installer sur la causeuse en face de moi.

Je ferme les yeux. Cette fois, il ne m'interroge pas, il m'informe. Il donne chaque détail de façon brève et sans émotion : Mme Talcott étranglée ; son corps balancé sur le bord de la route en dehors de la ville. On soupçonne un lien avec la disparition de Jeanie et la découverte de la victime du cimetière.

— Y a-t-il des suspects ? demande mon père d'une voix tendue.

— Joe, vous savez bien que je ne peux pas en discuter, répond Shane.

— Le père de Jeanie est forcément en haut de la liste.

Shane soupire.

— Kent Talcott prétend avoir passé toute la soirée à la maison avec sa femme. Il a dit qu'ils se sont couchés à onze heures moins le quart et c'est là qu'il l'a vue pour la dernière fois. Une voisine qui a entendu parler de la victime du cimetière a téléphoné à Bev Talcott un peu après minuit pour lui en parler. Elle nous a appelés ce matin quand elle a appris que Bev avait été trouvée morte. Il n'y avait aucun signe d'effraction. D'après Kent, sa femme avait de fréquentes insomnies et se promenait tard dans la nuit. Les voisins l'ont confirmé ; d'ailleurs, elle avait sa clé sur elle.

Il serre les mâchoires et continue :

— Comme vous le savez, l'alibi de Kent Talcott est tout aussi discutable que dans le cadre de la disparition de Jeanie. À l'époque, il travaillait encore comme garde-chasse au parc de Blackdog ; ce matin-là, il patrouillait sur les pistes d'accès des pompiers. Il y a un créneau de deux heures pendant lequel personne ne l'a vu. Rien de surprenant, les pistes sont très éloignées. Ce lien avec l'endroit où on a découvert la victime du cimetière est difficile à écarter.

— Stella court-elle un risque ?

Il y a un long silence, puis :

— Nous relions ces crimes récents à la disparition de Jeanie. Bev Talcott est sa mère, la fillette du cimetière lui ressemble énormément. Il y a aussi le timing. Les deux meurtres se sont déroulés pratiquement le jour anniversaire de la disparition de Jeanie. Étant donné que le ravisseur de Jeanie est à nouveau en activité à Savage, et que Stella a pu le voir, elle est en danger, oui. Nous mettons Kent Talcott en garde à vue le temps de l'interroger ; après nous saurons si nous pouvons l'inculper.

Shane relate les indices, qui désignent tous le père de Jeanie.

Je garde les yeux fermés en priant pour me réveiller de ce cauchemar. Pourquoi cela arrive-t-il ? Pourquoi maintenant ? Pourquoi tout court ? Mon père et moi n'en avons-nous pas subi assez ?

Je résume :

— Alors, je suis en danger parce que j'ai été témoin de quelque chose dont je n'ai pas le souvenir ?

— Oui.

Je regarde Shane.

— Pourtant, à part mon délire sur les monstres, je n'ai rien livré à la police.

Mon père se penche.

— De quoi parles-tu, mon chaton ?

Il est perdu, bien sûr ; il ne savait pas que j'étais au courant. Le regard de Shane passe de lui à moi. Je ne veux pas causer de problème à l'inspecteur, alors je prétends :

— Je le sais depuis plusieurs années. Zoey a entendu quelqu'un en parler et me l'a répété.

Shane grimace légèrement à ce mensonge, mais il se tait.

— Je vois, fait mon père, l'air grave. J'aurais aimé que tu me le dises.

— Pourquoi ? Tu me l'as bien caché, toi !

— Stella…

Il essaie de me prendre la main, mais je la retire.

— Je suis désolé. Ta mère pensait que cela te perturberait trop.

Je saute sur mes pieds.

— Que ça me perturberait ? Tu plaisantes ! Ça ne l'a pas trop inquiétée quand elle nous a quittés.

Je me tourne vers Shane.

— Cet après-midi-là, j'étais comme un écho qui répétait encore et encore la même chose. Si c'était M. Talcott qui avait pris Jeanie, pourquoi ne l'aurais-je pas dit ? Je l'aurais reconnu, non ?

— Stella.

Shane me fait signe de m'asseoir. Je reste debout.

— J'aimerais pouvoir te dire que cette phrase que tu répétais faisait sens. Mais ce n'était pas le cas, m'explique-t-il.

Cet aveu a l'air de l'achever, mais je suis trop énervée pour m'en soucier.

— Dites, j'ai le droit de sortir ou pas ? Est-ce que vos flics vont me surveiller ?

— Nous allons en discuter, dit Shane calmement. Une voiture de patrouille restera devant la maison. Jusqu'à ce que nous ayons éclairci la situation, il vaut mieux que tu restes chez toi ou dans des lieux publics, avec tes amis. Quand tu sors, il est important que tu dises à ton père exactement où tu vas, et pour combien de temps.

Je croise les bras et hausse un sourcil. Il sait aussi bien que moi combien mon père est obsédé par son travail. Il hoche la tête, il m'a reçue cinq sur cinq.

— Et si tu le disais aux policiers garés devant la maison ?

Je lève les yeux au ciel. Génial ! Maintenant je vais me faire baby-sitter par des flics… Je marmonne : « Ouais, ouais », puis je sors du salon. Shane et mon père me rappellent tous les deux, mais je monte l'escalier quatre à quatre et je verrouille la porte de ma chambre derrière moi. C'est peut-être immature, je m'en fiche. Au moins, j'ai résisté à l'envie de la claquer. J'ai besoin d'être seule pour réfléchir.

M. Talcott est en garde à vue. N'importe quoi ! Pourquoi aurait-il fait ça ? Au cours de ces onze années, je l'ai souvent regardé dans les yeux, et la seule chose que j'y ai vu, c'est un immense chagrin. Et comment pourrait-il faire des nattes africaines avec ses grandes mains calleuses ? Combien d'hommes savent-ils tresser des cheveux de façon si compliquée ? Même moi, j'ai du mal… Pourtant, je n'ai jamais envisagé que le ravisseur de Jeanie soit une femme. Ce sont les hommes qui commettent ce genre de crimes. De grands malades.

En plus, je me dis que, même si j'ai perdu la mémoire, je ressentirais quand même quelque chose en présence de celui qui a enlevé Jeanie. Je ne sais pas, la chair de poule ou un vertige. Avec les Talcott, il n'y a rien de tout ça. Pas même avec ce cinglé de Daniel. Le pauvre… Il doit être effondré : d'abord sa sœur, maintenant sa mère. Je suis la seule qui puisse l'aider. Quelque part dans le trou noir de mes pensées se cache la preuve de l'innocence de son père, ainsi que l'identité du tueur de sa sœur et sa mère. Je me jette sur le lit, le cerveau en ébullition. La fillette du cimetière, Bev Talcott, Jeanie, le doigt : tout est lié, j'en suis sûre.

Quoi qu'il arrive, tant que je ne recouvrerai pas la mémoire, je serai en danger. Pour ça il me faut de l'aide de la part de quelqu'un qui se souvienne des événements de cet été-là, qui se souvienne de Jeanie. Je sais que nous n'avions que six ans, mais Zoey a une bonne mémoire. Peut-être qu'elle pourrait m'aider ? Ce n'est pas grand-chose, mais c'est tout ce que j'ai comme idée. Je l'appelle ; ça sonne deux fois avant qu'elle réponde.

— Tu as été longue ! chouine-t-elle. J'en pouvais plus de t'attendre ! J'arrive pas à croire que ton père m'ait renvoyée chez moi. La prochaine fois que je le vois, je vais lui dire ce que je pense, et d'ailleurs…

— Zo, écoute. J'ai besoin de ton aide.

— T'as fini de m'interrompre ? Quoi, tu veux que je te fasse sortir de ta prison ? Ma mère vient de rentrer, elle a dit qu'il y a plus de flics dans ton quartier qu'à la parade du 4 Juillet.

— Non, pas encore. Shane et papa sont en train de discuter en bas. Tu vas pas me croire, ils accusent M. Talcott du meurtre de sa femme… Et de celui de Jeanie, et de la fille du cimetière.

Elle étouffe un cri.

— Ça ne m'étonne pas, j'ai toujours su qu'il avait des yeux de violeur !

Je m'exclame :

— Non, Zoey ! Il n'a pas… C'est quoi, d'ailleurs, des yeux de violeur ?

Je secoue la tête, comme si elle pouvait me voir à travers le combiné.

— Non, il n'a rien fait. Je le saurais, je te jure.

— Attends ! Tu ne te souviens de rien, alors *comment* tu le saurais, hein ? Si ça se trouve, il a un faible pour les petites filles ! Peut-être que sa bonne femme a découvert qu'il s'en est pris à celle du cimetière et à Jeanie, alors il l'a tuée pour l'empêcher de parler.

— Je sais que j'ai vu quelque chose, et ce n'est pas M. Talcott.

Je me mords la langue pour ne pas lui parler du doigt : Shane a clairement dit que ce détail n'était pas rendu public.

— Ah bon ? Parce que tu as un sixième sens qui repère les coupables ? Comment tu pourrais le savoir ?

Je soupire. C'est ce que je craignais : devoir dire la vérité. Je me prépare à affronter la colère de Zoey.

— Écoute, j'ai dit quelque chose à la police, ce jour-là. Je n'aurais pas fait ça si j'avais vu le père de Jeanie l'enlever. Je le connaissais, je l'aurais reconnu s'il avait emmené sa propre fille, et je l'aurais dit aux flics, non ?

Zoey a l'air de gober cette demi-vérité.

— Ça ne prouve pas grand-chose, déclare-t-elle. Les flics auraient pu mal interpréter tes paroles. Peut-être que tu essayais de leur dire que c'était le père de Jeanie, et qu'ils n'ont pas compris.

— Non, Zo. Je l'ai répété deux cent cinquante-cinq fois. On ne pouvait pas s'y tromper.

— Je suis pendue à tes lèvres, dit Zoey d'un ton distrait.

Vu son manque d'intérêt évident, elle doit se faire une pédicure…

— Alors ? Roulement de tambour… Qu'est-ce que tu as dit ?

Je prends une profonde inspiration et dis :

— À trop parler de monstres, ils finissent par prendre vie.

Un fracas à l'autre bout de la ligne : Zoey a dû lâcher le téléphone. Elle jure puis se met à crier :

— Ça va pas, Stella ? Tu te fous de ma gueule, hein ? Si c'est une blague, t'es une vraie garce ! À cause de toi j'ai fichu du vernis partout sur mon nouveau jean.

— Je ne plaisanterais pas là-dessus. *Deux cent cinquante-cinq fois*, Zo ! Shane a compté.

— OHLAVACHE…, souffle-t-elle. Mais ça veut dire quoi ? Pourquoi tu parlais de monstres ?

Elle semble réfléchir quelques instants.

— Hé, minute ! lance-t-elle ensuite. Tu le sais depuis combien de temps ? Il paraît que tu ne te souviens de rien de ce jour-là ! Alors, d'où ça sort ?

Je ferme les yeux.

— En septembre, j'ai demandé à Shane de me montrer le dossier d'enquête, sans savoir ce que je cherchais. Mon père ne voulait rien me dire…

Elle siffle :

— J'y crois pas ! Ça fait neuf mois que tu le sais, et tu m'en as pas parlé ?

Sa voix est calme, venimeuse.

— J'en ai parlé à personne !

— Je suis ta meilleure amie ! On est censées tout se dire, et toi, tu t'assieds sur un tel scoop ? Je t'ai raconté quand j'ai couché avec Jim Hoser ! Hoser le

Puant ! Je te raconte mes secrets les plus horribles ! fulmine-t-elle.

Tout ce que j'entends, c'est que Zoey appelle mon secret le plus terrible « un scoop ». Manifestement, elle trouve ce détail excitant. J'aurais dû m'attendre à ce qu'elle pique une crise.

J'essaie de me justifier :

— Je ne savais pas quoi en penser. Ça m'a prise de court. Si je t'en avais parlé, tu m'aurais encore dit ce que je devais ressentir ! Peut-être que, pour une fois, j'avais envie de comprendre toute seule !

Des larmes coulent sur mes joues. Est-ce vraiment la raison pour laquelle je le lui ai caché ? Pas tout à fait...

— Je t'en prie, Zo, ne te fâche pas. Maintenant, je t'en ai parlé, et j'ai besoin de ton aide. Désespérément !

Je lâche ce dernier mot dans un sanglot.

— Oui, c'est ça, fait-elle. Ma mère m'appelle pour dîner, faut que j'y aille.

Sur ce, elle coupe la communication. Je fixe mon téléphone, sidérée : Zoey ne m'a jamais raccroché au nez. Elle a crié, pesté, juré, hurlé, elle m'a tiré les cheveux et m'a jeté de la nourriture à la figure. Mais jamais elle n'a refusé de discuter. Oui, j'ai tu quelque chose qui m'effrayait à mort, et alors ? Ne peut-elle pas comprendre que j'avais peur de sa réaction ?

— Et merde !

Je donne un coup de poing dans mon oreiller. Qui va m'aider à me souvenir de Jeanie, maintenant ? Daniel ? Je n'ai pas franchement envie de me retrouver seule avec lui. De toute façon, ça m'étonnerait qu'il le veuille. Il est tellement sûr que j'en sais plus que je ne dis… Je fais la liste de ceux à qui je pourrais demander un truc aussi bizarre. Elle n'est pas bien longue. Et puis, qu'est-ce que je dirais ? « Hé, tu pourrais m'aider à me souvenir du type qui a assassiné Jeanie Talcott, il y a onze ans, qui est à nouveau en train de tuer ? Au fait le cadavre pourrait réapparaître morceau par morceau ! » Oui, bien sûr. Tout le monde se presserait pour participer à ce voyage morbide dans le passé. Surtout maintenant que je suis une cible ambulante. Michaela est la seule personne à qui je pourrais m'adresser, mais elle n'a pas connu Jeanie.

Un instant… Sam ! Sam Worth était en maternelle avec Jeanie et moi. Nous étions tout le temps ensemble. S'il n'était pas là le jour de sa disparition, c'est qu'il s'agissait d'un après-midi entre filles organisé par nos mères.

— Zut !

Je me giflerais : j'ai gâché ma chance que Sam m'aide ! Il raccrocherait à l'instant où il verrait mon nom s'afficher. Ou il me répondrait pour me dire que j'ai trop changé. Ce qui me donnerait l'occasion de lui apprendre que je suis la prochaine sur la liste des victimes et que, s'il me refuse son aide, il ne restera carrément rien de la moi d'avant…

Je l'appelle, honteuse. Je n'ai pas le droit de demander son aide ! À la deuxième sonnerie, je suis en sueur. Je raccroche avant que la troisième ne m'achève.

Je me laisse tomber du lit et me roule en boule sur mon tapis. Quand mes parents ont refait la maison, ma mère et moi nous sommes disputées pendant des jours à son sujet. Elle ne comprenait pas que j'avais envie de me blottir dessus lorsque je fais mes devoirs ou que je parle au téléphone. Malgré l'énorme tache verte, conséquence d'une catastrophe au guacamole, je suis heureuse d'avoir tenu bon. J'ai envie de me fondre dans ses poils tout doux.

Une vibration au-dessus de ma tête me fait sursauter. Je me redresse et je regarde le téléphone : c'est peut-être Zoey qui me donne l'occasion de m'expliquer... Non, c'est le nom de Sam qui brille en noir sur écran bleu. Je bredouille :

— A... allô ? Sam ?

— Tu me fais des blagues téléphoniques, maintenant ?

Il parle tout bas, sans colère.

— Non... Enfin, si, un peu, vu que j'ai raccroché. Pardon.

— Pardon de m'avoir appelé pendant le dîner et d'avoir raccroché, ou pardon de ce que tu as dit plus tôt ?

— Les deux.

— OK, excuses acceptées. Mais il faut que j'aille...

— Attends un instant, s'il te plaît ! Je... je n'ai pas le droit de te le demander, surtout après ce qui s'est passé, mais j'ai besoin de ton aide.

J'entends un ricanement étranglé.

— Tu es au courant, pour la mère de Jeanie ?

— Oui.

Je prends une grande inspiration.

— Bon, alors la police est venue, et ils croient que c'est le ravisseur de Jeanie qui l'a tuée, et aussi la fille du cimetière.

— Et… ? Désolé de te l'annoncer, Stella, mais je n'ai jamais été très doué pour jouer au détective…

— La police croit qu'il s'agit du père de Jeanie. Mais ce n'est pas lui !

La panique rend ma voix aiguë.

— C'est impossible, j'en suis certaine. Je…

— D'accord, j'ai compris. Ce n'est pas M. Talcott.

Je me mords la lèvre. Sam m'a crue tout de suite, alors que Zoey a douté.

— Daniel est en ville.

— Quoi ? Depuis quand ? Pour combien de temps ? Tu l'as vu ? Qu'est-ce que ton père a dit ?

Son ton monte un peu plus à chaque question.

— La police est au courant ? Tu crois que c'est lui ?

Je crie :

— Sam ! Bien sûr que non, ce n'est pas Daniel. Pas plus que son père. Daniel était un enfant à la disparition de Jeanie, et même si tu le trouves taré, tu ne vas pas croire qu'il tuerait sa mère ! Ce qui compte, c'est que la police a arrêté le père de Jeanie, qui est innocent, et que le vrai coupable peut s'en prendre à moi. Il faut que je retrouve la mémoire, Sam. Et, si je n'y arrive pas, nous devons au moins prouver que ce n'était pas le père de Jeanie.

— Comment ça, *nous*, Stella ? Ce matin, tu m'as dit que j'étais trop gentil pour toi. Que nous avions chacun nos amis, fait-il avec un reniflement moqueur. Zoey ne peut pas t'aider dans ta croisade ? Ni ton père, tu sais, l'*avocat* ?

— Zoey refuserait. Elle est fâchée. Et je ne peux pas le demander à mon père, il me dirait de ne pas m'en mêler. Tu es le seul qui se souvienne de Jeanie.

Tu pourrais m'aider à comprendre. D'accord, c'est nul de ma part de te le demander, mais je le fais quand même.

Je m'interromps, rouge de honte.

— Oui, tu es gonflée de me demander ça après tout ce qui s'est passé.

Je fais une grimace, me préparant à la suite.

— Je serai chez toi demain à onze heures. Sois prête, je klaxonnerai.

Sur ce, il raccroche. Je fixe longtemps mon téléphone, sidérée.

Chapitre 7

Sam fait retentir son klaxon à onze heures moins une. Le sac à l'épaule, je descends l'escalier quatre à quatre et je cherche mes ballerines violettes. Je les enfile en vitesse et sors de la maison. Les journalistes sont partis tard hier soir ; le bruit de leurs moteurs m'a réveillée. Il y a une voiture de police. Je fais un signe à Sam qui me regarde derrière le pare-brise de son break bleu canard, l'une des nombreuses raisons pour lesquelles Zoey le surnomme « le roi des losers », et me dirige vers les policiers.

L'agent au visage ravagé par l'acné, qui a l'air encore plus jeune à la lueur matinale, baisse sa vitre. Il mâche un énorme chewing-gum.

— Bonjour, mademoiselle Cambren, fait-il d'un ton grave.

Il essaie de se donner l'air plus âgé et c'est un échec retentissant.

— Bonjour !

Je salue sa partenaire qui est affaissée derrière le volant, en train de dévorer un bagel au saumon.

— Euh… Je sors.

J'indique la voiture de Sam.

— Nous allons au centre commercial, je reviens tout de suite après.

Je fais demi-tour sur la pointe des pieds puis je cours vers le break. L'agent me rappelle, mais je ne m'arrête pas : s'ils s'inquiètent, ils n'ont qu'à nous suivre.

— Salut, dis-je à Sam en me jetant sur le siège passager.

— Bonjour, répond-il en évitant mon regard.

Il recule dans l'allée. L'un de ces désodorisants kitsch en forme d'arbre pend au rétroviseur. Du cèdre, il me semble.

Au bout d'un long pâté de maisons, Sam est toujours seize kilomètres au-dessous de la limite de vitesse autorisée. Je me mets à rire.

— Ça alors, non seulement ta voiture sent le placard de vieille dame, mais tu conduis comme un papy !

Sam me jette un regard en coin.

— N'oublie pas de l'ajouter à la longue liste de tes reproches ! Pour ta gouverne, je ne veux pas que ton escorte policière me colle une amende.

Le sarcasme ne va pas à Sam : c'est forcé et maladroit, comme mon accent quand je parle espagnol. Il penche le rétroviseur fendillé vers moi. Effectivement, les policiers sont dix mètres plus loin.

— On ne va pas jouer à la course-poursuite aujourd'hui, mais tu pourrais mettre ta ceinture ?

Je m'exécute, un œil sur Sam pour voir s'il est fâché.

Son expression est impassible, neutre. Au bout d'un moment, je ne supporte plus le silence.

— J'apprécie beaucoup ton aide, Sam. Sache que je suis vraiment désolée, et…

— Stella. Arrête, fait-il en levant la main. Je t'aide parce que c'est dans ma nature. Je suis du genre à aider les gens, même s'il s'agit d'anciens amis et qu'ils ne le méritent pas.

Je marmonne en fixant mes mains :

— OK, merci…

Je ravale les dix autres excuses que je voulais lui présenter. Sam, toujours fidèle au poste. Gentil. Un ami que j'ai rejeté, encore et encore. Je ne mérite pas son aide. Il le sait ; moi aussi.

Il tourne d'un coup dans un immense parking. L'enseigne lumineuse du supermarché, un cube rouge, est tellement grande qu'on doit la voir depuis la lune.

Sam se gare et sort de la voiture.

— Allez, viens, il faut les semer, dit-il avec un clin d'œil.

Je le suis après avoir jeté un regard inquiet derrière nous. La voiture de police s'arrête sur une place pour handicapés, mais les flics ne semblent pas avoir l'intention de nous filer. Une vague d'air climatisé me rafraîchit le visage lorsque nous passons les portes automatiques. Ça grouille de familles avec caddies qui se promènent, sur un fond de musique d'ascenseur. Je demande :

— Qu'est-ce qu'on fait ici ?

Sam, qui me précède d'un pas vif, se contente de répondre :

— Tu vas voir.

Nous zigzaguons entre les mères qui crient et les enfants qui pleurent. À notre passage, quelques employés en veste rouge saluent Sam de la tête.

— Les flics ne nous ont pas suivis, lui fais-je remarquer. Ils nous attendent à la voiture.

— C'est bien ce que j'espérais.

Il tourne soudain à gauche et s'arrête devant une porte à l'arrière du magasin où il est écrit : « INTERDIT SAUF AUX EMPLOYÉS ».

Je grogne :

— Ce n'est pas vraiment le moment de me faire visiter ta boîte, tu ne crois pas ?

Sam m'attrape le poignet et m'entraîne dans un couloir sombre.

— Là, je commence à flipper, Sam !

Il me tire encore sur quelques mètres avant de pousser une autre porte. La lumière m'aveugle. Je plisse les yeux.

— On est dehors !

Nous sommes sur un quai de chargement ; quelques mètres plus loin, c'est la forêt.

Sam esquisse un sourire.

— On voulait leur échapper, non ? La maison de Jeanie est à trois kilomètres d'ici. Tu peux marcher dans les bois avec ces chaussures ?

Impressionnée, j'acquiesce en silence. Je lui ai juste demandé de m'aider, et il a établi un plan. Moi, je n'avais même pas réfléchi par où commencer. Le chemin de terre qui longe l'ancienne maison de Jeanie est l'endroit idéal ! C'est là qu'elle a disparu.

— Sam, tu es génial !

Il hausse les épaules et se dirige vers les arbres.

Je lui emboîte le pas. De dos, je ne le reconnaîtrais pas. Ses épaules sont larges, ses bras musclés. Aujourd'hui, il n'a pas de lacet en guise de ceinture. Une paire de bretelles pend à la taille de son jean.

Il ne ressemble plus du tout au petit garçon que j'ai embrassé à la crique cet été-là : genoux cagneux, dents de devant grandes comme des chamallows. On avait eu un cours d'éducation sexuelle au printemps, et depuis je ressentais des fourmillements bizarres dans le ventre. J'étais curieuse. Et comme Sam était le seul garçon à qui je parlais, c'est lui qui m'a servi de cobaye. Nos dents s'étaient entrechoquées quand je l'avais attiré vers moi. Le baiser était plutôt maladroit, mais c'était mignon.

— Ça va ? lance Sam en m'arrachant à mes pensées.

Il attend que je le rattrape pour qu'on marche côte à côte.

— Oui, désolée…

Je ne peux m'empêcher de dire :

— Je pensais à notre premier baiser.

Le pas de Sam se fait hésitant. Il ouvre la bouche, la referme, la rouvre. Puis il hausse un sourcil et demande doucement :

— Je croyais que ton premier vrai baiser, c'était avec Scott Townsend ?

Il ne semble ni amer ni fâché, ce qui me met encore plus mal à l'aise. Je lâche :

— Je ne pense pas qu'on puisse définir les baisers de Scott Townsend comme *vrais*.

J'essaie de suivre le rythme familier des pas de Sam. J'observe un oiseau aux ailes d'un bleu irisé qui vole au-dessus de nous. Je détourne le regard des gouttes de sueur qui s'accumulent sur sa nuque. La lumière du soleil filtre à travers les branches ; les taches mouvantes jouent sur les épaules de Sam. J'inspire profondément le parfum des sous-bois.

Je ne cesse de chercher le moyen de combler le gouffre qui nous sépare. Ou au moins de le lui faire oublier.

— L'autre soir, à Blackdog, je me suis rappelé quelque chose.

Je prends une profonde inspiration.

— J'ai vu Jeanie. Enfin, pas pour de vrai ; je me suis souvenue d'elle telle qu'elle était ce jour-là, puis je l'ai imaginée près du feu de joie.

Sam ralentit.

— Ce n'était peut-être pas un souvenir, dit-il. À force de regarder les infos, même moi, je me rappelle Jeanie le jour de sa disparition.

— Mais je me suis remémoré des choses que personne ne sait ! Entre autres, qu'elle avait très peur, et qu'elle a fait pipi dans sa culotte.

Je baisse la voix.

— Elle avait une blessure à la tête. J'ai vu du sang qui coulait de son crâne.

Il cherche mon regard :

— Tu n'en as parlé à personne ?

— Non. Tu es le seul, dis-je d'une voix tremblante en détournant les yeux. Et la victime du cimetière… On aurait dit que tout le haut de son cuir chevelu avait été arraché.

Mes derniers mots ne sont qu'un murmure.

— Je suis désolé que tu aies vu ça, fait Sam, l'air ému.

J'acquiesce et tente de me concentrer sur des choses plus agréables. Sam marche en balançant les bras. Chacun de ses gestes est plein d'énergie. Je voudrais avoir le courage de lui prendre la main…

N'importe quoi ! Après tout, il prétend qu'il ne reste plus grand-chose de moi. Il me repousserait. Et puis, il y a un milliard de raisons pour lesquelles Sam Worth n'est pas le genre de type avec qui je pourrais flirter.

Nous marchons sans parler pendant une bonne demi-heure. Tous les quelques mètres, je cède à la paranoïa et je regarde vers l'arrière. Mais personne ne nous suit. Shane sera furieux quand ses agents lui diront qu'on les a semés. Si mon père l'apprend en rentrant du bureau ce soir, il va piquer une crise. Mais ça ne durera pas : le temps qu'il termine de préparer ses biscuits, il aura oublié qu'il est censé me faire la tête.

À l'approche de l'ancienne maison des Talcott, les bouleaux se font plus nombreux ; leur écorce blanche s'écaille comme une peau de serpent. Entre leurs troncs minces, on aperçoit des murs de briques et des clôtures blanches. Nous sommes dans la zone résidentielle. La forêt s'aventure dans les quartiers de Savage, créant un patchwork coloré. Il est possible d'aller d'un bout à l'autre de la ville sans quitter les bois. Si nous tournions au nord-est, nous arriverions dans le jardin de Zoey.

— Je ne m'étais jamais rendu compte que Zoey et Jeanie vivaient si près, dis-je.

Sam ne répond pas. Je retente ma chance.

— Ça te plaît, de travailler au supermarché ?

Il répond sans m'accorder un regard.

— Ce n'est pas vraiment le boulot de mes rêves, mais je gagne assez d'argent pour en mettre de côté.

— Pour faire quoi ?

— Me payer l'université.

— Mais tes parents…

Je ne termine pas ma phrase, ce serait déplacé.

— S'ils pouvaient, ils le feraient. Tout le monde n'a pas les moyens.

Et ça recommence ! Je sais que j'ai de la chance.

Mais ce n'est pas le genre de Sam, d'être amer.

— Désolé, dit-il en se tournant vers moi avec un sourire hésitant, ce n'était pas sympa. Les choses ont empiré depuis que mon père est au chômage. Il fait des petits boulots, mais ça ne suffit pas.

Ça fait des siècles que je n'ai pas pensé aux parents de Sam. Maintenant je me souviens des blagues de sa mère et de son père qui accumulait les heures à la conserverie Halper, où il supervisait l'entrepôt. C'est un homme grand et costaud ; Sam est de la même taille, mais la ressemblance s'arrête là. Son père, bourru et silencieux, me paraissait toujours un peu effrayant.

J'accélère le pas pour rattraper Sam. Mes chaussures s'enfoncent dans la mousse et les aiguilles de pin. J'essuie la sueur sur mon front.

— Désolée… Je ne savais pas.

— Bien sûr que non. Comment tu aurais pu ?

Je me tais. Encore une fois, il a raison. Sam profitait de chaque occasion pour me poser des questions ; moi, jamais. Pendant tout ce temps, j'ai été indifférente à ses petites attentions. Il y a cinq ans, j'ai choisi Zoey. Pourtant me voilà à me promener dans les bois avec Sam, le seul ami qui ait répondu à mon appel au secours.

Il se met à courir au petit trot.

— C'est là !

J'essaie d'accélérer, et je manque me tordre la cheville. Je halète :

— Attends-moi !

Je fais tellement attention où je mets les pieds que je sors des bois sans m'en rendre compte. Soudain, il y a de la terre dure sous mes semelles, et la chaleur du soleil sur ma tête. Je tourne lentement sur moi-même. Je n'avais pas pensé qu'après tant d'années revoir la maison de Jeanie me troublerait à ce point. J'ai la gorge serrée.

L'endroit a l'air sinistre. La façade s'est affaissée, comme si la disparition de Jeanie l'avait ébranlée. La peinture est écaillée, les volets ne tiennent qu'à un gond. Les fenêtres sont brisées : on dirait des orbites vides. Les marches du perron sont jonchées de vieilles bougies et de peluches moisies. Je sens presque l'humidité qui empoisonne l'air à l'intérieur.

Sam surgit à côté de moi.

— Je n'arrive pas à comprendre comment ses parents ont pu rester ici après sa disparition ! Je me serais tiré le plus loin possible. Ils n'ont déménagé qu'il y a trois ans.

— Je ne suis pas revenue depuis ce jour-là, dis-je. On dirait que la maison est abandonnée depuis toujours.

Sam saute par-dessus une flaque de boue pour atteindre le sentier qui mène au portillon délabré.

— Il paraît que la dernière année qu'ils ont passée ici, les choses se sont dégradées. M. Talcott buvait de plus en plus, il traînait en ville complètement soûl, se faisait jeter des bars. Il a perdu son boulot ; ils ne pouvaient plus payer la maison. C'est pour ça qu'ils ont atterri dans une caravane, à l'autre bout de la ville.

J'ai la lèvre qui tremble. Je n'arrive pas à réconcilier ce qu'il dit et l'image de ces dames en robes du dimanche qui pendant quelques années après la disparition de Jeanie récoltaient de l'argent pour les Talcott en faisant du porte-à-porte à la sortie de la messe. Les gens ont dû se lasser de leur tragédie.

Les joues rouges de honte, j'avoue :

— J'étais heureuse de ne plus les voir. Je ne me suis pas demandé pourquoi ils ne se montraient plus…

Sam s'arrête devant le portail rouillé.

— J'ai aperçu Mme Talcott plusieurs fois. On aurait toujours dit qu'elle avait pleuré.

À cet instant, le portail s'ouvre à la volée, manquant Sam de peu.

— Mais c'est parce qu'elle pleurait, espèce de débile ! gronde Daniel en sortant du jardin.

Avant que je puisse lui crier d'arrêter, il brandit le poing et cogne Sam en plein visage.

Chapitre 8

La force du coup fait reculer Sam d'un pas.

— Daniel ! Arrête ! Nous voulons t'aider !

Je me précipite vers eux, perdant du même coup mes chaussures. Je m'accroche au bras de Daniel pour l'empêcher de frapper une seconde fois. Je le gêne assez longtemps pour que Sam retrouve l'équilibre.

— Je ne savais pas que tu avais la rage, dit ce dernier en frottant sa joue rouge.

Daniel se dégage, recule en titubant et nous dévisage d'un air un peu perdu. On dirait qu'il est aussi surpris que Sam. Ça ne dure pas. Je reste entre eux, et je grimace de douleur : quelque chose de pointu m'a percé le talon. Je vais probablement mourir d'encéphalite ou du tétanos.

J'indique la maison.

— Tu t'es installé ici ?

Daniel croise les bras et fronce ses sourcils broussailleux.

— Allez-y, appelez les flics, pour qu'ils me chassent une fois encore ! Avec un peu de chance, ils me mettront peut-être en prison, comme mon père !

Sam fait jouer sa mâchoire de droite à gauche.

— On ne savait pas que tu étais là.

Daniel renifle avec mépris. Même dans son chagrin, il cherche à se battre. Je ne vais pas me laisser intimider ! Je secoue la tête et vais récupérer mes chaussures dans la boue. Elles sont fichues. Zoey a les mêmes : nous nous mettons d'accord pour les porter le même jour. Je m'essuie les pieds comme je peux avant de les enfiler.

— Je suis désolée pour ta mère.

Je m'approche de lui doucement, comme s'il était un animal sauvage.

— Je n'ai pas dit à la police que tu es à Savage, et, même si ça ne change rien, je suis sûre que ton père est innocent. C'est pour ça qu'on est là. Je voudrais recouvrer la mémoire pour qu'ils arrêtent le vrai responsable.

Daniel met un instant à répondre, comme s'il était pris de court.

— Et lui, qu'est-ce qu'il fout là ?

Il se tourne vers Sam.

— T'es un mouchard ! T'as prévenu le père de Stella chaque fois que j'étais en ville ! crache-t-il avant de faire un pas vers lui, menaçant.

— Ça suffit, Daniel ! Sam est là pour m'aider ! Personne d'autre n'a accepté.

Sam enfonce les mains dans ses poches et hausse les épaules.

— Allez, ce n'est pas que je te voulais du mal, mais t'étais vraiment violent avec Stella.

Daniel secoue la tête. Je demande avant qu'il riposte :

— C'est ici que tu es venu après le feu de joie ?

Il grimace et se frotte le visage.

— C'est ça, retourne le couteau dans la plaie ! Si j'étais allé à cette caravane pleine de rats, ma mère serait encore en vie.

Il gémit et laisse mollement retomber les bras.

— Je ne voulais pas les voir ! Pas après que tu as découvert cette gosse… Elle ressemblait tellement à Jeanie ! Je voulais être dans notre ancienne maison.

S'il était plus stable, je le prendrais dans mes bras. Daniel voulait se retrouver là où Jeanie avait vécu. S'il avait rejoint ses parents, serait-il arrivé avant que sa mère sorte se promener ? Il l'aurait peut-être accompagnée, et Mme Talcott ne serait pas morte.

— Qu'est-ce que tu as l'intention de faire ? Tu vas camper dans cette baraque abandonnée pendant que ton père est en prison pour des crimes qu'il n'a pas commis ?

Je montre ses vêtements.

— Ou jusqu'à ce qu'un voisin appelle la police pour signaler un squatteur ?

Sa mâchoire se contracte pendant qu'il réfléchit. Daniel est hésitant à se confier.

— Laisse-nous t'aider…

Finalement, il pousse un gémissement de capitulation.

— Je voulais parler à quelqu'un qui était témoin de l'enlèvement de Jeanie.

Je secoue la tête et me désigne du doigt.

— C'est moi, le seul témoin ! C'est écrit dans le dossier de la police.

Il se racle la gorge et crache par terre avec mépris.

— Ouais, comme si les flics ne mentaient jamais !

Il s'assombrit encore plus.

— Une voisine était là ! Les poulets l'ont interrogée, mais ils ont décidé qu'elle n'était pas crédible. Ils n'ont pas intégré sa déclaration au rapport.

Je mets les mains sur les hanches.

— Shane et Berry ne sont pas malhonnêtes ! Tu ne les connais pas. Berry était tellement stressé qu'il en est mort il y a quelques semaines. Et Shane… Non, jamais !

Daniel lâche un rire acide.

— Tu crois que les inspecteurs Connard et Bitemolle ne s'intéressent qu'à toi ? Je les connais très bien ! Et je sais que ce jour-là ils ont interrogé la vieille Griever. Si monsieur et mademoiselle les détectives en herbe veulent bien me suivre…

Il s'engage dans le chemin boueux d'un pas furieux. Nous lui emboîtons le pas sur l'allée bordée de fraisiers.

Une minute ! Des fraisiers ?

Au premier coup d'œil, on dirait qu'ils ont des épines. Je me penche pour mieux voir : leurs feuilles brillantes et leurs tiges vertes dissimulent un buisson de ronces haut comme moi. Les épines longues de plus d'un centimètre ressemblent à des griffes ou des crocs. Les deux espèces, l'une chargée de fruits plus beaux que ceux qu'on achète au supermarché, l'autre semblable à du barbelé, se sont entremêlées au point de ne faire qu'une seule plante.

— Je croyais qu'ils avaient été arrachés, dis-je à moi-même en regardant d'un air soupçonneux cette cascade de branches vigoureuses.

— Mon père a bien essayé, répond Daniel. Il les a coupés tous les ans après la disparition de Jeanie, mais ils n'ont fait que mieux repousser. Leurs racines devaient être trop profondes. Très vite, les ronces ont tout envahi. Ça le rendait dingue ! Il s'est massacré les bras sur les épines en voulant enlever cette saloperie.

Il donne un coup de pied dans une fraise qui pend sur le chemin.

— Aucun des voisins ne veut y toucher, ils sont persuadés que le buisson est vénéneux. Depuis que mon père est parti d'ici, personne n'arrache plus rien.

Cet enchevêtrement de plantes semble plus sombre et plus vert que les autres buissons qui bordent l'allée. Impossible de dire si les ronces étranglent les fraisiers, ou les soutiennent comme un treillis et les protègent des doigts avides. Je frissonne et contourne Sam afin qu'il fasse écran entre les plantes et moi. J'ai le pressentiment que nous allons surprendre quelque chose qui ne veut pas être vu.

— Ça va ? murmure Sam en me donnant un petit coup de coude.

Je hoche puis secoue la tête.

— Ce n'est pas très rassurant, ici, hein ?

— Non, vraiment pas, marmonne-t-il.

Plus nous avançons, plus le chemin se rétrécit. Les arbres qui l'encadrent poussent en diagonale au-dessus de nous, leurs branches s'entremêlent dans un patchwork de vert et marron. Nous dépassons ce que je croyais être la dernière maison de la rue, une grande bâtisse victorienne à deux étages. Daniel continue. L'allée n'est désormais qu'un sentier, à peine assez large pour nous permettre, à Sam et moi, de marcher côte à côte. Une voiture ne passerait pas.

— C'est encore loin ? lance Sam à Daniel.

Celui-ci se retourne d'un coup. Une barbe de quelques jours lui assombrit le visage.

— Enfant, déjà, je trouvais que la vieille Griever n'était pas nette. Elle traîne tout le temps dans les bois. Si quelqu'un sait ce qui est arrivé à Jeanie, c'est elle. Ne la faites pas flipper avant qu'elle ait répondu à mes questions, d'accord ?

Nous le regardons sans comprendre.

— D'accord ? répète-t-il sur un ton autoritaire.

Sam hoche la tête. Trop stupéfaite pour réfléchir, je l'imite. Je ne vois pas ce qu'une petite vieille pourrait cacher sur la disparition de Jeanie.

Je prends une grande inspiration et le suis. Le chemin est tapissé de pierres couvertes de mousse qui s'emboîtent comme des pièces de puzzle. Des ronces fournies ont envahi les deux côtés ; leurs branches s'étendent comme des tentacules qui menacent de m'entraîner dans leur gueule affamée. Ma chemise s'accroche à une épine. Quand je tire, la soie se déchire. Je peste contre la branche coupable, et Sam s'empresse de la casser avec un grand sourire.

Je murmure :

— On dirait Hansel et Gretel qui s'approchent de la maison de la sorcière…

Sam se met à rire.

— J'espère que tu ne m'imagines pas en culotte à bretelles !

Il est derrière moi, si près que je sens sa chaleur dans mon dos, sous ma chemise. Il y a là quelque chose de familier, de réconfortant. Je ferme les yeux, m'enroulant dans cette sensation comme dans une couverture.

Je me cogne contre Daniel.

— Fais gaffe ! grogne-t-il.

Je ne relève pas sa muflerie : je suis son regard qui se pose sur une vieille maison grise.

Enfin, une maison… C'est plutôt une masure, qui doit comporter une ou deux pièces. Des marches cassées mènent à la porte. Des toiles d'araignée dignes d'un manoir hanté pendent à la gouttière, les fenêtres sont noires de suie. Rien ne pousse à plusieurs mètres à la ronde ; les arbres et les buissons ont l'air de fuir cet endroit. Il y a un cercle de ciel bleu parfait juste au-dessus, qui me donne un sentiment de vulnérabilité, comme si nous étions des insectes sous une loupe. Des volutes de fumée noir d'encre qui s'échappent d'une cheminée à moitié écroulée emplissent l'air d'une odeur de fourrure ou de cheveux brûlés. Devant, à gauche, la terre a été retournée comme si quelqu'un voulait y faire des plantations. Regardant de plus près, je me rends compte qu'en réalité il s'agit de petits tas de terre très rapprochés les uns des autres.

— Qu'est-ce que…

Ma voix s'éteint lorsque je surprends un mouvement

dans mon champ de vision. La porte de la masure s'ouvre, dévoilant un rectangle d'obscurité. Daniel se redresse et s'avance d'un pas, la main tendue.

— Bonjour, madame Griever ! C'est Daniel Talcott, lance-t-il d'un ton impatient mais poli.

Sa voix a perdu toute agressivité.

— Mes parents et moi vivions au bout du chemin, avant. Nous avons déjà discuté, vous vous en souvenez ?

Silence. Une légère brise virevolte autour de nous, comme prisonnière de la clairière. Je recule et heurte le torse de Sam. Je ne m'écarte pas : rien qu'un instant, je veux être tout près de lui, à l'abri. Son cœur bat dans mon dos.

— J'ai rin d'plus à dire, fait une voix de crécelle dans la masure.

Sans se décourager, Daniel fait un pas en avant.

— Madame Griever, vous souvenez-vous de Jeanie, ma sœur ? Un jour, elle est venue avec notre mère pour vous apporter des biscuits, ceux avec un peu de confiture au centre. Elle jouait pas loin d'ici.

Daniel a la voix rauque et semble vulnérable. Je ravale un sanglot. Ses souvenirs de Jeanie sont si intimes… Ils sont difficiles à entendre. Je n'ai pas cessé d'essayer de me convaincre qu'elle n'avait rien de particulier ; pour lui, elle était unique. Je voudrais lui demander ce qu'il aimait tant chez elle.

Une main noueuse surgit de l'intérieur. Elle s'accroche au cadre de la porte et tire lentement sa propriétaire du noir. Comme émergeant d'une flaque de goudron, elle apparaît petit à petit : la chair flasque et pâle de son bras, ses pieds nus déformés, la peau fripée de ses joues creusées ; de rares cheveux gris sur le cuir veineux de son crâne, un dos courbé sous un vieux châle noir noué par-dessus une robe mauve qui lui tombe jusqu'aux chevilles.

— J't'ai dit de plus jamais remettre les pieds ici ! gronde-t-elle. Je ne sais rien sur ta sœur !

Son autre main, qui émerge à son tour du noir, serre une carabine. Daniel met lentement les mains en l'air, comme s'il s'agissait d'un braquage à l'ancienne. Sam se met aussitôt devant moi. Elle dirige le canon vers Daniel.

— T'as jusqu'à trois pour dégager. J'veux pas de problèmes !

Daniel ne bouge pas.

— Vous êtes la seule à vivre dans le coin, insiste-t-il. Vous aviez peut-être trouvé quelque chose… un indice pour qu'on comprenne ce qui lui est arrivé.

— Un ! crie-t-elle.

Daniel joint les mains comme s'il priait.

— Vous n'avez pas trouvé un jouet, une chaussure, des traces de pas ou… ou des os ?

— Deux !

Un goût amer me monte à la gorge. Daniel cherche ce qui reste de Jeanie. Il croit que son corps est toujours dans les bois. Alors que sa famille se désagrège, tout ce qu'il veut, c'est que Jeanie repose en paix.

Sam se retourne et tente de me faire reculer sur le chemin.

— S'il vous plaît ! s'exclame Daniel.

— Mon garçon, je ne traite pas avec les monstres, lance la vieille. Trois !

Ses paroles me brûlent les oreilles. *Les monstres.*

Je fais une feinte à gauche pour tromper Sam et me précipite devant Daniel.

— Je suis Stella Cambren !

Je crie comme si cela pouvait détourner l'arme pointée sur moi.

J'ai le souffle court, la poitrine oppressée. Mes mains tremblent.

La femme s'écarte un peu de la porte, sans abaisser sa carabine.

— C'est toi qui n'as pas été prise ? demande-t-elle d'une voix éraillée.

J'acquiesce avec précipitation. Elle reste figée pendant un long moment, puis braque le fusil sur Sam.

— Toi, petite, tu peux venir. Pas eux !

— Stella, non ! hurle Sam.

Daniel se tait, mais son regard est comme un tisonnier brûlant. Je jette un coup d'œil sur les petits tas de terre, puis je m'avance vers elle d'un pas hésitant.

— Vous, vous ne bougez pas ! ordonne-t-elle aux garçons.

J'atteins les marches écroulées.

— Là-haut ! fait-elle.

Elle indique le perron en tapant le sol de son pied noueux. J'enjambe deux planches cassées et saute vers elle. La coupure à mon talon me fait mal. Mais qu'est-ce que nous avons été bêtes de semer la police !

De si près, je vois qu'elle a un œil laiteux, l'iris brouillé et la pupille grise plutôt que noire. Mais l'autre est vif et me scrute.

Je murmure :

— Vous avez parlé des monstres… Pourquoi ?

— Tu aides ce voyou à retrouver celui qui a volé

sa sœur, hein ? Eh bien, tu ferais mieux de quitter cette ville ! Sans te retourner.

De la salive s'accumule au coin de sa bouche et son œil aveugle tressaute.

— Y en a pas une qui reviendra ! Tu ferais mieux de remercier le ciel que c'était pas toi.

Je m'approche encore d'elle à contrecœur.

— S'il vous plaît ! La mère de Daniel a été tuée, et c'est son père qui est accusé du meurtre. De celui de Jeanie aussi. Il est innocent !

Mon regard s'arrête un instant sur Daniel.

— J'en suis certaine. Vous rappelez-vous quelque chose de ce jour-là ? Il paraît que les flics vous ont parlé, et qu'ils n'ont pas inclus votre déclaration dans le dossier d'enquête.

Mes mains tremblent ; le perron grince sous mon poids.

Une bulle de salive sur les lèvres, elle grogne :

— La police ? Je leur ai dit que j'étais là ce jour-là, et la fois d'avant aussi.

— Comment ça, la fois d'avant ? Vous voulez dire, le jour avant l'enlèvement ?

— Je l'ai pas vue, mais j'étais là quand sa petite rousse de sœur a été prise, continue-t-elle en désignant Daniel de son fusil. Et j'étais là quand la petite rousse d'avant a été enlevée.

Je me sens perdue. C'est une vieille femme, folle de toute évidence. Elle doit être sénile, Daniel est à ce point assoiffé d'information qu'il ne voit pas qu'elle ne sait rien. Elle arrive à peine à sortir de chez elle ; elle ne parcourt certainement plus la forêt, elle n'a pas pu tomber sur le cadavre de Jeanie. Qu'elle parle de monstre n'est qu'une coïncidence.

Elle se penche et fait claquer sa langue.

— Tu crois que j'ai le cerveau en gruyère, c'est ça ? Eh bien, sache que Jeanie n'est ni la première ni la dernière. Cette ville a la mémoire courte quand il s'agit de ce qui arrive aux enfants. J'avais seize ans quand la petite Balco a disparu. Elle avait les cheveux roux comme des biscuits dorés à la mélasse. Elle vivait un peu plus loin, sur le chemin. On l'a enlevée sous le linge qui séchait, devant sa maison.

Elle passe la main sur sa bouche baveuse.

Ce qu'elle raconte me fait frissonner. Je sais que je ne devrais pas croire un mot de son délire, et pourtant… J'ai un goût amer dans la bouche. Le goût de la vérité.

— Comment est-ce possible ? Celui qui a pris cette petite fille serait mort depuis longtemps !

Elle retrousse les lèvres dans un rire sardonique, dévoilant ce qui reste de ses dents pourries. Ses chicots noirs me font penser à de petites pierres tombales.

— Mais ce qu'elle est vive ! ricane-t-elle. Maintenant, dégage de mes terres avant que je tire dans le ventre de ton copain.

Je fais un pas en arrière, puis je saute du perron. Juste avant que la porte se ferme, elle lance :

— Si tu t'obstines à fouiller les recoins sombres de Savage, tu vas regretter de pas être aveugle.

Chapitre 9

Assommée, je retourne machinalement vers les garçons. Daniel est pâle et immobile, une statue. Sam serre les dents.

— Allons-y, dis-je en leur faisant signe de me suivre.

Je veux partir d'ici. Loin de cette femme, de ses histoires et de son fusil. Loin de cette présence maléfique que je sens ici. J'ai l'impression d'être traquée par l'invisible. Mais je n'ose pas courir.

Tout le monde sait que courir excite les monstres, qui ne vous lâchent plus.

En route, Daniel ne cesse de marmonner : il jure, et il répète en boucle : « Impossible impossible ! »

— Ne reste pas là, lui dis-je. Va chez ton père.

Les arbres qui longent le chemin ploient sous le vent, ça amplifie ma panique.

— L'ambiance est bizarre, ici. Il faut que tu t'en ailles !

Il ne répond pas. Je me retourne d'un bloc.

— Tu m'entends ? Tu ne devrais pas rester là !

Je perds la tête. Soudain, ce chemin m'apparaît comme l'endroit le plus dangereux au monde. Mes pensées s'emballent. Des monstres, d'autres petites filles qui ont été enlevées. Qui ressemblent à Jeanie. *Rousses*. J'ai la nausée.

— La fille du cimetière était rousse. Elle ressemblait tellement à Jeanie que j'en ai vomi en voyant sa photo.

J'essaie de reconstruire le puzzle. Mon horreur s'intensifie.

— Tu sais qu'ils ont trouvé un doigt dans sa main ?

Si quelqu'un a le droit d'être au courant, c'est Daniel ; après tout, ça pourrait être celui de Jeanie. Je continue :

— Les journalistes ont parlé de meurtres sacrificiels. Je croyais que c'était n'importe quoi, mais peut-être que non ? Ça pourrait expliquer les disparitions sur plusieurs générations. Peut-être une secte religieuse ?

Malgré moi je hausse le ton, mes paroles sont vives et embrouillées.

— Mais quelle religion sacrifie de petites filles rousses ? Celle du cimetière avait la moitié du crâne découpé. Moi, je ne suis pas rousse, c'est peut-être pour ça qu'on m'a laissée ?

Je tire violemment sur mes mèches brun miel.

— Ta mère non plus. Alors, pourquoi ?

Le chemin s'élargit lorsque nous atteignons la maison victorienne. Je serre les dents. Daniel n'a pas besoin d'entendre le l'écho de ma peur, qui hurle que le doigt est – *forcément* – celui de Jeanie. Que l'affaire de Jeanie et celle de la petite rousse du cimetière sont sûrement liées. Mes réflexions sont un rugissement hystérique, oui, mais elles sont parfaitement raisonnables.

Après un instant de silence, Sam demande :

— C'était quoi, ces monticules de terre dans son jardin ? Vous croyez qu'il y avait là un truc enterré ? Des animaux ? Ils sont trop petits pour que ce soit des enfants.

Je lui jette un regard horrifié, et il détourne vite la tête.

— Elle n'avait jamais parlé des autres ! dit Daniel. Je suis allé la voir il y a quelques années pour lui demander si elle savait quelque chose sur ce qui était arrivé à Jeanie… Je pensais qu'elle en avait peut-être vu plus qu'elle ne le disait. Peut-être qu'elle avait trouvé les restes d'un corps ? Mais cette vieille folle n'a jamais dit qu'il y en avait eu d'autres ! Pourquoi elle en parle maintenant ?

Sam enchaîne, plus pour lui-même que pour nous.

— Pourquoi *tout ça* maintenant ? Pourquoi a-t-on tué la fille du cimetière ? Pourquoi ta mère a-t-elle été assassinée ? Pourquoi, après onze ans de calme plat, tant de choses en seulement vingt-quatre heures ?

Il se tourne vers Daniel, l'air troublé.

— Et ce n'est pas à toi que Mme Griever a parlé. C'est à Stella. On aurait dit un avertissement… C'est probablement une vieille folle qui est seule depuis trop longtemps. La police a eu raison de ne pas la prendre au sérieux. Si on avait eu des soupçons, on aurait mené une enquête sur elle.

Je reste figée.

— Vous savez ce que j'ai dit aux flics quand ils m'ont interrogée sur la disparition de Jeanie ?

Ils me fixent tous les deux. Sam se mordille la lèvre comme s'il était face à un puzzle compliqué qu'il avait du mal à résoudre, Daniel serre les doigts comme s'il espérait obtenir les réponses à coups de poing.

Sam pose les mains sur mes épaules et les presse doucement.

— C'est sans importance, Stella ! Tu n'avais que six ans.

Je le repousse.

— C'est là que tu as tort, Sam. J'ai dit : « À trop parler de monstres, ils finissent par prendre vie. » Je l'ai dit deux cent cinquante-cinq fois !

Daniel inspire vivement.

Je suis au bord des larmes. À cet instant, je comprends l'envie de Daniel de résoudre ses problèmes par la force. Je veux que ça sorte de moi : tout ce que j'ai retenu, tout ce que j'ai jamais dit sur Jeanie, tout ce qui existe en moi à cause de ce jour-là. Il y a forcément en moi des fragments de ce que j'ai vu. Je n'en veux plus ! Je continue sans ménagement, certaine que si j'arrive à tout dire j'en serai libérée.

— Toutes ces années, tu as cru que je cachais quelque chose. En réalité, il ne me reste qu'un souvenir de ce jour, Daniel. Quelque chose qui m'est revenu au feu de joie, juste avant ton arrivée. Voilà : Jeanie avait une blessure à la tête. Elle saignait. De peur, elle a fait pipi dans sa culotte. C'est tout. En onze ans, c'est tout ce dont j'ai réussi à me souvenir.

Je lâche un rire qui se change en sanglot.

— Pas étonnant que tu me détestes ! À ta place, je me détesterais aussi.

Pour une fois, Daniel me regarde sans colère.

— Je ne te déteste pas, murmure-t-il. Mais ça aurait dû être toi, pas ma sœur.

Je ne suis pas choquée d'entendre ça : Daniel aimait Jeanie. Je comprends.

Nous rejoignons la maison abandonnée dans un silence pesant. Sur le chemin, je foudroie les fraisiers du regard. Il y a deux ans, mon père avait un potager. Des mauvaises herbes à l'air préhistorique n'arrêtaient pas de pousser dans la roquette. Pendant des semaines, il les a coupées, au lieu de les arracher avec la racine. Chaque fois, elles ont refait des tiges, de plus en plus dures et noueuses. On aurait dit des colonnes vertébrales miniatures. J'ai arrêté de ramasser les légumes à cause de leurs poils qui m'irritaient la peau. Ces fraises me les rappellent : sauvages et rendues plus fortes à force d'avoir été coupées. La nature leur a donné un coup de main en leur fabriquant une armure de ronces.

Je fais un détour pour écraser les fruits juteux qui retombent dans l'allée. Il y a quelque chose d'étrangement jouissif dans la façon dont la chair pulpeuse rouge éclate sous ma semelle. À chaque explosion miniature, je retrouve un peu la raison. L'os appartiendra à Jeanie ; il fallait bien qu'elle ressorte à un moment. La petite fille sera la nouvelle victime du psychopathe. Les tueurs en série ont un type : celui-ci aime les rousses. Peut-être que la mère de Jeanie et Daniel était sur le point de découvrir l'identité du tueur. La police le retrouvera – il y a désormais deux corps jonchés de preuves et d'indices – et il passera le reste de sa vie en prison. Mystère résolu.

— Écoute, dit Sam à Daniel lorsque nous entrons dans le jardin des Talcott, je sais qu'on ne s'est pas toujours entendus, mais si tu as besoin d'un endroit où dormir, tu peux venir chez moi. Ma mère et mon père ne sauront pas qui tu es, ça ne les gênera pas qu'un ami du lycée squatte un peu. Si tu veux éviter les flics, aller chez ton père n'est pas une bonne idée. Et Stella a raison, tu ne peux pas rester ici.

Daniel a perdu toute combativité. Il a l'air vidé par notre après-midi. Il acquiesce lentement.

— C'est sympa, merci. Pour le moment, j'ai des trucs à faire ici, mais je vais peut-être venir ce soir.

Sam lui donne son adresse ; je lui fais un signe de la main tandis que nous nous enfonçons dans les bois sombres. Il y règne un silence inquiétant. Le ciel est plombé, le soleil ne nous parvient pas. Je ne sais même pas quelle heure il est : j'ai laissé mon téléphone dans la voiture de Sam.

De l'eau gargouille dans mes ballerines, et j'ai les doigts tout bleus. Nous ralentissons de plus en plus à cause de mes pieds douloureux et fatigués.

— Tu as l'air d'avoir froid, dit Sam après m'avoir aidée à enjamber un ruisseau rocailleux.

Il retire son tee-shirt, dévoilant un débardeur blanc presque transparent. Il a les épaules bronzées et couvertes de taches de rousseur.

— Tiens.

— Mais là, c'est toi qui vas avoir froid !

Il y a une marque violette sur sa joue, souvenir du coup de poing de Daniel.

L'année dernière, Zoey est sortie une semaine avec un étudiant en première année de fac ; leur relation a duré le temps du cocard qu'il avait récolté à une soirée. Zoey dit que chez les mecs, les bleus sont l'équivalent du maquillage des filles. Elle n'a peut-être pas tort…

— Mais non. Je suis une vraie bouillotte, tu te souviens ?

Je prends son tee-shirt à contrecœur et l'enfile, encore chaud. Sam me regarde faire en souriant.

Le tee-shirt me tombe jusqu'à mi-cuisse et sent mon enfance. Je ne saurais pas identifier exactement cette odeur : peut-être le chlore de sa piscine, la crème solaire à la noix de coco dont la mère de Sam nous tartinait, quelque chose de mentholé… Du shampoing ou du thé glacé.

Il fourre les mains dans ses poches et avance dans les sous-bois boueux. Je manque glisser en le suivant, la gorge trop nouée pour parler, envahie par une sensation étrange.

Ça me rappelle les gardénias. Pendant notre première année à Wildwood High, Zoey et moi avons passé le mois précédant le bal des anciens élèves à prier pour qu'un terminale nous invite. Quand Lucas Fitzpatrick a déplié l'affiche devant mes yeux et grogné : « Ça te dit ? », j'étais folle de joie. La soirée avait été aussi romantique que sa demande.

J'avais remarqué l'arrivée de Sam, en célibataire, avec un groupe de d'adolescents ingrats, aux corps mal proportionnés. Était-ce déjà Cardigan & Co. ? Je me souviens que Zoey m'a entraînée dans les toilettes pour ajuster son push-up, histoire que sa poitrine soit encore plus impressionnante. Son ambition a toujours été d'intéresser les garçons qui ne s'intéressent pas à elle. Sam avait avec lui une boîte en plastique, dans laquelle reposait un gardénia avec un ruban bleu. Lorsque je l'ai vu, j'ai su qu'il était pour moi, tout comme je savais que Lucas ne m'en avait pas apporté.

Autrefois il y avait sur notre cheminée une photo de ma mère portant une fleur identique au bal de promo. Elle avait l'air si glamour, si adulte malgré ses dix-sept ans… Je voulais être comme elle. J'avais dit à Sam qu'un jour je voudrais avoir la même fleur. Eh bien, des années plus tard, Sam ne l'avait pas oublié.

Il est resté avec son groupe d'amis pendant toute la soirée. Ils ont dansé en cercle, ils riaient et s'amusaient bien plus que moi. Il n'a pas lâché un seul instant la boîte. Il ne me regardait pas vraiment. Mais quand mon Neandertal de cavalier est sorti sur le parking pour s'enfiler des shots avec d'autres types de son acabit, Sam m'a rejointe. J'étais avec Zoey et trois filles plus âgées qu'elle tentait d'impressionner. C'était le genre de filles populaires et méchantes ; ça les amusait. Zoey, elle, n'est mauvaise que pour atteindre le but qu'elle s'est fixé. C'est pas pareil. Elle l'a vu la première et a ronronné : « Salut, Samantha, tu espères te faire déflorer, ce soir ? » Les filles ont éclaté d'un rire moqueur. Sam les a ignorées.

« Salut, Stella. Je t'ai rapporté ça, a-t-il dit en ouvrant la boîte et en sortant la fleur. Je me souviens que tu as toujours voulu en avoir une comme sur la photo. »

J'étais horrifiée. J'entendais Zoey me hurler en silence de la jeter, car c'était notre chance de prouver que nous étions à notre place. C'est idiot, mais la seule chose qui m'est venue en tête, c'était ça : « Beurk, Samantha, je ne vais pas te déflorer ! »

C'est là que Lucas est arrivé et a fait tomber la fleur des mains de Sam. Les trois filles riaient comme des hyènes. Sam n'a rien dit. Il m'a regardée droit dans les yeux, il a souri comme s'il se sentait mal pour *moi*, et s'est éloigné. Quand il n'est plus resté que Zoey pour me voir, j'ai ramassé la fleur abîmée et je l'ai mise dans mon sac à main.

Un an plus tard, Zoey a détrôné les trois filles en séduisant tous leurs petits amis en un mois. Je suis sûre qu'elle ne se souvient pas d'avoir cherché leur approbation aux dépens de Sam. Pour elle, la popularité est un jeu sans merci.

Depuis, j'ai saisi toutes les chances de prouver que j'appartenais au monde des populaires. Mais cette fois je n'en ai pas envie. Je ne cède pas aux millions de « et si… ». Et si Janey Bear nous voyait nous promener dans les bois ? Et si Taylor apprenait que j'ai porté le tee-shirt de Sam ? Et si Zoey se fâchait parce que j'ai passé la journée avec lui ? Et si des rumeurs attiraient encore plus l'attention des gens sur moi ? Je m'en moque. Je n'ai plus douze ans. Mon monde peut contenir à la fois Zoey et Sam.

— Veux-tu qu'on fasse des recherches sur les autres enlèvements dont Mme Griever a parlé ? demande soudain Sam. Si nous démontrons aux flics qu'il y a un lien, ils seront obligés de prendre la chose au sérieux, non ?

Il s'est tourné vers moi. Chaque fois que nous

enjambons un tronc ou un ruisseau, il tend le bras, au cas où je perdrais l'équilibre.

— C'est une idée géniale, dis-je. Sauf que, après mon escapade d'aujourd'hui, je vais probablement être enfermée à la maison.

Sans réfléchir, je remonte son tee-shirt vers mon visage et j'inspire profondément. Qu'est-ce qui m'arrive ? Je m'écarte de lui. Étais-je aussi cinglée quand on était gamins ? Je me demande si mon cerveau, troublé par le souvenir de notre enfance, n'est pas en train de dérailler.

Pendant le reste du trajet, je réussis à contrôler mon envie de respirer cette odeur encore et encore.

Après deux fois plus de temps qu'il nous en a fallu à l'aller, nous sommes de retour à la zone de chargement. Nous contournons l'immense bâtiment où Sam travaille et rejoignons le parking. Je préfère ne pas penser à la tête que je dois avoir, des brindilles et des feuilles plein les cheveux, les chaussures boueuses et le jean sale. Nous avons l'air de deux montagnards qui rejoignent la civilisation après une longue absence.

Le break est toujours là, contrairement – à mon immense soulagement – à la voiture de police. Sur la vitre passager est collé un message. Je m'installe dans mon siège et déplie la feuille où Shane a gribouillé un message d'inquiétude.

« Stella Cambren, tu m'appelles DÈS que tu es de retour. »

Je grimace : il n'y a pas de doute, il est furieux. Je passe le message à Sam. Pendant qu'il le lit, je retire son tee-shirt et je le lui rends. Il l'enfile et me sourit.

— Il sent comme toi.

Quelque chose me picote la poitrine, j'ai un peu de mal à respirer. Je ferme les yeux et compte jusqu'à dix. À sept, la voix de Sam m'interrompt.

— Ce que tu as dit à la police ce jour-là me rappelle quelque chose… Je n'arrive pas à me défaire d'une impression de déjà-vu.

— À trop parler de monstres, ils finissent par prendre vie, dis-je lentement.

— Oui, j'aurais juré avoir déjà entendu cette phrase, ou même l'avoir prononcée, reprend Sam d'un ton songeur.

Je le regarde, surprise. Le ciel de fin d'après-midi est gris perle. Une lumière argentée souligne le profil de Sam lorsqu'il secoue la tête.

— Pardon, je ne voulais pas te perturber, dit-il.

Il me jette un coup d'œil avant de fixer l'asphalte devant nous. J'appuie la tête contre mon siège.

— Ces derniers temps, il y a un tas de trucs qui me perturbent, Sam. Tout ce que tu te rappelles est utile.

Il manœuvre dans le parking.

— Tu avais six ans, non ? Les enfants de six ans croient aux monstres et à plein d'autres choses : le père Noël, la petite souris, le lapin de Pâques, les loups-garous. Mais ça, ce n'est pas le genre de phrase qu'une gamine de cet âge pourrait sortir.

Il réfléchit, le regard brillant.

— Ça ressemble à un avertissement que tu as répété et répété, à cause de ton traumatisme.

J'ai soudain les larmes aux yeux. J'ai été *traumatisée*. Je regarde défiler des maisons aux formes brouillées comme des aquarelles. *J'étais celle qui a eu de la chance, et j'ai été traumatisée*. C'est difficile à accepter. J'essaie de me concentrer sur les bâtiments et les arbres, de me vider la tête en fixant leurs silhouettes floues.

— Tu vois ce que je vois ? demande Sam en désignant le coin de la rue.

Je baisse la vitre et plisse les yeux. Les pelouses sont parsemées de bougies. La lumière des portes d'entrée éclaire des rosaires accrochés au-dessus des marches. Des guirlandes de marguerites décorent la corniche des toits. Des croix de bois sont plantées dans les plates-bandes. Nous dépassons un ranch où plusieurs cierges allumés entourent une photo de Jeanie. Des rubans orange, comme ceux que l'on a portés en sa mémoire des mois après sa disparition, sont attachés aux poignées et aux antennes. Il y a de grands nœuds maladroits autour des troncs ; des bougies, des photos, des articles de journaux découpés ont été déposés entre leurs racines. Devant toutes les maisons, il y a des autels consacrés aux morts.

Chapitre 10

— Tout le monde a entendu parler du cadavre du cimetière et du meurtre de Mme Talcott, dit Sam tout bas. C'est une petite ville. La disparition de Jeanie a longtemps pourri l'ambiance. Tu te rappelles combien de temps on a dû attendre avant d'avoir le droit de fêter Halloween ? Les gens vont encore perdre la tête !

Je cherche mon téléphone dans mon sac. Sam a raison. Je n'aime pas me souvenir de ce que Zoey appelle *les années perdues*. Trois Halloween annulés, interdiction de demander des bonbons. Trois années de couvre-feu, de patrouilles de police dont les lumières tournoyantes perçaient les stores. Élèves accompagnés après la classe jusqu'à la voiture de leurs parents, professeurs brandissant un talkie-walkie dès qu'ils voyaient un inconnu, rassemblements obligatoires et hebdomadaires à l'église, où un prêcheur annonçant l'apocalypse partageait son pupitre avec le maire qui rappelait les mesures de sécurité. Savage a eu besoin de trois longues années pour se remettre de sa terreur. Je ne suis pas prête à voir les cicatrices collectives se rouvrir. Pas encore.

Je n'ai reçu que deux textos. L'un est de Shane. Il dit la même chose que sa note, agrémenté de quelques jurons. Le second est de Michaela.

Les parents m'ont coincée pour la journée, mais si tu as besoin de moi…

Pauvre Michaela. Ses parents lui rabâchent toujours qu'il faut éviter les mauvais influences. Ron et Helen n'ont rien contre moi parce qu'ils jugent les amis de Michaela en fonction de leurs bulletins de notes. Les miennes sont bonnes. Et puis, mon père joue au golf avec Ron. En revanche, ils s'en prennent à Zoey dès qu'ils en ont l'occasion. D'après eux, c'est une anarchiste. Là, ils sont probablement en train d'implanter une puce électronique à leur fille et de réfléchir à la façon dont ils pourraient accuser Zoey du sort de Mme Talcott.

— Mon père ne m'a même pas appelée ! dis-je, scandalisée. Et j'étais sûre que Zoey m'enverrait un texto.

Comment se fait-il qu'il ne me reste que Sam ?

La rue qui mène chez moi est dans le même état. Partout, des crucifix, des cierges, des photos encadrées de Jeanie, des rosaires, des capteurs de rêve, de petits tas de sel, bref, tout ce que les gens estiment efficace contre la malédiction et la mort. J'espère que mes voisins n'ont pas, eux aussi, paniqué. Mais lorsqu'on tourne à l'angle, je découvre les trottoirs envahis par les reporters, leurs camions-relais, des groupes de curieux, les enfants dans les jambes de leurs parents, retenus par des chaînes de peur invisibles. Les gyrophares éclairent ce cirque de rouge, blanc et bleu. Sans que j'aie à le lui demander, Sam braque le volant et fait demi-tour en dérapage contrôlé.

— Merci.

Le regard vissé au rétroviseur où se reflète la scène, je relâche mon souffle.

— Je t'en prie, fait Sam avec un coup d'œil compatissant. Il vaut mieux que tu évites ça pour l'instant.

Un long silence.

— Ça te dit, une piccata ?

J'esquisse un faible sourire.

— Et comment.

Nous parcourons la distance qui sépare nos maisons. Celle de Sam donne sur un passage privé calme. Pas de reporters ni de voisins en folie. Je sors de la voiture et regarde sa maison à un étage pour la première fois depuis des années. La peinture ivoire des volets s'écaille autant que mon vernis à ongles, l'herbe, haute jusqu'à ma taille, est jaunie, la barrière de bois s'affaisse et grince. Ça a bien changé…

Comme s'il lisait dans mes pensées, Sam dit :

— Mon père prend tous les petits boulots qu'il trouve. J'essaie de ne pas me laisser dépasser, mais entre le lycée et le supermarché je n'ai pas beaucoup de temps.

Malgré son aspect extérieur délabré, la maison est aussi accueillante que dans mes souvenirs. La mère de Sam sort de la cuisine, s'essuyant les mains sur son tablier à volants. Son regard s'arrête sur la joue de Sam, puis sur moi. Elle ne dit rien : elle doit penser que ce bleu est lié à mon retour spontané chez eux après cinq ans d'absence.

Elle m'étreint chaleureusement.

— Tu nous as manqué, murmure-t-elle à mon oreille.

Sam évoque les dernières nouvelles, elle nous annonce que le dîner sera prêt dans une demi-heure. Je suis Sam dans l'escalier étroit ; le tapis sous mes pieds s'enfonce, la sensation m'est familière. Les murs sont décorés de photos. J'apparais sur certaines, prises lors de pique-niques, de sorties scolaires et de pièces de théâtre.

Je m'arrête à mi-chemin et tapote celle où on voit Sam en collants verts : il jouait Peter Pan dans une pièce de l'école quand il avait neuf ans. Je pouffe :

— Dommage que tu n'aies plus ton costume ! J'aurais adoré te voir courir dans les couloirs avec ça !

Il s'appuie contre la rambarde et indique une petite fille maigrichonne en justaucorps bleu, avec des ailes de fée, qui se tient dans le coin de la photo.

— Moi, j'aimerais te voir là-dedans, Clochette, dit-il d'une voix douce.

Il me regarde dans les yeux. Ses paroles sont légères, pourtant je sens mes joues s'empourprer. Qui aurait cru que Sam Worth savait… hum… flirter ? Le souffle court, je monte l'escalier quatre à quatre à sa suite. À l'étage, l'air sent le renfermé. Sam entrouvre une fenêtre avant de s'arrêter devant la porte de sa chambre. Il s'écarte pour me laisser entrer. J'hésite.

— On peut laisser ouvert, si tu as peur de ne pas pouvoir te contrôler si près de mon lit, dit-il en riant.

Je le frôle en passant, alors que j'ai tout l'espace nécessaire pour ne pas le toucher. C'est quoi, ce monde parallèle, où je flirte aussi ?

La chambre de Sam est pleine de souvenirs. Elle est comme dans ma mémoire : les murs vert forêt avec les silhouettes brunes des pins, la couette bleue bordée de blanc sur son lit double, deux tables de chevet, où sont entassés les livres, et un tableau géant au-dessus du bureau plein de photos, d'images de voitures découpées dans des magazines et de logos de groupes de musique. Autrefois, il y avait des photos de nous ; aujourd'hui, je n'apparais plus sur aucune. Je me rapproche pour voir avec qui il est : une bande de garçons en camping, une fille aux cheveux châtains assise sur ses genoux, qui sourit à l'appareil, un groupe mixte en tee-shirt jaune qui forme une pyramide, une blonde à l'air énergique dans un débardeur décolleté, les bras autour de la taille de Sam. Je ne reconnais pas une seule personne. Je me sens rejetée, ce qui est ridicule puisque c'est moi qui ai pris mes distances.

Je mets les mains sur mes hanches et essaie d'imiter le ronronnement et le sourire aguicheur de Zoey.

— Apparemment, j'ai eu ton premier baiser, mais c'était loin d'être le dernier !

Sam m'observe sans rien dire, appuyé au chambranle de la porte.

— C'est qui, ces putes ?

Je grimace intérieurement. Zoey utilise beaucoup ce mot, mais seulement parce qu'elle essaie de le réinventer, le reprenant à ceux qui l'utilisent pour insulter les filles qui aiment le sexe. Ce que je viens de faire. J'ai tout de suite honte.

— De qui tu parles ? demande Sam.

Sachant parfaitement que je me comporte comme une ordure, je balaie le tableau de la main.

— Anna Machin est dessus ?

Rien que d'y penser, j'ai envie d'arracher les photos. *Enchantée de te rencontrer, jalousie !* Il faut vraiment que je me ressaisisse. Je ne devrais même pas être ici ! Zoey va piquer une sacrée crise. Et ce n'est pas à cause de Sam… Je m'efforce de me convaincre que, une fois ce cauchemar terminé, tout redeviendra comme avant : Stella Cambren va retrouver son monde, Sam Worth, le sien.

Sam serre les dents. Ses yeux ne pétillent pas, il ne sourit pas comme le font les garçons quand ils essaient de vous rendre jaloux. Il a l'air… fâché.

— Stella, tu n'as pas voulu de moi pendant cinq ans. Pendant tout ce temps, j'ai tout fait pour te montrer que je tiens à toi, et chaque fois tu m'as rejeté. J'ai des amis. Est-ce que j'étais censé attendre que tu changes d'avis ?

Il tend les mains, paumes vers le ciel.

— Je suis sorti avec d'autres filles. Et je t'interdis de les insulter. Encore mieux, ajoute-t-il d'une voix égale, n'utilise jamais ce mot pour parler de quiconque.

Je me mords l'intérieur de la joue. De quel droit je le force à s'expliquer ? C'est quand même moi qui l'ai abandonné ! À quoi m'attendais-je ? À ce qu'il n'ait pas d'amis ? Croyais-je qu'aucune fille ne verrait ce que j'ai aperçu à la crique quand j'avais dix ans ?

Et qu'est-ce que ça peut me faire, de toute façon ? Pourquoi ai-je l'impression que les filles sur ce tableau m'ont volé quelque chose d'important, alors que c'est moi qui m'en suis débarrassé ?

Le visage caché dans les mains, je me laisse tomber sur le rebord du lit. Je voudrais effacer ma méchanceté. Pourquoi Sam refuse-t-il de comprendre ? *Ce n'est pas lui que j'ai choisi.* Il était censé me détester, pas passer ces cinq dernières années à me prouver que je m'étais trompée, que j'avais eu beau le rejeter, lui ne ferait jamais pareil. C'est bon, moi, j'ai compris !

Sam s'agenouille à mes pieds.

— T'en fais pas. Tu as vécu des choses difficiles.

Il me tapote légèrement le genou avant de retirer la main.

Je me lamente, le visage toujours caché.

— Je ne connais pas tous ces gens ! Au feu de joie, j'ai repéré tes amis grâce à la façon dont ils étaient habillés. Je ne sais pas si tu as une petite amie... si c'est la fille avec qui tu es parti ce soir-là.

J'inspire à fond, car la jalousie manque m'étouffer.

— Avant, je savais tout sur toi ! Je reconnaissais ton pas dans le couloir, et je demandais à aller aux toilettes pour qu'on parle.

Je regarde son visage. Seul celui de Zoey m'est aussi familier.

Sam fronce les sourcils et se balance sur les talons.

— Tu me déçois peut-être, Stella, mais je ne pourrai jamais te détester.

J'en ai les larmes aux yeux. Sam se lève d'un coup et montre une des photos.

— Tu vois ces losers en tee-shirt jaune ? fait-il en

souriant. On était en stage de sciences pendant les vacances après la première année de lycée. Certains de nous vont à Wildwood, mais la plupart sont du Minnesota. Ils y sont tous cet été, moi je n'ai pas pu me libérer de mon travail. La fille, là...

Il indique la blonde.

— ... c'est Anna. On s'est rencontrés il y a un an au supermarché. On est sortis ensemble pendant quatre mois. Maintenant on est juste amis. Elle est venue à la soirée du lac avec un autre pote à moi, Toby, celui avec les lunettes à grosses montures et l'appareil dentaire. Il ne la branchait pas trop, alors elle m'a demandé de la ramener.

Il rit comme si c'était une histoire drôle.

— Voilà Harry.

Il désigne la photo d'un garçon assis sur le capot d'une voiture ancienne rouge cerise.

— L'été dernier, je l'ai aidé à retaper la Mustang 1967 de son père. Dans quelques semaines, on va la tester sur une piste de course. La brune, là, c'est Sarah. On est sortis ensemble toute l'année de quatrième. Ce n'était pas sérieux et on n'avait rien en commun, mais c'était ma première petite amie après toi.

Il se fige. Je rêve, ou il vient de m'appeler sa petite amie ? C'était peut-être vrai, oui. On était des enfants, mais on peut dire qu'il était mon petit ami. Sans les trucs sexuels, bien sûr. Comme je ne rectifie pas, il poursuit sa biographie abrégée de tous ceux qui apparaissent sur les photos.

Un quart d'heure plus tard, Mme Worth crie du rez-de-chaussée que le dîner est prêt. Au fur et à mesure du récit qu'a fait Sam de sa vie après moi, mon sentiment de culpabilité s'est estompé. Ce n'est pas agréable d'entendre que, sans moi, il a été plutôt heureux, mais cela aurait été pire s'il avait passé tout ce temps à me regretter. Je fais taire la jalousie en repensant à tous ceux que j'ai embrassés ces cinq dernières années. Maintenant, ça me donne la nausée. Chacun de ces baisers m'a un peu plus éloignée du premier, celui de Sam. Le seul qui ait eu un sens.

— Attends un instant, il y en a une dernière, dit-il.

Il fouille dans un tiroir de son bureau.

— Voilà. Elle, c'est ma plus vieille amie. La plupart du temps, elle est vraiment pas sympa, mais je n'arrive pas à m'en détacher.

Il me fait un clin d'œil et épingle la photo au centre du panneau. C'est sa mère qui l'a prise il y a des siècles alors que nous faisions de la balançoire dans son jardin. Nous écartions grand les bras, persuadés que, dès que nos doigts se toucheraient, nous nous envolerions. Je me souviens combien j'y croyais.

— Et tu as raison.

Il me cloue au sol d'un regard solennel, de ceux dans lesquels on se noie.

— Tu n'aurais pas besoin de faire le premier pas. Tu n'aurais qu'un mot à dire, et je me jetterais sur toi.

Chapitre 11

Pendant le dîner, je me dis que Mme Worth doit entendre mon cœur battre… Les paroles de Sam font écho dans ma tête. Je n'arrive pas à contrôler ma réaction. Sans rire, c'est la chose la plus troublante qu'on m'ait jamais dite ! Tout ça, c'est super bizarre ; je ne trouve même pas Sam sexy. Je l'observe discrètement. Bon, d'accord, peut-être que le petit creux entre ses sourcils est adorable, et peut-être que ses taches de rousseur donnent envie de les embrasser, et que les muscles déliés de ses bras ont quelque chose d'excitant…

Mais qu'est-ce qui m'arrive ? Comment je peux craquer pour Sam avec tout ce qui se passe ? Je n'en reviens pas. Je craque pour Sam Worth ! Je re-craque ?

Sam et sa mère échangent un regard.

— Stella, raconte-moi ce que tu deviens, demande Mme Worth.

Je lui dis ce qu'une mère voudrait entendre. Elle

rayonne de fierté lorsque Sam lui annonce que nous nous battons pour la place de deuxième de la classe, la première étant prise par Michaela. Elle m'écoute avec attention quand je lui parle du dernier article que j'ai écrit pour le *Wildwood Herald*. Elle applaudit quand je lui dis que je serai peut-être rédactrice en chef l'année prochaine. Elle prend l'air compatissant en apprenant que je n'ai pas vu ma mère depuis Noël. Cela me rappelle les longs après-midi d'été près de la piscine de Sam, quand elle nous servait de la limonade et nous apprenait à faire des saltos arrière dans le grand bain. Je suis en train de me dire qu'elle est le genre de mère que j'aurais voulu avoir quand elle lance :

— Est-ce que tu as un petit ami ?

Elle a la voix douce comme du velours, mais ses paroles me percent les tympans.

Je fixe les pointes de ma fourchette : si je me les plantais dans le bras, est-ce que cela suffirait à faire diversion ?

Je finis par répondre :

— Non, pas vraiment.

Les coudes sur la table, elle se penche vers moi.

— Ah bon ? Difficile de croire qu'une aussi jolie fille n'ait personne !

— Maman, arrête ! gémit Sam. Tu n'es pas obligée de répondre, Stella.

Je me tortille sur ma chaise. Mme Worth ne me quitte pas des yeux.

— Je ne sors jamais pour de bon avec personne. Enfin, je suis invitée à des soirées ou à dîner. Je n'ai pas de petit ami, c'est tout.

Je me tais. J'en ai déjà trop dit, cette mère au foyer ne comprendrait pas.

Mme Worth se tourne vers Sam.

— Ne sois pas idiot ! C'est une question innocente.

Elle me sourit d'un air chaleureux.

— Je ne vais pas te juger. Moi-même, je sais à peine ce que je veux, et j'ai… disons que je suis plus vieille que toi. J'ai de vagues souvenirs de ce que ça peut être à ton âge !

Elle hausse les épaules et repousse sa chaise. Elle me chasse de la cuisine lorsque je lui propose mon aide.

— Allez donc regarder un film !

Je suis Sam dans sa chambre. Mon sac à main est sur son lit, et mon téléphone vibre contre un miroir de poche. Je le sors, espérant que ce n'est pas Shane qui s'apprête à me passer un savon. Taylor. Sérieux ? Il ne s'est pas manifesté depuis le feu de joie. En plus, d'habitude on échange des textos, qu'est-ce qu'il a à m'appeler tout d'un coup ?

— Tu devrais répondre.

Je sursaute. Sam regarde par-dessus mon épaule. Je détourne les yeux pour ne pas trop me dévoiler et j'appuie sur « raccrocher ».

— Non, ce n'est pas important.

— Tu sors avec lui, non ?

Comme je ne réponds pas tout de suite, il a un petit rire nerveux. Il s'assied sur le rebord de son bureau. Il porte un tee-shirt OVNI, qui ne me paraît plus si ridicule. Je mets du temps à réagir, je ne me remets pas du fait qu'il m'ait pardonné ma crise de jalousie, alors qu'il croit que je suis avec Taylor.

— Pas du tout. On n'a jamais rien fait ensemble. On reste toujours avec les autres.

Je remonte sur son lit, croise les jambes.

Ses épaules s'affaissent.

— Alors, je ne comprends pas.

— Qu'est-ce que tu ne comprends pas ?

— Tout, pour être franc, dit-il avec un sourire en coin. Entre autres, pourquoi tu n'as pas de petit ami alors que je te vois tout le temps avec des garçons. D'accord, les tristement célèbres joueurs de crosse ou de foot de Wildwood ne sont pas mon genre non plus…

Il remue les sourcils avant de continuer.

— Mais tu traînes toujours avec eux. Et… on raconte des trucs, termine-t-il tout bas en me dévisageant.

Pour gagner du temps, je fais mine d'admirer mon vernis. Sam n'est pas découragé pour autant, il me regarde sans cligner des yeux, patient. Toujours patient. Je soupire et j'avoue :

— J'aime flirter, et les mecs sont intrigués quand on flirte et qu'on n'a toujours pas… tu sais, sauté le pas. Mais je n'ai pas de petit ami.

— Pourquoi ?

— Parce que je sais qu'ils se désintéressent complètement une fois que toi, tu as l'air de t'intéresser à eux. Ce qu'ils veulent, c'est conclure. Quand ils y sont parvenus, ils s'en vont. Ils sont tous comme ça !

— Pas moi, dit-il fermement.

Je risque un coup d'œil. Il a l'air sérieux. Je hausse les épaules et reporte mon attention sur mes ongles.

— Tu dois bien être le seul.

Il se lève et s'approche de moi. Je résiste à l'envie de m'enfuir.

— Un mec qui te laisse tomber parce que tu t'es engagée, c'est un connard. Ces types-là ne sont pas assez bien pour toi.

Je me mords la lèvre. Zoey piquerait une crise si elle le savait, mais je me suis souvent demandé ce que ce serait d'embrasser à nouveau Sam. Maintenant que j'ai connu d'autres garçons, j'aurais voulu savoir si son baiser serait toujours le meilleur.

Un instant, je crois que je vais le découvrir. Sam s'assied à côté de moi, ma bouche s'entrouvre malgré moi…

Mon téléphone vibre à nouveau. Je jette un coup d'œil à l'écran : c'est le numéro professionnel de mon père.

— Papa ? fais-je, le souffle court.

Sam se lève et va s'appuyer contre son bureau en sifflotant.

— Oui, ma chérie. Je suis coincé au cabinet, mais je voulais te faire signe et te dire que je rentrerai tard ce soir. La police est-elle encore devant la maison ?

Mon père ne sait même pas que j'ai pris la tangente.

— Aucune idée. Je suis chez Sam Worth, en fait. Sa mère nous a fait à dîner, on va regarder un film.

— C'est très bien, ma chérie. Il te ramènera à la maison ? Appelle-moi quand tu seras rentrée.

Il raccroche sans me laisser le temps de lui dire au revoir. Je soupire et jette le téléphone dans mon sac.

— Il bosse toujours autant, hein ? demande Sam.

— Tout le temps. Il n'arrête pas de dire que

maintenant que maman est partie, il va réduire ses heures, mais tu sais ce que c'est. Je crois que ça le rend encore triste, d'être à la maison sans elle.

— Ça ne doit pas être facile pour toi non plus, dit-il doucement.

Je fronce les sourcils.

— J'ai l'habitude. Elle nous a quittés, point. La vie continue.

Je hausse les épaules et change de sujet.

— Le mec qui portait un cardigan au feu de joie, c'était Harry ?

Sam esquisse un sourire.

— Oui. Tu ne te souviens pas de lui ? Il est en cours avec nous depuis la cinquième.

Je secoue la tête.

— Mais si, il a porté un chapeau tous les jours pendant deux ans, insiste Sam.

Je secoue encore la tête. Il gémit.

— Zoey l'appelait inspecteur Harry.

Je m'esclaffe.

— C'est pas vrai ! L'inspecteur Harry est toujours ton meilleur ami ? Je croyais qu'il avait déménagé !

— Du tout. Il a retiré son appareil, s'est mis à utiliser du shampoing contre les pellicules et est passé maître Jedi dans l'art d'éviter Zoey.

Je suis pliée de rire.

Sam revient s'asseoir à côté de moi ; le matelas couine sous son poids. D'un coup, il est sérieux. Le rire s'étrangle dans ma gorge.

— Stella, ce que je disais tout à l'heure…

Il se tourne vers moi, les lèvres entrouvertes. Son pouls bat encore plus fort que le mien.

— Je veux que tu saches que…

— SAM ! crie Mme Worth depuis le pied de l'escalier. La police veut te parler !

— Oh, non !

Je saute du lit comme s'il y avait le feu et enfile mes ballerines.

— C'est Shane. J'aurais dû le rappeler…

J'attrape mon sac et descends les marches quatre à quatre. En effet, l'inspecteur est là, et il n'a pas l'air content.

Il dit de sa grosse voix de policier :

— Stella, dans la voiture !

Je souffle :

— Désolée, madame Worth. Merci pour le dîner. Au revoir, Sam !

J'ai les joues en feu et les pensées en pagaille. Vite, sortir d'ici ! Je ne suis pas prête à entendre ce que Sam veut me dire. Surtout parce que je ne suis pas certaine de ma réaction. Et aussi, parce que je ne tiens pas à me faire remonter les bretelles par Shane devant lui.

Je passe la porte et cours jusqu'à la berline sous la pluie. Je me dépêche de m'installer sur le siège tapissé. Ça sent la cigarette et la friture. Une minute plus tard, Shane me rejoint. Sans un mot, il fait reculer la voiture. Mme Worth nous salue de la porte. Sa silhouette en contre-jour est étrangement réconfortante. Ça me pince le cœur de m'en aller.

Le trajet se passe en silence. J'entrouvre la fenêtre dans l'espoir que l'air frais chassera ma nausée. Comme ça ne marche pas, je me tourne vers lui.

— D'accord, je me suis mal comportée aujourd'hui.

Je sais que ces flics me suivaient pour me protéger. Mais j'étais en sécurité avec Sam ! Et on devait faire un truc sans eux.

Shane serre les dents et gronde :

— Arrête de les appeler des *flics* ! Un peu de respect ! Ce sont des agents de police qui risqueraient leur vie pour sauver la tienne.

Essayant de prendre l'air contrit, je croise les mains sur mes genoux.

Il éclate :

— Tu m'as fichu une trouille terrible ! Ça fait des heures que je te cherche ! On a eu le rapport de l'ADN du doigt.

Je retiens mon souffle et j'attends. J'attends qu'il chuchote le nom de Jeanie.

— Ce n'est pas celui de Jeanie.

Ma tête retombe.

— D'après le labo, l'os est vieux. Ils ont contacté un spécialiste, qui va donner une date exacte. Ils ont ratissé les tombes emportées par la coulée de boue. Il ne vient pas de là.

Pendant un moment, on n'entend que le bruit de la pluie. J'imagine les techniciens de laboratoire en train de compter les orteils et les doigts des squelettes du vieux cimetière.

— Il se passe des choses épouvantables, et toi, tu sèmes mes agents. À quoi tu pensais ?

Shane hausse le ton.

— Peut-être que tu ne pensais tout bonnement à rien ? Tu voulais filer avec ton petit ami, peu importe les conséquences !

La moutarde me monte au nez. Oui, la colère est plus facile que la peur, alors je m'y raccroche.

— Ce n'est pas mon petit ami ! Et j'essayais de faire tout ce que je pouvais pour découvrir ce qui est arrivé à Jeanie et à la pauvre petite fille du cimetière !

Je lui tape l'épaule du doigt.

— Vous perdez votre temps avec le père de Jeanie ! Vous comprenez ? Vous détenez un innocent alors que le vrai pervers court toujours !

Shane freine violemment à un feu rouge ; les pneus crissent sur l'asphalte mouillé.

— De quoi parles-tu ? Kent Talcott a tout d'un suspect.

Sa voix résonne dans la voiture comme si on était à l'intérieur d'un tambour. Ça doit être plus facile pour lui aussi, la colère.

Je m'emporte :

— Je le saurais si c'était lui !

J'appuie mes mains sur ma poitrine.

— Je le sentirais là ! C'est un bon père qui n'a rien fait de mal. Vous avez pris la seule famille qui reste à Daniel.

Je m'interromps. Noooon ! Pourquoi ai-je parlé de Daniel ?

— Daniel ? s'écrie Shane. Tu l'as vu ? On a contacté sa tante à Portland, ça fait des mois qu'il n'est plus chez elle.

Il est tout excité ; on dirait un zombie qui a flairé du sang.

— Stella, s'il est en ville, il fait partie des suspects.

Derrière nous, une voiture klaxonne. La pluie redouble d'intensité.

J'évite le regard de Shane.

— Bien sûr que non, je ne l'ai pas vu. Je voulais dire que son père est la seule personne qui lui reste, et je comprends ce que c'est.

Je décide d'attaquer pour changer de sujet :

— Pourquoi la déclaration de Mme Griever ne se trouve pas dans le dossier que vous m'avez donné ? Elle était chez elle le jour où Jeanie a été enlevée. Et ce n'est pas tout : il y a eu d'autres disparitions avant celle de Jeanie.

Shane se gare dans mon allée. Il ne reste que deux camionnettes de journalistes, les reporters se sont réfugiés sous une bâche tendue entre deux arbres.

— Griever ? Cette soûlarde qui vit au bout de la rue des Talcott ? Elle n'était pas du tout cohérente quand on l'a interrogée ! Elle a dit qu'elle ne vous avait pas vues. Stella ! Ce n'est qu'une vieille femme qui colporte des histoires. Il n'y a pas eu d'autres enlèvements d'enfants à Savage en soixante ans. La personne à qui cet os appartient n'est pas d'ici.

Vidé de sa colère, il se tapote les poches à la recherche de ses cigarettes.

— Je ne t'en veux pas de chercher des réponses, mais sache que la vieille Griever va te mettre des bêtises plein la tête. En tant que policier, je ne peux pas résoudre des affaires qui n'ont pas été enregistrées.

Il se penche vers moi et ajoute d'un ton plus indulgent :

— Peut-être qu'il vaudrait mieux que tu ailles

chez ta mère, le temps que ça se calme ? Les gens commencent à paniquer. Tu as vu les bougies dans les jardins ?

J'ai besoin de toute ma volonté pour ne pas écraser mon poing sur sa face lunaire. Aller chez ma mère ? C'est le seul truc qui serait pire que ce cauchemar ! J'ouvre la portière à la volée. Il n'y a rien à ajouter ce soir. Il ne croit pas Mme Griever ? Moi, si.

— Vous ne devriez pas fumer ni manger au fast-food ! crie-je juste avant de lui claquer la portière au nez.

Je cours jusqu'à la maison sans me retourner. Une fois à l'intérieur, j'allume toutes les lumières et je me traîne dans ma chambre.

Après une douche, je me roule en boule sous ma couette. Je reste longtemps éveillée, les yeux grands ouverts, trop tendue pour trouver le sommeil. Je repasse cette journée dans ma tête : je n'ai rien fait de ce que j'aurais dû. Tout ce qui avait un sens a fichu le camp. Et pourtant, malgré les visions de doigts amputés et d'enfants disparues qui tournent en boucle dans ma tête, je me sens plus moi-même que jamais. Comme si ça faisait des siècles que je ne l'avais plus été et que je commençais en retrouver la mémoire.

Chapitre 12

— Réveille-toi, la belle au bois dormant !

J'ouvre un œil : Zoey est penchée sur moi. J'essaie de la repousser, je mets la tête sous l'oreiller, je refuse de me réveiller pour de bon. Elle m'arrache la couette et jette les oreillers par terre.

— Lève-toi ! Tu me manques, chouine-t-elle en m'écrasant les côtes de ses genoux.

Mon escapade dans les bois avec Sam ne date que d'hier mais j'ai l'impression que ça fait un siècle. La voix ensommeillée, je lâche :

— Qu'est-ce que tu fais là ?

— Stella, regarde-moi !

Elle me pince les joues jusqu'à ce que je renonce et que j'affronte la lumière, les yeux plissés. Morte de rire, elle renverse la tête en arrière et se laisse glisser sur le matelas.

Je me redresse en frottant mes côtes endolories. Zoey a allumé le plafonnier, qui m'aveugle.

— Qu'est-ce qu'il y a, Zoey ?

Je croise les bras sur mon torse pour qu'elle sache que je suis fâchée contre elle. Elle ne m'a pas appelée, n'a pas envoyé de texto de toute la journée d'hier ! Cole m'a contactée, elle… Bon, d'accord, c'était pour me supplier de venir la retrouver avec Zoey à une soirée.

— Mon adorable visage ne t'a pas manqué ?

Elle bat des cils et pose les mains sur les joues.

Je lève les yeux au ciel.

— C'est toi qui m'as raccroché au nez ! C'est toi qui as fait comme si t'étais furieuse.

— D'accord, j'ai eu tort. Allez, on passe à autre chose !

Je lâche un gros soupir.

— OK, moi aussi, je suis désolée.

Elle se redresse avec un grand sourire victorieux. Ce n'est vraiment qu'une sale manipulatrice.

— Alors, sors tes petites fesses du lit, on a bien besoin d'une journée à la crique !

Je la laisse me sortir du lit et la regarde chercher un maillot de bain dans mon tiroir en jetant par terre les vêtements qui ne l'intéressent pas.

— Et les flics ?

Je jette un coup d'œil entre les lamelles du store : pas de voiture de patrouille.

— Ça m'étonnerait qu'ils me laissent aller en forêt.

— Quels flics ?

Elle grimace en examinant mon maillot une pièce rose avant d'ajouter :

— Il n'y avait personne quand je suis arrivée, et ton père n'a rien dit.

Elle me décoche un sourire angélique.

— Je lui ai même dit où on allait. Il a trouvé que c'était une bonne idée pour te distraire de toute cette histoire de cadavres.

Je secoue la tête : il n'y a que Zoey pour être aussi désinvolte avec quelque chose d'aussi grave. Et pourquoi mon escorte a-t-elle disparu ? Shane est-il à ce point furieux contre moi ?

Zoey continue son bavardage.

— J'ai passé une soirée de malade hier ! Je me suis complètement torchée chez Scott, et on a couché ensemble.

Elle rejette ses cheveux en arrière et sourit d'un air goguenard.

— T'y crois, toi ? Dire que je pensais que toute la vodka du monde ne m'y pousserait jamais !

Elle lâche le vieux maillot lavande de la dernière fois et lui donne un coup de pied. Il atterrit sur ma chaise de bureau.

Les sourcils froncés, je m'efforce de suivre ce qu'elle me raconte.

— Attends, Scott *Townsend* ?

Elle répond avec un mauvais accent russe, va savoir pourquoi :

— Ouiiii, ton exssssss-amant !

Puis d'une voix normale :

— Ça ne te gêne pas, hein ? D'habitude, je traiterais une fille qui se fait l'ex d'une copine de sangsue, mais vu que c'était lui, je me suis dit que tu t'en ficherais.

J'essaie de déterminer ce que je ressens exactement. Ce n'est pas que ça me gêne, c'est juste très bizarre.

Pour être franche, si je suis sortie avec Scott, c'est parce que Sam me manquait.

— T'as pas assez de garçons ? T'es obligée de te mettre au recyclage ?

— HA ! C'est clair.

Elle m'adresse un clin d'œil.

— On manque désespérément de sang neuf. Quand les cours auront repris, une escapade au campus de la fac sera nécessaire.

Elle me jette mon bikini blanc.

— Change-toi, et on y va. Michaela et Cole nous retrouvent là-bas, et j'ai une surprise pour toi.

Pendant que j'enfile le maillot, Zoey ne cesse de répéter que tout le monde a perdu la tête.

Sur le chemin du lac, je me rends compte que pour une fois elle n'exagère pas. En une nuit, les croix, les rosaires, les cierges et les gris-gris se sont multipliés. Dans le centre, des gens brandissent des pancartes avec des slogans de fin du monde, du style « REPENTEZ-VOUS OU BRÛLEZ EN ENFER », « GARE À SATAN » et « CRAIGNEZ LA COLÈRE DE DIEU ». Sur l'une d'elles, il y a la photo de M. Talcott découpée dans le journal et agrandie ; par-dessus, on a collé les mots « ADORATEUR DU MALIN ».

— La vache ! Ils ont tous pété un câble, ou quoi ? dit Zoey.

Elle fait un doigt d'honneur à l'un des manifestants qui se met en travers de la route en agitant furieusement sa pancarte.

— Des grenouilles de bénitier timbrées qu'on devrait enfermer, tout ça ! Ça m'étonne pas que cette ville de bouseux retourne au Moyen Âge. Encore un peu, et ils vont se mettre à brûler des sorcières !

Je m'agrippe au rebord de mon siège.

— Les journaux ont parlé de la garde à vue du père de Jeanie ?

— Ouais.

Au stop suivant, elle fait la moue dans le rétroviseur pour vérifier son gloss.

— Ma mère a dit qu'ils ont été forcés de le relâcher parce qu'il n'y avait pas de… comment on dit déjà quand le coupable laisse de la bave et du sperme sur ses victimes ?

Elle claque des doigts.

— De traces ADN ?

— C'est ça, il n'y avait pas de ces trucs prouvant qu'il a tué sa femme ou la fille du cimetière.

Je regarde la foule enragée disparaître dans le rétroviseur.

— Il risque d'être en danger, maintenant que toute la ville a décidé qu'il était coupable, dis-je.

Un malaise m'envahit, comme si des petits vers se tortillaient dans mon ventre. J'espère que Daniel est arrivé chez Sam la nuit dernière, qu'il n'assiste pas à cette hystérie collective autour de son père. Je deviendrais dingue si on accusait le mien de choses aussi horribles ! Je sors mon téléphone et tourne l'écran de façon à taper mon message entre mon siège et la portière.

— À qui tu textotes ? demande Zoey.

Rien ne lui échappe.

— Euuuuh… à Sam.

Elle tapote le volant au rythme d'une chanson diffusée tout bas.

— Sam qui ?

Je lève les yeux au ciel : elle sait bien de qui je parle.

— Sam Worth.

Elle me regarde d'un air faussement horrifié.

— Je te laisse seule une journée, et tu te mets à envoyer des messages au roi des losers ? OK... Pourquoi ?

J'espérais éviter cette conversation. Tant pis, je me lance :

— Il m'a donné un coup de main, hier. J'avais besoin d'aide pour me souvenir de Jeanie, et comme tu faisais la tête... Et, s'il te plaît, ne l'insulte pas.

— Attends... Tu es sortie avec lui ?

Elle a l'air écœuré.

— Genre, dehors, là où on aurait pu vous voir ?

Elle écarquille les yeux, incrédule.

— Je sais que c'est le bordel dans ta vie en ce moment, mais il faut vraiment que tu te tapes Sam Worth quelques mois avant notre dernière année de lycée ? Et si Taylor vous avait vus ensemble ? gémit-elle.

Les mains écartées, je demande :

— Et alors ? On n'est pas un peu vieilles pour ces histoires ? Ce n'est pas tout l'intérêt de la popularité, d'être ami avec qui on veut ?

Zoey plisse les paupières, signe qu'elle n'est absolument pas d'accord. Elle s'arrête sur le bas-côté de la route, là où l'on se gare avant de rejoindre la crique à pied, et se tourne vers moi.

— S'il te plaît ! Arrête. Ne me fais pas ça juste

maintenant, pitié ! Si tu veux te taper des losers à la fac, c'est ton problème, mais pas en terminale ! On s'est tellement battues pour réussir ! C'est censé être notre moment de gloire !

Elle prend mon visage entre ses mains.

— C'est l'année la plus importante ! La dernière où nous serons ensemble… S'il te plaît.

Je me sens encore plus coupable. Zoey a été une bonne amie. Non, plus que ça : la meilleure.

— Je ne me tape personne, Zoey. Sam m'aide juste à démêler cette histoire avec Jeanie. On est amis.

— C'est tout ? Tu me le promets ? chouine-t-elle en faisant la moue.

On dirait une enfant effrayée. Bizarrement, ça marche sur la plupart des gens. Surtout les garçons.

J'ouvre la bouche pour répondre. Je ne sais pas ce que je vais lui dire. Par chance, je suis dérangée par un violent coup de klaxon. Je regarde Zoey : c'est comme si elle avait plaqué un masque sur son visage. À présent, elle a un sourire aguicheur aux lèvres. Michaela, Cole et quatre types sortent du 4x4 de Cole en poussant des cris de sauvages. Taylor fait bien sûr partie du lot. Voilà ma surprise !

— C'est le retour du Ste-lor !

Zoey me fait un clin d'œil.

— Pigé ? Stella et Taylor : Ste-lor.

Comme je ne souris pas, elle lève les yeux au ciel.

— Je plaisante ! Comme si j'allais sortir sérieusement un truc aussi naze. On se détend !

Elle saute directement de la voiture dans les bras d'un des sbires de Taylor, Drew ou Dean, je ne sais plus. Ça me donne les trente secondes nécessaires à l'envoi de mon message à Sam pour lui demander si Daniel est avec lui et lui dire que je l'appellerai plus tard.

— Salut, beauté, dit Taylor en ouvrant ma portière.

J'ai failli tomber parce que j'y étais appuyée. Il porte un bermuda bleu assorti à ses yeux, et il est torse nu.

— Salut.

Je fourre mon téléphone dans la poche de mon short en jean. Soudain, je regrette de ne porter que le haut de mon bikini. Il me scanne du regard avec un grand sourire ; c'est tout juste s'il ne se lèche pas les babines. D'habitude, j'aime ce genre de réaction ; aujourd'hui, ça me met mal à l'aise.

— Je t'ai appelée hier soir, dit-il.

— Oui, j'ai vu. Tu n'as pas laissé de message.

— On allait tous chez Townsend. Ses parents sont à Chicago. Une teuf de ouf ! Y a eu un tournoi de bière-pong dément. Dommage que tu l'aies raté.

Je hausse les épaules. J'essaie de me concentrer sur l'écart entre ses incisives, plutôt que sur ses tablettes de chocolat. J'imagine tous les bouts d'épinard ou de brocoli qui doivent y rester coincés.

Je sursaute : quelqu'un me pince le coude.

Je me retourne : c'est le frère de Zoey, Caleb, qui me sourit comme le Chat du Cheshire. Je pousse un cri et me jette à son cou.

— Pourquoi tu ne m'as pas prévenue que tu rentrais ?

— Je n'ai pris la route qu'hier soir, répond-il en me serrant dans ses bras. Est-ce que ça va ?

Il s'écarte et me regarde. Il ne me reluque pas : c'est Caleb ! Caleb est comme un frère pour moi, il m'a appris à faire du vélo sans les petites roues, a cassé la figure à Mike Walt en sixième quand il a dit que j'étais un monstre d'avoir survécu, et a sauvé ma vie à Chicago l'hiver dernier en venant me tirer de cette ambiance pourrie à pleurer chez ma mère. Elle ne me parlait presque pas, alors que son mari me cuisinait sur la vie de mon père. Du lendemain de Noël au jour de l'An, celui où mon avion décollait pour Minneapolis, j'ai dormi dans la chambre de cité U de Caleb. Ma mère ne m'a jamais appelée ni cherchée, elle n'a même pas dit à mon père que j'avais disparu. Elle avait dû sentir autant que moi ce mur infranchissable entre nous et penser que j'étais rentrée.

Caleb finit par hocher la tête.

— Vu ce qui t'arrive, je ne m'attendais pas à te trouver aussi resplendissante.

— Merci, c'est sympa ! dis-je en rigolant.

Je lui donne un petit coup de poing dans le bras.

— Non, mais dis-moi : pourquoi tu n'es pas à Chicago ? Tu avais ton stage, là.

Il tapote mon épaule nue.

— Parfois, les choses ne se déroulent pas comme on s'y attend, très chère.

Il prend une voix de vieux présentateur télé. Quand on était petits, Zoey et Caleb maîtrisaient à la perfection l'art de changer d'accent. Zoey a encore des rechutes quand nous sommes toutes les deux et qu'elle essaie de se sortir d'une situation épineuse.

— C'est tombé à l'eau, et j'avais quelques semaines

à tuer. C'est là que j'ai vu les infos. Il fallait que je vous rejoigne.

Il a un petit sourire triste. J'entends Taylor renifler derrière moi.

— Allez, on y va ! crie Zoey. Bougez-vous !

Avec un clin d'œil, Caleb baisse la tête et murmure :

— On a intérêt à obéir comme de bons petits soldats !

À les voir ensemble, on pourrait croire que Caleb et Zoey sont jumeaux, tellement ils se ressemblent. Maintenant, ils ont en plus la même coupe de cheveux.

Je marche à côté de lui et des filles : je fais comme si Taylor n'existait pas. Cole raconte combien elle était inquiète depuis le feu de joie ; je me retiens de lui mettre la main devant la bouche pour pouvoir parler à Caleb. Il a toujours su m'écouter, bien mieux que Zo. Elle me tuerait si elle savait que j'ai parlé de mon premier baiser (le vrai) à son frère une bonne heure avant de le lui dire à elle. Plus important encore : il était dans la même classe que Daniel ; nous jouions tous ensemble. Et si quelqu'un peut m'aider à récupérer mes souvenirs, c'est Caleb. Oui, il y a quelqu'un d'autre sur qui je peux compter. Quelqu'un qui m'a toujours soutenue.

Chapitre 13

Michaela prend Cole par le bras et l'éloigne du sourire à fossettes de Caleb en me faisant un clin d'œil. Elle ne sait pas que je n'ai jamais eu le moindre béguin pour lui, étant donné qu'il n'est que la version masculine – plus grande, plus bienveillante – de Zoey. Vu la façon dont les filles réagissent à sa présence, dont Cole, qui d'un geste habile retire sa robe de plage et lui lance un sourire aguicheur, je devine qu'il leur fait le même effet que Zoey aux garçons. Il penche la tête vers moi et chuchote :

— Attention, Zoey est de mauvaise humeur. Vous vous êtes disputées ?

Je lâche un grognement vague et m'assure que personne ne peut nous entendre. Je baisse le ton.

— J'ai d'autres priorités en ce moment. J'essaie de me rappeler ce qui s'est passé… tu sais, l'été de Jeanie.

Il se fige, le pied sur un tronc déraciné. Il me jette un coup d'œil avant de m'aider à enjamber l'arbre.

— Désolé. Tu m'as pris de court. J'ai toujours cru que tu ne voulais pas en parler.

— C'est vrai, reconnais-je.

Caleb a forcé plusieurs garçons, dont Mike Walt, à me laisser tranquille. Pourtant, lui et moi, nous n'avons jamais discuté de cet été-là.

Je continue :

— Mais maintenant il y a la petite fille morte, le meurtre de Mme Talcott, la police qui soupçonne son mari... Alors je me dis que le salut de tous dépend peut-être de mon cerveau pourri...

— Le salut de tous ?

Il hausse le sourcil et balaie de la main le nuage de moustiques que nous traversons. Ils sont anormalement nombreux aujourd'hui.

— D'accord, j'exagère un peu. La liberté de beaucoup et la santé mentale de Daniel dépendent de ce dont je pourrai me souvenir.

— Stella, sérieusement, tu ne crois pas qu'il vaudrait mieux laisser tomber ?

J'ouvre la bouche pour protester, mais il me devance.

— Attends, écoute-moi. Je tiens à toi. Je tiens à Zoey. Je tiens à ma mère. Ça ne fait pas beaucoup de monde. Tu es ma petite sœur, en moins chieuse.

Il me donne un petit coup de coude avant de reprendre d'un ton grave :

— Celui qui a enlevé Jeanie, celui qui a tué cette gosse au cimetière, celui qui a tué Mme Talcott... Ce n'est pas une bonne idée de les affronter !

Il respire par saccades ; on voit bien que ça lui coûte d'en parler.

Le fait qu'il évoque trois tueurs différents plutôt qu'un seul embrase mon imagination. J'ai un flash-back de ma visite chez Griever et du cadavre dans le cimetière. Caleb n'est pas au courant pour la fille Balco, enlevée il y a des dizaines d'années. Il ne sait pas que les meurtres ne peuvent avoir été commis par une seule personne.

Zoey se retourne et crie :

— On se dépêche, les paresseux !

Caleb accélère aussitôt. Je trottine pour rester à sa hauteur. Nous nous approchons des autres ; je ne pourrai plus lui parler librement.

— Caleb !

Il s'arrête et me regarde dans les yeux.

— Je sais ce que tu vas dire : tu veux que je t'aide.

Il écarte les cheveux sur son front, l'air de me défier de démentir.

Je fais un pas vers lui et dis tout bas :

— Oui. Parle-moi de cet été, et de Jeanie.

Il recule et lance :

— Pourquoi ? Pour que tu suives la trace de l'assassin ? Que tu te rapproches d'un fou meurtrier ? Pour que tu te fasses tuer ?

Sa voix tremble d'angoisse.

— Tu te rends compte ? C'est autre chose que venir te récupérer chez ta mère pour qu'on passe la semaine à traîner dans Chicago ! Ça, c'est *dangereux*.

— S'il te plaît, Caleb !…

— Non. Je t'aime trop pour ça. Ne me force pas à…

Je le défie du regard, une main sur ma hanche.

— À quoi ?

— À aller voir ton père pour lui raconter à quoi tu joues ! Et la police.

C'est clair : il veut me protéger ; il tient à moi. Je me mords la lèvre. Si j'insiste, il en parlera peut-être vraiment à mon père, et on m'enverra chez ma mère. Et cette fois, il n'y aura pas de Caleb pour me sauver.

Je soupire.

— Oublie ça, d'accord ? C'était idiot de ma part, de croire que je trouverais la solution alors que la police n'y arrive pas.

Je le contourne pour rattraper les autres. Il m'appelle, mais je ne m'arrête pas. Il finit par rejoindre le groupe. J'essaie de chasser mon irritation : je ne peux pas lui en vouloir de me protéger. Je ferais la même chose à sa place. Mais je suis déçue. Caleb était la dernière personne qui aurait pu nous aider, Daniel, Sam et moi.

À mi-chemin, Drew – ou Dean – lance :

— Un pote à moi a vu ce cinglé de Daniel Talcott en ville !

Entendre le nom de Daniel dans la bouche de cet abruti me fait grimacer.

— Attends, c'est peut-être lui qui a découpé sa mère et sa sœur en morceaux ! Ou alors, il était complice de son père, intervient Taylor.

Il passe le bras autour de mes épaules, m'attire contre lui.

— Toute cette famille est tordue. Si ça se trouve, ils sont incestueux.

Il a la peau moite, sa sueur venimeuse me pénètre. Je rejette son bras lourd et accélère le pas. Les dents serrées, je retiens un milliard de répliques cinglantes. Pour Zoey, qui pensait me faire plaisir en lui proposant de venir.

Je cherche Caleb du regard : il fait les yeux doux à Cole et l'interroge au sujet de la Californie. Je me penche, je fais mine de m'occuper d'un lacet défait. Ça ne marche pas, Taylor attend que je termine.

— Dis-moi si t'as peur maintenant que ce salaud de Talcott est sorti de prison. On pourrait lui rendre une petite visite pour lui casser la figure.

Je le fixe, écœurée, à contre-jour. Drew et Dean poussent des cris sauvages à cette idée ; ils agitent les bras, on dirait des singes. Non, les singes sont moins bêtes.

— Jeanie et sa mère n'ont pas été découpées, dis-je en essayant de dissimuler mon dégoût. Et les flics ont libéré M. Talcott parce qu'il n'y avait aucune preuve de sa culpabilité.

Je me redresse.

— Et puis : Daniel adorait Jeanie. Ni l'un ni l'autre n'est coupable. Je le sais.

Je rejoins Michaela au petit trot. J'espère que j'ai eu l'air assez convaincante. De toute façon, ils se désintéressent aussitôt du sujet et se mettent à débattre sur le moyen d'attirer un cochon dans la piscine d'un lycée rival.

Une fois sur la rive, j'étale ma serviette près de celle de Cole. Plus rapide que Michaela, Taylor s'installe de l'autre côté. Génial… Je vais être coincé avec lui tout l'après-midi. Comment pouvait-il me plaire il y a à peine trois jours ? Il est toujours beau, mais ça ne compense pas du tout sa personnalité.

— J'ai de quoi faire des shots ! s'exclame Cole.

Elle sort de son sac à main une bouteille de vodka à la framboise. Elle distribue de petits gobelets en plastique et sert la première tournée. Zoey retire son short et va se mettre à l'eau. Caleb lui crie de se rhabiller. Elle l'ignore et fait signe à Drew et Dean de la rejoindre. Ils la suivent comme des chiots qui courent après un os.

Taylor s'allonge sur le côté face à moi ; il mâche un énorme chewing-gum.

— Tu veux aller te baigner, beauté ?

J'attrape le verre de Cole et le vide avant qu'elle ne proteste.

— Non merci, je veux bronzer un peu.

Il hausse les épaules et fait éclater une bulle.

— Ça va pas ? glousse Cole. Attends un peu que je m'en fasse un aussi !

Pour toute réponse, je lui tends le verre pour qu'elle le remplisse à nouveau. Elle fronce les sourcils, mais s'exécute avant de servir Caleb. Si je dois faire semblant de m'amuser alors que toute la ville perd la tête, il faudra que je sois bien beurrée. Heureusement, comme je ne tiens pas l'alcool, deux ou trois verres me suffiront.

— Hé, doucement, Stella ! crie Zoey, assise sur les épaules de Drew. On fera un feu de joie à la nuit tombée, il faut que tu sois en forme !

Je lui souris, montrant trop les dents pour qu'elle me croie sincère. Je ne vais pas passer la journée ici, j'ai des souvenirs à retrouver. J'ai des enquêtes à mener. Je dois m'assurer que Daniel va bien. Et il faut que je voie Sam.

Cole trinque avec moi, renverse la tête et avale cette vodka qui glisse comme du sirop d'érable. Je l'imite.

— Tu devrais peut-être manger quelque chose, lance Caleb, installé à côté de Cole.

Il sort un sandwich à la dinde et m'en propose la moitié. Des miettes tombent sur le ventre de Cole. Il fait mine de les épousseter, puis s'arrête, l'air gêné de l'avoir frôlée.

Cole prend une miette et la mange ; elle ressemble bien plus à Zoey qu'à Michaela. Je rate la réaction de Caleb, car Zoey m'appelle :

— Stella, viens là ! On joue à qui tombera la première !

Je secoue la tête en silence.

— Très bien ! Cole, allez ! Et entraîne Taylor !

Taylor hausse les épaules et court se mettre à l'eau. Cole se précipite à sa suite et pousse des cris suraigus quand elle atteint le lac. Cinq minutes plus tard, toute la ville doit entendre les hurlements de Zoey et de Cole. Michaela s'installe sur la serviette de Cole avec son magazine. Elle discute par moments avec Caleb de son inscription anticipée à l'université pendant que je me force à finir mon sandwich.

— Ça va ? me murmure-t-elle au bout d'un moment.

Je penche la tête de façon indécise.

— C'est une question idiote, fait-elle. Comment pourrais-tu bien aller ?

Je lui fais un petit sourire.

— Dis-moi si tu as besoin de quoi que ce soit. Ma sœur vient d'accoucher, encore, et mes parents ne seront pas là les deux prochaines nuits. On peut se faire une soirée pyjama avec du rosé à volonté.

Michaela est peut-être à la poursuite d'une gloire durable, mais ce n'est pas une de ces filles ennuyeuses qui louchent d'avoir trop étudié.

C'est grâce à ce rare mélange de fêtarde et d'intellect brillant que nous sommes amies. Voilà une fille qui, en quatrième, a passé son cours de spécialisation en maths à dessiner une BD sur la vie amoureuse de notre prof et qui a quand même fait un sans-faute à toutes les interros. M. Ralph (alias M. Patate, avec son œil tombant et une collection de peluches sur le bureau) ne s'est jamais douté que toute la classe attendait impatiemment les mises à jour du lundi, où elle racontait ses rendez-vous galants du week-end.

C'est pour ça que je suis sous le charme de Michaela. Zoey, elle, a eu carrément un coup de foudre. C'était notre première semaine en quatrième. Elle participait à la réunion d'information des futurs membres du conseil des élèves. Elle avait des vues sur la place de responsable des activités extrascolaires ; Michaela voulait celle de trésorière. Elles ne s'étaient pas encore rencontrées parce qu'elles n'avaient pas de cours en commun et que Zoey n'était pas aussi populaire qu'elle l'est aujourd'hui. Leurs regards se sont croisés pardessus une foule de gamins surexcités, et elles se sont reconnues. Sans hésitation, Zoey a soutenu la candidature de Michaela qui lui a rendu la pareille. Elles ont mené une sérieuse campagne l'une pour l'autre – enfin, Michaela a mené une campagne, Zoey, elle, a distribué des promesses et des menaces. Et voilà.

Je souris à mon amie fan de rosé.

— Merci, M., ce sera peut-être nécessaire.

Elle se tourne vers Caleb et ils reprennent leur conversation sur les universités. C'est gentil de la part de Michaela, parce que le niveau de la fac de Caleb est à des millions d'années-lumière de celles qui l'intéressent elle. Il n'a pas l'esprit de compétition ; au lycée, son clan était un mélange de fumeurs de hasch, de skaters et de musiciens amateurs. En terminale, il a réussi ses examens et a été accepté dans une fac à Chicago. Zoey ne le lui a jamais pardonné : jusque-là, c'était elle, la plus douée de la fratrie. Du coup, la tendance s'est inversée : Zoey est devenue la nulle aux yeux de sa mère.

— Vous voulez un shot ?

Je m'en sers un troisième. Michaela secoue la tête et sort une bouteille rose avec des dauphins imprimés sur l'étiquette. Elle boit rarement autre chose que du rosé, de préférence pétillant… Caleb me fait de gros yeux tandis que je porte le verre à mes lèvres, mais ne me fait aucun reproche. J'essaie de boire lentement, ce qui est difficile à cause du goût sucré écœurant. Après avoir avalé, je jette un œil sur mon téléphone pour voir si Sam a répondu.

Avec Daniel. À la biblio.
On te récupère quand/où ?

Je suis aussitôt sur le qui-vive, je n'arrive plus à tenir en place. Daniel et Sam sont sûrement en train de faire des recherches sur les disparitions de Savage. Je devrais y être ! C'est moi, la journaliste du *Wildwood*

Herald aux dons de super-détective. Alors que Sam fouille l'histoire de la ville, je suis là, en bikini, à boire une vodka écœurante et à me faire reluquer par des joueurs de crosse nazes. Mais à chaque seconde qui s'écoule l'alcool fait un peu plus effet, et ma frustration s'apaise. Je réponds :

À la crique. À 13 h.

Il est presque onze heures. J'espère que deux bonnes heures de présence suffiront à calmer Zoey, tout en sachant qu'elle sera folle de rage. Tant pis ! Je ferme les yeux et me mets à somnoler. Au bout de dix ou quinze minutes, je m'étale maladroitement de la crème solaire pour ne pas cramer. Puis je sors un paquet d'asticots gélifiés du sac de Zoey et je choisis les verts.

Je regarde le lac, où Cole et Taylor se sont alliés contre l'un des D. L'autre a disparu avec Zo. Je souris : elle est rapide ! Taylor surprend mon regard et me fait signe. Je lui réponds à contrecœur, ce qu'il prend pour une invitation.

Deux secondes plus tard, il se tient au-dessus de moi. L'eau fait briller son torse et son ventre sous le soleil. J'ai un peu de mal à en détourner les yeux. M'enfiler trois shots en moins d'une heure n'a pas été ma meilleure idée… J'ai les lèvres qui picotent et le nez tout engourdi. Mes réticences à son sujet faiblissent.

— Tu viens te baigner ? demande-t-il.

Sans attendre ma réponse, il m'entraîne dans l'eau couleur jade. Sa température glaciale me réveille.

Sam. C'est à cause de lui que je ne veux plus de Taylor. Mais qu'est-ce que j'attends de Sam, au juste ? Et comment savoir si lui veut de moi ? Pourquoi lui plairais-je ? Hier soir, j'ai cru qu'il allait dire quelque chose… Et s'il s'apprêtait à révéler qu'il m'avait enfin oubliée ? Qu'il ne m'apporterait plus jamais de gardénia, qu'il ne m'enverrait plus de cœur en chocolat et guimauve pour la Saint-Valentin, qu'il ne me suivrait plus dans de vieux cimetières inquiétants ? Je l'aurais su si je n'avais pas fui lâchement.

J'avance dans l'eau. Elle m'arrive aux genoux, aux cuisses, à la taille. J'arrête de frissonner quand elle atteint la poitrine. Aujourd'hui, elle est claire, on voit bien le fond sablonneux. Les petits poissons filent, puis font d'un coup demi-tour, et s'éloignent à toute vitesse. Taylor plonge, nage autour de mes jambes et sort juste devant moi. Je ris. On dirait un chien mouillé, il se secoue de la même façon, ses cheveux se soulèvent d'un côté puis de l'autre. Sans cesser de rire, je me protège le visage. Je sais que c'est l'alcool qui parle… non, qui glousse. Je suis pompette.

Je commence à nager moi aussi. De ce côté de la crique, une étroite avancée de rochers nous dissimule aux yeux des autres. Taylor fend l'eau avec grâce, plus poisson que garçon. Je le regarde plonger jusqu'au fond. Il reste sous l'eau presque une minute avant de remonter à la surface avec une poignée de cailloux colorés.

Il s'approche de moi, la paume ouverte, me les

montre. Il y a deux pierres couleur crème brûlée et d'autres, tachetés de rouge.

— Je suis content que tu sois venue, dit-il.

Les branches entremêlées nous font de l'ombre. Je ne vois ni n'entends les autres de l'autre côté des rochers. Taylor ouvre les doigts et lâche ses pierres. Puis il pose les mains sur moi. Il m'attire à lui, resserre son étreinte et se penche. Ses lèvres frôlent mon oreille. Ça me fait frissonner. Je ferme les yeux, j'attends qu'il m'embrasse, *je veux qu'il m'embrasse.*

Juste avant que sa bouche touche la mienne, je visualise le visage de Sam : des yeux marron qui ne vous abandonnent pas. Des taches de rousseur comme des éclats de miel. Un sourire irrésistible. Je me dégage avec un gloussement qui chasse le danger tout proche. Je suis vraiment pompette, pour ne pas dire soûle…

— Je… je parie que je peux retenir mon souffle plus longtemps que toi, fais-je pour mettre fin à ce moment bizarre.

Il me répond par un grand sourire : il croit sûrement que je me fais désirer. Ça m'est déjà arrivé, mais là, c'est différent ; je ne veux plus de Taylor, que Sam veuille de moi ou non.

— À trois ! Un, deux…

Je prends une grande inspiration.

— … trois !

Je mets la tête sous l'eau ; Taylor m'imite. Il s'approche de moi, alors je plonge jusqu'au fond sablonneux. À cet endroit il n'est qu'à trois mètres de profondeur ; la pression n'est pas trop violente pour mes oreilles. Au début, je compte les secondes qui passent, mais à partir de vingt je perds le fil. Taylor est un peu plus loin, sur ma droite. Je ne pense pas le battre. Mais gagner est sans importance : j'ai besoin d'un instant pour dégriser.

L'eau m'enserre comme un étau : je sens monter une brûlure sourde dans mes poumons. Les yeux fermés, je remue les bras pour rester au fond et croise les jambes. Quelque chose de gluant me chatouille la cheville. J'ouvre vite les yeux, je m'assure que ce n'est pas un gros poisson : non, c'est une algue. Autour de moi, il y en a plein, une vraie jungle rougeâtre. Soudain, leur couleur s'approfondit, s'illumine jusqu'à s'enflammer. Je ferme les yeux et secoue la tête : si je commence à halluciner, c'est que je suis sous l'eau depuis trop longtemps.

Lorsque je les rouvre, je comprends que le rouge qui m'entoure, ce ne sont pas des algues, mais des cheveux. C'est Jeanie ! Je ne suis plus sous l'eau, mais dans des ronces jusqu'aux genoux. Je suis à nouveau enfant. Je sens la douceur des fraises sur ma langue ; j'ai les doigts tachés de leur jus. Jeanie se débat, sur le dos comme un cloporte renversé. Une énorme main noueuse lui agrippe les cheveux, la maintient par terre, ou la tire, je ne sais pas. Je suis figée, incapable de la rejoindre. J'ai beau essayer, j'ai les jambes pétrifiées, les bras collés le long du corps. Je ne peux pas l'aider. Je veux crier, je ne fais qu'avaler de l'eau. J'écarquille les yeux : je suis de retour dans le lac. À moitié asphyxiée, je remonte à la surface.

Chapitre 14

Je jaillis hors de l'eau, haletante. Ma tête est sur le point d'éclater. J'agite les bras, paniquée, j'essaie de retrouver mon sang-froid.

— Du calme, du calme !

Taylor est à côté de moi. Il tente de m'immobiliser les bras.

— J'allais te chercher. Ça fait presque une minute et demie que tu es sous l'eau ! Doucement...

Dès que je cesse de gigoter, Taylor entreprend de me remorquer vers la rive. Je remplis encore et encore mes poumons d'air, c'est délicieux.

Jeanie sur le dos. Des doigts crochus dans ses cheveux. Qui était-ce ? Pourquoi n'ai-je pas vu son visage ? Je n'arrivais pas à détacher mes yeux de Jeanie, tout le reste était hors champ.

Près du bord, Taylor trébuche en se mettant debout. Nous avons pied, mais je m'agrippe toujours à lui, car mes jambes refusent de bouger.

— Comment tu as fait pour rester aussi longtemps au fond ? Y a pas à dire, t'es drôlement couillue pour une fille.

Profitant de notre proximité, il passe les bras autour de ma taille.

— Hé ! Ça va !

Je recule en titubant, je force mes jambes à me porter. J'atteins la rive, grimpe à quatre pattes sur les rochers glissants et me traîne vers la plage où les autres prennent le soleil.

— Attends, lance Taylor en me rattrapant, n'y va pas encore ! On pourrait faire un tour, ou… tu sais.

Je me retourne d'un coup. Le ton pervers de son « tu sais » réveille ma colère, projetant de l'adrénaline dans tout mon corps. Je rétorque :

— Non, je ne sais pas.

Il me fait un clin d'œil qui se veut suggestif ; on dirait plutôt qu'il a un moucheron sous la paupière. J'espère que c'est le cas.

— Stella, ça fait des mois que tu me fais marcher ! On ne trouvera jamais un meilleur moment. Allez, tu t'es fait plein d'autres mecs !

Il m'attire à lui.

— Arrête de faire ton allumeuse !

Je me dégage brutalement.

— Pour ça, il faudrait qu'il y ait quelque chose à allumer, dis-je d'un ton mauvais avant d'escalader les rochers.

Zoey et l'un des D. sont toujours portés disparus, probablement en train de se peloter dans une autre crique. Michaela, les écouteurs sur les oreilles, agite les doigts de pied et fredonne une chanson. La serviette de Caleb est toujours près de celle de Cole, mais il est parti, probablement à la rescousse de sa sœur. Je refoule mes larmes. Si seulement il avait été là pour repousser Taylor ! Je sors le téléphone de mon short : il est presque treize heures. Dieu merci. Je ne supporterai pas Taylor une minute de plus.

Je chuchote pour ne pas déranger Cole qui, j'en suis sûre, dort sous le magazine qui lui couvre le visage.

— Michaela ?

Elle soulève ses lunettes et retire les écouteurs.

— Je suis désolée, je dois y aller. Sam Worth vient me chercher.

Elle tend le cou pour regarder par-dessus mon épaule. Taylor s'approche de nous à grands pas. Elle fronce les sourcils, puis hoche la tête.

— Je dirai à Zoey que tu ne te sentais pas bien, murmure-t-elle. Tu sais, Sam a été plusieurs fois mon binôme en cours de physique, je le trouve bien plus sympa que Taylor.

Je lui adresse un sourire reconnaissant, puis j'attrape mes affaires et je pars en courant dans les bois. Je regarde derrière moi : Taylor ne me suit pas. Ouf ! Je suis sûre qu'il ne me regardera plus jamais. Tant mieux. Non mais, quel connard ! Je n'ai pas fréquenté tant de garçons que ça ! Et même si c'était le cas, ça change quoi ? Même si j'avais embrassé des milliards de mecs, je ne lui devrais rien du tout. Brusquement, je comprends pourquoi il est copain avec ces minables : il est comme eux, c'est juste qu'il le cache mieux.

Une branche craque ; une nuée d'oiseaux décolle

des sous-bois. Je cours. À chaque pas, ma migraine s'aggrave. J'ai trop bu, et maintenant je suis seule dans les bois avec un tueur en liberté. Une mauvaise odeur traîne dans l'air : celle de la pluie, de la pourriture, des insectes qui se sont multipliés.

J'accélère. Je fuis Taylor, je cours vers Sam. Qui l'aurait cru il y a quelques jours à peine ?

Le portable vibre dans ma poche, je n'y touche pas. Je ne ralentirais pour rien au monde. J'entends le bruit des véhicules qui passent sur la route. À travers les arbres, j'aperçois déjà le break bleu canard qui m'attend, garé à côté de la voiture de Zoey. Je suis à bout de souffle, mais je cours toujours. Chaque foulée me rapproche de Sam. D'un abri. Je surgis des bois à trois mètres de lui. Il lève tout de suite les yeux, sûrement parce que je me déplace avec la grâce d'un éléphant, pantelante.

— Stella ! Tu ne répondais pas, j'étais inquiet !

Il montre son téléphone, qu'il tient à la main. Je lui rentre dedans, me jette à son cou et cache mon visage dans son épaule. Après un moment d'hésitation, il m'enlace lentement. Je me serre contre lui ; je n'ai qu'une envie, effacer les souvenirs que je viens de retrouver, oublier le contact des lèvres de Taylor sur ma peau, de ses mains sur ma taille, ses paroles insultantes. Alors que je l'étreins, à moitié nue, Sam, lui, ne cherche pas à me peloter.

— Stella ! Est-ce que ça va ?

Son souffle me chatouille l'oreille. Je lève la tête. Je ne veux pas me détacher de lui. Pas encore.

— J'ai retrouvé un autre souvenir.

Je hoquette, le visage à nouveau collé à son torse.

— Je crois que j'ai trop bu.

Sam se raidit ; ses bras se figent. Il s'apprête à me lâcher !

— S'il te plaît, serre-moi très fort, dis-je, la voix étouffée par son tee-shirt.

Il reste immobile. C'est comme étreindre un tronc d'arbre. Je le repousse :

— OK, Sam ! On croirait que je te demande de te planter une fourchette dans l'œil !

Prenant conscience de ma nudité, je recule précipitamment. Alors que je croise les bras pour cacher ma poitrine, je vois que Sam ne quitte pas des yeux mon visage. Ça me rend dingue. Il est tellement respectueux ! Tellement *mature*. J'aimerais le voir perdre son sang-froid, rien qu'une fois.

J'écarte les bras.

— C'est quoi, ton problème ?

Il fourre les mains dans ses poches et fixe ses tennis. Sur son tee-shirt il y a un truc en grec, je ne sais pas ce que ça signifie. Probablement quelque chose comme « roi des losers », dirait Zoey.

— Je ne bois pas, marmonne-t-il.

— Et alors ?

— Mon père boit trop. C'est pour ça.

Il frotte les pieds par terre captivé par le nuage de poussière qu'il soulève.

— Mais… je t'ai vu à un paquet de soirées ! Pourquoi y aller, si tu ne bois pas ?

Il redresse lentement la tête. Il essaie en vain de ne pas me regarder, ce qui me satisfait assez pour calmer ma colère.

— J'aime passer du temps avec mes potes, et eux, ils aiment passer du temps avec le genre de personnes qui sont invitées à ces soirées.

Il lâche un rire d'autodérision.

— Et aussi… En général, tu y es.

J'arrête de respirer : il n'aurait rien pu me dire de plus fou, ni de plus doux.

— Je ne savais pas, pour ton père. Je suis désolée.

Je fais un pas vers lui.

— C'est vrai que tu me cherches, à ces soirées ?

Il se gratte la tête et sourit.

— Oui, mon cerveau est programmé pour localiser une certaine Petite étoile.

Il rit comme si ça ne l'embarrassait pas du tout.

— Feux de joie, fêtes, bals du lycée, matchs de foot américain, de crosse… Je me ferais bien lobotomiser, mais tu sais, les effets secondaires, les complications…

— Oui, la triste réalité de la vie de légume, dis-je du même ton affligé.

Son sourire s'élargit.

— Eh ben, justement ! Ça ne m'aiderait pas auprès des filles !

Sans demander la permission à ma conscience, ma main frôle la sienne.

— Mais, sérieusement, je ne savais pas.

— Comment tu aurais pu ? Je ne te l'ai jamais dit.

Il n'y a plus de rire dans sa voix, et ses oreilles sont cramoisies. Il détourne les yeux.

— Allez, viens, on s'en va.

Il s'écarte de moi et ouvre la portière.

Le cuir des sièges me colle aux fesses. J'enfile mon short avec difficulté et je chasse la sensation que le contact de la main de Sam contre la mienne a réveillée en moi.

Alors qu'il s'engage sur la route, je demande :

— Où est Daniel ?

— Il est allé voir son père. Il n'a pas voulu en dire plus ; il était très mystérieux.

Sam baisse le pare-soleil.

— Ce matin, on est allés à la bibliothèque pour consulter les archives de journaux en ligne. Mon ordi portable est mort pendant les derniers exams, et je n'ai pas eu le temps de le faire réparer.

À la façon dont il prononce « temps », je devine que ça veut dire « argent ».

— Est-ce que quelqu'un a reconnu Daniel ?

— Non. Il avait une casquette, et ça fait des années qu'on ne l'a pas vu ici.

Je hoche la tête. Si moi je ne l'ai pas tout de suite reconnu, il y a peu de chances qu'un bibliothécaire y arrive.

— Il n'y a pas grand-chose avant 1972, à cause d'un incendie aux bureaux du *Savage Bee*. Tout ce qu'ils ont provient des donations des habitants de la ville. Il s'agit surtout de journaux jaunis que les gens ont gardés dans leur grenier. C'est incomplet, mais les bibliothécaires ont pu scanner plusieurs numéros, remontant jusqu'en 1910.

C'est vrai. Je me suis aventurée un jour aux archives de la bibliothèque, voulant consulter leurs informations sur le lac de Blackdog pour un article que j'écrivais sur le réchauffement climatique, et on m'a sorti la même excuse de l'incendie. Je n'y suis plus jamais retournée.

— Comme Mme Griever a dit qu'elle avait seize ans quand la petite Balco a disparu, continue Sam, on a cherché sa date de naissance pour savoir de quelle année il s'agissait.

Je lui souris.

— Très intelligent !

— Tu n'imagines pas combien j'adore ce genre de trucs ! dit-il en riant.

Puis, plus sérieusement :

— D'après mes calculs, la fillette aurait disparu en 1938. Il n'y avait là que quelques articles scannés, mais l'archiviste m'a promis de regarder dans ses cartons pour moi : tout ce qui date d'avant 1972 n'a pas encore été mis en ligne. Ils en ont récupéré beaucoup plus des années cinquante, soixante et début soixante-dix, puisque plus un journal a traîné dans le grenier, plus le risque qu'il soit jeté est grand. L'archiviste m'a dit de revenir demain matin.

— J'irai avec toi. D'après Shane, ils n'arrivent pas à identifier la victime du cimetière.

— Comment est-ce possible ? Comment une petite fille peut-elle disparaître sans que personne le signale ?

Je continue d'une voix hachée :

— Autre chose : le doigt n'appartient pas à Jeanie. Ce n'est pas son ADN.

Depuis hier soir, c'est la première fois que je m'autorise à y penser. Non, je ne souhaitais pas que Jeanie ait été découpée, seulement qu'il n'y ait pas d'autre victime.

Sam me jette un regard de côté, puis se concentre à nouveau sur la route.

— La fille du cimetière pourrait venir d'un autre

État, ou être orpheline. Le doigt pourrait appartenir à la petite Balco. Si la fille du cimetière le tenait à la main, leurs morts doivent être liées.

Ça vibre dans ma tête. D'abord, Griever établit un lien entre la disparition de Jeanie et celle d'une autre fille, qui remonte à des dizaines d'années, et maintenant ce doigt y relie la victime du cimetière. Soudain, il y a un ruban d'indices qui traversent des générations et qui, au lieu de nous aider à nous en sortir, nous mènent encore plus loin vers l'inconnu.

Je murmure :

— Comment est-ce possible ?

— On n'en sait rien, répond doucement Sam. Nous n'avons pas encore la preuve qu'il y a eu d'autres disparitions.

Je suis sur le point de lui parler de mon souvenir retrouvé, de la main noueuse dans les cheveux de Jeanie, lorsque Sam ajoute :

— Ce n'est pas tout.

— Quoi ?

Je me sens coupable d'être à ce point soulagée de ne pas avoir à régurgiter la vision qui m'a rattrapée sous l'eau. Si je ne dis rien, elle restera irréelle. Ces doigts crochus n'existent pas. Ce ne sont pas des blessures dans les cheveux de Jeanie, des mèches ensanglantées arrachées pendant qu'elle se débat.

— J'ai quelque chose à te montrer, en fait.

Il esquisse un sourire plein d'espoir, pas du tout ambigu.

— Est-ce qu'on peut aller chez toi ?

— Bien sûr, si ça ne te dérange pas que je sois un peu pompette.

Bercée par le bruit du moteur, j'appuie ma tempe contre la vitre fraîche et je ferme les yeux.

— Quand est-ce que tu vas travailler ?

— Demain. Je bosse le jeudi, le vendredi et le samedi, de quinze à vingt et une heure. J'aurais voulu en faire plus, mais tout le monde a besoin d'heures supp'.

Je mets la main sur son genou pour lui montrer que je compatis.

Il laisse échapper un petit rire.

— Qu'est-ce qu'il y a ?

— Tu es mignonne quand tu es soûle.

La main sur la poitrine, la bouche ouverte en signe d'indignation feinte, je me redresse.

— Sam Worth ! Ne me dis pas que tu me préfères quand je suis sous l'influence de l'alcool ?

Il se penche sur son volant et contemple le coton grisâtre des nuages qui se sont accumulés dans le ciel.

— Non, c'est juste qu'à ma connaissance tu es la seule personne qui ne devient pas plus horrible en buvant.

Ma joie s'envole ; je me mordille la lèvre.

— Ton père change de personnalité, quand il boit ?

Sam hoche la tête.

— Il se dispute avec ma mère, dit des trucs qu'il ne devrait pas. Quand il bossait, il ne buvait jamais à la maison. Il s'efforçait de le cacher. Enfin, je reconnaissais l'odeur quand il rentrait et me serrait dans ses bras.

Je m'appuie à nouveau contre lui. C'est curieux, d'habitude l'ivresse ne me rend pas si affectueuse... Au fond de moi, je me dis que c'est peut-être à cause de Sam, et non de la vodka sirupeuse. J'essaie de chasser ces pensées. Et puis, quelle importance si je me sens bien quand je suis près de lui ? On a grandi ensemble ; bien sûr que me retrouver en sa présence est un peu comme ouvrir notre boîte à souvenirs de CM2. La simplicité de mes dix ans me manque ; à la pensée d'autocollants en forme de licorne, la nostalgie me pince le cœur. Mais je sais qu'en cinq minutes ils perdraient tout intérêt. Les objets de mon enfance m'ennuient.

Je contemple les nuages à présent noirs qui envahissent le ciel. J'espère que Michaela les a vus aussi et a ramené tout le monde aux voitures.

Je pianote sur la radio, je cherche quelque chose de rythmé dont la réception n'est pas brouillée. Il n'y a rien d'autre qu'une émission religieuse, qui énumère quarante façons de survivre à l'apocalypse. Je l'éteins.

— Sam ? Tu te souviens, il y a quelques jours, quand tu as dit avoir des amis qui se fichent de savoir qui d'autre tu fréquentes ?

Il entrouvre les lèvres et me jette un bref regard.

— Oui, je n'aurais pas dû. J'étais en colère.

J'y réfléchis quelques secondes.

— Pourtant, c'est vrai. Comment tu as su que Zoey ne voulait pas qu'on se voie ?

En fait, je ne l'ai pas abandonné de ma propre volonté : je l'ai écarté afin de garder quelqu'un que j'aimais encore plus.

Il serre la mâchoire. À cet instant, le ciel se déchire et la pluie s'abat sur nous.

— Elle me l'a dit.

Je me redresse.

— Quoi ?

Il prend une longue inspiration.

— Avant de te poser cet ultimatum, elle m'a prévenu que tu n'avais de la place que pour un seul meilleur ami, et qu'elle te forcerait à choisir entre nous. Zoey ne m'a jamais aimé. Quand tu n'étais pas là, c'était une vraie… Enfin, elle n'était pas gentille, même enfant. Quand, le dimanche suivant, tu n'es pas venue te baigner, j'ai compris.

Il me regarde, l'air troublé, comme pour vérifier s'il ne m'a pas blessée. Moi !

Il le savait ! À douze ans, Sam savait qu'il avait perdu la compétition. J'avale une grande goulée d'air. Elle se bloque dans ma gorge, m'étouffe.

— Pourquoi tu ne m'as pas dit que ce que j'avais fait était horrible ?

Ma voix est à peine plus forte que le bruit des gouttes qui martèlent le pare-brise. Il quitte la grand-route et s'engage sur Main Street, traverse le centre de Savage.

— Parce que tu l'as choisie. Qu'est-ce que j'aurais pu faire ? Te supplier de changer d'avis ?

Nous nous arrêtons à un feu rouge. Avec un profond soupir, il passe ses mains dans ses cheveux et, vaincu, les lève vers le ciel.

— Elle a exigé que tu choisisses entre nous ! Je ne t'aurais jamais demandé de renoncer à un ami. Surtout juste après…

— Après le départ de ma mère.

Je dois reconnaître que, même si on n'avait que douze ans, l'ultimatum de Zoey était vraiment cruel.

Je regarde notre reflet dans le rétroviseur. Je vois une fille à moitié nue, qui n'est que l'ombre de ce qu'elle était. Je vois un garçon qu'elle a blessé, encore et encore, mais qui, pour une raison inconnue, ne l'abandonne pas.

Je murmure :

— Je comprends ce que tu veux dire lorsque tu prétends qu'il ne reste plus rien de moi…

Le feu passe au vert. Sam démarre. Je me demande à quel moment l'élixir magique qui faisait de moi *moi* a commencé à manquer. Je soupçonne que c'était à l'époque de Jeanie. Les gouttes de pluie rebondissent sur la vitre. Elles se sont changées en grêlons. *Des grêlons en juin.* Je me souviens qu'ils se forment dans les nuages, où l'air est beaucoup plus froid, raison pour laquelle cela arrive en été. Quand même… Le monde semble déséquilibré, perturbé. Les essuie-glaces ne font pas le poids contre ce bombardement.

Nous arrivons dans ma rue. J'attrape mes chaussures en tissu toutes trempées et je les enfile non sans mal. Sam regarde droit devant lui ; je me dis qu'il ne supporte plus ma vue. Dès qu'il s'arrête dans l'allée, je saute de la voiture.

— Stella, attends !

Je ne m'arrête pas. Je n'ai qu'une envie : me cacher, oublier mon choix honteux et douloureux. Mais il me suit. Je me bats avec la serrure et cours dans le salon. Moscou paresse sur le dossier du canapé. Il lève la tête, me regarde avec indolence, puis reprend sa sieste. Je me débarrasse de mes chaussures mouillées.

Enfin, je me tourne vers Sam qui s'est immobilisé sur le seuil. Les cheveux lui collent au crâne, ses vêtements dégoulinent. Il claque la porte, faisant trembler toute la maison. Mon ventre se tord.

— S'il ne restait plus rien de *toi*, pourquoi je serais là ? lance-t-il. Pourquoi je t'aiderais ? Pourquoi j'espérais que tu serais à la même soirée que moi ? Qu'on se verrait, qu'on se parlerait, que tu rirais de mes bêtises ?

Il fait un pas vers moi, je recule. Il fourre les mains dans ses poches.

— Depuis toujours, je suis accro à toi. Stella l'intrépide, qui s'est mise devant Daniel quand Griever a braqué un fusil sur lui. Celle qui faisait des saltos arrière de mon plongeoir. Celle qui finira un jour par se rendre compte qu'elle a fait le mauvais choix…

Je noue rageusement mes cheveux sur ma nuque.

— Zoey est ma meilleure amie ! Pourquoi tu ne le comprends pas ? Je n'ai pas fait le mauvais choix !

Même maintenant, le besoin de la défendre surpasse tout.

J'attends sa réponse en retenant mon souffle. Il se penche vers moi.

— Pourquoi, toi, tu ne comprends pas, Stella ? Je ne dis pas que tu aurais dû me choisir, moi. Il n'y avait pas de *bon* choix. Tu n'aurais pas dû choisir du tout, dit-il tout bas.

Je n'ai pas de réponse à ça. C'est simple, évident, et je n'y ai jamais pensé.

— Mais tu as choisi, et ça, ça m'a blessé.

Il me fixe d'un regard perçant. Il y a une vibration incroyable entre nous, ça me donne la chair de poule. Je recule à nouveau d'un pas et je m'efforce de prendre un air indifférent en coinçant mes mèches rebelles dans le chignon.

— Que voulais-tu me montrer ?

Sans me quitter des yeux, il sort une enveloppe blanche de son sweat à capuche.

— Je n'arrivais pas à oublier ce que tu as dit au sujet des monstres. J'en ai même rêvé. Et ce matin, ça m'est revenu. Le printemps avant l'enlèvement de Jeanie, on se retrouvait souvent chez les Talcott. On jouait beaucoup dans les bois.

Je me fige.

— On faisait semblant de combattre des dragons, on jouait aux cow-boys et aux Indiens.

Il fronce les sourcils.

— Il y avait des légendes urbaines qu'on se racontaient à l'école. Des dames blanches, des gobelins ou des fantômes dans les bois…

J'incline la tête. On s'en racontait chaque fois qu'on dormait les uns chez les autres.

— Mais pendant les mois qui ont précédé la disparition de Jeanie, je ne me souviens pas quand exactement, des garçons plus âgés ont juré avoir vu quelque chose ; des cannibales, je crois. La rumeur s'est propagée, d'autres ont dit avoir vu autre chose ; chaque fois il s'agissait de créatures imaginaires différentes. Tu sais comme les enfants sont doués pour inventer des histoires. Je me souviens qu'un jour on était chez Jeanie, et on voulait forcer une de ces créatures à sortir de sa cachette. Mais je ne pensais pas que ce souvenir avait de l'importance. Jusqu'à ce que je retrouve ça.

Sam sort une photo de l'enveloppe. Je la prends et m'affaisse sur le canapé.

C'est un cliché Polaroid de cinq enfants. Bizarrement, je ne me reconnais qu'après avoir repéré Sam, Caleb, Daniel et Jeanie. Nous sommes alignés comme des petits soldats et tout le monde sauf elle sourit de toutes ses dents. J'ai plus l'air de grogner qu'autre chose, le bras passé autour des épaules de Sam.

— Tu te rappelles que Zoey se promenait avec ce Polaroid en CP et en CE1 ? demande Sam.

J'acquiesce.

— Elle l'avait déjà en maternelle. C'est sans doute elle qui a pris la photo. On devait avoir six ans, Caleb et Daniel finissaient le CE2. C'était l'été, avant la disparition de Jeanie.

Je hoche encore la tête machinalement. Je passe le doigt sur les objets que nous serrons dans nos petits poings potelés.

— Sam, c'est bien ce que je crois ? dis-je tout bas.

Il s'assied à côté de moi.

— Oui, répond-il, son souffle me chatouillant l'oreille. Ce sont des lances que Daniel et Caleb ont fabriquées avec des bâtons et des pointes de flèche trouvées dans les bois.

Nos expressions guerrières, nos armes primitives, la boue sur nos joues, ces mots étranges que j'ai répétés lorsque Jeanie a été enlevé, tout a soudain un sens. Je prends une inspiration tremblante et murmure :

— Nous chassions les monstres.

Chapitre 15

Les mains tremblantes, je penche la photo d'un côté, puis de l'autre. Je scrute même l'arrière, comme si j'espérais qu'un indice se dévoile, telles les images cachées dans ces livres d'illusions. Mais il n'y a rien.

— Tu te souviens bien de cette journée ?

Je me tourne vers lui.

— Pas vraiment. Mais je me rappelle avoir caché quelques photos, comme si c'était mes trésors secrets. J'ai mis celle-là entre les pages d'un vieil exemplaire de *Max et les Maximonstres* dissimulé sous mon matelas.

Il fronce les sourcils avant de continuer.

— Après la disparition de Jeanie, mes parents m'ont parlé de gens qui enlèvent des enfants, et cette conversation a bloqué mes souvenirs.

Il se tapote le crâne comme pour indiquer la partie concernée de son cerveau. Ça ne me surprendrait pas qu'il sache vraiment de laquelle il s'agit.

— C'était traumatisant, du coup, tout ce qui

entoure la disparition de Jeanie est flou. Je me souviens de l'histoire des rumeurs, et d'avoir eu peur, plus ou moins, mais il n'y a rien de clair ni de précis. Désolé.

Il s'appuie contre les coussins du canapé. Comme si un fil nous reliait, je me tourne légèrement vers lui.

— Tu n'avais que six ans, Sam !

Je lui tapote le genou.

— Attends un peu… Nous, on n'avait que six ans, mais Caleb et Daniel en avaient neuf ! J'ai des tonnes de souvenirs de mes neuf ans.

— Tu as raison. Daniel et Caleb devraient pouvoir se le rappeler.

Sam sort son téléphone et compose le numéro de Daniel.

— Et ils devraient se souvenir aussi des rumeurs, ajoute-t-il.

Il a raison, même si Caleb ne m'en a pas parlé quand je lui ai demandé de m'aider à me souvenir. Mais comment m'attendre à ce que Caleb, qui il y a deux ans encore fréquentait des fumeurs d'herbe, se rappelle des jeux qu'on inventait ? De plus, il ne pouvait pas imaginer à quel point c'est important puisqu'il ne sait pas ce que j'ai répété deux cent cinquante-cinq fois.

Je l'appelle, et raccroche aussitôt. Il m'a bien prévenue qu'il était prêt pour me protéger à me dénoncer si je me mêlais de cette affaire. Il ira tout rapporter si je lui raconte qu'on a découvert une photo oubliée de cet été-là, et que Sam m'aide.

Un instant plus tard, j'entends celui-ci dire :

— Salut, Daniel, c'est Sam. Je sais que tu passes

peut-être la nuit chez ton père, mais appelle-moi. C'est important. Je crois qu'on a trouvé un truc.

Il remet le téléphone dans sa poche.

— Je ne peux rien demander à Caleb, lui dis-je. J'ai essayé de le faire parler de Jeanie. Il a déclaré que c'était trop dangereux, que je devais laisser tomber.

— Ce n'est pas grave. Daniel rappellera.

Mon regard s'arrête sur les cinq visages de la photo. Nous avons tous l'air sauvage, portés par l'excitation de notre chasse – tous sauf Jeanie. Elle a les yeux baissés sur une boîte de café rouillée attachée à son cou. Elle pince les lèvres.

— Qu'est-ce qu'elle a en collier ?

Je penche la photo vers Sam.

— On dirait un tambour de guerre maison, fait-il, l'air concentré, comme si on jouait aux soldats. Je me souviens en avoir fait un avec une brique de lait.

— Oui, on dirait.

J'ai du mal à détourner les yeux de l'objet, de la façon dont Jeanie le porte, de son regard baissé. Je l'imagine – ou me souviens de l'avoir vue ? – taper dessus de ses petites mains… Toutefois, son expression, sombre et tourmentée, me fait douter qu'il s'agissait d'un jouet. Ça me fait penser que Jeanie était la seule à comprendre que notre jeu n'en était pas du tout un. Elle était plus intelligente que nous tous réunis.

— À ton avis, qu'est-ce qu'on cherchait ?

Je regarde mon visage sur la photo. Je ne sais pas pourquoi, elle est différente de toutes les autres photos de moi enfant. J'ai l'air sauvage. Et heureux. Peut-être que c'est à ça que je ressemblais avant l'enlèvement de Jeanie.

— Je ne sais pas. Je me souviens que des marginaux suivaient le chemin de fer dans les bois.

— La police a fouillé la forêt à la recherche de rôdeurs qui auraient pu l'enlever. Des centaines de volontaires ont ratissé les bois pendant des semaines en quête d'un indice. Ils n'ont jamais rien trouvé.

— La forêt empiète sur le parc de Blackdog. Il serait facile de s'y cacher pendant longtemps. Des centaines d'hectares où il y a juste quelques rangers qui patrouillent, dit Sam d'un ton songeur.

Il surprend mon expression et ajoute vivement :

— Mais je ne suis pas sûr que c'est ce qui est arrivé ! Pourquoi tu as dit cette phrase à la police, à ton avis ?

Je prends une profonde inspiration, puis j'expire lentement.

— Pendant des années, j'étais certaine que j'avais raconté n'importe quoi. Il n'y avait bien sûr pas de monstres dans les bois ! Je croyais que j'étais perturbée, ou que c'était une métaphore. Mais c'est idiot, les enfants ne réfléchissent pas comme ça.

La maison est soudain glaciale ; je me frotte les bras. Je répète les paroles de Shane :

— Les enfants voient des monstres partout.

— C'est sûr. Mais peut-être qu'il y avait vraiment quelque chose.

Il fronce les sourcils.

— N'oublie pas que j'adore la science, et que jusqu'ici, les preuves laissent supposer que la vie du coupable serait anormalement longue.

Je frissonne.

— Je crois que tu confonds la science et la

science-fiction, dis-je tout bas. Et toutes les preuves indiquent qu'il y a *plus d'une* personne.

J'insiste sur *plus d'une*, mal à l'aise. Un peu comme si j'avais oublié de finir un devoir avant de me coucher.

Sam remet la photo dans l'enveloppe. Je suis sur le point de lui dire que quelque chose me dérange, quand on sonne à la porte.

Je me lève d'un coup et je croise les doigts : c'est Caleb qui est revenu de la crique ! Il a eu quelques heures pour y réfléchir, il s'est rendu compte qu'il est de son devoir d'aider M. Talcott et Daniel, même si ça nous met en danger. Il a compris que pour moi c'est déjà le cas. Deux pas dans l'entrée, je tourne le bouton et j'ouvre grand la porte.

Personne.

Il n'y a que la pluie et le ciel violacé qui précède le crépuscule. Je fais un pas sur le perron et mon orteil touche quelque chose. C'est un panier en osier rempli de fraises couleur de chair morte ; c'est comme si on avait aspiré leur force vitale. Je me penche pour mieux voir : des vers blancs se tortillent au milieu des fruits.

Sam jette un œil dessus et se précipite dehors. Il traverse le gazon trempé et court sur le trottoir. Je m'affaisse contre l'encadrement de la porte ; je tremble de tout mon corps. Je donne un coup de pied dans le panier ; les fraises et les vers dégringolent les marches et roulent sous la pluie.

Au bout de cinq minutes, Sam revient de l'autre côté du pâté de maisons.

— Je n'ai vu personne, halète-t-il.

Il saute par-dessus les fraises éparpillées.

— Rentrons ! Appelle la police.

Je hoche la tête, mais je n'arrive pas à bouger. Sam me pousse doucement jusqu'au salon et m'installe sur le canapé. Je m'enfonce dans les coussins. Je chuchote :

— Peut-être qu'on panique pour rien… Peut-être qu'un voisin a laissé un cadeau ? Ce ne sont que des fraises ! Peut-être qu'il ne savait pas qu'elles étaient pourries ?

Je voudrais tant que ce soit vrai…

Sam attrape mon téléphone sur la table basse et me le tend.

— Tout le monde à Savage sait que Jeanie et toi cueilliez des fraises quand elle a disparu ! Tout le monde sait que M. Talcott les taillait tous les ans. On racontait qu'il éclatait en sanglots quand il achetait des machettes chez le quincailler.

La bouche sèche, je fais défiler la liste des contacts.

— Stella ? répond Shane après la deuxième sonnerie.

— Bonjour. Pouvez-vous venir ? Il s'est passé quelque chose, dis-je avec un petit tremblement dans la voix.

Il y a un bruissement de papiers, quelques mots d'excuse étouffés ; Shane doit tenir la main sur le combiné.

— Pardon, Stella. Je suis à toi. Tu es blessée ?

— Non… Je… Quelqu'un a laissé un panier de fraises sur mon perron. On a sonné à la porte, et quand j'ai ouvert, il n'y avait personne… Elles sont pourries et pleines de vers.

Shane se tait un long moment, puis lance :

— J'arrive !

Il raccroche.

Quatre minutes plus tard, il frappe à la porte. Je ne bouge pas. C'est Sam qui va lui ouvrir, une serviette de plage sur ses vêtements mouillés.

— C'est bien que tu ne sois pas toute seule, dit Shane, le front plissé.

Il tape du pied sur le paillasson. Derrière lui, il y a deux policiers en uniforme. Je reconnais le jeune boutonneux et sa coéquipière. Je replie les jambes sous moi et hoche la tête en guise de salut.

Les deux policiers se disputent tout bas, le visage animé et rouge. Shane explique qu'ils surveillaient ma maison planqués dans une voiture banalisée, garée un peu plus bas.

L'idée que je suis sans cesse observée me rend malade, même s'il s'agit de la police. Je m'insurge :

— Ils m'ont suivie à la crique aussi ?

Je leur jette un regard assassin. M'ont-ils vue nager avec Taylor ? Ont-ils entendu ce qu'il m'a dit ? La fliquette donne un coup de coude à son partenaire. Ils s'appuient sur un pied puis sur l'autre, mal à l'aise.

Shane se racle la gorge et se tourne vers eux. Ils évitent son regard : c'est clair qu'ils ne m'ont pas vue partir ce matin.

Sam se laisse tomber près de moi et passe le bras et la serviette autour de mes épaules. Nous sommes serrés l'un contre l'autre.

Shane s'emporte lorsque les policiers avouent être arrivés en retard et avoir cru que j'étais là jusqu'à ce que Sam et moi leur prouvions le contraire en rentrant. J'apprends qu'ils s'appellent Reedy et Matthews, et qu'ils ont pris la pause-café la plus malvenue au monde il y a un quart d'heure. Au moment où le panier a été déposé, ils commandaient un caramel macchiato ; je le sais parce que Shane a exigé qu'ils expliquent ce qui valait de mettre ma vie en danger. Shane les a renvoyés dehors ; tant mieux, car je commençais à craindre qu'il nous fasse une crise cardiaque.

Après leur départ, il se laisse tomber sur le canapé avec un soupir épuisé.

— Ils feront plus attention à partir de maintenant.

Sam essaie de retenir un rire moqueur.

— Ils vont récupérer les fraises, les vers et le panier, qui serviront de preuve, continue Shane. Nous trouverons peut-être une empreinte partielle sur le panier, ajoute Shane.

Il frotte sa barbe naissante.

— Nous avons affaire à un vrai malade, Stella ! Je t'en prie, ne te rends pas dans les endroits isolés ! Plus de crique, et plus de forêt. J'espérais que je n'aurais pas à te le dire, mais je crois qu'il est temps.

Comme si cela lui donnait mal à la tête, il se pince le nez. Sam me serre plus fort.

— La victime du cimetière, à ce jour non identifiée, a bien eu le haut du crâne coupé. Nous n'avons pas tout retrouvé.

Je me retiens de demander : « Que voulez-vous dire ? »

— Il en manque environ vingt-cinq pour cent. Nos techniciens ont pu déterminer que la victime a été scalpée post-mortem. Elle n'a pas souffert.

J'ai la gorge serrée, chaque respiration est plus

difficile, comme si Shane me marchait sur la poitrine.

— Un homme ? demande Sam.

— Nous n'en sommes pas absolument certains, toutefois les crimes de cette nature sont le plus souvent commis par des hommes. Les prédateurs qui s'attaquent à la fois aux petites filles et aux adultes sont rares. Il est très probable qu'il est connu de la famille Talcott, et de la communauté en général. Nous partons du principe que la mère de Jeanie fait partie de dommages collatéraux. Peut-être qu'elle était sur le point de découvrir l'identité du ravisseur de sa fille, et celle du tueur de l'autre enfant. On peut supposer que c'était pour l'empêcher de parler.

J'avais déjà deviné tout ça, il n'y a rien de satisfaisant à en avoir la confirmation.

Les poumons bloqués, je presse la main contre ma poitrine.

— Mais la petite fille du cimetière n'avait pas… Enfin, elle n'a pas été agressée d'une autre façon ?

— Non, aucun signe d'abus sexuel, déclare Shane.

Après une longue pause, il ajoute :

— Par ailleurs, notre expert a pu dater l'os découvert dans sa main.

Il se redresse, croise les mains et ponctue ses paroles d'un mouvement saccadé du pouce.

— Nous avons demandé un deuxième avis, mais il est vieux, très vieux. Et nous considérons que sa présence est une coïncidence. Il n'y a aucun lien.

Sa voix me semble très lointaine lorsqu'il poursuit.

— D'après la datation par carbone 14, l'os a mille ou mille deux cents ans.

Je n'entends rien de ce qu'il dit après. Les synapses de mon cerveau démarrent lentement, comme les rouages d'une machine à vapeur rouillée. Mille ans !

— C'est carrément biblique ! crie-je, interrompant Sam et Shane plusieurs minutes après.

— En fait, dit Sam, les civilisations chinoise et arabe étaient alors à la pointe des découvertes scientifiques.

Il rougit et marmonne :

— Mais je ne sais pas trop ce qui se passait en Amérique du Nord.

Shane étrangle un rire.

— Comme je le disais, nous attendons un autre avis. Et n'oubliez pas que rien de tout cela n'a été révélé au public.

Il nous pointe sévèrement du doigt.

— Les gens pourraient réagir très violemment. Kent Talcott a été relâché. J'ai mis sa maison sous protection la nuit après que quelqu'un a jeté une brique sur sa fenêtre, mais nous n'avons pas assez de policiers pour monter la garde dans la journée. Il est toujours soupçonné.

Je change de position et j'essaie d'étouffer la colère qui monte en moi. Comment Shane peut-il croire encore en la culpabilité du père de Jeanie ?

— Vous pensez vraiment que M. Talcott a scalpé cette petite fille et a gardé un trophée ? Mais ça ne va pas ?

Sans me lâcher du regard, Shane se penche vers moi.

— C'est toujours difficile d'imaginer qu'une personne qu'on connaît depuis longtemps est quelqu'un de mauvais.

Il hausse les sourcils, ce qui adoucit son expression.

— Pourtant, oui, on peut se tromper à ce point sur les gens. On ne sait pas ce qui se passe vraiment dans leur tête.

Je ne le dis pas, mais à mon avis Shane a tort. Même si les gens essaient de cacher leur véritable personnalité, il y a toujours des signes, des indices, il faut juste savoir les reconnaître.

Pendant les quelques minutes où Shane s'attarde, mon esprit est complètement ailleurs : de l'autre côté de la ville, dans le sous-sol de la morgue, dans un tiroir de métal froid, auprès du corps de moineau d'une petite fille de cinq ans retrouvée assassinée, scalpée, et serrant dans son petit poing un os millénaire.

Je sursaute. Shane serre la main de Sam et tente de me sourire d'un air rassurant, mais ce n'est qu'une grimace. En partant, il me suggère d'enfiler un pull.

Sam verrouille la porte derrière lui et revient près de moi d'un pas lourd.

— Pourquoi tu ne lui as pas parlé de la petite Balco ? Il aurait pu nous aider ! Ça l'aurait peut-être convaincu que M. Talcott est innocent.

Je me lève, les mains sur les bras de Sam pour maintenir mon équilibre. Soudain, je suis si fatiguée que rester debout me demande de la concentration.

— Shane ne cherche pas du tout là où il faut. Tu l'as entendu : il refuse même de croire que cet os soit si vieux, alors qu'un expert le lui a dit. Si je commence à parler d'enfants disparus en 1938, de monstres qui enlèvent des petites rousses, il va penser que le stress me fait perdre la tête.

En tout cas, c'est ce que je penserais.

— S'il s'inquiète, il dira à mon père de m'envoyer chez ma mère.

Je jette un regard mauvais sur la photo de mariage de mes parents qui traîne encore sur le manteau de la cheminée, défiant ma mère de protester. Comme si elle daignerait me parler… Je relâche Sam et je me force à me redresser.

— Je veux me souvenir de ce qui est arrivé à Jeanie. Je ne peux pas tout gâcher en me faisant écarter d'ici. Je le lui dois.

Ces mots me surprennent moi-même, ils sont sortis avant que je les pense. Je les ressens très fort, sans pour autant me sentir coupable d'avoir survécu.

Sam attrape la couverture en flanelle posée sur le canapé et l'enroule autour de mes épaules comme une cape. Sans en lâcher les coins, il m'attire vers lui. Son souffle siffle un peu entre ses dents.

— D'accord, on ne dira rien à l'inspecteur avant d'avoir plus de preuves. Mais si ça devient dangereux…

Il penche la tête pour capter mon regard.

— … s'il t'arrive quoi que ce soit, je lui en parlerai. Je dirai que c'est mon idée ; je lui montrerai la photo, et s'il croit que je suis dingue, tant pis.

Sam s'en va peu de temps après en me saluant de la main. Bizarrement, je me sens déçue. Vide. Mais je ne peux pas me focaliser là-dessus. Quels que soient mes sentiments, ils devront attendre. Il y a trop à digérer. J'ai l'impression d'avoir été désassemblée et recollée, sans qu'aucune pièce de ce puzzle corresponde parfaitement. Je fixe la page d'un livre pendant un temps infini, mais mes pensées s'échappent. Il est encore tôt ; je me force pourtant à me débarbouiller et à aller au lit. Après avoir prévenu mon père par texto que je suis à la maison, je coupe la sonnerie de mon téléphone.

Sous la douche, j'ai pensé à quelque chose. J'installe mon ordinateur sur mes genoux. Les meurtriers et les kidnappeurs ne se limitent pas à une certaine zone géographique. Sam cherche une fille qui a disparu à Savage ; moi, je passe de moteurs de recherche en archives de journaux, à la recherche de petites rouquines enlevées dans tout le Minnesota. Je retiens mon souffle en parcourant un article qui relate la disparition d'une fillette aux cheveux blond vénitien alors qu'elle rentrait à pied de l'école. Deux paragraphes plus tard, je découvre qu'on l'a retrouvée en Californie, auprès de sa mère dont elle avait été séparée. C'est tout ce que je trouve, et quels que soient les filtres, Jeanie Talcott apparaît en tête de toutes mes recherches. J'éteins l'ordinateur et le pose sur la moquette.

Je me recroqueville autour de mon lapin en peluche et j'essaie de m'endormir, mais le nom de Jeanie reste imprimé sur mes paupières. Le sommeil finit par arriver ; il n'a rien de paisible.

Maman n'a pas encore sorti mes vêtements d'été du grenier, alors je porte ma robe de Pâques malgré le fait que l'école se termine la semaine prochaine. Je pince mon coude, je me chauffe les bras au soleil dans le jardin de Jeanie. La semaine a été pluvieuse et je suis une vraie pile électrique. On entend le ronronnement de la télévision. Parfois, Mme Talcott nous autorise à regarder ses émissions de grandes personnes. Maman ne me laisse jamais regarder la télé.

— On peut demander du jus à ta mère ? crie Zoey sur la balançoire.

Une fois, elle est tombée en arrière, s'est cogné la tête contre une pierre et s'est mordu la langue, alors elle ne s'élance plus aussi haut que moi.

Jeanie et moi, nous nous agenouillons autour d'un tas de terre rouge. Avant, il y avait des fourmis qui en sortaient. Hier, Daniel l'a rempli d'eau, et elles ont été noyées. Jeanie et moi ramassons une famille de coccinelles dans les fraisiers. Elles vivront dans la fourmilière ; on ne dira rien à Daniel.

— On peut, Jeanie ? chouine Zoey plus fort.

J'abandonne la maman coccinelle dans le tunnel et je lève les yeux. Chez Jeanie, ce sont les glaces à l'eau que je préfère. Elle n'a pas répondu à Zoey ; elle était en train de nourrir avec des brins d'herbes deux insectes volants dont elle disait que c'étaient des petits garçons. À prèsent, elle regarde les fraisiers par-dessus mon épaule. Elle a les yeux écarquillés et pleins de larmes, la lèvre qui tremble, le nez qui coule. Je me retourne pour voir ce qui ne va pas.

Les tiges des fraisiers frissonnent comme si quelque chose les avait déplacées, les fruits rouges se balancent. Derrière, il n'y a que l'ombre des bois. Il est l'heure de rentrer : le soleil se cache derrière le faîte des arbres. Je me retourne vers Jeanie. Elle est secouée de sanglots, sa respiration est saccadée, haletante.

Je chuchote :

— C'est la sorcière ?

Daniel prétend qu'il y en a une dans la forêt, mais

d'après Jeanie elle n'est pas méchante. Un jour que Daniel l'a abandonnée dans les bois et qu'elle s'est perdue, la sorcière l'a ramenée chez elle.

Jeanie ne répond pas ; elle ne me regarde même pas.

— C'est le monstre ?

Je parle encore plus bas. Daniel dit qu'il peut sortir de la forêt, mais Jeanie ne le croit pas. Il lui a raconté que le monstre sent qu'elle n'est pas convaincue et qu'il va le lui prouver.

Est-ce cela qui vient d'arriver ? Un ruisselet coule sur la jambe de Jeanie. Je saute en arrière lorsqu'il emporte les coccinelles entre mes tennis. Debout dans la flaque de pipi, Jeanie ouvre lentement le poing en le cachant de son autre main. Mais je vois tout. Je vois des ailes écrasées et des intestins noirs sur sa paume.

— Elles sont mortes, dis-je.

Je me traîne sous la douche un peu après huit heures. J'ai mal aux yeux, une douleur me vrille la tête. Je n'ai fait qu'un seul rêve, en boucle. Je me suis réveillée chaque fois, le cœur battant, persuadée que ce n'était pas du tout un rêve : c'était un souvenir. Jeanie a été enlevée en juin, quelques jours après le début des vacances d'été. Mais quatre semaines plus tôt, elle a eu ce comportement bizarre. Ça m'étonnerait qu'elle ait toujours regardé les bois d'un air aussi flippé. Je ne sais pas d'où me vient la certitude que tout a commencé cet après-midi-là, que quelqu'un se cachait dans ces fraisiers. Jeanie était si effrayée qu'elle en a pissé dans sa culotte, et écrasé les coccinelles. Jeanie adorait les coccinelles…

Je me prépare pour sortir avec Sam à la bibliothèque

en évitant mon reflet dans le miroir. Il y a un éclat inquiétant dans mon regard, qui appartient à une autre moi. Jeanie savait-elle que quelque chose de terrible se préparait ? Quelqu'un l'a-t-il observée comme ça pendant des semaines ? L'a-t-on guettée derrière les fraisiers ? Leurs tiges étaient longues, satinées, un paradis pour les coccinelles. Désormais les ronces les ont envahis, leurs épines entourent les baies. Quelqu'un se cachait-il sous leurs feuilles ? Les ronces ont-elles poussé afin de protéger les fraisiers ?

— Reprends-toi, la folle ! dis-je à mon reflet, me forçant à affronter mon regard.

Les fraisiers ont grandi et se sont renforcés avec le temps. Je me dis que ces buissons et moi avons quelque chose en commun : nous refusons de disparaître. Si quelqu'un épiait Jeanie, elle l'aurait dit à sa mère, à son père, à son frère… Peut-être qu'elle me l'a confié, à moi ?

Les mains tremblantes, j'enfile mes vêtements et je passe la brosse dans mes cheveux. Il y a longtemps que j'ai accepté mon amnésie ; je me disais que les souvenirs de cet après-midi-là, et de tous les jours qui l'ont précédé, s'étaient désintégrés avec Jeanie. Apparemment, c'était faux. Je refuse d'éclater en sanglots comme une amnésique hystérique… Et si j'avais pu empêcher l'enlèvement de Jeanie, et que je ne l'avais pas fait ? Jusque-là jamais, pas même une seconde, je n'avais envisagé que ça pourrait être ma faute.

Un quart d'heure avant l'arrivée de Sam, j'attrape mon téléphone pour remettre le son. J'ai un paquet d'appels manqués et de textos. Deux de Michaela et Cole, qui demandent de mes nouvelles. Les sept autres sont de Zoey, de plus en plus furieuse.

M. a dit que t'as des crampes ?
Appelle-moi OK ?
T où ?
Oh, S. ?
T ac Sam ?
Oublie mon n°.

Et enfin : **VTFF pétasse !**

Pour dire vrai, je m'attendais à pire. Une fois, Zoey a balancé des œufs sur ma voiture parce que j'étais restée étudier chez moi au lieu d'aller à une soirée chez Scott Townsend. Le lendemain, elle m'a aidée à la nettoyer, mais quand même, ce n'était pas cool.

J'appuie sur le nom de Zoey à l'écran et je retiens mon souffle en attendant que ça réponde. Après la quatrième sonnerie, elle lance :

— C'est maintenant que t'appelles ? À huit heures et demie du mat' ?

Je relâche ma respiration.

— On peut se voir aujourd'hui ? J'ai beaucoup de choses à te raconter, et je ne peux pas le faire au téléphone.

Zoey renifle.

— Textote, ma grosse.

Je grimace face à son manque de sensibilité.

— Non, je veux t'en parler de vive voix.

— Et Taylor ?

— Quoi, Taylor ?

Elle s'étrangle avec ce qu'elle est en train de boire.

— Arrête, Stella ! Tu l'as dans le viseur depuis des

mois. J'éloigne toutes les autres filles qui lui font de l'œil et toi, tu lui fais un coup pareil ? Tu déconnes ? Pourquoi tu pètes un câble juste avant notre dernière année ?

— Euh… au cas où tu n'aurais pas remarqué, toute la ville pète un câble. Il y a des petites filles mortes. La mère de Jeanie a été assassinée. Un tueur se promène en liberté. Il se passe des trucs importants.

Pendant qu'elle se tait, je l'imagine en train de faire un doigt d'honneur à son téléphone.

— Zoey, s'il te plaît. Retrouve-moi à la bibliothèque à neuf heures, d'accord ?

— Ouais, ouais. Caleb se sert de ma bagnole parce que ma mère a besoin de la sienne pour bosser ; je vais voir s'il veut bien m'emmener.

— Je viens te chercher. Je suis là dans vingt minutes.

Je me dépêche de raccrocher avant qu'elle me dise non.

Je passe la tête dehors pour voir si Sam est arrivé. La pluie a effacé les restes de fraises pourries. Je parcours la rue des yeux au cas où des journalistes se cacheraient quelque part. Mais non, ils se sont probablement rués chez les Talcott. La seule chose qui détonne, c'est la voiture de police banalisée, garée deux maisons plus loin. Je fais signe aux agents Reedy et Matthews en me demandant s'ils utilisent des jumelles. Je préviens Shane par texto que je pars à la bibliothèque avec Sam et Zoey, et je rentre à la maison.

Sam *et* Zoey. Quand je vais me pointer chez elle avec lui, elle va m'assassiner !

Dix minutes passent ; je commence à m'agiter. Et

si Sam, une fois rentré chez lui hier soir, s'était rendu compte qu'il faisait erreur ? Peut-être qu'il est en train de s'enfuir vers la frontière au nord, prêt à devenir un hors-la-loi pour échapper au terrible destin qui le guette à mes côtés… Bon, d'accord, c'est peu probable, mais l'attendre me met mal à l'aise.

Je me concentre sur ma rue, plongée dans l'ombre. Petit à petit, je me laisse gagner par l'ambiance inquiétante qui y règne. Il y a très peu de voitures garées le long des trottoirs : tout le monde a tiré ses rideaux. Les perrons sont envahis de talismans contre les mauvais esprits. Des fers à cheval, des clochettes, des branches de buis sont accrochés au-dessus des pas de porte ; des crucifix, plantés dans des gazons parfaitement entretenus. Des tricycles abandonnés, des paniers de basket qui rouillent au fond des impasses. Plus de dindons sauvages que de voitures sur la route. L'atmosphère est apocalyptique. Les enfants ne vont nulle part sans leurs parents. Et tout le monde est à l'église parce que, quand les gens sont morts de peur, ils se tournent vers Dieu.

J'essaie d'en rire. Paranoïa et superstition ! C'est comme si j'étais sur le plateau d'un film d'horreur de série B. Mais tout ce que je pense, c'est : *s'ils savaient…* S'ils savaient que c'est déjà arrivé, il y a plus de soixante-dix ans. S'ils savaient ce que la victime du cimetière scalpée serrait dans sa petite main. S'ils savaient ce qu'une enfant de six ans a dit ce jour-là. Alors plutôt que de laisser faire le travail par quelques gris-gris désuets, ils s'assiéraient sous leur porche, une carabine chargée sur les genoux.

Chapitre 16

Le break de Sam vrombit dans l'allée. Je me précipite un peu trop vite à l'abri dans l'habitacle.

— Bonjour ! lance Sam avec entrain.

Il sent la menthe et les tartines. Il a les joues rouges, ses lèvres dessinent un arc parfait lorsqu'il sourit.

— Désolé d'avoir été si long. Maman voulait que je prenne le petit déjeuner avec elle.

— Pas de problème.

Je m'installe sur le siège familier avec un soupir.

— Est-ce qu'on peut s'arrêter chez Zoey ? Elle vient avec nous.

Sam me regarde, les yeux écarquillés.

— Elle a accepté d'être dans la même pièce que moi ? souffle-t-il, incrédule.

Je fais semblant d'être accaparée par mon reflet dans le miroir.

— Il faut une première fois à tout, déclare-t-il avec un tel optimisme que je me sens coupable de mentir.

Daniel ne m'a pas rappelé hier soir. J'essaierai de l'avoir après la bibliothèque. Il doit se planquer chez son père.

Je hausse les épaules : Daniel est le cadet de mes soucis. Déjà, il faut que je survive à la colère Zoey.

Zoey vit à l'autre bout de la ville. Même si une quinzaine de pâtés de maisons à peine nous sépare, c'est comme passer dans un autre monde. Les habitations deviennent minuscules ; çà et là, on voit des caravanes. Jolies, avec des flamants roses en plastique et de fausses haies vertes, mais… ça reste des maisons à roulettes. Zoey s'en prend à n'importe qui pour n'importe quoi, sauf en ce qui concerne le manque d'argent. Une fois, quand elle se croyait seule, je l'ai surprise dans les vestiaires en train de répéter à son reflet que l'argent ne fait pas la popularité.

— Je reviens tout de suite, dis-je à Sam lorsqu'il arrête la voiture dans l'allée de gravier devant chez Zoey.

Il ne pleut pas, mais le ciel est couvert de nuages. Pas du genre vaporeux, non ; ceux-ci ressemblent à des éponges pleines d'eau qui ne demandent qu'à être pressées. Je sonne au lieu d'utiliser ma clé. Zoey a perdu cinq doubles de chez moi ; j'ai gardé précieusement le sien depuis mes dix ans.

J'entends un bruit de pas à l'intérieur, puis la porte s'ouvre.

— Salut, dit Caleb.

Il tire le labrador de Zoey, Nanny, en arrière pour que je puisse me faufiler à l'intérieur, puis il crie :

— Zoey ! Stella est là !

Nanny se jette sur moi, reniflant mes chaussures comme si elle voulait les aspirer. Je la grattouille derrière les oreilles, où sa fourrure blanchit. Elle a quatorze ans et c'est à cause d'elle que nous passions tant de temps chez Jeanie. Celle-ci était allergique au poil de chien et mes parents travaillaient tous les deux. Il ne restait que la maison des Talcott.

— Du calme, ma belle, dit affectueusement Caleb à Nanny.

Puis à moi :

— Hier, tu es partie sans dire au revoir. Tu m'en veux à ce point ?

Je me dandine d'un pied sur l'autre.

— Je ne suis pas fâchée contre toi.

Je souris, embarrassée.

— C'était pas top avec Taylor… J'avais le choix entre filer ou frapper.

Je lui fais un clin d'œil ; si j'ai l'air de plaisanter, je n'aurai pas à tout lui expliquer en détail, ni à lui dire où nous allons, et pourquoi.

— Vous tombez toujours sur des cons, Zo et toi, dit-il en riant alors que Zoey débarque dans le couloir.

Elle lève les yeux au ciel.

— Ouais, c'est vrai que toi, tu choisis toujours des nanas parfaites ! Dis, ce n'est pas ta dernière petite amie qui a lâché la fac après avoir couché avec un prof et mis les photos sur son blog alors que vous sortiez ensemble ?

Elle nous décoche à tous les deux un coup d'œil critique, puis sort de la maison sans un mot de plus.

— Alors, vous allez où comme ça ? Je comprends que je ne suis pas invité ?

Il y a quelque chose de soupçonneux ou de blessé dans son ton qui se veut dégagé.

— Zoey n'est pas d'humeur à partager ses infos, ajoute-t-il.

Je reste sur le pas de la porte. Je n'aime pas lui mentir, mais c'est une nécessité.

— Ces derniers temps, je traîne avec Sam Worth.

Je l'avoue comme si c'était un secret scandaleux.

— On s'est mis à discuter l'autre soir au feu de joie… Avant tout ce qui s'est passé, bien sûr. Et je ne sais pas… ça m'a donné envie de continuer à lui parler.

Je fais un vague signe de la main.

— Ça ne va rien donner de sérieux. Je veux juste voir si Zoey arrive à s'y faire.

Il ricane.

— Bon courage !

— Oui, je devrais aller surveiller tout ça.

Je lui décoche un sourire d'excuse en reculant.

— Envoie-moi un texto demain, d'ac' ?

— Ça marche, Cambren.

La porte se referme alors que je traverse le chemin de gravier au petit trot.

Zoey s'est figée à mi-parcours. Les mains sur les hanches, elle foudroie Sam du regard et crie d'une voix outrée :

— Qu'est-ce qu'il fait là, lui ?

Elle se précipite vers la voiture, ouvre la portière passager, grimpe à quatre pattes dans la voiture et poignarde Sam du doigt.

— Pourquoi tu veux gâcher la dernière année de Stella ? Tu te rends compte qu'elle a envoyé balader Taylor Martinson à cause de toi ? Taylor Martinson ! Le capitaine des joueurs de crosse ! Toutes les filles de Wildwood tueraient pour sortir avec lui. Et c'était elle qu'il voulait.

Elle marque une pause, le temps que ses paroles

fassent leur effet. Sam tend le cou et me sourit. C'est le sourire qu'il m'a adressé lorsqu'il m'a offert la fleur, après notre premier baiser, et le soir où je lui ai crié dessus devant Janey Bear. Celui qui dit qu'il sait quelque chose dont personne d'autre ne se doute. Je ne peux m'en empêcher ; je lui souris en retour.

Zoey sort de la voiture et regarde autour, comme si elle s'apercevait seulement que quelqu'un aurait pu la voir en train de se disputer avec un plouc. Elle tire sur sa minijupe et coince ses cheveux derrière son oreille. Puis, soulagée qu'il n'y ait personne d'autre que ses voisins sur leur balancelle, elle se tourne vers moi. Je hausse les épaules. Elle en reste bouche bée.

— Tu déconnes ! Il te plaît !

Je cache mon sourire.

— Zo, viens avec nous, s'il te plaît. J'ai besoin de toi.

— Pourquoi il est là ? insiste-t-elle. Je suis ta meilleure amie !

Elle agite furieusement sa main sous mon nez, dans laquelle on voit la cicatrice d'un serment du sang à la pince à épiler qui date du collège. Elle m'attrape les épaules.

— Comment c'est arrivé ? chuchote-t-elle comme si j'avais attrapé une maladie honteuse.

Sam tend l'oreille. Je réponds sur le même ton :

— Ce n'est rien, je t'assure !

— Ouais, c'est ça ! Je te connais mieux que personne, et je n'avais jamais vu cette expression de midinette, genre : « Oh, je veux être la mère de tes enfants ! »

Elle se masse les tempes, comme si je lui donnais la migraine.

— OK, écoute ! Je t'aime, alors si tu m'aimes aussi, s'il te plaît, évite de le fréquenter le temps de la terminale ! Ensuite, tu peux faire ce que tu veux avec lui.

Mon sourire s'efface.

— Zo, je ne vais peut-être pas survivre jusqu'à la rentrée ; alors, l'année prochaine… Le tueur de Jeanie est en liberté. Qui que ce soit, il peut savoir que j'essaie de recouvrer la mémoire. Il y a des flics qui me suivent vingt-quatre heures sur vingt-quatre. Tu comprends ?

Elle lève les yeux au ciel et fait la moue. Comme je ne réagis pas, elle soupire bruyamment.

— D'accord ! Très bien.

Elle croise les bras et se déhanche.

— Je n'approuve pas cette relation tordue avec le roi des losers. Mais je t'aime, et je dézinguerais n'importe qui pour te protéger.

— Merci, Zo.

Je lui prends le bras et l'entraîne vers le break. Je n'aurais pu rêver mieux que ce cessez-le-feu momentané.

Elle grimpe à l'arrière en grommelant :

— Je te préviens : c'est moi qui choisis ton cavalier du bal de fin d'année ! Je ne vais pas te laisser gâcher la plus importante soirée de notre vie. Au fait, vous savez que les flics ont interrogé Daniel Talcott hier soir ?

Sam et moi nous retournons d'un bloc.

— Quoi ? nous exclamons-nous à l'unisson.

— Tu sais que je ne regarde jamais les infos. Trop déprimant ! dit-elle sans regarder Sam. Cole m'a envoyé un texto aux aurores : Daniel serait carrément allé au commissariat ! Comme les flics ne savaient pas qu'il était là le Jour des Os, ils disent qu'il est suspect.

Elle agite la main et change de sujet.

— Allez, donnez-moi une bonne raison pour laquelle on pourrit un jour aussi démentiel en allant à la bibliothèque.

Sur le chemin, Sam raconte tout à Zoey. Elle s'est affaissée sur son siège afin que personne ne la voie. Elle l'écoute avec une moue méprisante. Moi, je m'inquiète pour Daniel. Il a dû se dire que tôt ou tard quelqu'un révélerait sa présence à la police, et qu'il valait mieux leur parler de son plein gré. Étant donné l'excitation des habitants, peut-être est-il plus en sécurité auprès d'eux ? Peut-être que cela empêchera ces grenouilles de bénitier, ces justiciers de pacotille qui gardent probablement tout un arsenal dans un bunker préparé en vue de l'apocalypse, de s'en prendre à son père et lui ? Peut-être qu'il arrivera à convaincre la police qu'ils n'ont rien à voir dans cette affaire ?

Le parking souterrain de la bibliothèque est désert. Nous nous dépêchons de remonter à la surface, chassés par l'odeur de soufre qui risquerait de s'accrocher aux vêtements de Zoey. L'endroit est tout aussi vide, il n'y a que la bibliothécaire. Elle fronce ses sourcils tracés au crayon lorsque les portes grincent à notre arrivée.

— Je vais voir l'archiviste. Vous devriez nous garder une table, suggère Sam en se dirigeant vers le bureau des catalogues.

Zoey bat des cils et ricane.

— Ouais, dépêchons-nous, il y a un monde fou !

Je la suis en évitant de regarder les rayonnages plongés dans la pénombre.

— Quel cachot ! N'importe qui pourrait rôder ici, lance Zoey comme si elle lisait dans mes pensées. Si ça se trouve, ça fait dix ans que le tueur de Jeanie se touche dans la section enfant.

— Arrête, je vais vomir !

Je m'assieds en face d'elle, contre le mur opposé à la porte. Je la regarde sortir un paquet de lingettes pour bébé et essuyer la table avant d'y mettre les coudes.

— C'est bizarre, chuchote-t-elle.

Elle jette un coup d'œil à Sam, qui se trouve à l'autre bout de la salle, avant de continuer :

— Je crois que je me souviens de ce jour où nous sommes allés à la chasse aux monstres.

Je fronce les sourcils. Quand, dans la voiture, Sam lui a demandé si elle se rappelait le printemps précédant la disparition de Jeanie, Zoey a grimacé et s'est massé les tempes comme s'il avait hurlé.

— Ce qu'il y a...

Elle froisse sa lingette et la jette par-dessus son épaule.

— ... ce sont des souvenirs fragmentés.

Je résiste à l'envie de surveiller les allées sombres autour de nous.

— Je parie que Caleb s'en souvient, dis-je tout bas. J'ai essayé de lui en parler hier, mais il a déclaré que c'était trop dangereux.

Je me penche vers elle par-dessus la table.

— Il a dit qu'il le rapporterait à mon père si je continuais.

— Ben voyons ! fait-elle en levant les yeux au ciel.

Mon frangin n'est pas connu pour son courage. Il a eu besoin d'une veilleuse jusqu'à treize ans !

Dès qu'il est question de Caleb, elle perd toute patience.

Je lui prends les mains.

— Toi, tu pourrais demander à Caleb. Ne parle pas de moi, fais comme si tu te posais la question. Je suis sûre qu'il peut se souvenir de quelque chose !

Zoey sourit avec malice.

— Il a fumé tellement d'herbe au lycée. Je m'étonne qu'il n'oublie pas son propre nom.

Elle pince les lèvres.

— On pourrait croire que si Daniel ou lui se rappelaient que nous chassions quelque chose dans les bois, ils auraient eu assez de cerveau pour le signaler depuis tout ce temps !

Elle regarde mes mains qui couvrent les siennes.

— Mais si c'est si important pour toi, je le lui demanderai.

Une fois le sujet clos, Zoey me fait le rapport de ce que j'ai raté hier : Caleb reluquant Cole, les D. qui ont fini par se battre pour Zoey, Michaela qui a remarqué que le ciel se chargeait de nuages, Caleb qui s'est sauvé pendant que Zoey refusait de sortir de l'eau jusqu'à ce que les grêlons la mitraillent. Je souris en les imaginant, tout débraillés, qui courent en criant à travers bois vers les voitures. Chose surprenante de sa part, Zoey ne parle pas de Taylor.

— Pourquoi Caleb vous a lâchés ?

Elle fait jouer ses ongles pailletés sur la table.

— L'un de ses potes à deux neurones a dû l'appeler. Il puait la bière quand il est rentré.

Elle se pince le nez et tire la langue.

Sam revient. Il pose deux dossiers entre nous.

— T'as jamais été dans une bibliothèque ? Silence ! fait Zoey.

Je lui jette un regard sévère, et elle ajoute :

— Je plaisante. Qu'est-ce tu nous apportes, Wikipedia ?

— Des articles que l'archiviste m'a trouvés.

Zoey pousse les dossiers vers Sam, qui les rattrape avant qu'ils glissent par terre. Il s'assied à côté de moi et commence à tourner les pages photocopiées. Il les divise en piles égales et nous en passe une à chacune. Déprimée par mes recherches sur les enfants disparus de la veille, je parcours ma pile, un œil à moitié fermé comme si cela m'aidait à filtrer les horribles détails. Le *Savage Bee* reportait tous les crimes qui faisaient la une dans l'État, et beaucoup d'articles recoupent ce que j'ai déjà lu.

— Regardez ça ! murmure Sam avec enthousiasme.

À force de s'être frotté la tête machinalement, il a les cheveux tout ébouriffés. Il place trois articles photocopiés devant nous.

— Voilà Betty Balco, la fille de 1938 dont Mme Griever nous a parlé. Elle jouait devant sa maison. Elle a disparu pendant que sa mère est allée chercher du linge à l'intérieur. Et là...

Il montre les deux autres feuilles.

— ... les deux autres cas. Rosalyn Jensen, cinq ans, disparue en 1930 alors qu'elle randonnait avec son frère à Blackdog. Elle s'est laissé distancer, et il ne l'a plus revue. Celle-là, Penelope Petersen, avait six ans lorsqu'elle s'est volatilisée en 1936. Sa famille pique-niquait dans un endroit appelé le rocher aux Nordiques.

Zoey attrape l'article sur Penelope Petersen et scrute la photo en noir et blanc.

— Et alors ? Tout ce que ça prouve, c'est qu'il y avait aussi des malades au bon vieux temps. Tous ces articles le prouvent. Tu parles d'une surprise !

— Lis le deuxième paragraphe, lui dit Sam.

Elle parcourt le texte et pâlit.

— C'étaient aussi des petites rouquines…

Elle repose doucement la feuille, comme si elle craignait de perturber leur sommeil.

— Comme Jeanie, ajoute-t-elle tout bas.

— Aucun de ces articles ne dit qu'elles ont été retrouvées, ni que quelqu'un a été arrêté, dit Sam.

Les mains tremblantes, je cherche les indices que Sam n'aurait pas trouvés. Je dois en être sûre. Pendant ce temps, Zoey appuie la tête sur ses bras croisés ; Sam regarde par la fenêtre. Les vitres donnent à la forêt qui s'étend de l'autre côté de la rue un air de peinture cubiste. J'imagine qu'il scrute le vert sombre des arbres en quête d'une explication. Les articles sont courts ; je ne mets pas longtemps à les remettre sur la table. Sam avait raison : pas de corps, pas de suspect ; rien que des pistes qui n'ont rien donné.

Les iris de Sam sont plus sombres lorsqu'il se tourne vers nous.

— Elles ont disparu comme Jeanie.

Chapitre 17

— C'est trop gros pour que ça soit une coïncidence, dit Sam pour la troisième fois.

Je m'affaisse sur le siège passager et me couvre le visage. Depuis que nous avons quitté la bibliothèque, j'essaie de formuler quelque chose de crédible. Mme Griever nous avait bien prévenus : elle avait dit que si je continuais à fouiller les recoins sombres, je regretterais de ne pas être aveugle. Je ne suis pas près de m'arracher les yeux, mais presque.

Sam bifurque dans la rue qui mène au vieux cimetière.

— Attendez une seconde, que je comprenne ! À la bibliothèque, j'ai presque pété un câble, tellement j'ai flippé, et vous, vous m'emmenez dans un cimetière ? lâche Zoey avec un rire nerveux, on devrait plutôt rentrer faire nos valises ! On devrait choper le premier vol pour Chicago et squatter chez cette garce de mère de Stella. Et je dis bien *garce*.

Elle m'enlace par-derrière avec le siège. Je lui serre les bras : Zoey a vécu le départ de ma mère presque aussi mal que moi.

— Il y a peut-être eu d'autres petites filles, Zo, dis-je. Les archives de journaux ne sont pas complètes. Si on trouve des pierres tombales de gosses, ce sera une autre preuve à montrer à Shane.

— Qui dira que ça ne veut rien dire, enchaîne Sam.

Zoey se redresse.

— Et si les familles n'avaient pas mis de pierre tombale ? Pas de de p'tit cadavre, pas de tombe, les mathémagiciens !

La tête penchée, Sam réfléchit.

— C'est possible, oui. Mais je parie que, même s'ils gardaient espoir, les parents auraient quand même voulu leur faire une place dans le caveau familial.

Zoey donne un coup de pied à l'arrière du siège passager.

— D'accord, mais je vous préviens : au premier signe de monstre, je me tire de là-bas ! C'est le boulot des flics ! Je suis pas Alice détective, OK ?

Le ciel s'assombrit alors que nous nous rapprochons du cimetière. Des gouttes de pluie s'écrasent sur la route. Dans le break, l'atmosphère est étouffante. Je me fais un chignon sur la nuque en essayant de calmer ma respiration.

Lorsque nous nous arrêtons sur le parking du cimetière, Zoey dit :

— Ce monstre, là, il n'existe pas vraiment, hein ? souffle-t-elle.

On dirait une gamine effrayée.

Je la rassure, le ventre noué :

— Non, Zo. Bien sûr que non.

Elle tire sur ma manche.

— Alors, pourquoi tu parlais de monstres ? Et cette vieille bique aussi ? Pourquoi on les chassait ?

La panique rend sa voix plus aiguë.

Sam se tourne vers elle.

— Les gens cherchent toujours un responsable. Il n'y a rien de plus effrayant qu'un monstre.

Zoey penche la tête et déclare :

— Pour moi, il y a plus effrayant.

Intriguée, je demande :

— De quoi tu parles ?

— Du diable ! lance-t-elle avant de sortir sous la pluie.

C'en est trop pour moi ! Elle sait que ce genre de trucs me fait flipper, surtout *ici* ! Notre seule véritable dispute date de quand on avait quatorze ans. Elle voulait absolument utiliser une planche de ouija le soir de Halloween afin de contacter Jeanie.

Je saute de la voiture en criant :

— Pourquoi tu dis ça ? On est sur le point de fouiller un cimetière, Zo ! Tu pourrais la boucler, pour une fois !

Elle s'arrête brusquement ; la pluie parsème déjà son débardeur blanc de taches sombres. Dans la lumière grisâtre, sa silhouette se brouille : c'est un fantôme qui se tient sous le cœur de fer du portail.

— Le diable n'est-il pas le monstre absolu ?

Un frisson me parcourt la colonne vertébrale.

— Tu es sûre de vouloir y aller, Stella ? demande Sam.

Je hoche la tête, puis lui prends la main. J'entremêle mes doigts aux siens pour chasser ma peur.

Après avoir tapé le cœur, Zoey disparaît dans le cimetière. Nous la suivons.

— Ça t'effraie toujours, de parler du surnaturel ? fait Sam.

Je me concentre sur le van gris et une berline beige garés à l'autre bout du terrain, probablement abandonnés lors de la dernière fête.

— C'est peut-être à cause du mystère de la disparition de Jeanie, et les réactions qu'elle avait entraînées, continue Sam. Tu te souviens du pasteur de Rascan qu'on n'arrêtait pas d'interviewer ? Il racontait que Savage était en proie aux machinations diaboliques. Les gens sont devenus fous ! Je me rappelle qu'un jour ma mère m'a fait sortir du supermarché parce qu'un type d'une autre ville criait là-dedans que nous étions tous des satanistes responsables de ce qui nous arrivait. Ça aurait de quoi faire flipper n'importe quel gosse ! Alors, toi, qui étais concernée…

— Peut-être, dis-je d'un ton neutre.

En fait, je n'en ai aucune idée. Pendant que les histoires de fantômes flanquaient des poussées d'adrénaline aux autres petites filles, qui adoraient hurler de peur lors de soirées pyjama, moi, je détestais ça. La réalité ne me perturbe pas, mais le paranormal me rend dingue. Je sais mieux que personne que les gens peuvent être pire que des monstres : ma mère nous a bien abandonnés ! Ça, je le supporte. Mais il suffit qu'on me murmure « croquemitaine » avant que j'aille au lit, et je ne fermerai pas l'œil de la nuit.

Nous sommes déjà dans le cimetière quand je me rends compte que je n'ai pas touché le cœur de fer. Peu importe, ce n'était qu'une histoire inventée par Zoey pour me faire peur ! Je serre les doigts de Sam. C'est étonnant que nos mains s'emboîtent aussi bien.

Tout bas, je lui demande :

— Tu crois au diable ?

Je *sais*, en parler dans un cimetière n'est pas une bonne idée. Mais quelque chose dans ce qu'a dit Zoey fait ressurgir en moi une inquiétude oppressante.

Sam me caresse la main.

— Pas dans son sens religieux. En fait…

Il fait mine d'être horrifié.

— … je suis d'accord avec Zoey. Le diable n'est qu'un monstre effrayant inventé par les gens. Et qui dit qu'il n'y en a qu'un ?

Avec un frisson, je scrute les tombes délabrées qui nous entourent.

— Il y a plus d'une mauvaise personne au monde, continue Sam. Pourquoi n'y aurait-il pas plus d'un monstre ?

Je fronce le nez.

— Bien sûr.

Il rit avant de reprendre :

— Il y a les esprits, qui échappent au temps et à l'espace. Et puis il y a les loups-garous, les yétis, les vampires… Ils vivent peut-être plus longtemps, mais ils sont mortels. Espérons que c'est à eux que nous avons affaire.

Il sourit, amusé, mais il y a quelque chose de sérieux dans sa voix, et je me demande s'il plaisante vraiment.

Des perles de pluie ponctuent le patchwork de

mousse émeraude et de terre. Des serpentins de lichen vert fluo pendent des branches sombres. Le cimetière est paisible. Aujourd'hui, on y voit pourtant de très nombreuses traces de pas, comme si une procession funéraire était passée par là.

— On va commencer ici : ces tombes datent de l'époque qui nous intéresse, dit Sam.

Je vois au loin l'éclat blond des cheveux de Zoey, si pâles qu'on dirait une auréole. Lorsque nous la rattrapons, elle rattache sa sandale, assise sur une tombe dont la stèle ressemble à une molaire géante.

— Tu n'es pas censée t'asseoir là, dit Sam.

Zoey saute sur ses pieds et fait une révérence moqueuse avant de me rejoindre.

Nous progressons de gauche à droite. C'est sinistre, de recenser les morts. Les très, très morts, puisque personne n'a été enterré là depuis 1946. Seuls le soupir du vent et le martèlement des gouttes troublent le silence.

— Ils ont l'air inventés, ces noms, commente Zoey debout devant une concession familiale délimitée par une grille. Gottmo, Bbjorstrand, Faltskog… On dirait des personnages de ces jeux en ligne auxquels jouent les mecs trop moches pour avoir une copine.

Elle bat innocemment des cils.

— Tu sais de qui je parle, Sam… Tout ce qu'ils savent des filles, ils l'ont appris dans les pornos et les clips.

Sam ne relève pas cette pique et dit :

— Beaucoup des familles qui ont industrialisé le Minnesota venaient de Scandinavie.

Elle le dévisage.

— Répète ?

— Ils descendaient des Vikings, c'est pour ça qu'il y a tant de noms inhabituels.

Il hausse les sourcils et son regard passe de Zoey à moi.

— En fait, c'est probablement pour ça qu'il y a tant de blonds et de roux à Savage.

Je me mords l'intérieur de la joue et hoche la tête d'un air pensif. Je n'ai jamais vécu ailleurs, alors je n'avais pas remarqué le nombre de rouquins à Savage. Ça expliquerait pourquoi un tueur de roux traîne dans le coin.

— Certaines familles de notre ville descendent des premiers colons. Par exemple, celle du maire, M. Berg, est installée ici depuis six ou sept générations, ajoute Sam.

Zoey se met à chantonner pour couvrir sa voix. Elle s'arrête devant un bouclier et un aigle gravés sur une énorme pierre tombale.

— C'est le blason de la Marine nationale, dit Sam. Avant la Seconde Guerre mondiale, il y avait des chantiers navals à quelques kilomètres en amont de la rivière Minnesota, c'est pour ça qu'il y a des tombes de soldats.

Zoey se met au garde-à-vous.

— Des mecs en uniforme ? Miam !

Après que nous avons inspecté trente ou quarante tombes, je mets de plus en plus de temps à calculer l'âge de ceux qui y reposent. Un grand nombre de stèles se sont écroulées, devenant poussière à l'instar des corps enfouis dessous. Je m'agenouille au pied d'une haute colonne pointue où est gravée une épitaphe à moitié effacée. Je suis du doigt le contour des lettres : il est plus facile de les lire ainsi. « MA DOUCE PETITE FILLE, ICI REPOSERA TON ÂME JUSQU'À CE QUE LE SAINT PÈRE TE RAMÈNE. »

— Sam ! Zoey !

Ils me rejoignent en courant.

— Regardez celle-ci ! Le nom et la date sont illisibles, mais l'épitaphe pourrait parler d'une petite fille disparue. « Jusqu'à ce que le Saint Père te ramène ». Ils attendaient qu'on la retrouve !

Je passe le doigt sur la surface érodée. Là où devraient se trouver les dates et le nom il y a des entailles.

Sam s'accroupit à côté de moi pour examiner la pierre.

— Hum…, fait-il. On dirait qu'ils ont été limés, ou grattés. Ça a dû arriver il y a des dizaines d'années, puisque même les entailles sont lisses au toucher.

— Mais si elle a disparu, et qu'elle n'a jamais été retrouvée, du moins au moment de l'inscription, pourquoi mettre une date de décès ?

— Pour la même raison que ses parents lui ont fait une pierre tombale. Ils savaient qu'elle ne reviendrait pas, alors ils ont voulu la commémorer et la pleurer. C'est probablement l'année où ils l'ont perdue.

— Mais pourquoi quelqu'un aurait-il effacé la date et le nom ? chuchote Zoey.

Sans la main de Sam dans la mienne, je me sens vulnérable, alors je prends celle de Zoey.

— Il ne voulait pas qu'on puisse l'identifier, dis-je.

Le frisson de Zoey se répercute dans mon bras.

— Mais qui ? demande-t-elle.

Je secoue la tête.

— Je ne sais pas.

— Il faut voir s'il y a d'autres inscriptions qui ont été effacées ! lance Sam.

Au bout de dix minutes, nous découvrons quatre tombes dont les stèles ont été vandalisées. Le coupable a fini par bâcler son travail. Sur les deux dernières, on distingue les dates de naissance et de décès derrière les griffures. Il s'agit des enfants : l'un avait six ans et l'autre sept. Les décès, ou les disparitions, ont eu lieu dans les années trente.

Zoey frissonne encore.

— Partons d'ici ! dit-elle en claquant des dents. J'ai un mauvais pressentiment.

Au loin, le tonnerre gronde. Je lève le visage ; des gouttes m'éclaboussent le visage.

— D'accord. Tu es prête, Stella ? demande Sam.

— Attends, je veux voir quelque chose.

Je pivote sur mes talons, entraînant Zoey là où on a découvert le cadavre de la petite fille. Nous glissons dans la boue. Le vent se met à souffler plus fort ; les saules se balancent violemment. Un éclair illumine le ciel, suivi aussitôt d'un roulement de tonnerre. Je marche sur un chemin de pierre qui serpente au cœur du cimetière. Nous contournons un grand mausolée. Des bandes jaune fluo posées par la police délimitent le périmètre du glissement de terrain.

— Il ne reste que la terre, dit Sam derrière nous. Ils ont retiré les os et les fragments de cercueil pour tout reconstituer. J'ai entendu dire que les départements d'anthropologie et de criminalistique allaient reconstruire les squelettes.

Sam a raison : il n'y a rien que de la terre noire et humide, entourée de l'herbe verte du cimetière.

— C'est bête, mais j'avais envie de revenir ici. Je me disais que ça pourrait m'aider à comprendre ce qui s'était passé…

Zoey me lâche la main et passe le bras autour de mes épaules.

— Allez, viens, ma belle.

Je la laisse me guider sur quelques mètres avant qu'un éclat n'attire mon regard.

Là où la boue a emporté la grille de fer forgé, au pied d'un vieux chêne, se trouvent des bougies blanches. Les racines de l'arbre, sortant du sol comme des phalanges, nous les cachaient lorsque nous nous sommes approchés du glissement de terrain. La pluie a éteint les flammes, mais l'odeur entêtante de la fumée persiste. Les bougies forment un cercle parfait. En leur centre, il y a le cadavre d'un chat.

Chapitre 18

Je lance à Zoey :

— Ne regarde pas !

Un instant plus tard, elle est accroupie à côté de moi près de l'étrange autel. La fourrure tigrée du chat est terne ; ses petites côtes ressortent des poils roux. Une tache carmin s'étend au pied du chêne. Elle est fraîche.

— Du sang ! souffle Zoey. Celui du chat ?

— Probablement…

Sur la gorge du petit animal apparaît une déchirure. Je pousse doucement sa tête, qui roule, détachée du corps. Elle s'immobilise, et la petite langue rose du félin apparaît.

— Beuuuuuurk ! fait Zoey.

Elle se jette en arrière et atterrit les fesses dans la boue. Elle se relève aussitôt et se cache derrière Sam.

— Viens, Stella ! on retourne à la voiture, il faut prévenir les flics, dit Sam.

Je secoue la tête : comment abandonner cette pauvre bête ? Je cherche quelque chose pour couvrir le cadavre. Il n'y a rien d'autre qu'un ruban de police qui traîne par terre. Je m'approche du crâne en évitant de regarder la gelée violacée de sa blessure, puis je replie la bande sur lui. Lorsque mes doigts frôlent son oreille je m'écarte vivement.

Je retraverse le cimetière sur les talons de Sam et de Zoey. Le paysage est brouillé par mes larmes et par la pluie battante. J'essaie de chasser le souvenir du contact de la fourrure du chat sur ma main, en vain.

Nous courons sur le gravier et nous précipitons à l'intérieur du break. J'essuie la buée sur la vitre et j'observe le parking. Les deux autres voitures ne sont plus là.

— Qu… qui ferait un truc pareil ? bredouille Zoey.

Les doigts engourdis par le froid, Sam appuie maladroitement sur les touches de son téléphone. Je croise les bras sur mon visage et ferme les yeux. J'essaie de me réfugier dans le noir, mais l'image de la tête du chat roulant sur le sol est imprimée sur ma rétine.

Sam parle avec la police.

— Oui, c'est ce que j'ai dit, un chat mort… Non, il n'a pas été renversé par une voiture… Excusez-moi, mais vous ne trouvez pas que quelqu'un qui découpe un chat a de quoi inquiéter ?… Allô ? Allô ?

Il jette son téléphone sur le tableau de bord.

— Ils m'ont raccroché au nez ! Avec tout ce qui se passe, on pourrait croire qu'ils prendraient une affaire pareille au sérieux.

J'ai envie d'appeler Shane pour lui raconter ce qu'on

fait. Mais je ne peux pas prendre le risque qu'on m'envoie à Chicago.

Je murmure :

— C'est justement à cause de ce qui se passe qu'ils ne le prennent pas au sérieux, Sam. Ils ne comprennent pas que tout est lié. Il y avait des voitures garées, là… (Je toque à la vitre.) … Et elles n'y sont plus. Pourtant nous n'avons vu personne au cimetière.

Je marque une pause.

— Tu crois qu'ils martyrisaient le chat pendant que nous y étions ?

Ça me donne la nausée.

— Non, je suis sûr que… euh… il est mort depuis un bon moment, dit Sam d'un ton incertain.

Il tourne la clé et tapote sur sa montre :

— Il faut que je vous dépose avant d'aller travailler.

Zoey doit être traumatisée, car elle ne saute pas sur l'occasion pour se moquer de lui. Elle se contente de lâcher :

— Ramène-moi chez moi. J'ai envie de vomir.

Le retour est silencieux. Une fois devant chez elle, Zoey m'étreint rapidement et salue Sam du menton avant de courir vers sa maison sous la pluie battante. Pendant le reste du trajet, je fixe mes tennis. J'ai atteint mon quota de trucs tordus pour la journée… Je ne veux pas voir mes voisins patrouillant les rues armés jusqu'aux dents ou en train de construire des bûchers.

— Ton père est à la maison ce soir ? demande Sam en s'engageant dans l'allée.

— Non, il va rentrer tard, dis-je, le ventre noué par l'angoisse.

Je ne veux pas être seule, ça me donnerait trop de temps pour gamberger.

— Je termine à neuf heures. Si tu veux, je peux venir.

— Oui, s'il te plaît ! dis-je tout de suite sans essayer de cacher mon soulagement.

Il me laisse sur le perron. Je lui fais un signe de la main, et il sourit tristement. Je relâche mon souffle et me force à passer la porte.

Deux heures plus tard, douchée et un peu reposée, je m'installe sur le canapé avec mon ordinateur.

— OK, on y retourne, dis-je à Moscou qui ronronne à l'autre bout. Il me faut des réponses !

Puisque toutes les preuves indiquent que Savage est le berceau d'une secte multigénérationnelle et que le chat, égorgé sur un autel de fortune, évoque le sacrifice, je cherche trois termes : « sacrifices rituels », « sacrifice d'animaux » et « sacrifice d'enfants ». Je commence par une recherche générale sur Wikipédia et Google.

Après avoir parcouru des dizaines d'articles bizarroïdes, je décide de réduire le champ de recherche. Il est peu probable que les habitants de Savage exécutent un antique rituel chinois où l'on sacrifie les gens aux dieux de la rivière, ou que le mythe de Cthulhu ait soudain apparu dans notre petite ville…

Ma recherche suivante conserve les mêmes termes, mais se limite géographiquement au Minnesota. Je tombe sur un tas de noms de groupes de musique indépendants ou de heavy metal. Je passe aux archives d'actualités et aux sites à inscription payante comme LexisNexis, dont nous nous servons au *Herald*, mais je ne trouve aucun article sur des sectes, des légendes ou des mythes évoquant les sacrifices de rousses.

Par contre, il y a un paquet de morts et de démembrements. L'histoire de cette région est sinistre, bien loin du monde de Bisounours auquel on nous fait croire à l'école. Les trappeurs qui installaient leur camp ici massacraient les animaux sauvages, les pionniers ont chassé les autochtones de leurs villages, les guerres coloniales ont fait des victimes par milliers. Des épidémies de tuberculose, qu'on appelait « la mort blanche », ont décimé la population. Peut-être que le nom[1] de notre ville a un sens, finalement. Pourtant rien de tout cela n'a de rapport avec le chat martyrisé du cimetière.

Je consulte le site de la bibliothèque municipale de Savage et clique sur les archives de journaux. Tout n'est pas disponible, mais ça vaut la peine d'essayer. Je cherche « sacrifices d'animaux ». Pas de résultat. Je suis sur le point de fermer mon ordinateur et de bouder en m'attaquant au pot de glace qui m'attend dans le frigo lorsqu'une idée me vient. Je tape « disparition d'animaux » ; retenant mon souffle, je clique sur « entrer ».

J'avais raison ! Soixante-treize petites annonces d'animaux disparus. Le *Savage Bee* consacre toujours quatre pages aux petites annonces de la communauté : vide-greniers, offres d'emploi, maisons et voitures à vendre, animaux perdus… Je les parcours, la

1. *Savage* : « sauvage, féroce, violent, barbare ».

gorge serrée. Même si plusieurs années manquent, les résultats ont de quoi provoquer un pincement au cœur. Cela s'étend de 1910 à 2014. Certaines petites annonces ont été passées dans la même semaine. Des familles cherchant leur chien ou leur chat, des fermiers ayant perdu du bétail, le mini-zoo de la crèche dont la chèvre a disparu ; tous espèrent que quelqu'un retrouvera leur animal et le leur rendra.

Je prends Moscou sur mes genoux et je l'étreins, dans un geste protecteur. Il y a un article sur le nombre anormalement élevé de chiens disparus en 1938. Pour les soixante-treize animaux de compagnie cités, il doit y en avoir des dizaines dont on ne parle pas. Je parie que si j'allais à la bibliothèque et que je passais des heures à fouiller les archives, j'en trouverais des tas qui n'ont pas été mis en ligne, exactement comme l'article de Sam sur les trois petites filles.

Je repense au chat égorgé. Quelqu'un a pris la peine de créer un autel de bougies et de sacrifier ce pauvre félin là où on a retrouvé la fille. Les sacrifices ne sont-ils pas censés apaiser les esprits quand quelque chose d'horrible arrive ? Empêcher un terrible événement ? Si tous ces animaux ont été sacrifiés, ça veut dire qu'il se passait des trucs affreux.

Je cherche des crimes violents ou des morts. Je prends un carnet et un stylo pour noter la chronologie des événements, le regard fixé sur l'écran jusqu'à ce que les yeux me brûlent. La liste n'est pas complète : je n'ai pas le temps de lire tous les journaux de la bibliothèque. Sam a dit qu'il y avait eu plus de dons de journaux vers 1972 que dans le passé. Les points sur ma frise racontent la même histoire. Il y en a encore plus après 1973, quand le *Savage Bee* a été reconstruit et les archives préservées.

Je m'appuie contre le dossier du canapé et contemple la frise chronologique de dix pages étalée sur la table basse : les morts tragiques, les accidents, et les animaux disparus qui leur correspondent.

— Oh ! la vache ! dis-je à Moscou.

Mon téléphone se met à vibrer. Un petit courant d'excitation me traverse lorsque je vois s'afficher le nom de Sam.

— Salut, dit-il, j'arrive dans dix minutes. Je ne voulais pas te faire peur en sonnant à la porte sans prévenir. J'ai de quoi préparer un dîner si tu n'as pas mangé.

Je regarde l'heure sur mon ordinateur, surprise : comment se fait-il qu'il soit déjà plus de neuf heures ?

— Merci ! Je n'ai pas vu le temps passer.

Je raccroche et appelle mon père. Il répond d'une voix épuisée.

— Bonsoir, ma chérie. Tout va bien ?

— Oui, je voulais juste te dire que je suis à la maison et que Sam Worth vient dîner et regarder un film.

— Oh, très bien. Stella, je suis vraiment désolé de ne pas être plus présent, avec tout ce qui se passe. Je travaille sur une affaire complexe de fraude fiscale qui exige toute mon attention. Je ne peux rien laisser passer.

Je prononce la suite en silence en même temps que lui : je l'ai entendue des millions de fois.

— Tu sais combien le moindre détail peut se révéler diabolique, dans ce genre d'affaire.

— Ce n'est pas grave, papa. Alors tu rentreras tard ?

— Toute l'équipe va passer une nuit blanche.

— D'accord. Je t'aime, sois prudent sur la route, dis-je, consciente que j'ai l'air plus adulte que lui.

Je monte vite retirer les vêtements dans lesquels j'ai mariné tout l'après-midi. Au moment où j'ouvre la porte de mon placard, on sonne à la porte. Je mets un débardeur noir à la place de mon sweat à capuche et j'enfile un jean.

Trente secondes plus tard, j'ouvre à Sam, le souffle court.

Il se tient sur le perron, un sac de courses dans une main, un bouquet de fleurs dans l'autre.

Un peu troublée, je reste sur le seuil. Ce n'est pas seulement parce qu'il a apporté des fleurs, que je ne veux pas être seule, qu'il a dit qu'il serait là et qu'il est là alors que si peu de gens respectent une telle promesse. C'est que je ne l'ai pas regardé, ni personne, de cette façon depuis mon enfance. Toutes les insultes, les opinions des autres disparaissent ; Sam est là, et j'en tremble de tout mon corps.

— Salut.

Il regarde ses mains d'un air embarrassé.

— Je sais que ce n'est pas un rencard, hein ! ajoute-t-il.

Je respire à fond, hou ! là… on se calme avec les montagnes russes émotionnelles !

— Désolée ! Je veux dire : entre !

Je recule et marche sur une tennis de mon père, manquant me tordre la cheville.

Il me tend les boutons de rose.

— C'est pour toi.

Je commente, mal à l'aise :

— Des fleurs, mais pas de rencard.

Il fronce les sourcils.

— Attends, je croyais que c'est ce que tu voulais…

Persuadée d'avoir les joues de la même couleur que les roses, j'avale ma salive et triture le bord de mon débardeur.

— Si ça ne tenait qu'à moi, c'en serait un, ajoute-t-il.

Gênée, je plonge le nez dans le bouquet.

— Il paraît que je n'aurais qu'un mot à dire pour que tu sois à moi…

Je parle lentement, comme si j'avançais sur un champ de mines verbal.

— C'est quel mot ?

Un sourire en coin, il se penche jusqu'à ce que nos fronts se touchent. Les fleurs s'écrasent contre ma poitrine. Je voudrais détourner le regard, mais je n'y arrive pas.

— Pourquoi tu veux le savoir ?

Il y a du désir dans sa voix. Je hausse les épaules :

— Oh, juste pour ne pas le prononcer par accident…

Je ne peux pas m'empêcher de sourire comme une idiote.

Il caresse mes cheveux en frôlant mon cou.

— J'ai menti, dit Sam. Ce n'est pas un mot, c'est une phrase.

Son regard pétille.

— D'accord, c'est quoi, cette formule magique ?

Je m'empêche de regarder ses lèvres.

Il tire doucement sur une mèche.

— Tu dois dire : « Sam, je veux que tu sois mon petit ami. » Et tadam ! je m'occupe du reste.

Je m'écarte.

— Sam, je... je ne fais pas dans les petits amis. Je te l'ai dit.

Ses lèvres forment un O parfait.

— Stella, je t'aime. Depuis toujours.

J'ai le menton qui tremble : je ne sais pas pourquoi ça me terrifie à ce point. Mon père me dit tout le temps qu'il m'aime. Ma mère aussi quand on se parle au téléphone. Même Zoey. Mais de la part de Sam, ces mots m'intimident.

— C'est ce que tu dis maintenant, mais ça ne va pas durer. Tu vas te lasser de moi, et d'être mon... tu-sais-quoi.

Il ferme les yeux et secoue la tête.

— On se connaît depuis longtemps, et je ne me suis pas lassé.

Sa voix se fait plus rauque.

— Je ne suis pas de ceux qui abandonnent. Je ne suis pas ta mère. Ni ton père. Ni Jeanie. Moi, je resterai.

J'encaisse le coup. Il a raison, j'ai perdu beaucoup de gens. Je garde tout le monde à distance, à part Zoey, et c'est seulement parce que j'ai l'impression que nous ne faisons qu'un.

— Tu as faim ? demande-t-il soudain.

Ses joues reprennent une couleur normale. Soulagée d'avoir une réponse facile à donner, je hoche la tête.

— Super. Je ne cuisine pas aussi bien que ma mère,

mais je suis le spécialiste des pâtes aux boulettes de viande.

Il me contourne et se dirige vers la cuisine. Je le suis, paralysée par le trac. Sam a déjà sorti les courses et cherche des casseroles.

— Hé, raconte-moi ce dont tu t'es souvenue hier, si tu t'en sens le courage, dit-il en passant d'un placard à l'autre.

Je mets les fleurs dans un vase pour gagner du temps : je n'ai pas envie de lui bourrer le crâne avec des images cauchemardesques.

— Comment ça s'est passé au boulot ?

Il hausse les épaules.

— Ça va. Comme tu vois, cette fois je n'ai pas oublié de retirer ma veste.

Il me fait un clin d'œil et retourne à ses fourneaux.

Je m'assieds sur le comptoir et me mets à relater mes horribles souvenirs en commençant par les coccinelles.

Sam cesse de laver les champignons. Lorsque j'ai terminé, il dit :

— Si ce rêve t'a fait comprendre que Jeanie avait peur de quelque chose, c'est parce que tu n'as plus six ans. Quand c'est arrivé, tu n'as pas pu te rendre compte de ce que tu voyais.

Puis, plus fermement :

— Ce n'est pas ta faute.

Je m'agrippe au comptoir et hoche la tête. Ce qu'il dit semble logique, sans me donner pour autant l'impression d'être innocente. Je lui parle de la main agrippant les cheveux de Jeanie. Bien sûr, je passe sous silence que j'étais tout près de Taylor au moment où j'ai eu ce flash.

Je contemple les lignes de ma main.

— Tu crois que Jeanie a subi la même chose que la fille du cimetière ?

Un frisson me parcourt.

— Je parle de son crâne…

Sam m'adresse un sourire triste.

— J'aimerais te dire non, mais je ne peux pas. Aucune autre petite fille n'a été retrouvée, et elles étaient toutes rousses. Il y a sûrement un lien. La blessure au crâne… Les cheveux roux. Qu'a dit Zoey sur ce dont tu te souviens ?

— Hum… Je ne lui ai pas raconté. Elle est partie avec l'un des joueurs de crosse, alors je n'en ai pas eu l'occasion.

Il hausse un sourcil tout en grattant le zeste d'un citron.

— Pourquoi tu retenais ton souffle ? On ne t'a pas dit que l'apnée et l'alcool ne font pas bon ménage ?

Il jette les oignons dans la poêle.

Je chuchote :

— J'étais avec Taylor.

Peut-être qu'il ne m'entendra pas ?

Le couteau qu'il lave lui échappe des mains et tombe dans la vaisselle sale. Je m'empresse de préciser :

— Ce n'est pas moi qui l'ai invité, c'est Zoey. J'ai plongé pour lui échapper. Il n'y avait pas que lui, il y avait d'autres garçons.

Je suis mal à l'aise : je parle d'une fête à laquelle Sam n'était pas invité… J'essaie de sauter par-dessus cette frontière infranchissable entre nous que j'ai aidé à élever, alors que ce que je voudrais, c'est l'abolir. Je suis indignée pour Sam, il vaut tellement mieux que des mecs comme Taylor.

Sam laisse le couteau dans l'évier et ajuste la hotte. Il mélange les oignons et ajoute les boulettes qu'il a roulées dans ses mains. Le silence est assourdissant.

— Il ne s'est rien passé avec Taylor, dis-je, sur la défensive. Il aurait bien aimé, mais il ne m'intéresse pas. J'ai été claire sur le sujet.

Sam se tourne vers moi et sourit avec tendresse.

— Tu n'as pas à te justifier, Stella.

Nous ne disons plus rien jusqu'au moment de s'asseoir à table. Il me sourit à nouveau.

— Ça ne dérangera pas ton père si je suis là à son retour ? demande-t-il.

Je fronce le nez.

— Ce n'est pas son genre. Ça ne lui poserait même pas de problème si tu passais la nuit.

Je rougis.

Sam rit.

— Bonne nouvelle !

— Je veux dire qu'il me fait confiance. La plupart du temps, c'est agréable.

Je fais tourner ma fourchette dans les pâtes.

— Et ta mère ? Elle t'en voudra si tu rentres tard ?

— Non. Quand elle a su que je venais ici, elle ne m'a pas donné d'heure. Il faudra que je t'utilise comme couverture chaque fois que je sors.

Je pique une boulette.

— Elle m'a manqué.

— Tu lui as manqué aussi.

— Et Daniel ? Tu l'as appelé ?

— Je lui ai envoyé un texto avec les infos qu'on a trouvées à la bibliothèque et au cimetière. Il m'a répondu qu'il était chez son père. Il est resté vague, mais je suppose que la police l'a interrogé, puis l'a renvoyé chez lui. Il a dit qu'il appellerait demain.

— J'ai beaucoup pensé à Jeanie, dis-je d'un ton absent. Je ne me la rappelle pas bien ; je n'ai que le témoignage de Zoey.

— Tu veux que je te raconte ce dont je me souviens ? demande-t-il.

Je hoche la tête. Il s'appuie contre le dossier de sa chaise.

— Elle était marrante. Elle marchait toujours en sautillant, comme si elle dansait. Quand j'avais six ans, ça m'éclatait.

Il sourit.

— Elle zozotait et adorait raconter n'importe quoi en riant.

Le regard perdu dans le vide, j'essaie de voyager dans le passé pour voir la même chose que Sam.

— Elle voulait toujours jouer dehors… dans le jardin ou dans les bois.

Nous nous taisons pendant un long moment.

— Tu crois qu'on serait restées amies, elle et moi ?

Il hésite un peu avant de répondre.

— Qui sait ? Si elle était là, tout serait différent.

Je sais exactement ce qu'il veut dire. Que serais-je devenue sans les répercussions de sa disparition ? Si Jeanie était restée quelqu'un qui rit, qui a ses habitudes, plutôt qu'un souvenir terni par le temps. Si Zoey m'avait fait choisir entre Jeanie et elle, aurais-je choisi Jeanie ? Ferions-nous partie de l'orchestre de l'école ?

Sortirions-nous avec deux meilleurs amis, qui nous emmèneraient au cinéma tous les vendredis ? J'aime l'idée de trois univers parallèles qui m'auraient permis de choisir chacun de mes trois amis. Sam a raison : je n'aurais pas dû choisir. Jeanie devrait être en vie. Nous avons tous été dépossédés de ce nous devions vivre.

Sam se lève pour débarrasser. Une fois les assiettes rincées, je les mets dans le lave-vaisselle.

— Merci, Sam, c'était très bon ! Tu veux regarder un film ?

Il se dirige vers l'entrée.

— Ne te force pas, Stella. Ce n'est pas grave si tu n'as pas envie que je reste, dit-il en prenant ses clés sur la table basse.

Désemparée, je le regarde ouvrir la porte. Il va partir, franchir la zone d'obscurité qui sépare nos deux maisons, se résigner à ne pas entendre les mots magiques qui feraient de lui mon petit ami, continuer à croire que je ne veux pas de lui… Cet instant unique ne se reproduira jamais !

Avant qu'il s'éloigne, je lance :

— Depuis cent ans, des animaux sont sacrifiés chaque fois que quelque chose d'horrible se passe à Savage.

Chapitre 19

— Tu te souviens de ces tas de terre chez Mme Griever ? Eh bien…

Je lui fais signe de me suivre dans le salon.

— Je crois que ce sont des animaux qu'elle a enterrés. Je ne sais pas si ça veut dire qu'elle fait partie de ceux qui les sacrifient, si elle est la seule à le faire ou si elle dissimule les preuves. Mais j'ai découvert un fil conducteur, même si les archives en ligne sont incomplètes.

Je lui tends les notes, qu'il parcourt rapidement.

— Là.

Je lui montre la première page.

— Les articles sur les filles disparues ne sont pas encore disponibles, mais en décembre 1938 il y a eu un papier sur dix chiens perdus. C'était quelques mois après la disparition de Betty Balco, et quelques années après celle des deux autres.

Je passe à la deuxième page.

— En 1956, un incendie a ravagé la conserverie principale. Trois hommes restés coincés à l'intérieur ont brûlé vifs. Le mois suivant, quatre personnes ont signalé avoir perdu leur chien.

Je choisis une page et la passe à Sam.

— Le *Savage Bee* a brûlé en 1972. La secrétaire est morte dans les flammes. Deux semaines plus tard, trois familles ont perdu leur chien et leur chat.

J'essaie de rester calme, mais j'ai les mains moites.

— L'été 1960, un bateau a coulé dans le lac de Blackdog. La famille qui y passait ses vacances s'est noyée. En 1980, un car scolaire est rentré dans une camionnette ; un professeur et deux élèves ont été tués. Il y a onze ans, Jeanie Talcott a disparu alors qu'elle jouait dans son jardin.

Après avoir récité cette liste macabre, je prends le temps d'inspirer.

— Les archives en ligne du journal, qui n'incluent pas les années trente, mentionnent vingt et un désastres ou accidents à Savage depuis 1910. Tu sais ce que dix-sept de ces événements ont en commun ?

Sam lâche la pile de papiers sur la table et coince une mèche de cheveux derrière mon oreille. Il pince les lèvres d'un air sombre.

— Ils sont suivis de la disparition de nombreux animaux.

— Oui, dis-je en agitant le doigt. Jusqu'à dix animaux de compagnie disparus ont été signalés dans les semaines qui ont suivi. Je n'ai trouvé qu'un article de 1938 parlant de plusieurs chiens. Les gens ont conclu qu'un gros prédateur chassait dans les bois.

— Mais tu n'es pas d'accord ?

— Non ! fais-je avec force. Ces animaux ont connu la même fin que le chat du cimetière. Je préférerais que ce ne soit pas vrai, mais j'en suis persuadée. Sacrifiés sur un autel de fortune par un malade qui croit que cela empêchera ce genre d'événement d'arriver.

— Sacrifiés à qui ?

Sam indique le ciel.

— À quels dieux ? Nous ne sommes pas en Grèce antique ! La mort de tous ces gens est horrible, mais les incendies arrivent depuis toujours, les gens meurent dans des accidents. Ce n'est rien d'autre que le hasard.

— Sûrement, mais ceux qui font ça, qui qu'ils soient, croient dur comme fer que quelqu'un ou quelque chose est à l'origine de ces catastrophes.

Sam se mord l'intérieur de la joue.

— Alors, d'après toi, ce n'est pas la même personne qui a tué la fille du cimetière, Jeanie et sa mère – et le chat ?

Je secoue la tête.

— Non. Il y a plusieurs cinglés. Plus d'un monstre.

Je baisse la voix.

— Plus d'un diable.

— Et tu crois que c'est un groupe secret ? Un ordre d'hommes et de femmes qui essaient de protéger Savage en sacrifiant des animaux depuis plusieurs générations ?

Je hoche la tête.

— Comment une chose pareille pourrait-elle rester cachée ?

— Je n'en ai aucune idée, et pourtant…

Les battements de mon cœur s'accélèrent.

— Et, qui sait, peut-être que cela existait bien avant le lancement du journal en 1910 ? Peut-être que le doigt trouvé dans la main de cette gamine est un indice ?

Je parle plus vite.

— Il y a forcément des archives de l'histoire de Savage qui datent d'avant la fondation de la ville en 1902.

Sam ne partage pas ma frénésie. Je continue :

— Il y avait bien des pionniers avant 1902 !

Il hausse les épaules.

— Quelques trappeurs sont venus au XVIIe siècle. Ensuite, il y a eu les colons scandinaves.

Il fronce les sourcils.

— Je sais qu'il y a des gens tordus dans ce monde, mais ça…

Il parcourt la pièce du regard, cherchant le mot exact.

— … c'est *pire*. Ce n'est pas *naturel.*

Je comprends ce qu'il veut dire, pourquoi il serre la mâchoire, pourquoi il se voûte, pourquoi des veines bleues palpitent dans son cou. Un frisson glacial me convainc qu'il se passe autre chose, quelque chose qui défie la raison. Et, contrairement à Sam, je sais qu'il y a des gens si mauvais que leur cœur est aussi pourri que les fraises abandonnées devant ma porte, et qui auraient pu tuer ces petites filles. Je n'ai pas besoin d'inventer de monstres.

Je me frotte les bras, ils sont parcourus de frissons.

— Ce dont je suis sûre, c'est que je dois continuer à chercher, même s'il faut que j'éventre le jardin de

Mme Griever ! Je ferais n'importe quoi pour découvrir la vérité !

Sam écarquille les yeux.

— Ça va pas ? Je ne te laisserais jamais retourner chez cette vieille folle et son fusil ! Stella, il y a un tueur en série qui scalpe des enfants et une secte qui massacre des animaux ! Tu veux risquer ta vie juste pour déterrer leurs cadavres ?

Je le prends par les épaules.

— Essaie de comprendre, Sam ! C'est la première pièce du puzzle qu'on n'arrive pas à reconstituer. Ce ne sont pas mes souvenirs pourris qui nous dévoileront l'identité du tueur de Jeanie ! Si nous trouvons ceux qui sacrifient les animaux, peut-être qu'ils nous parleront. Ils ont la clé de l'énigme ! Ce n'était pas juste un chat, sur l'autel : c'était un chat *roux*, déposé à l'endroit où on a découvert le cadavre mutilé d'une petite fille *rousse*. Ils sont malades, oui, mais au moins nous saurons peut-être de quoi ils ont si peur.

Avoir un plan me donne du courage. Je me redresse.

— Il est temps qu'on prévienne la police et qu'on leur dise tout, déclare Sam.

Il indique la porte comme s'il s'apprêtait à aller au commissariat.

— Quoi ? Tu veux parler à ceux qui t'ont raccroché au nez quand tu as signalé un chat décapité ? Tu penses vraiment qu'ils vont t'aider ?

Je suis sûre que Shane ne croirait pas un mot de tout ça. Je ne sais pas si quiconque me croirait, à part Sam. Je respire par saccades. Je vois une veine qui bat au creux de son cou. J'ai soudain très chaud.

Il y a un changement dans l'atmosphère, une électricité qui ne doit rien à la colère.

Le front de Sam se lisse ; il cède.

— Je n'ai jamais pu résister, yeux dans les yeux avec toi, grommelle-t-il, un léger sourire aux lèvres.

Il plonge les mains dans ses poches et se tient, l'air un peu perdu, devant moi. Mais il est toujours là, à mes côtés... soudain je me dis que je n'ai pas le droit de l'entraîner là-dedans.

— Tu n'as pas à aller chez Mme Griever si tu ne veux pas, Sam. Je comprends que tout ça, c'est...

Je cherche une façon de le dire.

— Horrifiant ? Glaçant ? Terrifiant ? Presque surnaturel ? propose-t-il.

Je finis tout bas :

— Te demander trop. C'est *dangereux*. Le simple fait d'être avec moi, c'est dangereux.

— Stella, tu n'as pas entendu ce que je t'ai dit ?

Il prend mon visage entre ses mains, me caresse les joues.

— Je te laisserais m'enterrer dans le jardin de Mme Griever si tu le voulais. Je camperais dans le cimetière, la morgue ou la maison abandonnée de Jeanie. Je ferais n'importe quoi pour toi ! déclare-t-il passionnément.

Je sais que, si je dois jamais libérer Sam de l'étrange pouvoir que j'ai sur lui, c'est le moment. Pendant une horrible seconde, je m'imagine le repousser, trouver les mots qu'il a besoin d'entendre pour renoncer à moi. Il serait en sécurité. Pour une fois, je suis heureuse que ma mère soit à Chicago, à l'abri. Que mon père vive quasiment au bureau. Mais Sam... Il est trop près du feu, et il ne s'en rend même pas compte. Pourtant je laisse cet instant passer et je succombe à mon désir. Je lui prends les mains.

— S'il te plaît, reste.

Je le supplie du regard, comme si ma vie en dépendait. C'est peut-être le cas… Puis je me retourne et je monte l'escalier. Sam me suit.

Lorsque j'entre dans ma chambre, Sam sur mes talons, je tremble de froid. La maison est glaciale. Sam marche comme s'il était à sa place, comme si c'était sa propre chambre. Il se penche pour examiner les photos et les dessins affichés sur mon mur. Je frissonne plus fort : rien ne doit lui échapper…

Assise au bord du lit, je lui demande :

— Tu veux regarder un film ?

— Non, répond-il tout bas, sans quitter des yeux la photo qu'il est en train de contempler.

— Non ?

Il tourne la tête vers moi et me jette un regard sérieux avant de se mettre à lire les citations que j'ai imprimées et collées sur mon tableau en liège il y a des siècles. Le souffle court, je murmure :

— Qu'est-ce que tu veux, alors ?

Il ne répond pas. Je le regarde décrocher une photo. Un sourcil haussé, il me la montre. Dessus, il y a Taylor et moi à la fête de fin d'année. Sam était là aussi : je l'ai remarqué du coin de l'œil dans le jardin de Scott Townsend, au milieu d'un groupe de filles et de garçons. Il riait à gorge déployée. Je me souviens de m'être demandé ce qu'il trouvait si drôle.

Sam lâche la photo dans la corbeille.

— Toi, dit-il.

Il passe à ma bibliothèque. Un spasme me secoue la poitrine. *Toi.* C'est aussi simple que ça. Un mot qu'il prononce comme si c'était une évidence. Autrefois, je connaissais cette certitude : c'est ce que je ressentais pour Sam à la crique quand on avait dix ans.

Sam penche la tête pour lire le titre de mes livres. Ses lèvres bougent légèrement pendant qu'il passe les doigts sur les tranches.

Il se tourne vers moi et me surprend à le regarder, la bouche entrouverte, étourdie.

— J'ai beaucoup de ces livres, dit-il.

— Ah ?

C'est tout ce que j'arrive à articuler.

Il esquisse un sourire.

— Stella ?

Il traverse la chambre et s'arrête devant moi. Il se passe la main dans les cheveux, tire dessus. La tête qui tourne, je me lève du lit. Sa chaleur me picote la peau. Je ferais n'importe quoi pour qu'il me touche, pour ressentir à nouveau cette témérité, cette certitude.

— Sois mon petit ami, dis-je, essoufflée en tendant les bras.

Je n'ai pas le temps de finir ma phase : il me serre contre lui, ses lèvres sur les miennes. Le contact de sa peau me fait vibrer.

C'est le baiser le plus naturel que j'aie jamais échangé. Rien à voir avec les étreintes maladroites dont j'ai l'habitude. Chaque geste est spontané. Il plonge les doigts dans mes cheveux, l'autre main posée dans le creux de mon dos. Je sens mon cœur battre dans mes oreilles, le sien contre ma poitrine. Leurs rythmes s'accordent. Je me sens fiévreuse ; je dois avoir le visage tout rouge. Je pourrais m'enflammer, me consumer comme un chamallow sur le feu ; non, quelque chose de plus romantique : une étoile mourante. Sam s'écarte de moi et me regarde.

— Je t'aime, souffle-t-il comme s'il avait retenu ces mots le temps de notre baiser.

Il m'aime ! Nous sommes à deux doigts d'arracher nos vêtements, et il prend le temps de me dire ce qu'il ressent. *Il m'aime.*

— Reste avec moi ce soir, Sam.

Il me fait un grand sourire, puis va éteindre la lumière et fermer la porte de la chambre. Un instant plus tard, le matelas grince sous son poids. Après une hésitation, paralysée par l'idée que pour la première fois depuis le début de ma puberté je vais dormir avec un garçon, je me glisse à côté de lui et cale ma tête au creux de son bras. Il m'attire tout contre lui et m'embrasse sur le front.

— Bonne nuit, Petite étoile, murmure-t-il d'une voix rauque.

Je lâche un gémissement qui se change en rire lorsqu'il me fait des petits bisous dans les cheveux.

— Bonne nuit.

Je ferme les yeux, pleine de gratitude : on m'a rendu Sam !

Chapitre 20

La lumière matinale filtre à travers les stores. Je meurs de chaud : Sam me serre dans ses bras, collé contre mon dos. Si Zoey était là, elle ferait mine de vomir. J'étouffe un rire : sa réaction serait un mélange de stupéfaction et d'horreur, comme le jour où cette copieuse de Janey Bear s'est pointée avec un piercing au nombril, une semaine après le sien, et qu'elle l'a forcée à le retirer dans les toilettes des filles. Ce serait pareil, mais en pire.

Je me tourne sur le dos et contemple le plafond, le bras de Sam en travers de ma poitrine. Il respire doucement, un léger sifflement entre ses lèvres. Ça alors ! Il y a cinq jours, je reluquais les abdos bronzés de Taylor ; aujourd'hui, je suis au lit avec Sam Worth… Ce n'est pas que j'aie des regrets. Je veux que Sam soit là, dans mon lit. Je veux que cette étreinte dure jusqu'à la prochaine ère glaciaire, qu'un iceberg nous emprisonne, ses lèvres sur les miennes. Mais le changement est radical… Je remonte la couette jusqu'au menton et prends une grande inspiration pour calmer les battements de mon cœur. Mon lapin est abandonné par terre. Les boutons de ses yeux brillent d'un air complice.

— Salut, murmure Sam.

Il soulève son bras, écarte les cheveux de mon front.

— Salut.

Je lutte contre l'envie de plonger sous la couette. Pourquoi je me sens soudain nue, alors que je suis tout habillée ?

— Tu as bien dormi ?

— Oui. Et toi, ça va ?

— Mieux que ça.

Le visage de Sam s'illumine. Il m'embrasse.

— C'était la nuit la plus merveilleuse de ma vie. Je t'aime, me dit-il à l'oreille.

Je frissonne et enfouis le visage contre son torse, très émue.

Pendant l'heure qui suit, nous enchaînons des baisers et des fous rires. Nous sortons de notre transe lorsqu'on frappe doucement à la porte.

— Stella, mon lapin ? Tu veux bien venir un instant ? appelle mon père.

Je saute du lit comme s'il y avait le feu. Sam se prend les pieds dans les draps et tombe par terre. Il se cogne la tête contre la table de chevet et atterrit lourdement sur la moquette. Paniquée, je tire sur mes vêtements. Je fais signe à Sam de se cacher dans la salle de bains ; il traverse la chambre en courant et claque la porte derrière lui. Mon père a forcément entendu. J'inspire comme si j'allais affronter un peloton d'exécution, je me lisse une dernière fois les cheveux, puis j'entrouvre la porte.

— Je peux te dire un mot en bas ? demande mon père, le regard rivé à mes orteils.

Je hoche la tête et le suis, les jambes en coton… Mon père porte un costume qui sort du pressing, il a une mallette dans une main, un muffin dans l'autre. Il s'arrête dans l'entrée et se tourne vers moi. À nouveau, il parle à mes pieds, comme s'il leur était poussé des yeux.

— Mon lapin, si ta mère était là, c'est elle qui te parlerait. Ce n'est pas très agréable, ni pour toi ni pour moi.

Il tire sur son col, qui semble l'étrangler.

— Je me rends compte que nous n'avons jamais discuté des relations entre… hommes et femmes. Tu sais que si tu as des questions concernant le sexe…

Il tousse.

— … tu peux toujours m'en parler. Ou peut-être qu'il y aurait un conseiller au lycée à qui tu pourrais t'adresser…

Sa voix s'éteint sur cette note pleine d'espoir. Frappée de mutisme, je me retrouve à mon tour à contempler ses chaussures bien cirées comme si c'était la chose la plus fascinante que j'aie jamais vue.

— Papa, je… Avec tout ce qui se passait, je ne voulais pas me retrouver toute seule, et…

Il me fit signe de me taire.

— À l'avenir, Sam peut dormir dans le canapé. Mais… protège-toi, mon lapin. Encore une fois, si tu veux parler à quelqu'un de…

— Papa ! Je sais.

Il me tapote l'épaule et hoche la tête, l'air soulagé.

— Bon, très bien. Je suis content que nous ayons discuté.

Il s'arrête sur le seuil.

— Ne sors pas de la maison aujourd'hui, ma chérie. Tu es en sécurité, ici.

Après son départ, je reste figée un long moment. C'était la conversation la plus embarrassante de ma vie ! Je ne réussirai plus jamais à le regarder dans les yeux.

Je file retrouver Sam.

— Tu n'es pas punie, hein ? demande-t-il, assis au bord du lit. Si tu veux, je peux lui parler. Je lui dirai que c'est ma faute, que c'est moi qui ai voulu rester.

Je saute sur le lit et l'étreins par-derrière.

— Mon père ne sait pas ce que c'est qu'une punition et, non, il ne m'a pas grondée. Il m'a juste dit qu'à l'avenir tu dormirais dans le canapé.

Sam se cache le visage.

— Super, la première bonne impression…

— Mon père te connaît déjà, Sam.

— Oui, mais ça fait des années qu'il ne m'a pas vu. Et maintenant, on sort ensemble.

Mon estomac fait un tour sur lui-même. Je le serre plus fort.

— J'ai accepté de faire des heures supplémentaires aujourd'hui ; je bosse dans une heure, annonce-t-il.

Il me regarde dans les yeux.

— Tu m'en veux ? Je n'aurais pas dû, hein ? Du coup, on va pas se voir de la journée.

Je lui dégage le front.

— Ce n'est pas grave ! De toute façon, il faut que je

voie les filles. Zoey n'était pas bien, hier. Et Michaela et Cole me manquent.

— Alors, à ce soir ? Tu crois que ça posera un problème à ton père si je viens vraiment regarder un film ?

— N'oublie pas que cette nuit, on va déterrer des cadavres chez la Griever. Tu préviendras Daniel ?

Il pousse un grognement désapprobateur et se penche pour m'embrasser. Je ferme les yeux : l'instant est parfait.

Je chuchote :

— Merci, Sam.

— Pour quoi ?

— Pour la fleur.

Je me précipite vers la bibliothèque. Entre les almanachs de mes années de seconde et de première, il y a un petit carnet de cuir. Je le tends à Sam. Il s'ouvre sur le gardénia séché, glissé à l'intérieur, la tige entourée de satin bleu, percée d'une épingle décorée de perles.

Sam le regarde, sidéré.

— C'est... ?

— Oui, je l'ai gardé, dis-je, intimidée. Je suis désolée de ne t'avoir jamais dit combien je l'avais trouvé beau.

Pour une fois, Sam reste sans voix. Je l'embrasse sur la joue et l'entraîne au rez-de-chaussée. Je lui donne l'un des muffins à la citrouille de mon père, et il s'en va, agitant le bras.

Et maintenant, le plus dur. J'appelle Zoey pour qu'elle vienne me chercher. Je me douche, nourris Moscou, et une heure plus tard j'escalade la barrière au fond du jardin, me sentant coupable de désobéir à mon père. Je l'appellerais bien pour lui expliquer que je dois aller voir les filles, mais j'ai peur qu'il prévienne Shane. Je ne veux pas que ses sbires en uniforme me suivent. Il faut que je parle de Sam et moi à Zoey, je dois aussi la convaincre de m'aider à creuser chez Mme Griever et de me rappeler ce qui est arrivé le jour de la disparition de Jeanie.

Je saute dans le jardin des voisins (les Howard travaillent, alors leur maison est fermée) et me précipite vers leur petit portillon. Je sors dans la rue parallèle à la mienne.

Le 4×4 de Zoey est stationné sous un gros chêne, dont les branches basses ont des airs de mains squelettiques tendues vers le coffre. Zoey s'empiffre de bonbons.

— Un peu tôt pour tout ce sucre, non ? dis-je en montant à côté d'elle.

Elle tape le couvercle d'un café extralarge posé dans le porte-gobelet.

— Ça, c'est le petit déjeuner, et ça…

Elle agite le sac de bonbons devant mes yeux.

— C'est le dessert.

— Oh, dans ce cas…

Je lève les mains en signe de reddition.

Elle me lance le sac.

— Et ne mange pas tous les verts, cette fois, Agent Cambren !

La bouche pleine, je hausse un sourcil.

— Ne te méprends pas, j'aime la vieille Stella, mais j'adooooore cette nouvelle toi super classe qui escalade des barrières et fait courir les flics.

Elle appuie sur l'accélérateur et la voiture démarre sur les chapeaux de roue.

Zoey n'est pas du genre à garder le pied au plancher ; elle m'a dit un jour que la précipitation trahit un désir. Aujourd'hui ça ne doit pas la déranger. Je boucle ma ceinture de sécurité. On a annoncé un orage pour cet après-midi, mais on n'y croirait pas, vu les rayons de soleil qui illuminent le paysage.

— Le soleil nous invite à la crique, déclare Zoey.

Après ce qui s'est passé là-bas, je suis mal à l'aise à l'idée d'y retourner.

J'ouvre la bouche pour protester ; Zoey me jette un regard d'avertissement. D'habitude, je ne céderais pas aussi facilement, mais je ne veux pas la contrarier, étant donné que ce que j'ai à lui avouer va gâcher sa bonne humeur.

— Je t'ai apporté un bikini, ajoute-t-elle. Les filles nous y attendent déjà.

— OK, super, dis-je en feignant l'enthousiasme, avant d'enchaîner : Zo, j'ai quelque chose à te dire.

Je m'interromps, cherchant mes mots. Comment dire à sa meilleure amie qu'on sort avec un type qu'elle traite de « roi des losers » ?

Avant que je puisse poursuivre, elle déclare :

— On fait une escale rapide pour retrouver le cousin de Drew derrière le drugstore, près de la poubelle.

— C'est quoi, ce deal ?

Elle fait mine de boire à la bouteille.

— Il va nous vendre des sodas alcoolisés. On va s'amuser cet été !

Je lui jette un regard en coin. Elle agite la main.

— Quand toute cette affaire sera résolue, bien sûr.

La façon dont elle dit « affaire » me rend furieuse. Veut-elle parler de Sam ? C'est comme si elle sous-entendait que, une fois le tueur attrapé, je le laisserai tomber pour passer à autre chose.

Alors, je lance :

— Je sors officiellement avec Sam.

Zoey freine d'un coup. Les roues crissent horriblement, on manque faire un tête-à-queue dans la rue déserte.

— Dis-moi que c'est une mauvaise blague ! crie-t-elle.

Je secoue la tête.

— On s'est embrassés hier soir.

Je n'ajoute pas que ça a continué ce matin parce que je tiens à la vie.

Elle me dévisage, bouche bée.

— Quoi ? Dis-moi que je rêve !

Je croise les bras sur la poitrine en un geste de défense. Une voiture klaxonne et nous contourne. Le conducteur nous foudroie du regard avant de reprendre de la vitesse. Zoey lui fait un doigt d'honneur.

Elle lève le pied du frein et nous reprenons notre route vers la ruelle du drugstore et ses promesses.

— Alors, siffle-t-elle, dis quelque chose !

— Pourquoi t'as fait ça ?

Elle me regarde sans comprendre.

— Pourquoi tu m'as demandé de choisir, et pourquoi tu l'as prévenu ? Ma mère venait de partir ! Tu crois que c'était le bon moment pour m'éloigner d'un de mes meilleurs amis ?

J'ai beau essayer de garder le contrôle, toute ma rancœur sort enfin.

— Oh, je suis navrée, dit-elle d'un ton sarcastique en rejetant ses cheveux en arrière. Je ne savais pas que tu voulais qu'on te pourrisse tes années de lycée ! Excuse-moi, je ne savais pas que Stella Cambren voulait être une naze ! Parce que, ne nous leurrons pas, tout le monde trouve bizarre que tu aies survécu. Et sans moi, sans cette popularité…

Elle s'assure que je la regarde avant de sourire méchamment.

— … ils n'auraient pas hésité à te le balancer à la figure.

Les yeux écarquillés, je dévisage ma meilleure amie. L'envie de lui mettre mon poing dans le nez me démange tellement que mes doigts se referment. Je n'ai jamais entendu Zoey dire quelque chose d'aussi méchant à qui que ce soit. J'inspire par à-coups, luttant contre la nausée.

— Ce que tu as fait, c'était dégueulasse, Zoey. Envers moi. Envers Sam. On était ses meilleures amies !

Elle passe la langue sur ses lèvres brillantes.

— Tu peux penser ce que tu veux, Stella. Mais sache que je t'ai forcée à choisir parce que tu étais trop lâche pour le faire toi-même. Tu avais besoin que je te pousse.

Elle appuie le doigt sur mon front.

— Tout comme tu as besoin que je te pousse, pour que tu fasses ce que tu veux sans te sentir mal, sans jamais en prendre la responsabilité.

Elle se met à chouiner d'une voix de bébé.

— Ooooh, pauvre de moi… Zoey me force à faire du mal aux gens pour être populaire ! Maintenant je suis désirée par les mecs les plus sexy ! Toutes les filles voudraient être à ma place ! Pauvre Stella !

Elle crache mon nom.

Ses paroles vibrent en moi. J'essaie de leur résister ; je ne veux pas qu'elles s'installent et m'empoisonnent.

Je murmure :

— Je n'ai jamais voulu être populaire…

— Bien sûr !

Elle ricane méchamment.

— Qui serais-tu si je ne t'avais pas poussée ? Tu crois que tu serais qui, sans moi, hein ?

Nous nous arrêtons devant l'énorme bâtiment blanc qui abrite la mairie et le palais de justice. Nous ne sommes plus loin de l'endroit où nous avons rendez-vous. J'aperçois une énorme foule sur les marches. Des hommes et des femmes, épaule contre épaule, scandent en levant le poing.

Zoey se penche par-dessus le frein à main. Son expression s'adoucit, elle me prend la main comme si elle s'apprêtait à m'annoncer une très mauvaise nouvelle.

— Je t'ai fait choisir, c'est vrai. Mais tu n'as pas cessé de confirmer ton choix, encore et encore. Chaque fois que Sam s'est pointé avec une fleur à la con, une carte de Saint-Valentin ou une excuse pathétique pour être près de toi, tu l'as repoussé.

J'essaie de m'écarter, mais elle me retient.

— Crois-moi, tu devrais te regarder en face. Tu es un monstre, Stella. Comme moi.

À cet instant, je comprends ce que crie la foule ; un mot unique se détache de leurs hurlements sauvages.

— Monstre ! Monstre ! Monstre !

Je me force à détourner le regard de Zoey. M. Talcott, menotté, monte les marches du palais de justice escorté d'une douzaine de policiers.

— Quoi… ?

Avant d'y réfléchir, j'ouvre la portière à la volée.

Je jette un regard à Zoey : elle secoue la tête parce qu'elle sait ce que je vais faire. Elle attrape ma ceinture de sécurité au moment où je la décroche.

— Non, non, non ! proteste-t-elle d'une voix suraiguë, vidée de tout venin. C'est la merde, là-bas !

Elle essaie de m'attacher à nouveau, mais je me glisse par-dessous.

— Je dois l'aider ! crie-je en sautant sur le trottoir.

— Stella Cambren, reviens ici tout de suite !

Je fends la foule pour essayer de rejoindre le père de Jeanie enchaîné comme un criminel. La voix de Zoey me vrille les oreilles. Elle jure en me suivant de près. Je n'ai pas de plan, et lorsque les gens commencent à me reconnaître, je comprends que c'était une idée insensée. Les regards se focalisent sur moi. Des inconnus murmurent des condoléances, d'autres crient : « Monstre ! » plus fort. Tout le monde me sourit. Je suis l'attraction principale de leur cirque des horreurs.

Les journalistes doivent communiquer à la manière des insectes, silencieux, parce qu'une fois que l'un d'eux m'a repérée ils se mettent tous à me mitrailler de questions. Je joue des coudes en cherchant Shane. Si j'arrive à le trouver, à lui expliquer ce qui se passe vraiment à Savage, ils seront forcés de libérer M. Talcott !

— Que ressentez-vous à l'idée que l'homme qui s'en est pris à vous et à votre amie d'enfance soit peut-être enfin derrière les barreaux ? hurle par-dessus le chaos une journaliste blonde.

Mon ventre se retourne. C'est ma faute ! Deux fois ma faute ! Si j'avais pu dire à la police ce qui était arrivé ce jour-là, ça n'aurait pas traîné pendant des années. Si j'avais parlé à Shane des autres filles disparues, cette foule de charognards saurait que M. Talcott ne peut pas être coupable. Seulement, j'ai été égoïste, capricieuse, entêtée. Trop inquiète à l'idée d'être envoyée à Chicago. Alors M. Talcott va finir en prison.

Des mains se tendent, on me caresse, me tapote, me serre, je n'arrive plus à avancer. Un mur de journalistes me bloque le passage. La blonde me fourre son micro sous le nez et demande :

— Un commentaire sur le fait que le juge a avancé le procès à aujourd'hui ?

M. Talcott et son escorte policière atteignent le haut des marches. La foule s'enflamme, hurle plus fort. Le père de Jeanie a les épaules voûtées, le regard rivé à ses chaussures. Quelqu'un lui jette une cannette pleine entre les omoplates ; elle rebondit lourdement.

Zoey surgit de nulle part, distribuant coups de coude et coups de pied pour me rejoindre. Elle glisse sa main dans la mienne ; ses doigts chauds me redonnent du courage. La foule ricane lorsque M. Talcott trébuche.

Il ne me reste qu'une chose à faire.

J'arrache le micro à la journaliste blonde et je crie à pleins poumons :

— Je me souviens de tout ! Ce n'était pas le père de Jeanie ! Il est innocent !

Chapitre 21

La foule se calme aussitôt. À la place du troupeau déchaîné, je vois des adultes embarrassés qui regardent autour d'eux comme s'ils espéraient que personne ne se souviendrait de leur présence ici.

Une fois mon mensonge hurlé, je regarde Zoey. Elle incline la tête de façon presque imperceptible. Je sais alors que j'ai fait la seule chose possible, et qu'elle aurait fait pareil. La police nous rejoint ; nous sommes entraînées à travers la masse désormais docile. J'inspire une dernière bouffée d'air frais avant de pénétrer dans le palais de justice.

M. Talcott est affaissé sur un banc de bois, le dos appuyé contre le mur, ses cheveux roux collés à son front en sueur. Des policiers l'encadrent toujours. Ils se tournent vers moi, le nez froncé comme si mon mensonge puait.

Puis je vois Daniel. Il est vêtu d'un pantalon gris et d'une chemise, comme s'il allait à une soirée ou à un enterrement. Les bras croisés sur la poitrine, il hoche la tête et parle tout bas à un homme bedonnant qui porte un costume et le même genre de lunettes que mon père. Une vague de soulagement me parcourt : il a probablement dit à la police tout ce que Sam lui a raconté. Ils savent déjà que des filles rousses disparaissent à Savage depuis des dizaines d'années. On a dû envoyer une patrouille chez Mme Griever. Elle fera une déclaration, officielle cette fois, et M. Talcott sera rentré chez lui pour le dîner.

Je fais un pas vers Daniel. C'est alors que Shane, qui fend la barrière d'agents en uniforme, s'arrête à côté de lui et lui presse l'épaule. Stupéfaite, je reste en arrière. La méfiance de Shane envers Daniel a disparu, alors que c'était lui qui avait suggéré à mon père de lui interdire officiellement de m'approcher. Là, il lui sourit d'un air paternel, lui adresse un signe de tête encourageant et lève le pouce. J'entends des gens dire que l'homme en costume travaille avec la cour. Il ne défend pas les suspects, il les accuse. Qu'est-ce qui se passe ici, bon sang ? Pourquoi on tapote l'épaule de Daniel, alors que son père attend sur son banc, prostré ?

Shane s'avance vers moi.

— Qu'est-ce que tu fabriques, Stella ? demande-t-il sévèrement. C'est une affaire sérieuse, tu sais ! ajoute-t-il comme si j'étais une abrutie finie et la personne la moins observatrice de la terre.

— Je crois qu'elle est au courant, oui, dit Zoey avec effronterie, mains sur les hanches.

Je serre les poings.

— Que fait Daniel ici ?

— Ce n'est pas le moment, Stella, répond Shane.

Mon regard passe de Daniel à lui. Le monde s'écroule sous mes pieds : Shane le protège de moi, et non pas l'inverse !

J'insiste en haussant le ton :

— *Que fait Daniel ici ?*

Shane se renfrogne.

— Ça concerne la police.

Je rejette mes cheveux en arrière et le fixe droit dans les yeux jusqu'à ce qu'il cède. Il relâche son souffle.

— Daniel est là pour témoigner. Son père a été arrêté grâce à ses révélations.

Je secoue la tête.

— Quoi ? Il sait très bien que son père n'a rien fait ! Il est allé au commissariat pour vous le dire, et pour vous raconter ce qui se passe vraiment.

Shane croise les bras, essayant en vain de se donner un air professionnel.

— Les détails de son témoignage sont confidentiels.

Je fais un mouvement pour le contourner, mais il m'attrape le bras.

— Daniel ! crie-je en me débattant.

Shane me siffle l'ordre de ne pas faire de scandale. Enfin, Daniel se tourne vers moi. Il a les traits figés, il est rasé de près.

Je m'époumone :

— Sam a trouvé une photo de nous dans les bois avant la disparition de Jeanie ! Nous cherchions quelque chose !

Il ne me quitte pas des yeux. Ses iris, d'habitude du même marron-vert que les miens, sont très sombres.

Son regard est dur. Je ne comprends pas : pourquoi m'en voudrait-il ?

Je continue :

— Griever avait raison ! Ton père n'a rien à voir dans cette histoire. Il se passe autre chose.

Daniel fait un pas en avant.

— Tout ce qui se passe, c'est que mon père a tué ma mère et ma sœur, dit-il d'une voix morne, le visage sans expression.

Ce n'est pas le Daniel que je connais ! Le mien est un animal enragé : d'une suspicion sans limites, plus prompt à mordre qu'à aboyer et bien trop sauvage pour arborer cette chemise lavande et ce rasage parfait.

Tous les regards se tournent vers moi ; je m'empourpre.

— Tu te souviens très bien de ce que nous faisions dans les bois !

L'avocat bedonnant prend Daniel par le coude et l'éloigne en me jetant un regard désapprobateur.

— Je ne sais pas de quoi elle parle, dit-il tout bas.

Désespérée, je hurle dans son dos :

— Nous chassions des monstres ! Tu as dit à Jeanie qu'ils pouvaient sortir du bois, tu n'as pas pu l'oublier !

Le ronronnement des conversations s'interrompt. Je me jette sur Daniel, mais Shane me retient.

— Pas ici ! me chuchote-t-il avec colère.

À contrecœur, je me détourne de Daniel.

— Nous devons parler en privé.

Zoey glisse le bras sous le mien et écarte la main de Shane.

— Stella ne fera aucune déclaration avant que son

père, son *avocat*, soit là, affirme-t-elle d'une voix glaciale.

Shane passe par toutes les couleurs de l'arc-en-ciel, il ouvre la bouche, probablement pour appeler ses flics. Je le devance :

— Elle a raison.

Il prend une profonde inspiration et dit :

— Tu es mineure, alors de toute façon je ne peux pas t'interroger sans l'autorisation de ton père. Mais nous pouvons discuter, juste toi et moi, sans rien d'officiel. Tout ce que tu diras restera entre nous.

Zoey secoue furieusement la tête, mais j'acquiesce. Résignée, elle finit par céder, s'appuie contre le mur et se laisse glisser par terre. Elle lâche une série de jurons à faire rougir les policiers qui se trouvent dans les parages.

J'emboîte le pas de Shane dans un couloir à la moquette et aux murs d'un beige sale, éclairé par des néons. Il me précède dans un bureau vide et me désigne un siège.

— Explique-toi, ordonne-t-il.

Je m'exécute. Je lui raconte tout, à part mon projet de retourner le jardin de la vieille Griever. Il m'écoute avec attention.

Lorsque j'ai terminé, je croise les mains sur mes genoux et j'essaie de prendre l'air aussi saine d'esprit que possible.

Les coudes appuyés sur les cuisses, les yeux marqués de cernes, il se penche vers moi.

— Je comprends ce qui te fait croire qu'il se passe quelque chose. Il y a beaucoup d'événements étranges dans ce que tu m'as raconté. Je suis d'accord, ça ne peut être une coïncidence. Mais, Stella, c'est moi. Je te connais. Si tu relatais cette histoire à n'importe quel autre inspecteur, il se dirait que tu te drogues ou que tu cherches à attirer l'attention. Il prétendrait que tes souvenirs sont des hallucinations causées par le stress ou une imagination débordante.

— Et Daniel ? Quoi qu'il ait dit, c'est faux ! C'est à cause de cette ville, où tout le monde est persuadé que son père est coupable. Il s'est fait influencer. Il nous a aidés à découvrir ce qui s'était passé ! Il cherchait le corps de Jeanie. Je sais qu'il se souvient de notre chasse dans les bois. Si vous lui reparliez…

Shane se renfonce dans son siège et regarde l'heure à sa montre.

— Oublions que tu m'as menti, que tu as menti à la police, sur la présence de Daniel en ville. Je ne peux rien faire. Kent Talcott est passé aux aveux, et il sera jugé dans un quart d'heure.

— N… non ! Vos agents se trompent. Il n'aurait pas avoué quelque chose qu'il n'a pas commis !

Il rapproche son visage du mien.

— C'est moi qui ai reçu son aveu.

Il se frappe la poitrine du poing.

— Moi. Tard la nuit dernière. Il a plaidé coupable pour les trois meurtres. Jeanie, Bev Talcott et l'inconnue du cimetière. Il dit que c'est une fugueuse qu'il a trouvée dans le parc. Nous ne l'avons toujours pas identifiée. Mais il savait, pour l'os. Il y a beaucoup de cimetières indiens dans la forêt. Il l'a trouvé par hasard, et c'était juste pour détourner notre attention qu'il l'a mis dans la main de la petite.

Je secoue la tête avec véhémence.

— N'importe quoi ! J'ai parlé de l'os à Daniel ! Il

a dû le dire à son père. Daniel savait aussi pour le crâne. Il sait tout.

— Stella, Kent Talcott ne sera même pas jugé devant un jury ; il sera condamné à une peine sur laquelle se sont accordés son avocat, l'accusation et le juge. Daniel est venu au commissariat avant-hier soir. Il voulait nous dire qu'il était en ville et qu'il enquêtait sur les crimes. Il est revenu avec son père, quand Kent s'est rendu. Daniel a confirmé que son père n'avait pas d'alibi lorsque la fillette et Bev Talcott ont été assassinées. Tu m'entends ? C'est le père de Jeanie qui les a tuées.

Je me retiens à ma chaise, sous le choc. Shane m'a donné une explication horrible, mais parfaitement raisonnable : il s'agit d'un homme qui s'attaque à des enfants, et que son propre fils croit coupable. Rien à voir avec le surnaturel. Je devrais sauter dessus, y croire pour calmer mon angoisse, la faire avaler à Sam afin que nous soyons tous les deux libérés de ce qui rôde dans les bois.

Mais non. Mon sang me crie que c'est un mensonge.

Je croise le regard de Shane.

— Et la chasse au monstre ? Toutes ces petites filles disparues ? Ouvrez les yeux ! Ça ne peut pas être l'œuvre d'une seule personne !

Je frissonne.

— Vous avez dit que les enfants voient des monstres partout.

Je ne le lâche pas des yeux.

— Et s'il y avait quelque chose à voir ? Et si je l'avais vraiment vu ?

Shane s'appuie contre le dossier de sa chaise, l'air épuisé. Il se frotte les paupières.

— Je ne doute pas que ce jour-là tu as été témoin d'un acte ignoble. Un malade faisant du mal à sa propre fille ! C'est assez traumatisant pour que ce souvenir soit enfoui au plus profond de toi. Mais c'est tout. Ma grande, il n'y a pas de magie, pas de monstres, pas de mystère, pas de démons, sinon ceux de M. Talcott.

La pitié adoucit son regard et il s'adresse à moi tout en délicatesse. Face à lui, je me sens devenir quelqu'un d'autre, une victime. Tim Shane ne m'a jamais traitée avec autant d'égards. J'ai envie de hurler, de me débattre, de tout casser dans la pièce pour qu'il voie combien je suis forte.

— Je t'ai déjà parlé de ma grand-mère paternelle ? demande-t-il soudain.

Je pince les lèvres et secoue la tête.

— Quand elle venait nous voir en Floride, elle nous racontait des histoires qui faisaient peur. Elle a grandi ici, dans ces bois.

Le regard perdu, la tête penchée comme s'il voyait des fantômes danser sur les murs, il se tait un long moment. Puis il soupire :

— Que sais-tu de l'histoire du Minnesota ?

— Nous l'avons étudiée en troisième, dis-je, m'évadant à mon tour de cet endroit sinistre.

Je sens encore la chaleur des genoux de Sam qui me frôlaient le creux du dos lorsqu'il était assis derrière moi en classe. Je m'efforçais de sourire alors qu'il me parlait pendant le cours de M. Flint, mais quand son jean touchait la peau nue entre ma jupe et le bas de mon tee-shirt, cela me donnait des frissons.

— Alors, tu sais qu'au XVIIe siècle, des trappeurs français sont venus ici, et que, deux cents ans plus tard, il y a eu un afflux de pionniers scandinaves.

Il marque une pause, alors je hoche la tête.

— Mais des siècles avant ça, un premier groupe d'explorateurs nordiques a traversé l'Atlantique, remonté les fleuves et s'est installé ici. Ces gens-là descendaient des Vikings.

J'essaie de me rappeler cette histoire ; en vain.

— Un matin, l'un de leurs enfants s'est réveillé en hurlant : le bout de son doigt avait été dévoré. Au début, les explorateurs avaient pensé qu'il avait été attaqué par un rat affamé. Mais quelques jours plus tard, un autre gamin a eu plusieurs orteils arrachés.

Ma gorge se serre.

— C'était la panique. Les Nordiques croyaient que les enfants, ensorcelés par les habitants des collines, se blessaient eux-mêmes. Tu vois, la tribu des Chippewa avait vécu ici pendant des générations. En arrivant, les Nordiques les avaient chassés de leurs propres terres. Il leur semblait logique que les Indiens cherchent à se venger : ils étaient persuadés que la tribu avait des pouvoirs magiques. Pour que ça s'arrête, ils ont brûlé vifs tous les membres de la tribu et jeté leurs restes dans un charnier.

— Votre grand-mère vous racontait ça pour vous endormir ?

Je me plaque contre le dossier de ma chaise.

— Alors imagine ce qu'elle nous disait quand elle voulait vraiment nous faire peur, dit-il avec un sourire en coin, qui s'efface lorsqu'il reprend l'histoire. Quand un enfant s'est réveillé sans nez, les Nordiques se sont rendu compte que ce n'étaient pas les Chippewa… Il y avait une créature dans les collines qui dévorait les enfants ! Une bête ! *Un monstre* !

Il continue tout bas :

— La panique s'est installée pour de bon chez les pionniers. De plus en plus d'enfants se réveillaient sans nez, sans doigts, sans orteils. Pour échapper à la créature, les Nordiques ont abandonné leurs nouvelles terres. Ils sont remontés dans leurs drakkars pour retourner chez eux.

Il baisse les yeux.

— Mais une nuit seulement après leur départ, alors qu'ils naviguaient sur les eaux d'un fleuve en direction de la mer, ils ont été réveillés par des gémissements. Et, là, ils ont trouvé un garçonnet attaché au mât, les pieds et les mains en sang. Un des leurs, un homme que tous connaissaient et appréciaient, était accroupi devant lui, en train de dévorer ses doigts.

Un frisson glacial me parcourt le dos.

— Tu vois, reprend Shane, les Nordiques étaient certains que quelque chose de surnaturel s'en prenait à leurs enfants : d'abord, une magie, qui n'existait pas, puis une créature. Ils ont massacré une tribu, ils ont fui le Nouveau Monde. Or, ce n'était qu'un homme…

Il fait craquer son cou.

— Lorsque Berry et moi sommes arrivés chez les Talcott, tu te tenais à l'écart des autres, à regarder les arbres. Tu étais si petite ! Nous t'avons fait monter dans la voiture en attendant l'arrivée de tes parents. Nous n'avions pas le droit de t'interroger sans eux, mais tu m'as regardée et tu t'es mise à réciter cette phrase.

Il est blanc comme un linge.

— Stella, je n'en ai pas dormi pendant une semaine. Je sais ce que c'est, d'être terrifié face à l'inconnu. Tu étais si petite, et ce que tu disais…

Il tire sur son col.

— C'était ma première année ici. Si je ne m'étais pas souvenu de cette histoire, je ne crois pas que je serais resté policier… ou j'aurais quitté Savage. Ça m'a rappelé que tout ce qui est maléfique est humain.

Il lève l'index.

— Il n'y a ni monstre ni magie, Stella. Derrière tout ça se cache un seul psychopathe, un homme qui a fait du mal à Jeanie.

Il se redresse, le regard sévère, les traits durcis.

Le dos raide, je croise les bras. Oui, c'est une histoire bien glauque. Oui, je vois les similarités. Mais j'ai quand même envie de virer cet air suffisant de son visage.

— Et alors ? Vous pensiez que ce que votre grand-mère racontait à propos d'un malade qui torturait des gosses me ferait changer d'avis sur le père de Jeanie ? Allez, Shane ! Vous me connaissez mieux que ça.

Il penche la tête, retire un paquet de cigarettes de sa poche, en sort une, qu'il glisse derrière son oreille. Tout ça sans me quitter de ses yeux gris. Je ne cille pas.

Il finit par dire, doucement mais fermement :

— Je vais enquêter sur ce que tu m'as dit. Mais le reste est résolu. Je sais que c'est difficile à accepter après toutes ces années, mais tu ne peux pas rejeter la vérité sous prétexte qu'elle ne te plaît pas.

Il me jette un regard excédé.

— M. Talcott n'est pas un homme bien, il a fait du mal à sa famille. Tu as eu de la chance qu'il ne te touche pas ! Ce qui est arrivé à Jeanie n'a rien à voir avec des enfants qui ont disparu il y a un siècle. L'os était une relique du parc, probablement d'origine chippewa. Et les vagues d'animaux perdus n'y sont pas liées. C'est une affaire différente, dont je vais m'occuper.

Exaspérée, je lève les mains et j'ouvre la bouche pour protester. Il se trompe ! Ses explications ne me convainquent pas.

Il détache le talkie-walkie de sa ceinture et lance :

— Dites au juge que Kent Talcott est prêt pour entendre la sentence… Amenez Zoey Walsh… Oui, la fille qui pique une crise… Non, ne la menottez pas… Merci.

Il se tourne vers moi :

— Zoey et toi, vous allez sortir par-derrière afin d'éviter les médias. Je vais résoudre l'esclandre provoqué par ce que tu as déclaré sur tes souvenirs. Je vais appeler ton père, on trouvera le moyen de faire oublier l'incident.

Il attend une réaction qui ne vient pas.

Il tend la main pour me tapoter le dos en se levant, mais je la repousse.

— Tu vas pouvoir profiter du reste de tes vacances et de ta dernière année de lycée. Tu vas enfin passer à autre chose ! Tu comprends, Stella ? C'est terminé.

La tête me tourne. Tout est si trouble… Le père de Jeanie a avoué. Daniel confirme. L'affaire est résolue. Shane ne me croit pas. Pourtant je sais ! Je sais que sous la surface des choses quelque chose me regarde avec des yeux de prédateur ; seulement, je ne le trouve pas, car mon reflet ne cesse de s'interposer.

Zoey arrive dans le bureau et Shane lui répète son baratin. Elle l'écoute avec une expression indéchiffrable, même pour moi ; j'ai les pensées trop embrouillées. Puis elle me prend la main et m'entraîne dans le couloir mal éclairé.

Avant que nous partions, je lance à Shane :

— Demandez donc au père de Jeanie où il a appris à faire les nattes africaines !

En partant, je suis presque sûre de l'entendre jurer.

Chapitre 22

De retour dans la voiture de Zoey, nous gardons le silence. Elle envoie quelques textos et me montre la réponse de Michaela.

RDV chez S. dans 30 min
j'apporte des munitions

Une fois devant ma maison, je m'aperçois que les voitures de police banalisées ont disparu : mes gardes du corps ont dû être remerciés, vu que le tueur a été arrêté… Quelle blague !

Moscou nous accueille en miaulant, sentinelle furieuse sur le pas de la porte. Zoey me pousse sur le canapé. Elle va fouiller dans la cuisine et revient avec un pot de glace et deux cuillères.

J'en prends une grosse bouchée, sans que ça chasse l'angoisse logée au creux de mon ventre.

Au bout d'un moment, Zoey déclare :

— Je t'ai demandé de choisir parce que vous vous aimiez. On n'avait que dix ans, et pourtant son visage s'illuminait quand il te voyait. Je savais que tu l'aimais aussi, et que tôt ou tard je serais laissée de côté. Ce n'était pas une question de popularité…

Elle pêche une cerise et la mâche.

— J'espérais que tu l'oublierais. Il y a tellement de mecs plus beaux ! Mais c'est comme si on était coincés dans une boucle temporelle.

— Comment ça ?

— Sam et le gardénia. Tu l'as envoyé paître, tout le monde a rigolé mais jusqu'à la fin de la soirée, tu as eu la tronche d'un chiot renversé par une voiture. C'était la même chose chaque fois ! Ça faisait mal à regarder. Et de tous les mecs que t'as fréquentés, avec qui t'as flirté ou avec qui t'es sortie, y en a pas eu un seul que tu appréciais autant que Sam quand t'avais dix ans. Je suis peut-être méchante, mais je suis pas débile, ni aveugle.

Les larmes lui montent aux yeux.

— Je suis désolée. J'aurais dû te le dire. Je croyais que tu le savais.

— Non, je ne savais pas. Mais ce n'était pas ta faute. Tu as raison, j'ai fait mon choix. Encore et encore.

C'est vrai. J'ai été bête. Je me sentais embarrassée que Sam accorde autant d'importance au moindre de nos jeux d'enfants. Je ne comprenais pas que c'était ce qui le différenciait des autres. Lui sait ce qui compte vraiment…

— J'étais sûre que tu avais oublié tout ça…

— Ce n'est pas moi, l'amnésique, rétorque Zoey.

Elle regarde ses mains.

— J'y pense beaucoup.

Elle ne semble pas regretter, elle est seulement pensive.

Je voudrais lui demander si piquer les copains aux trois filles du bal et les reléguer aux castes les plus basses du lycée était sa façon de me venger. Oui, Zoey ne plaisante pas avec la popularité. Rabaisser ses rivales la fait exulter. Mais elle a un code d'honneur et ne s'attaque que très rarement aux petits amis des autres : c'est réservé aux sangsues, comme elle dit. Ces filles que nous voulions impressionner ont été exécutées de façon particulièrement cruelle.

Zoey fait semblant d'être très occupée à creuser la glace à la recherche de cerises.

— Je me demande comment c'est, de se faire un mec qui n'est pas juste là pour baver devant tes boules de neige et qui tient vraiment à toi..., dit-elle d'une voix triste.

Je la prends dans mes bras.

— Je t'aime, Zo.

— Moi aussi, reine des losers.

Elle me donne un coup de coude.

— Alors, qu'est-ce qu'on fait ?

— Je ne vais pas renoncer.

Je lui relate mes souvenirs, ma frise chronologique, les disparitions d'animaux. Zoey, qui adore les petites bêtes à poils, déclare avec véhémence que quiconque leur fait du mal devrait brûler en enfer.

— Ce soir, on va retourner le jardin de la vieille Griever. Si on trouve des cadavres d'animaux, Shane sera forcé de me croire.

Zoey me fait un salut militaire.

— À vos ordres, chef ! Je viens, mais pas un mot à Michaela et à Cole. Je ne veux pas qu'elles sachent que nous sommes toutes les deux des accros de la conspiration.

— Par contre, il faut qu'on parle à Caleb. Il était avec nous cet été-là, il doit savoir des choses. Je n'ai rien à perdre : les flics savent déjà que je mène mon enquête et je suis sûre que mon père est sur le point de l'apprendre.

Elle plante sa cuillère dans la glace.

— Quand ton homme m'a raccompagnée avec son abomination à roues hier, Caleb se douchait. Il se douchait ! Incroyable ! Ça n'arrive jamais. Ma mère croyait qu'il se préparait à sortir avec une fille. Je suis peut-être parano, mais je devais m'assurer que ce n'était pas Cole.

Elle fait la grimace avant de continuer :

— Il a emprunté la voiture de maman et je l'ai suivi. Je voulais les prendre la main dans le sac.

Je me redresse, intriguée.

— Et alors ?

— Il est allé à la bibliothèque ! J'ai attendu trois quarts d'heure dans ce parking dégueu, pour être sûre qu'il n'essayait pas de me semer.

— Tu crois que c'était en rapport avec Jeanie ? Qu'il cherchait lui aussi d'autres cas de disparition ?

Elle agite le poignet.

— Ça m'étonnerait, parce que, ça, tu le savais par la vieille, et personne n'en a parlé à Caleb.

— C'est vrai.

Hmm… Je ne suis pas convaincue. Caleb craignait

que je poursuive le tueur ; s'inquiétait-il aussi de ce qui arriverait s'il n'agissait pas ?

— Peut-être qu'il fait des recherches à notre insu ?

— Je te l'ai dit : c'est un trop gros trouillard. Veilleuse jusqu'à treize ans. Avec des licornes dessus…

Un instant plus tard, on frappe à la porte.

— Il était temps ! râle Zoey en se précipitant pour ouvrir à Michaela et Cole.

Nous passons les heures qui suivent à regarder des émissions nulles de téléréalité. Nous sommes collées les unes aux autres sur le canapé à siroter du rosé, les fameuses munitions de Michaela. Zoey leur raconte tout comme une pro : le crâne de la fille du cimetière, l'os de doigt, Sam qui m'aide à résoudre le mystère des gamines disparues dans les années trente, l'interpellation de M. Talcott, le témoignage de Daniel contre son père… Elle évite le sujet de Mme Griever, les sacrifices d'animaux et tous ces trucs de monstre qui nous feraient passer pour des cinglées et ne feraient que les entraîner dans notre galère. Ce n'est pas que je ne fais pas confiance à Michaela, bien sûr que si. C'est juste qu'elle n'était pas là à l'époque, ce n'est pas son histoire. Vu comme elle fronce les sourcils, elle doit se retenir de poser plein de questions. Je lui suis reconnaissante de ne pas le faire.

Lorsque Zoey a terminé, Michaela se frotte le menton contre mon épaule. Cole me presse la main comme si c'était un oiseau assommé à ranimer. Cela me rassure : pour une fois, je ne me sens pas comme une bête de foire.

Enfin, la conversation passe à des sujets moins risqués. Je vois Cole rougir quand Zoey annonce que, puisque j'ai passé mon tour, Taylor est à nouveau disponible, je souris lorsque Michaela dit que le rosé est la meilleure invention au monde, et ris aux éclats en regardant Zoey, hissée sur la table basse, rejouer le combat des D. pour obtenir ses faveurs.

Il est presque dix-sept heures quand les filles enfilent leurs sandales et se traînent jusqu'à leur voiture. Pendant qu'elles se disputent le volant, Zoey m'embrasse sur la joue et me chuchote qu'elle reviendra à vingt-trois heures. Elle crie :

— Je vous raccompagne ! Je faisais juste semblant de boire cette horreur rose pour que Michaela arrête de se prendre la tête et s'amuse un peu ! Cole, ta voiture reste ici.

Elle se met au volant, et elles s'en vont en me faisant signe par la vitre.

De retour sur le canapé, j'essaie de suivre l'émission à la télé. Mais mes paupières sont lourdes ; je remonte donc faire la sieste. J'ai six heures devant moi.

— Tout va bien, Stella ? murmure Sam tout près de mon oreille.

Je sursaute. Déjà ?

— La porte d'entrée était ouverte.

Je me redresse d'un coup, éjectant Moscou, lové au creux de mon bras. La silhouette de Sam se découpe contre la lumière du couloir ; tout le reste est plongé dans le noir.

— Quoi ? Elle était déverrouillée ?

— Oui, et grande ouverte.

— Mon père n'est pas là ?

Je me lève d'un bond. J'ai les genoux qui flageolent, le sang m'est monté à la tête.

— Sa voiture non plus, répond Sam. Tu n'as peut-être pas fermé complètement, et le vent l'a rouverte ?

— Impossible ! J'en suis absolument certaine.

Son regard s'attarde un instant sur moi, puis il souffle :

— Suis-moi !

Il me prend par la main et m'entraîne dans le couloir. Nous inspectons la chambre de mon père, puis la chambre d'amis. Je scrute tous les recoins en espérant vraiment que celui qui a ouvert la porte s'est envolé depuis longtemps.

Nous descendons l'escalier sur la pointe des pieds. Je m'agrippe au tee-shirt de Sam et retiens mon souffle lorsque nous regardons derrière les rideaux, dans le coffre ancien de ma grand-mère et sous les meubles de la salle à manger. Il n'y a rien d'autre que de la poussière et un ourson en gélatine sans doute perdu par Zoey, puis grignoté par Moscou avant qu'il décide que ce n'était pas son truc.

— Il n'y a rien, dis-je d'une voix trop aiguë. Je me trompe peut-être au sujet de la porte…

Sam ne répond pas. Je ramasse l'ourson.

— Zoey marque toujours son territoire.

Il ne sourit pas : il scrute quelque chose derrière moi. Je me retourne vers la cheminée.

Toutes les photos prises par ma mère, qui adorait capturer les instants présents, même ceux qu'elle créait de toutes pièces en me forçant à poser, ont été renversées. Toutes sauf une : un cliché pris lors d'un pique-nique scolaire au printemps avant la disparition de Jeanie. Sam, Zoey et moi, main dans la main, sommes alignés devant un canoë en bois, la bouche grande ouverte, en train de chanter. Sur le côté, à l'écart, la silhouette floue de Jeanie, dans le lac jusqu'aux chevilles. Je ne l'avais jamais remarquée.

Elle ne chante pas, ne sourit pas. Son visage n'exprime aucune joie. Elle fixe quelque chose ou quelqu'un à sa droite, hors du champ de l'objectif, l'air paniqué : bouche bée, les yeux écarquillés.

Chapitre 23

— J'appelle la police ! dit Sam derrière moi.

Il me faut un temps fou pour détourner le regard de cette photo et éloigner le téléphone de l'oreille de Sam. Je n'arrive pas à me remettre de ce souvenir soudain. Dans le car qui nous emmenait au pique-nique, Jeanie reniflait et regardait dans le vide. Zoey sautait sur le siège à côté de moi, me faisant rebondir chaque fois qu'elle retombait dessus. Nous sommes arrivés à Blackdog et Jeanie ne cessait de pleurer, le regard perdu, l'air hagard. Zoey nous avait dit, à Sam et à moi, de ne pas jouer avec elle : elle ne voulait pas qu'elle nous gâche la journée.

C'est à cause de cela qu'elle était à l'écart. Je suis emplie de culpabilité et de détermination à la fois. Je ne peux revenir en arrière et proposer à Jeanie de chanter avec nous, de partager notre canoë, de griller des chamallows, assise entre Zoey et moi, ni lui demander pourquoi elle se comportait aussi bizarrement. Mais aujourd'hui, je peux être courageuse pour elle.

— C'est censé nous faire peur, dis-je.

Sam fait de nouveau le geste d'appeler.

— Ça a marché !

— Non, Sam.

Je cache l'écran de son téléphone.

— C'est une tentative d'intimidation ! Celui qui a fait ça ne veut pas qu'on découvre les animaux et les filles disparus.

Il me laisse prendre son téléphone à contrecœur.

— C'est pour ça que je veux joindre la police, Stella.

J'attrape sa manche et lui tapote le bras pour le calmer, avant de m'apercevoir qu'il est immobile : c'est moi qui trépigne.

— S'il y a des flics plein ma maison ou que mon père rentre, on ne pourra pas aller chez Griever !

Sam se frotte les yeux et secoue la tête comme s'il n'arrivait pas à croire ce que je dis. J'insiste :

— Je ne vais pas y renoncer parce que quelqu'un a renversé les photos !

L'air incrédule, il indique la cheminée.

— C'est un peu plus grave que ça ! On doit…

Je le coupe :

— Pas aussi important que de découvrir qui a tué Jeanie. Ça prouve que nous sommes sur la bonne piste.

La gorge serrée, j'avale ma salive avec difficulté.

— Sinon, celui qui l'a fait ne se serait pas dérangé. C'est probablement le même qui a laissé le panier de fraises. Eh bien, il faudra bien plus que quelques fruits pourris pour me faire peur !

Je scrute à nouveau la photo. Le reflet d'une chaîne

de montagnes dessine une ligne dentelée dans le lac. Tous ces sentiers qui se terminent sur des pics ou des crevasses isolés…

Je demande :

— Où est le rocher aux Nordiques ?

— J'en ai jamais entendu parler.

Sam a l'air pensif.

— L'une des filles, celle qui a disparu dans les années trente, y pique-niquait, non ? C'est ce que tu as lu dans un des articles.

Je ressens des picotements de la tête aux pieds.

— Et Shane m'a raconté une histoire sur des explorateurs nordiques qui sont venus ici il y a des siècles. Il y avait un cannibale qui s'attaquait aux enfants.

Sam penche la tête.

— Un cannibale ?

— Il leur dévorait les doigts et les orteils, dis-je, tout agitée. C'est sans importance. Ce qui compte, c'est que l'une des autres filles a disparu pendant une randonnée. Et si elles avaient en commun plus que leur âge et leurs cheveux roux ? Et si elles avaient été enlevées au même endroit ? Au rocher aux Nordiques ?

— Ça ne tient pas la route ! objecte Sam. Betty Balco a disparu de son jardin dans la rue où habitait Jeanie. Jeanie et toi cueilliez des fraises, non loin de sa maison, rappelle-t-il doucement.

— Oui, mais il paraît que Betty Balco était au rocher la veille de sa disparition. Et il suffit de traverser les bois près de chez Jeanie pour se retrouver au parc de Blackdog. Peut-être que Jeanie et Daniel y sont allés un jour, eux aussi ?

Ma voix dérape dans les aigus.

— Peut-être qu'ils sont allés au rocher la veille, ou le mois d'avant, et le ravisseur des autres filles a repéré Jeanie ? Peut-être qu'il l'a vue là-bas ! Peut-être que c'est lui qu'elle fixe comme ça ?

J'attrape la photo et l'agite sous le nez de Sam.

— Il l'observait peut-être ce jour-là !

Une étrange émotion s'empare de moi. Je repose vivement la photo et m'éloigne de la cheminée. J'ai refusé de croire que le tueur de Jeanie a été attrapé et voilà que je découvre de quoi me terrifier encore plus la nuit ! Je glisse la main dans celle de Sam ; sa peau glacée rafraîchit ma paume fiévreuse. De l'autre main je fais des recherches sur son téléphone. J'ouvre une carte du parc et incline l'écran vers Sam.

— Je ne vois pas le fameux rocher, mais là…

Mon pouce survole un coin de la carte.

— Le vieux Sentier nordique. Ça ne peut pas être une coïncidence ! Le nom vient sans doute des explorateurs, et le rocher doit se trouver au bout.

Sam contemple la carte.

— Je ne sais pas… J'ai vu un reportage consacré à ces gens. Des archéologues croyaient avoir trouvé une pierre runique, une trace écrite de leur époque, qui racontait un massacre. Seulement, ils ont découvert que c'était une fausse, créée par un fermier. L'histoire de Shane n'est qu'une légende locale !

— Mais si c'était vrai, sauf que ce n'était pas un Nordique qui s'attaquait aux enfants ? Tu as dit toi-même qu'il y avait pas mal de roux dans la région parce que les colons étaient scandinaves, descendants des Vikings.

Je ponctue ma phrase du doigt.

— Et si cette *chose* était déjà là à l'époque ? Une fois qu'elle y a goûté, elle a très bien pu continuer, chassant éternellement les petites rousses à cet endroit.

Après avoir étudié le vague tracé du sentier, j'entraîne Sam, peu convaincu, dans la cuisine. Je m'y sens plus en sécurité, entourée par les appareils électroménagers et les plats colorés de mon père. Il faut croire que je ne suis pas très différente de lui…

J'inspecte le frigo et en sors des lasagnes. Je n'ai pas faim ; c'est juste quelque chose que les Cambren font quand ils ont besoin de réfléchir.

— Zoey m'a raconté par texto ce qui est arrivé au palais de justice, dit Sam.

— Zoey ? *Ma* Zoey ?

Je mets les lasagnes au micro-ondes. Je saute sur le comptoir et tape des pieds contre la porte du placard au rythme de mon cœur.

Il lâche un rire forcé, qui n'arrive pas à masquer son trouble.

— C'est super bizarre, je sais. Elle m'a dit de venir ici directement après mon boulot. Et aussi qu'elle nous retrouve chez Jeanie ce soir.

Sam avance entre mes jambes. Je me sens rougir.

— Elle va quelque part avant de nous rejoindre.

— Daniel ne répond pas à mes textos, dit Sam en fronçant les sourcils.

J'ai envie de lisser ses sourcils du doigt.

— Ça ne me surprend pas. On aurait dit un zombie, aujourd'hui. Tout chic, et super poli avec les flics qui l'ont jeté de la ville. Et il s'est comporté comme si j'étais dingue !

Je me tape la poitrine du poing.

— Moi ! Tu aurais vu la façon dont il m'a regardée.

Je fais semblant d'y être indifférente. La vérité, c'est que je ne me souviens pas d'un jour où les gens m'aient regardée sans suspicion. Ce qui me rend populaire auprès de ceux de mon âge perturbe les adultes. Deux petites filles vont jouer, une seule revient… Difficile de ne pas considérer la survivante comme un être maléfique. Mais là, c'était différent.

— Pendant tout ce temps, Daniel n'a pas eu l'air de soupçonner son père un seul instant. Pourquoi tout d'un coup… ?

Sam pose la main sur mon genou.

— Les gens font des trucs bizarres quand ils sont tristes.

Il serre les mâchoires.

— Nous n'avons pas besoin de lui pour retrouver le tueur de Jeanie !

— Tu as raison. On peut y arriver. Toi et moi, dis-je en balançant les jambes.

Sam sourit. Il écarte les cheveux de mon visage.

— J'avais peur qu'après une journée à y réfléchir, tu aies peut-être changé d'avis sur nous.

Sur le fait d'être sa petite amie, ou de creuser des tombes ensemble ?

— Nous, dis-je à tout hasard.

Je suis parcourue d'un petit frisson de panique, pas désagréable. Ça rappelle la sensation qu'on a lorsqu'on lève la main en cours et qu'on est sur le point d'avoir la parole, ou qu'on lâche la corde à la crique et qu'on se lance dans le vide. Zoey a raison : Sam a toujours été là. J'étais juste trop bête pour le comprendre.

Je passe les bras autour de son cou et glisse contre lui. J'inspire profondément son parfum. Il lâche un petit grognement et le micro-ondes sonne. Je soupire.

— À suivre, dis-je avec un sentiment d'inquiétude.

Est-ce que ce n'est pas provoquer le destin ? Provoquer les monstres, les inciter à sortir de l'ombre pour vous dévorer tout cru ? On pourrait croire que je serais plus prudente.

Pendant que nous dînons, je vois bien que Sam est aussi soucieux que moi de faire comme si tout était normal. Chaque fois qu'il y a un silence, il s'empresse de plaisanter. Ça doit lui éviter de penser à tous ces enfants disparus.

À onze heures moins le quart, j'enfile un legging et un sweat à capuche noirs, la tenue idéale pour profaner des tombes. Après avoir remis tous les cadres en place, je monte dans la voiture de Sam. Au moins, nous n'avons pas à craindre d'être filés. Mon père travaille encore tard. Il a quand même pris le temps de m'envoyer un texto pour me dire combien il est soulagé que je n'aie plus à avoir peur, maintenant que le tueur de Jeanie est en prison. Atterrée par ce message impersonnel, je prends la main de Sam. Une vague d'excitation me traverse comme une comète, laissant derrière elle de la poussière d'étoile et de l'espoir. *Quelle idiote je suis.* Un instant, j'oublie qu'il se passe des choses terribles.

La nuit, la maison abandonnée de Jeanie est encore plus inquiétante. On entend des rongeurs qui courent partout et les craquements du toit effondré. Du moins j'espère que c'est ça.

Assis sur les marches du perron, nous attendons Zoey. Au bout d'une demi-heure, je suis stressée à mort. Mon téléphone vibre.

Je règle un prob. On se voit 2main. :-x

— Qu'est-ce que ça veut dire ? je lance trop fort.

Sam dessine dans la poussière du bout de la chaussure. Il scrute l'écran du téléphone.

— Peut-être qu'elle est coincée parce que sa mère est là ?

Je lève les yeux au ciel.

— T'as oublié comment elle est, hein ? Je suis sûre qu'elle filerait à Zo une pelle et des lunettes à infrarouges si elle savait ce que sa fille a en tête.

— Peut-être que Zoey aide Caleb à faire quelque chose ?

— Oui, peut-être. Peut-être qu'elle le retient en otage jusqu'à ce qu'il lui raconte ses souvenirs de cet été-là ?

À mon avis, son absence est un message. Elle n'approuve pas ma relation avec Sam. Je lâche un grognement. Je ne peux rien y faire pour l'instant.

— On a qu'à y aller sans elle.

Sam sait qu'il vaut mieux ne pas me poser de questions. Il va à la voiture et en sort une pelle et une énorme lampe achetée pour l'occasion. Nous nous prenons la main et nous engageons dans l'allée.

— On dirait Hansel et Gretel qui se dirigent vers

la maison de la sorcière, dis-je tout bas lorsque la route cède la place au sentier.

Les ronces ont complètement envahi les fraisiers. Leurs branches s'entremêlent, traînant sur le chemin, prêtes à bondir sur leur proie. Non, non, non. Ce ne sont que des ombres allongées par la lueur de la lune. Je suis quand même heureuse de porter des tennis.

Le cri d'un oiseau de nuit et les battements de ses ailes puissantes déchirent le silence. Le ciel est un écrin noir d'encre parsemé de minuscules éclats de lumière. Puis les branches s'entrelacent au-dessus de nous : même les étoiles ne nous voient plus.

— Et s'il n'y avait pas que des animaux ? dis-je tout bas.

— Mais si.

Sam m'attire contre lui.

— Et sinon ?

— Alors, on appellera la police, répond-il tout simplement, comme si un coup de téléphone pouvait nous sauver de ce que je crains.

Nous prenons un tournant et une puanteur insistante me saute aux narines. Ça ne sent pas la pourriture, mais quelque chose de bizarre qui est en train de cuire.

— Le dîner ? dis-je avec un haut-le-cœur.

— Nous ne sommes plus loin.

J'avance comme une chasseresse. Nous émergeons enfin du tunnel de la forêt.

— Mieux vaut éteindre.

Maintenant, il fait vraiment sombre. Le clair de lune découpe les silhouettes sans révéler de détails.

Or, comme dirait mon père, le diable est dans les détails.

Mes jambes tremblent violemment. C'est de la folie ! Qu'est-ce qui m'a pris ? Le tueur de Jeanie a été trouvé : son père a avoué. Daniel l'a confirmé. Suis-je trop abrutie pour m'en contenter ?

Je suis sur le point de dire à Sam que j'ai changé d'avis quand nous apercevons les tas de terre. Une trentaine de centimètres de large, entre un mètre et un mètre cinquante de long. Des dizaines, peut-être des centaines.

— Fais le guet d'ici, je vais creuser, chuchote Sam.

Sa bouche frôle mon oreille. Je frissonne.

— Si tu entends ou vois quelque chose, préviens-moi.

— Comment ?

— Un cri de chouette.

J'acquiesce et l'embrasse avant qu'il s'avance parmi les ombres du jardin de Griever. Il s'arrête au tas de terre le plus proche et s'agenouille. Très lentement, il creuse avec la pelle. Il s'écoule plusieurs minutes, puis silence. Au bout de quelques secondes, je chuchote, au comble de l'angoisse :

— *Sam* ? Ça va ?

Rien. Je demande un peu plus fort :

— Sam ?

À cet instant, il se passe deux choses, presque en simultané.

— Je crois que je sens un museau de chien, souffle Sam une demi-seconde avant qu'une explosion assourdissante déchire le silence, et que son cri de douleur retentisse dans la nuit.

Chapitre 24

Je me précipite vers Sam, étendu par terre, pour le protéger. Je hurle :

— Arrêtez ! C'est Stella Cambren avec un ami !

La voix rauque de la vieille Griever me parvient du fond du jardin.

— Je lui ai dit de ne plus traîner par là ! Il mérite une balle dans la jambe.

— Je ne suis pas Daniel ! gémit Sam.

Paniqué, je m'agenouille près de lui et cherche la plaie. L'odeur métallique du sang remplit mes narines. Sa jambe droite est chaude et humide.

— Vous l'avez touché, espèce de sorcière ! Appelez une ambulance !

— Ça va, Stella, fait Sam.

— Ça ne va pas du tout ! Tu es blessé ! Tu peux marcher ?

Je passe son bras sur mes épaules en surveillant la vieille folle. Pourvu qu'elle ne tire plus !

Sam grogne, ce que je prends pour un oui. J'essaie de l'aider à se relever : impossible ! Il est lourd, et mes genoux tremblent trop. Griever se met à aboyer : il n'y a pas d'autre mot pour qualifier son rire.

— Vous ne pouvez pas rentrer comme ça. J'ai dit qu'il méritait une balle, pas qu'il en avait pris une. C'est du gros sel. D'accord, ça fait plus mal qu'une balle, mais ça risque rien si on l'enlève vite.

— Vous êtes folle ! Restez où vous êtes ! crie-je. J'appelle la police !

— Ho, doucement, petite ! Vous êtes sur mes terres. Et si je m'y trompe pas, tu cherches des réponses. Je te préviens, si tu t'en vas, tu reviens plus.

Je m'arc-boute pour relever Sam, mais il résiste.

— Stella, elle a raison. Je… ça va aller, dit-il d'une voix faible.

Je sors mon téléphone : pas de réseau. Impossible de demander de l'aide.

— Plus tu traînes, ma fille, plus il va avoir mal, lance Griever. Je dois retirer le sel de ses plaies. Amène-le par ici !

Sa silhouette floue nous dépasse. Elle monte les marches et disparaît dans l'ombre. Je l'entends déplacer quelque chose de lourd, puis une lueur chaude filtre par l'ouverture.

— Allez, on n'a pas le choix, murmure Sam en se mettant debout.

Lorsque nous enjambons les marches défoncées, le perron grince sous notre poids. Nous nous arrêtons sur le seuil. La lumière arrive d'un couloir étonnamment long étant donné l'étroitesse apparente de la cabane. La fumée rend l'air irrespirable.

— Sam.

Je lui prends le visage à deux mains et le force à me regarder. Ses yeux ressemblent à des billes noires veinées de rouge. Je retiens un sanglot : c'est ma faute !

— Je te jure que je pourrais t'emmener à l'hôpital.

Il m'adresse un petit sourire.

— Je sais.

Sans un mot de plus, il m'entraîne à l'intérieur. Lorsque nous atteignons en boitant la porte du fond, je vois Griever, penchée sur une cheminée de pierre. Un chaudron est suspendu au-dessus des flammes ; elle ranime le feu qui en lèche les bords. Sam clopine jusqu'à une chaise.

— La nuit, je tanne le cuir, explique-t-elle.

C'est cette odeur infecte qui me remplit la bouche, le nez et les poumons.

Elle se lève avec agilité et rejoint Sam. Elle ne se déplace pas comme quelqu'un d'âgé, sur le point de s'écrouler.

— Vous l'avez déjà fait ?

Je désigne la bouteille d'alcool et les bandes de gaze.

— Quand j'étais plus jeune, je m'occupais des malades, répond-elle en brandissant une paire de ciseaux.

Elle découpe le pantalon de Sam jusqu'à la cuisse. Je me rapproche… Ce que je vois m'arrache un cri. Il y a une douzaine de blessures là où les morceaux de sel se sont plantés dans la peau comme du verre.

— Si vous me preniez pour Daniel, pourquoi m'avoir tiré dessus ? demande Sam en détournant le regard.

— Celui-là, il traîne dans le coin depuis tout petit,

l'air hagard. Suis tombée sur lui dans les bois l'été où la petite a disparu ; j'ai vu qu'il jouait à arracher les yeux d'un écureuil. Je n'ai pas de mots pour décrire ceux qui sont comme ça.

Les paroles de Griever sont comme un fil de pêche jeté dans la mer trouble de mes souvenirs. Il en capture quelques-uns, leur redonne de la substance. Je revois Daniel fourrant des criquets dans un pot en verre, qu'il secoue. Il faisait aussi collection des araignées à gros corps et aux longues pattes : il les enfermait dans une vieille boîte trouée, où il les gardait pendant des semaines. Je me rappelle même qu'il faisait exprès de marcher sur les sauterelles. C'est affreux, oui, mais les gamins jouent toujours avec les insectes. Torturer des écureuils, c'est autre chose. Horrible, anormal. Un garçon qui aimait autant sa sœur n'en serait pas capable ! Je suis prise d'une colère noire. Si elle n'était pas en train d'enfoncer une pince dans la première plaie de Sam, qui serre les dents, je me jetterais sur elle.

Je m'emporte :

— Daniel cherche des réponses, c'est tout. Il a perdu toute sa famille !

— Vraiment ?

Je ne sais pas si elle ignore les derniers événements, ou si c'est du sarcasme.

— Ma fille, pose tes questions avant que je perde patience, ajoute-t-elle.

Je cherche de l'aide auprès de Sam, mais il a les yeux fermés, son front est couvert de sueur. Il est penché comme s'il s'empêchait de vomir. Le voir dans cet état fait trop mal ; je tourne la tête et lance :

— Qu'est-ce qu'il y a d'enterré dans votre jardin ?

Au diable la subtilité !

Griever répond sans hésiter.

— Des animaux, mais tu le sais déjà. Je vous ai entendus creuser et tomber sur un chien.

— Alors, il y a quelqu'un, ou un groupe de personnes, qui sacrifie des animaux, c'est ça ?

Son visage est dans la pénombre, son œil valide tourné vers moi, sa pince suspendue au-dessus de la cuisse de Sam.

— Oui, les mêmes familles, depuis des générations. Aujourd'hui, il ne reste plus qu'un descendant. On le fait pour chasser le mal.

Je sursaute :

— … on ?

— Aaaah, voilà, ma fille. Oui. C'est moi, la dernière.

Elle retourne à sa tâche.

— Mais bon, je n'en fais plus autant qu'avant. L'âge m'a dévoré les os. Il y a longtemps, on était plusieurs familles. Des gens de la forêt, surtout. Ils sont morts ou sont partis. Il n'y a plus que moi, qui sacrifie les petites bêtes, les enterre dignement et les cache des regards curieux.

— Vous avouez avoir massacré des animaux de compagnie ? Votre famille en a tué des centaines !

Son sourire est à moitié moqueur, comme si elle ne comprenait pas que son silence est un épouvantable aveu.

— En les sacrifiant, vous croyez apaiser les esprits, les dieux, je ne sais quoi ?

Elle grogne :

— Pas « je ne sais quoi » : ce qui suce les os de ces gamines perdues.

Sam s'appuie aux bras de son siège et se redresse, haletant d'effort. Il est blanc comme un linge, il a les lèvres bleues, mais sa voix est claire et forte :

— Les disparitions d'animaux ne sont pas liées uniquement aux enlèvements. Il y en a eu après d'autres incidents aussi ! Vous croyez vraiment que vous pouvez faire cesser les accidents de voitures, les maladies ou les incendies ? Ce n'est pas le kidnappeur qui provoque ces accidents !

Elle ricane.

— Tu te prends pour qui, à décider de quoi le mal est responsable ? Ceux qui le faisaient avant moi étaient plus superstitieux. Moi, je sais de quoi Elle a faim ; eux l'accusaient de tous les maux.

Un courant d'air froid traverse la pièce. Je regarde autour de moi. J'étais tellement concentrée sur Sam que je ne me suis pas demandé quelles peaux Griever tannait ; là, je les vois clouées aux murs. Il y en a une centaine. Elles dégagent une puanteur qui me retourne l'estomac. Il y a des fourrures, du cuir. Comme de très loin, je l'entends dire :

— C'est ma famille qui depuis des générations a ramassé leurs cadavres pour les enterrer. Je ne retire leur fourrure que si elles sont exceptionnelles.

Comment une femme qui soignait les gens est-elle capable d'une chose pareille ? Comment quiconque en est capable ? À moins que…

Je désigne l'exposition macabre :

— Si je comprends bien, ce que vous essayez d'arrêter est pire que toute cette horreur ?

— Bien vu, ma fille, fait Griever avec un sourire édenté.

Je frissonne. Griever laisse tomber un grain de sel après l'autre à ses pieds. Les traits de Sam se détendent petit à petit, ses épaules se dénouent, son souffle se calme.

Je ne peux pas m'empêcher de murmurer :

— Il était dans les bois avant que les gens s'installent ici. Un monstre.

— Ce n'est qu'un mot pour définir ce que nous ne comprenons pas, remarque Griever.

Elle découpe une longue bande de gaze et l'enroule autour de la chair déchirée de Sam.

— Tu auras des cicatrices, mais ça ne va pas s'infecter.

Je me précipite auprès de lui, essuie la sueur sur son front avec ma manche et presse mes lèvres sur sa tempe.

Griever traverse la pièce et plonge un verre dans un seau. Elle tend l'eau trouble à Sam, qui l'accepte avec reconnaissance. Puis elle s'accroupit près du feu ; son œil valide fixé sur nous.

— La Présence, murmure-t-elle d'une voix rauque, si bas que je ne suis pas sûre de bien entendre. C'est ce que vous recherchez.

Je secoue la tête sans comprendre.

— La Présence ?

Elle pose un doigt déformé par les rhumatismes sur ses lèvres craquelées.

— Les murs ont des oreilles.

Je regarde autour de moi pour démontrer que nous sommes seuls. Moqueuse, elle lève un sourcil.

— C'est ma mère qui lui a donné ce nom. Chaque famille avait le sien, du moins ceux qui en parlaient. Les autres craignaient que ça n'attire son attention.

Certaine que la température de la pièce a chuté, je me rapproche de Sam. Il regarde avec intensité Griever, qui a sorti des plis de sa robe un couteau et un épais bâton qu'elle se met à tailler machinalement. Des bandes d'écorce blanche s'éparpillent à ses pieds comme des flocons de neige.

— Qu'est-ce que c'est ? demande Sam, qui a l'air d'aller beaucoup mieux.

— Je sais pas trop, dit-elle. J'crois pas à une force qui crée des accidents. La meilleure explication, c'est qu'il s'agit d'une créature déterminée à se nourrir. Elle désire un certain type de petites filles, mais si elle peut pas mettre la main sur ce qu'elle préfère, n'importe qui fera l'affaire.

J'ai les doigts bleus de froid ; mes ongles sont plantés assez profond dans le siège de Sam pour y laisser des marques de griffes. Je me mords l'intérieur de la joue, dans l'espoir de me délivrer de ce cauchemar.

— Mais qu'est-ce que c'est ? insiste Sam. D'où ça vient ? C'est un animal ? Un être humain ?

L'air amusé, la vieille hausse les épaules.

— Au début, peut-être. Mais une fois qu'elle a arraché la peau d'un bébé rien que pour l'entendre pleurer, elle n'a plus été ni l'un ni l'autre.

— Comme le diable, je murmure.

— Le diable n'existe pas. Ce qui rôde dans ces montagnes suffit… Crois-moi, c'est pas une bonne idée de retrouver tes souvenirs. Quand j'étais petiote, les gens de Savage voulaient garder le secret. Peut-être que ça continue ?

— Mais pourquoi ? Si les parents le savaient, ils ne laisseraient pas leurs enfants traîner dans les bois. Il n'y aurait plus de disparitions.

Griever agite un ongle jauni sous mon nez.

— Tu vois, quand les gens le savaient, il y en avait qui en profitait. Ils agressaient les petites filles et accusaient la Présence. Oui, certaines tombaient entre ses griffes, mais des êtres humains se chargeaient des autres. On s'est dit qu'il valait mieux cacher l'existence d'un monstre connu plutôt que de libérer ceux qu'on connaissait pas.

— C'est pour ça que les tombes ont été détruites, dit Sam. Quelqu'un voulait que les générations futures ignorent ces morts d'enfants et ne cherchent pas à comprendre ce qui s'est passé. Betty Balco et les autres ont disparu, et on n'a jamais trouvé le coupable. Et vous dites que cette… cette chose en a tué certaines, mais que les autres ont été enlevées par des pervers qui espéraient rester impunis grâce à la légende ? Et ils avaient raison : il y a quatre-vingts ans, on n'a arrêté personne !

— Mais ce n'est pas ce qui se passe en ce moment, dis-je. Si la police essayait de cacher l'existence du monstre, elle n'aurait pas laissé traîner l'enquête de Jeanie ! Elle aurait trouvé un suspect et réglé l'affaire pour que les habitants de Savage ne se posent pas de questions.

— Les flics croyaient peut-être que ça s'arrêterait, au bout de tant d'années… Mais il y a eu la petite du cimetière, alors ils se sont dit que ça recommençait et ils ont tout mis sur le dos de Kent Talcott. Plutôt que de révéler à la population qu'il y a quelque chose dans les bois, ils envoient un innocent en prison.

Je sursaute :

— Parce qu'ils sont au courant pour le monstre ?

La tête penchée, Griever me regarde.

— Ils l'ont toujours été. Les histoires se transmettent de génération en génération. Certaines familles vivent ici depuis des décennies. Comment ignorer la présence d'un monstre quand autant de petites filles disparaissent ?

Ses bajoues tremblent dans la lueur des flammes. J'aurais tant aimé croire qu'elle est folle, qu'elle a le cerveau ramolli par la vieillesse et qu'elle se crée des histoires pour justifier sa violence pathologique envers les animaux…

Et pourtant.

Je contourne le siège de Sam.

— Et Jeanie ? Vous l'avez aidée, une fois, non ? Un mois avant sa disparition, vous l'avez trouvée perdue dans les bois.

Je me rappelle la gentille sorcière dont Jeanie avait parlé.

Griever se lèche les lèvres.

— Je vous ai vus jouer à chasser de nombreuses fois. Je vous ai dit, à toi et ta petite amie rousse, de faire attention. Vous pourriez bien trouver ce que vous cherchiez… Mais vous ne m'avez pas écoutée.

Et voilà ! Un mystère de résolu.

— C'était donc vous.

J'essaie de garder mon sang-froid.

— « À trop parler de monstres, ils finissent par

prendre vie ». C'est vous qui nous l'avez dit ! Pourquoi n'avez-vous pas contacté la police ?

— Ils cherchaient un coupable. J'allais pas avouer que je vous avais parlé !

Je retourne cette information dans ma tête jusqu'à ce qu'elle soit toute lisse et brillante. Alors, c'était ça ! Après la disparition de Jeanie, je ne faisais que répéter, encore et encore, les paroles de Griever qui cherchait à nous protéger ! Seulement, nous n'avons pas écouté, et Jeanie est morte.

Je frotte mes mains moites sur mon jean.

— Savez-vous où elle se cache ? Est-ce au rocher aux Nordiques ? C'est là qu'elle repère ses victimes ?

Elle laisse échapper un reniflement humide.

— Je vais pas te le dire. Si t'y vas…

Elle indique le mur ouest.

— … t'en reviendras pas. T'as pas assez de monstre en toi pour survivre.

— Mais M. Talcott est passé aux aveux hier, dis-je en m'avançant vers elle, et plus personne ne la cherche ! Je dois prouver qu'il est innocent !

Elle examine le pieu de bois qu'elle vient de tailler.

— Le chagrin fait faire aux gens des choses étranges, dit-elle, songeuse.

Elle se lève vivement.

— Il est temps que vous partiez. Allez, ouste !

Elle agite les mains comme si nous étions une nuée de mouches.

Je proteste :

— Mais il ne peut pas marcher !

Sam se lève en vacillant et je me dépêche de le

soutenir. Les dents serrées, il s'appuie sur ses deux jambes.

— Il n'a qu'à se débrouiller ! Partez, vous m'avez déjà causé trop de problèmes !

Elle agite son pieu. Sam me prend la main et m'entraîne vers la porte en boitant. Nous longeons le couloir à une vitesse surprenante et nous retrouvons à nouveau dehors. Il fait nuit noire. Qui sait quelles créatures nous guettent ? J'aide Sam à descendre les marches cassées, puis nous reprenons le sentier.

— Petite, lance Griever depuis le seuil de la masure, il vaut mieux que tu n'y penses plus. Emmène ton gars et remercie le ciel de t'en être sortie.

Chapitre 25

Il nous faut un temps fou pour rejoindre la voiture de Sam. À chaque pas, je regarde autour de moi, morte de peur. J'ai l'impression qu'on nous épie, qu'on nous suit, qu'on nous chasse. Les ronces qui bordent le sentier faiblement éclairé par la lune sont noires, impénétrables.

Un craquement de feuilles me fait sursauter.

— Tout va bien, Stella. Ce n'est rien, murmure Sam.

Nous atteignons le break sans nous faire attaquer par des créatures nocturnes. J'aide Sam à s'installer sur le siège passager et me dépêche de monter. Une fois à l'intérieur, j'écrase le bouton de verrouillage. Le petit clic des portières qui se bloquent est le son le plus réconfortant au monde. Je démarre en trombe et ne ralentis qu'une fois en ville.

Nous ne disons rien de tout le trajet. Sam reste agrippé à la portière et à la console centrale, le souffle irrégulier. Lorsque j'arrive dans ma rue, je suis à la fois triste et soulagée de ne pas voir la voiture de mon père.

Je demande à Sam en m'engageant dans l'allée :

— Tu veux bien rester avec moi cette nuit ?

— Et ton père ?

J'indique l'horloge : il est deux heures passées.

— S'il travaille aussi tard, il dort dans son bureau.

Notre deuxième nuit ensemble ne pourrait être plus différente de la première. J'aide Sam à enfiler un jogging de mon père, lui apporte de quoi soulager sa douleur et le conduis jusque dans mon lit. Je m'apprête à dire qu'on devrait comparer mes notes chronologiques d'hier soir avec ce que nous a dit Griever lorsque je m'aperçois qu'il s'est endormi.

Je les étudie seule. Effectivement, les accidents suivis de disparitions d'animaux arrivent depuis plus de quarante ans. Les sacrifices de l'époque ont dû être commis par ces familles qui ne vivent plus à Savage. D'après Griever, sa famille à elle n'agissait que lorsque la Présence semblait responsable des enlèvements. Au cours de ces dernières décennies, les dates des enlèvements d'animaux correspondent à des disparitions de randonneurs ou de campeurs. Oui, ce devait être l'œuvre de Griever et des membres de sa famille.

Convaincue d'avoir résolu ce mystère-là, j'enfile un vieux tee-shirt et vais me coucher. Je contemple les traits de lumière qui filtrent à travers les stores. Je frissonne : pour la première fois, je me dis que me rappeler pourrait être trop… *trop*. Et si j'en avais vu plus que l'enlèvement de Jeanie ? Et si j'avais vu le monstre lui arracher le cœur ? Et si j'avais entendu le craquement de son crâne coupé en deux ? Et si, une fois mes souvenirs retrouvés, je ne cessais plus d'y penser et que je n'entendais plus que les gémissements de Jeanie, ses os qui se brisent, son cartilage qui se déchire, le sifflement de son dernier souffle ? Peut-être que je ne suis ni assez forte, ni assez solide, et que ça m'achèverait ?

Je me ressaisis, rassurée par la respiration de Sam. Il est là ; il m'aidera à faire face. J'écarte doucement les cheveux qui lui collent au front. Ses longs cils sont comme des pointes en étoile. Ce soir, il a été blessé à cause de moi. Je l'ai entraîné, comme je l'ai toujours entraîné partout, prisonnier d'une chaîne invisible qu'il appelle l'amour. C'est lui qui a découvert les preuves de l'existence de la créature dans les bois ; lui qui en a déduit qu'il y a quelque chose au-delà, ou au-dessous, d'humain.

Ma main est suspendue au-dessus de son front, je me fige. Quelque chose me trotte dans la tête… C'est Sam qui a eu l'idée de chercher d'autres disparitions dans les archives de la bibliothèque, de fouiller le cimetière, d'enquêter sur ce que nous faisions dans les bois quand nous étions petits. Chacune de ses idées révèle une foule d'indices qui m'ont menée à cette conclusion improbable : la Présence.

Je retire lentement la main, troublée. Qu'est-ce que je raconte ? C'est *Sam*. Trop patient, trop gentil, trop indulgent, trop beau pour être vrai. Je m'agrippe au bord du lit. Je deviens folle, ou quoi ? Qu'est-ce que je m'imagine ? Qu'à six ans Sam avait quelque chose à voir avec la disparition de Jeanie ? Que maintenant il me détourne des suspects humains en créant des preuves et des indices ? Impossible. Mais… Y a-t-il quelque chose qu'il me cache ? Depuis le début, il cherchait du côté du surnaturel. Comment savait-il ?

Quand Jeanie a été enlevée, je sais que Zoey et Caleb avaient la varicelle et que Daniel était avec sa mère, mais je ne sais pas du tout où se trouvait Sam. Comment se fait-il que cette information ne soit jamais ressortie ? J'ai entendu des tas de gamins qui connaissaient à peine Jeanie raconter ce qu'ils faisaient cet après-midi-là. Sam, lui, n'a jamais signalé qu'il sirotait de la limonade au bord de la piscine, qu'il montait un nichoir chez les scouts ou qu'il faisait une bonne sieste…

Le doute projette mes pensées dans le passé ; elles se cognent contre mes souvenirs, jusqu'à arriver au Jour des Os. Moi au cimetière, allongée sur un banc de pierre, les yeux fermés. Le visage de Sam qui me cache la lune lorsque je les rouvre. Aucun bruit de pas sur les graviers, pas de forme floue entre les tombes : je n'ai pas vu d'où il arrivait.

Je m'écarte un peu plus en secouant la tête. Non, non, non, il n'a rien à voir avec Jeanie ou la petite inconnue ! *Mais je n'ai pas vu d'où il arrivait.* Et s'il était tombé sur moi en s'enfuyant du cimetière après avoir tué cette petite ?

N'importe quoi ! C'est du délire ; pire : de la trahison. Sam dort, vulnérable, et moi, je le soupçonne d'être un meurtrier. Je suis complètement folle de croire qu'il est responsable de ce qui est arrivé à Jeanie, et qu'il a recommencé. Je presse mes paumes contre mes yeux jusqu'à ce que des feux d'artifice remplacent l'image du crâne de la fille du cimetière.

Un instant plus tard, je cherche mon vieux lapin, que je serre contre mon visage. Je tombe de fatigue. Je suis allée creuser des tombes, ce soir, une vieille femme nous a confirmé qu'un monstre venu du fond des âges tue les petites filles. Elle a accusé Savage de l'avoir caché il y a des années, dit que cela recommence peut-être. Je berce mon lapin. Voilà ce que c'est : l'épuisement, le stress, mon imagination soûlée par ce flou entre la réalité et le cauchemar... Sam ne ferait de mal à personne !

Avant de m'endormir, je fais la liste de toutes les fois où j'ai fait du mal à Sam au cours de ces cinq dernières années, où j'ai levé les yeux au ciel alors qu'il me souhaitait un bon anniversaire ou me demandait comment j'allais en cours de bio, où je lui ai préféré d'autres garçons. Où il voulait me demander de sortir avec lui et où je lui ai servi une excuse, que nous savions tous les deux mauvaise, pour l'éviter. La liste est longue, elle pourrait remplir un livre. Et pourtant Sam ne m'a jamais blessée en retour.

À cet instant, je me jure que je ne douterai plus de lui. Je vais accepter l'idée qu'il est aussi gentil qu'il en a l'air. Je vais passer le temps qu'il faudra, même toute la vie, à essayer de me faire pardonner pour toutes mes méchancetés. Une fois cette décision prise, je finis par m'endormir.

Au matin, Sam me regarde avec ses yeux bruns bordés de cils noisette sans lever la tête de l'oreiller que nous partageons.

Ma respiration s'accélère ; je fais semblant de bâiller.

— Salut. Comment va ta jambe ?

Il tape sur son genou en souriant.

— Toujours là. Raide, mais ça va. Et toi ?

— Ça va, réponds-je d'une voix tendue. Tu es réveillé depuis longtemps ?

— Un quart d'heure. Je réfléchissais au chat du cimetière.

Il fronce les sourcils.

— Griever a reconnu avoir sacrifié tous ces animaux, mais elle a précisé qu'elle les enterrait pour que les gens ne tombent pas dessus. Elle ne s'est jamais fait repérer en plusieurs décennies !

Je hausse les épaules.

— Pourtant le chat du cimetière a été laissé là, continue-t-il.

Il attend que je réponde. Je devrais ; à la place, je surveille ses mains comme s'il allait m'étrangler.

— C'est bizarre, tu ne trouves pas ?

Je lève les yeux vers lui.

— Elle doit laisser les animaux en offrande à… cette chose. Elle récupère les cadavres ensuite.

— Mais le chat n'avait plus de tête !

— Elle est folle.

— Les peaux sur ses murs sont complètes…

Je soupire :

— Je ne sais pas, Sam. Peut-être qu'elle devient encore plus cinglée.

Les yeux plissés, Sam s'appuie sur les coudes.

— Qu'est-ce qui ne va pas ?

Il s'apprête à me toucher l'épaule et s'arrête. Je fixe sa main comme si j'y cherchais des traces de sang.

— Stella, parle-moi ! insiste-t-il.

Le rouge me monte aux joues. Qu'est-ce que je fais ? À quoi je pense ? C'est Sam. J'ai balayé tous mes soupçons : ils n'étaient que le fruit de l'horreur de cette nuit. Mais dès l'instant où j'ai ouvert les yeux et que je l'ai vu qui m'observait, je me suis dit : « Rien ne t'échappe. Alors, l'enlèvement de Jeanie ?… »

— Écoute, je veux oublier tout ça. Jeanie, la fille du cimetière, tout, dis-je en un souffle.

Je continue à parler très vite, pour chasser les trucs affreux qui me passent par la tête.

— Même si je retrouve mes souvenirs, je ne sais pas s'ils auront un intérêt onze ans plus tard. J'ai perdu toute crédibilité quand j'ai menti devant le monde entier hier.

Sam frotte la double ride entre ses sourcils.

— Et ce que nous a dit Griever ?

— Je n'ai pas besoin d'elle pour savoir qu'il y a quelque chose d'anormal dans les bois ! Des filles ont disparu pendant des décennies. Ça a toujours été comme ça. L'os dans la main de la fille du cimetière prouve que la créature tue depuis un millénaire, sinon plus. Peut-être que c'est la raison du mal qui ronge Savage.

Je parle tout bas, comme si c'était un secret inavouable.

— Jeanie est morte. Elle ne reviendra pas ; personne ne reviendra. C'est délirant qu'on se promène dans les bois à parler de monstres et de trucs qui ne peuvent exister.

Je continue en cherchant mes mots.

— Après tout, si celui ou ce qui a tué Jeanie en avait après moi, il a eu onze ans pour s'en occuper. Et ce n'est pas arrivé.

Un frisson me parcourt l'échine. Si Sam cachait

quelque chose, il a eu tout le temps de s'en prendre à moi. Or il n'a fait que prouver qu'il ne me ferait jamais de mal.

— J'ai juste une question.

Je me frotte le visage. *Non, non, non, qu'est-ce qui me prend ? C'est Sam !* Pourtant je ne peux m'empêcher de lancer :

— Où étais-tu, Sam ?

Il sourit à moitié, comme quelqu'un qui n'a pas compris la blague qu'on vient de lui raconter.

— Où j'étais quand ?

— Quand Jeanie a été enlevée.

J'inspire à fond avant de poursuivre :

— Pourquoi tu n'étais pas avec nous dans les bois ? Tu ne l'as jamais dit !

Sam se redresse d'un coup, repousse les draps, pose les pieds par terre.

— Ça a plus l'air d'une accusation que d'une question, dit-il doucement.

Dos à moi, il retire son jogging et enfile son pantalon et ses chaussures. J'entends un petit grognement de douleur, mais il ne s'interrompt pas.

Je m'assieds et l'implore :

— Pourquoi tu ne me réponds pas ?

— Parce que je ne devrais pas avoir à me défendre, Stella. Pas après tout ça. Par contre, toi…

Je sais qu'il parle de tous les moments où je l'ai rejeté, toutes les secondes chances qu'il m'a accordées et que j'ai ignorées. Il boite jusqu'à la porte et s'arrête sur le seuil, tête baissée.

— J'étais bête de croire que tu es toujours cette petite fille capable d'aimer si fort, de grimper toujours plus haut, de nager toujours plus loin, de rire toujours plus bruyamment.

Je m'affaisse sur mon oreiller.

— Je n'ai jamais cessé de chercher des morceaux de qui tu étais. Mais cette fille n'existe plus. Ce n'est pas toi !

Il sort, descend l'escalier, quitte la maison. J'entends le vrombissement étouffé du moteur de son break dans l'allée. Les mots de Sam grondent dans ma tête : *Ce n'est pas toi.*

Pendant toute la journée, chaque fois que je pense à ceux que j'ai déçus – lui, Jeanie, Zoey ou Daniel – ses paroles résonnent dans mes oreilles. Il a raison : je ne suis pas aussi téméraire que cette petite chasseuse de monstres qui prend l'air menaçant sur la vieille photo, une lance à la main. Je ne suis pas aussi courageuse que la fille de dix ans qui a embrassé Sam. Et certainement pas aussi sincère. J'aurais dû comprendre plus vite ce que la nuit dernière et ce matin signifiaient vraiment. Sam a été blessé à cause de moi, et je mourais de peur de le perdre comme tous les autres, comme ma mère, la seule personne au monde qu'on ne devrait jamais perdre. Le faire partir en l'accusant de quelque chose d'impardonnable était plus facile que d'ouvrir les yeux. Comment ai-je pu douter de lui un seul instant ?

Je me réfugie sous la douche dans l'espoir que l'eau chassera la douleur dans ma poitrine.

En attendant que ça arrive, je réfléchis : combien tout le monde a changé à cause de la disparition de Jeanie, et du mystère qui l'entoure ! Est-ce pour cela que Zoey se comporte avec autant de violence quand elle veut quelque chose ? A-t-elle appris que l'on perd quand on ne se bat pas ? Le départ de ma mère a-t-il été provoqué par ce drame ? Se demandait-elle pourquoi j'étais revenue, et pas elle ? Essayait-elle de comprendre ce que signifiait le fait que j'aie survécu à un monstre ? Je plonge la tête sous l'eau.

Je ne vais pas cesser de chercher celui ou ce qui a enlevé Jeanie, même si tout le monde y a renoncé. C'est impossible.

Une fois séchée, je regarde mon téléphone. Un texto de Zoey :

Viens à la fête de Cole ce soir. Faut qu'on parle.

C'est tout. Pas de : « Désolée de t'avoir lâchée hier soir. » Pas de « Toujours en vie ? » Je jette l'appareil sur le lit.

Je m'y laisse tomber, moi aussi. J'avais complètement oublié la soirée de Cole ! C'est une sorte de rite de passage des petits nouveaux, et maintenant que toute la ville croit que le cinglé de tueur a été attrapé, il n'y a pas de raison que les gens ne sortent pas.

Après avoir envoyé dix textos à Zoey sans obtenir de réponse, je transmets le même message à Cole et Michaela :

Pas d'humeur pour ce soir. Désolééééééé bisous

Michaela répond avant même que mon écran se mette en veille.

Tu me manques. On se voit 2main ?
Appelle si t'as besoin 2 moi.

Cole, une minute plus tard :

Essayé d'annuler.
Z. dit que la fête doit continuer.

Contemplant l'écran, je vais dans la cuisine me trouver un fruit ou un yaourt. J'aurais probablement passé l'après-midi à me demander pourquoi Zoey n'avait pas laissé Cole annuler si on n'avait pas frappé à la porte.

Je regarde par le judas : c'est Caleb. Il dégage son front des mèches qui lui tombent dans les yeux.

— Salut, toi !

Il sursaute quand j'ouvre à la volée.

— Salut, je peux entrer ?

Il a la voix tendue. Il baisse la tête et resserre sa veste quand il passe devant moi. Il est peut-être blessé par mes cachotteries et par mon absence depuis le jour où on a discuté à la crique.

— Je suis vraiment désolée qu'on ne se soit pas beaucoup vus depuis ton retour, dis-je tandis qu'il s'arrête au milieu du salon.

Il s'agite près du fauteuil, comme s'il n'arrivait pas à savoir s'il resterait assez longtemps pour que s'asseoir en vaille la peine.

— Tu es fâché ?

Il croise mon regard pour la première fois. Il est pris de court.

— Non, pas du tout. J'ai besoin d'une clope. Je suis carrément stressé.

Il me lance un sourire d'excuse et se laisse tomber sur le fauteuil avec un soupir de satisfaction.

Je m'assieds en tailleur sur le canapé. Mon regard se pose sur un muscle qui palpite le long de sa mâchoire.

— Pourquoi ça ?

— Écoute, Stella.

Il se frotte les mains, il a l'air gêné.

— Je dois t'avouer un truc.

— Tu me fais peur, là.

Il m'adresse un sourire qui ne me rassure pas.

— C'est juste que Zoey m'a coincé hier soir. Elle m'a posé plein de questions sur l'été où Jeanie a disparu. Je me suis rendu compte que je vous ai lâchées. Menacer de prévenir ton père, c'était pas cool. Seulement, personne n'aime les mouchards.

Je me détends.

— T'as appris ça dans une chanson de Jay-Z ?

— Possible !

La plaisanterie semble l'amuser, mais il se rembrunit aussitôt.

— Je me souviens qu'on chassait des monstres.

Je me penche immédiatement vers lui.

— J'ai dit à Zo que je ne voulais pas en parler. Et il y a une raison à ça. Il s'est passé tant de choses avant Jeanie ! Vous étiez trop petites à l'époque pour vous rappeler.

Il se tait un instant avant de reprendre.

— Les garçons parlent toujours de trucs surnaturels. En CE1, on invoquait un fantôme en criant trois fois son nom devant un miroir. L'année d'après, des gamins ont vu deux clochards battre un chien galeux dans les bois. Ça a inspiré tout un tas d'histoires de dingue. On racontait qu'il y avait des campements de marginaux cannibales ou mangeurs de chien. Cette année-là, Jeremy Bellamy, celui qui boitait parce qu'il s'était brisé la jambe quand il était bébé, tu sais ?

Il marque encore une pause. Je hoche la tête. Jeremy a fini le lycée l'année dernière.

— Bref, il a fait pipi dans son pantalon parce qu'il aurait vu un fantôme sans yeux dans les bois derrière l'école. On a passé des semaines à fouiller la forêt.

Il prend une profonde inspiration.

— Tout ça, c'était des histoires. Les garçons adorent jouer à la chasse. On n'avait rien de réel, alors on laissait libre cours à notre imagination.

J'acquiesce pour l'encourager. Je n'apprends rien de nouveau : il donne plus de détails que Sam, mais rien d'extraordinaire.

— Le printemps avant Jeanie, ça a été les mêmes conneries. Daniel et moi, on a surpris son père en train de discuter avec un de ses potes rangers au sujet d'une légende du coin dont personne ne se souvient.

Perdu dans ses pensées, il redresse le menton.

— Il s'agissait d'une créature ancienne qui aurait vécu dans les bois. Je voulais savoir s'il pouvait y avoir du vrai là-dedans. Alors, l'autre jour je suis allé à la bibliothèque pour voir s'ils avaient des livres sur le folklore de Savage.

Je suis littéralement pendue à ses lèvres. Je chuchote :

— Et… ?

— Rien. La bibliothécaire m'a regardé comme si j'étais stone.

Il ricane :

— Dire que c'est la première fois où j'entrais sobre dans une bibliothèque !

Un autre petit rire.

— Bref, ce printemps-là, on a commencé à chasser ce monstre dans les bois. On a construit des lances, des arcs et préparé des flèches. On était à fond. C'était plus marrant qu'avec les copains de l'école parce que Zoey, Sam, Jeanie et toi, vous n'aviez que six ans.

Un éclair de douleur passe dans ses yeux. Je comprends où il veut en venir : Caleb se sent coupable de la disparition de Jeanie, alors qu'il n'était même pas là.

— Vous aviez vraiment accroché ! À un moment, on a oublié que ce n'était pas réel.

Il renifle.

— Ou peut-être que les gosses savent mieux faire la différence que les adultes.

Il me fixe droit dans les yeux.

— Peut-être qu'on avait raison de croire en ce qui se tapit dans le noir…

Mon cœur bat à tout rompre. Caleb commence à se frotter les mains, comme s'il avait froid.

Il y a quelque chose d'enfantin chez lui, enfoncé comme il l'est dans le fauteuil. Il a beaucoup maigri ; il nage dans son blouson d'aviateur. Sa peau est translucide ; une dentelle de veines bleues se dessine sur sa gorge.

Non, pas enfantin, fragile.

— C'est ce qu'on a fait tout le printemps, jusqu'au début de l'été, jusqu'à l'enlèvement de Jeanie. On a chassé le monstre.

— Caleb, pourquoi n'as-tu rien dit à personne ?

Pourquoi tu n'en as pas parlé à la police quand Jeanie a disparu ?

Je sais que ça n'aurait pas changé grand-chose ; Jeanie n'était plus là, et personne n'aurait cru un garçon de neuf ans criant au monstre…

— C'est notre faute si vous étiez dans les bois ! lâche-t-il d'une voix tremblante.

— C'est Daniel et moi qui vous avions appris à être aussi à l'aise dans la forêt. Sans nous, Jeanie et toi seriez restées dans le jardin. Tu ne sais pas ce que c'est, Stella ! Réfléchis : Jeanie disparaît, tous les parents et les flics disent aux gosses de ne pas parler aux étrangers. Ils font flipper les gamins à mort.

Il a l'air effrayé.

— La plupart se renferment. Ils ont peur de se faire gronder pour avoir joué dans les bois. Mais certains parlent. Tu ne t'en souviens pas, mais un an après, des petits prétendaient, en pleurs, qu'ils avaient vu le fantôme qui avait enlevé Jeanie. Toute la ville avait besoin d'une thérapie ! Daniel et moi avions peur que tout le monde apprenne que c'était notre faute.

En un éclair, je m'agenouille devant lui.

— Vous étiez des enfants ! Ce n'est pas votre faute.

Je lui prends les mains.

— Tu avais la varicelle. C'était moi qui étais avec Jeanie ! Moi qui n'ai pas pu l'aider, qui ne me rappelais rien.

Caleb se fige.

— Alors tu te souviens d'avoir vu son père lui faire du mal ?

Je m'assieds sur la table basse pour être à sa hauteur.

Je ne sais pas pourquoi j'éprouve le besoin de chuchoter dans ma propre maison.

— Ce n'était pas lui, Caleb. Des souvenirs de ce jour me reviennent. Mais pas de celui, ou de ce qui l'a enlevée. Pas encore.

Des doigts froids m'emprisonnent le cœur à l'idée de ce moment inévitable où je me rappellerai tout.

Je demande :

— Tu discutes avec Daniel, parfois ?

— Pas depuis qu'on était enfants. Il ne vit plus ici, tu sais. On s'est vus peut-être une ou deux fois.

— Tu pourrais lui transmettre un message ?

Je me penche vers lui :

— Tu veux bien lui rappeler de quoi son père parlait avec les rangers ? Je n'arrive pas à comprendre pourquoi il a dit à la police qu'il croit son père coupable ! L'un de nous devrait lui raconter notre chasse dans les bois… Peut-être qu'il a peur d'affronter ce qui est vraiment arrivé ? Parle-lui, et dis-lui de m'appeler. Toi, il t'écoutera, vous étiez amis !

Il détourne les yeux.

— S'il te plaît, Caleb. Fais-le pour Jeanie.

Il y a quelque chose dans son regard que je n'arrive pas à identifier.

— Quoi ?

— C'est cette façon de prononcer son nom… Je vous ai déjà entendues parler d'elle, Zo et toi.

Il marque une pause ; je retiens mon souffle.

— Vous ne parlez plus d'elle comme si elle ne vous arrivait pas à la cheville.

J'ai envie de me cacher le visage dans les mains.

— Plus je pense à elle, mieux je la perçois. C'est

comme si ma vision d'elle avait été distillée encore et encore.

Je secoue la tête.

— Avant, elle n'était pour moi qu'une silhouette en noir et blanc.

Il pose la main sur les miennes, appuyées sur mon genou :

— Et maintenant, elle prend des couleurs… Je comprends. J'essaierai de trouver Daniel.

Je me redresse.

— Je suis contente que tu sois venu. Tu me manques. Tu es mon meilleur ami, en moins méchant, j'ajoute avec un sourire.

Il m'embrasse sur la tête en se levant.

— Et toi, ma petite sœur, en plus sympa.

Chapitre 26

Mon père rentre, à dix-sept heures, chose qui n'arrive jamais, et se met à s'activer dans la cuisine. Il prépare des enchiladas. L'ambiance est plus pesante que d'habitude, à cause de la nuit que Sam a passée ici et de mon coup d'éclat au palais de justice.

— C'est normal, d'avoir du mal à accepter une résolution soudaine, dit-il après s'être resservi de riz à l'espagnole. Ne t'en veux pas. Tu auras besoin de temps pour t'y faire.

J'acquiesce sans protester comme je le fais toujours avec lui, *sauf que…*

— Ça m'aiderait si tu rentrais plus souvent le soir.

Il s'arrête à mi-bouchée et me dévisage.

— Tu me manques, papa ! Et l'année prochaine, je pars à l'université…

Il pose sa fourchette et retire ses lunettes. Il appuie le pouce contre son menton, comme chaque fois qu'il tente de résoudre un problème.

— C'est vrai que je travaille beaucoup ces derniers temps. J'essaie de me remettre du remariage de ta mère.

Je déplace la nourriture dans mon assiette d'un geste morne.

— Je sais. Moi aussi.

Il me prend la main.

— Tu as tout à fait raison, ma chérie. Cela demandera un peu d'effort, mais je vais réduire mes heures. Peut-être que nous trouverons enfin le temps d'aller racheter des meubles, comme nous en parlions ? Je pourrais aussi réapprendre à connaître le jeune Worth. Du moins, si tu le souhaites.

— Je ne crois pas qu'il va revenir. J'ai dit des choses qu'il ne me pardonnera sûrement pas.

— Mais si. Qui ne te pardonnerait pas ? Et si je nous préparais un bon dîner quand vous vous serez réconciliés ? Tu me dis quand, et je m'occupe de tout.

La soirée se déroule comme d'habitude. Mon père regarde les infos allongé sur le canapé. Moscou me suit dans l'escalier quand je monte faire une lessive. C'est lorsque mon père se couche après m'avoir souhaité bonne nuit que ça devient bizarre.

Je passe une demi-heure assise à mon bureau à faire la liste des personnes susceptibles de savoir que des petites filles ont disparu autrefois. D'après Griever, quand elle était enfant, les gens ont essayé de le cacher. Est-ce que ça arrive encore ? « Étouffer une affaire » évoque des fans de la conspiration, enfermés dans des laboratoires en sous-sol, qui passent leur temps à accuser les maires de petites villes de dissimuler des ovnis. Je n'aime pas l'idée de faire partie de ce groupe-là. Toutefois, il est indéniable que plusieurs petites rouquines ont disparu dans les années trente, dont au moins deux sont passées par le vieux Sentier nordique ou le rocher. Il y a très longtemps, quelqu'un a effacé les noms et les dates de naissance sur plusieurs tombes du cimetière : était-ce celles des trois petites filles dont nous avons retrouvé la trace, et des autres enfants disparus ?

Sam avait raison lorsqu'il a émis la théorie que le vandale tentait d'étouffer la légende de la Présence en détruisant la preuve de ces crimes.

La police ne peut pas ignorer l'existence de ces affaires non résolues du siècle dernier ! Et s'ils savent, pourquoi ne pas en parler ? Pourquoi ne pas avoir relié l'affaire de Jeanie, et celle de la fille du cimetière ?

Je dois découvrir qui à Savage sait, et convaincre ces gens, quel que soit leur nombre, d'agir, de révéler ce secret afin que le FBI, la CIA ou la NSA, enfin, ceux qui gèrent ces délires paranormaux, s'occupent de la Présence. Mettre au grand jour le véritable prédateur est la seule façon de blanchir M. Talcott. Bien sûr, je progresserais plus si je discutais de mes idées hallucinantes avec mes amis. Seulement, Zoey m'a lâchée quand j'avais besoin d'elle hier soir ; quant à Sam, j'aurai de la chance s'il me reparle un jour... Alors, je dois me débrouiller seule.

Les habitants de Savage savent sans doute que des événements similaires se sont produits il y a quatre-vingts ans. La liste est longue : les historiens locaux, le maire, les membres de la famille Berg, installée là depuis six ou sept générations... Sans parler des gardiens du vieux cimetière, qui ont forcément vu les tombes vandalisées. Je suis sûre que j'en oublie, mais ce n'est déjà pas mal pour moi toute seule.

Après avoir hésité un bon quart d'heure, je rassemble mon courage et me lance. Je sais que je prends un gros risque en appelant l'inspecteur Shane.

— Allô ? répond une voix rauque.

— C'est Stella, dis-je timidement.

Un matelas qui grince, des chuchotements. Un instant plus tard, j'entends le bruit des voitures qui passent à toute vitesse, comme si Shane était sorti au bord d'une autoroute. Il doit vivre non loin de la nationale.

— Stella, qu'est-ce qu'il y a, bon sang ? Pour une fois que je me suis couché avant minuit !

Je prends une grande inspiration : c'est maintenant ou jamais.

— Depuis quand le savez-vous ?

— Que je sais quoi ? Il est trop tard pour les devinettes !

— Depuis combien de temps vous êtes au courant pour la Présence, ou quel que soit le nom que vous lui donnez ? Quand vous l'avez appris, vous êtes-vous rendu compte que c'est la créature de l'histoire de votre grand-mère ?

— Que… de quoi tu parles ? Ton père est là ?

Il se met à chuchoter, furieux :

— C'est inacceptable ! Ton père n'apprécierait pas que tu me sortes du lit pour m'accuser de… de…

Bingo ! Sa réaction confirme mes soupçons.

— Vous aviez des doutes jusqu'à la disparition de Jeanie, hein ? Je parie que vous auriez voulu me poser des tas de questions quand je suis revenue en parlant de monstres, et que l'inspecteur Rhino Berry s'y est opposé !

Les pièces de puzzle s'emboîtent enfin. Je poursuis :

— Je lis beaucoup, et je sais que d'habitude, la police ne révèle pas les détails des crimes.

En réalité, je l'ai appris grâce aux rediffusions de *New York police judiciaire*, mais c'est trop embarrassant de l'avouer.

— Ce sont des choses qu'ils gardent secrètes en attendant d'avoir un vrai suspect. Mais vous n'avez interrogé personne. Vous n'avez rien dit sur les monstres.

— Hé, attends une seconde ! siffle-t-il. Ce sont des accusations sérieuses, jeune fille ! Nous devons en parler, tous les deux.

Je ne peux empêcher ma voix de trembler.

— Combien de temps avez-vous l'intention de les aider à dissimuler la vérité, Shane ? Et de me mentir ? Vous avez mis le père de Jeanie en prison alors que vous savez très bien qu'il n'est pas coupable ! À cause de vous, Daniel croit que son père est un meurtrier !

— Kent Talcott a avoué ! rugit Shane.

— Et alors ? Sa femme et sa fille sont mortes. Il est perturbé ! Ça vous surprend ?

— Je ne veux plus en parler au téléphone, Stella !

Sa voix saccadée prouve qu'il a du mal à rester calme.

— Nous avons reçu des plaintes de tapage nocturne à cause d'une soirée chez Cole Damsk. Tu y es ? Je peux t'y retrouver.

Je n'ai jamais eu peur de l'inspecteur Tim Shane. Je lui faisais plus confiance qu'à quiconque, à part Zoey, mais, là, l'inquiétude me pousse à lui mentir :

— Oui, je suis dans la salle de bains à l'étage. Mais je ne vais pas rester longtemps, alors peut-être demain.

Je raccroche avant qu'il réponde. Et voilà, j'avais raison ! Bizarrement, ça ne me donne aucune satisfaction, seulement la sensation de perdre pied.

Je me réfugie sous mes draps. Je murmure à l'oreille de mon lapin :

— Je voudrais que Sam soit là !

Je finis par me détendre et décide de ne plus penser à tout ça jusqu'à demain. Je suis à moitié endormie, plongée dans cet entre-deux-mondes peuplé de silhouettes difformes, quand mon téléphone sonne. Je m'attends à ce que ce soit Shane, en colère, mais c'est Caleb.

— Stella…

Sa voix est noyée par la musique.

— Il faut que tu viennes me retrouver ! Je suis chez Cole. Zoey est bourrée… J'ai voulu lui parler de Jeanie… Elle a pété un câble et s'est enfuie dans les bois.

Les bruits s'évanouissent au fur et à mesure qu'il s'éloigne de la maison.

— Si elle t'entend l'appeler…

J'ai sauté du lit et j'enfile mon legging avant qu'il ait fini.

— J'arrive. Rendez-vous devant chez Cole.

— Merci, Stella ! crie-t-il.

J'enfile à la hâte une paire de Converse ainsi qu'un sweat à capuche. J'espère que Zoey sera trop paniquée pour piquer une crise quand elle verra que je suis sortie sans maquillage. Je me fais une queue de cheval en descendant l'escalier, sur la pointe des pieds pour ne pas réveiller mon père.

Je saute dans ma voiture, tourne la clé, je m'élance à toute vitesse. Comme Zoey, Cole vit à l'autre bout de Savage, mais elle, c'est dans un nouveau quartier aux jardins immenses qui s'étend jusqu'à la lisière du parc de Blackdog. Les maisons sont de mini-manoirs, avec des piscines à cascades, des *home cinema* et des allées sinueuses.

Je fonce comme une folle sans m'arrêter aux stops et aux feux rouges. L'idée de Zoey seule, soûle et vulnérable qui erre dans les bois alors que le monstre est en chasse m'est insupportable. Je refuse de perdre quelqu'un d'autre. Surtout Zoey ; je n'y survivrais pas.

J'arrive à une fourche. À droite, la voie rapide qui mène au vieux cimetière et au lac de Blackdog. Je prends à gauche. Moins de deux kilomètres plus loin, il y a l'allée de Cole. Des voitures sont garées tout le long, la plupart de façon anarchique, plus sur le gazon que sur les graviers. La maison est pleine à craquer. Les lanternes aux couleurs vives qui pendent à la corniche du toit lui donnent l'air d'un pain d'épice qui brille comme un phare tout près de la forêt sombre. J'abandonne ma voiture mal garée en travers du garage à quatre places et file vers l'entrée.

Caleb fait les cent pas en bas de l'escalier, le regard rivé à son téléphone, sans se soucier des cris des fêtards éméchés assis sur les marches.

Je l'appelle ; il redresse la tête et me fait signe de le suivre. Je dépasse un groupe de lycéens agglutinés autour d'un fût de bière et sors mon téléphone : je cherche le nom de Sam pour lui dire où je suis. Je ne veux pas qu'il croie qu'après ce qui est arrivé ce matin, j'avais envie de faire la fête. Cela dit, ce n'est pas une très bonne idée de l'appeler en pleine nuit, alors que je l'ai accusé d'un crime innommable. J'appuie sur « raccrocher » après la première sonnerie et glisse le téléphone dans la poche de mon sweat. Je l'appellerai demain ; je lui demanderai pardon. Je suis sûre qu'il me dira non, mais je tenterai ma chance.

Je rejoins Caleb qui m'attend à la lisière du bois.

— Où est Michaela ?

Les basses font vibrer le sol.

— Elle est déjà rentrée. Zo buvait avec un type, puis elle a appelé pour qu'on la ramène. Alors, je me suis pointé et elle a pété un câble. Elle s'est mise à hurler et à pleurer. La totale.

Il lève les bras.

— Je ne l'ai jamais vue dans cet état !

Il est en nage et tout rouge : il a dû lui courir après. Je demande :

— Dans quelle direction elle est partie ?

Caleb pointe le faisceau de sa lampe de poche vers les marais et le lac.

— Viens ! dit-il en me prenant par le coude.

Les gens disent qu'avant un terrible événement, ils ont eu une intuition. Les victimes regrettent de ne pas l'avoir écoutée. J'ai toujours cru que c'était n'importe quoi, qu'elles s'en voulaient de ne pas s'être méfiées. Mais lorsque Caleb me touche, je ressens un petit frisson de panique dans la nuque. Je secoue la tête, et il disparaît. Je me dis que c'est juste la chair de poule causée par la musique trop forte et l'air frais.

Nous nous enfonçons dans les bois au petit trot. Des peupliers, des bouleaux et des pins s'entremêlent, encadrant des bouts de ciel éclairés par la lune. Je saute par-dessus des racines noires qui surgissent du sol. Caleb balaie chaque clairière de sa torche, gauche-droite, gauche-droite. Le faisceau dessine les ombres allongées des arbres.

Je crie : « Zoey ! C'est moi ! T'es où ? » sans m'arrêter.

Au bout de dix minutes, je me plie en deux pour reprendre mon souffle.

— Tu crois vraiment qu'elle est allée si loin ? On est à mi-chemin du lac ! Elle ne traverserait jamais le marais toute seule en pleine nuit.

Caleb s'arrête à côté de moi.

— En tout cas, elle n'est pas rentrée, souffle-t-il, l'air paniqué. On l'aurait vue.

— Hé…

Je mets la main sur son épaule. Son sweat est humide ; il tremble violemment.

— Caleb, regarde-moi ! On va la retrouver.

Il recule.

— Ça va, dit-il d'une voix mal assurée.

Il hoche la tête comme pour s'en convaincre, puis ajoute plus fort :

— On continue !

Le hululement lointain d'un oiseau de nuit me fait frissonner.

— Tu n'as pas vu dans quel état elle était, Stella ! Je parie qu'elle était trop soûle pour retrouver son chemin, ou même se rendre compte qu'elle était allée aussi loin.

Il éclaire les fourrés et regarde autour de lui, de plus en plus affolé.

Je me frictionne les bras.

— On va la retrouver, d'accord ? Ne t'inquiète pas. Zo est la personne la plus débrouillarde que je connaisse.

Je veux y croire ; seulement personne ne s'échappe de ce qui rôde dans ces bois – sauf moi. Soit j'ai réussi à fuir la Présence, soit elle ne voulait pas de moi.

Caleb se gratte la nuque sans cesser de scruter les bois.

— OK. Je vais essayer de la joindre, dit-il.

J'aurais dû y penser ! Avec un peu de chance, son portable est dans sa poche, et non pas dans son sac laissé chez Cole.

Pendant qu'il prend son téléphone, la lumière de sa torche révèle la peau de son avant-bras abîmée par la varicelle. Les cicatrices lui donnent l'aspect d'une membrane crevassée. C'est une main de lépreux, *noueuse*.

Mon cœur manque un coup.

Je souffle :

— Caleb, je me souviens… de doigts noueux dans les cheveux de Jeanie.

Il fait un pas en avant. La lumière m'éblouit, je ne vois pas son expression. Je mets la main en visière.

— Mais ce n'était pas toi ! Tu étais malade, dis-je, haletante.

Je secoue la tête pour reprendre mes esprits.

Une branche craque derrière moi ; en même temps j'entends la sonnerie d'un portable. Ce n'est pas celui de Zoey. Je me retourne juste à temps pour voir Daniel arriver, le visage illuminé par la torche. Il brandit une énorme branche. Il l'abat sur moi sans que je puisse l'éviter.

Chapitre 27

Je tombe par terre. Il y avait quelque chose de pointu au bout de la branche, qui s'est enfoncé profondément dans mon épaule. La douleur se propage jusqu'à ma poitrine, le long du bras.

Daniel dégage la branche ; j'entends ma peau et mes muscles se déchirer avec un bruit de fermeture Éclair.

— Qu'est-ce que tu fous ? crie Caleb.

Daniel rigole, comme s'il avait raconté une blague.

— Cette sale peste le mérite ! Ce qui est arrivé à Jeanie, c'est sa faute.

Je me tortille par terre, réduite à une seule sensation : la douleur. Une douleur brûlante, violente, si forte qu'elle a son propre pouls. Malgré la blessure, l'évidence du danger que je cours, la menace ne me semble pas réelle. Seules le sont la souffrance et la confusion. Je me demande comment nous en sommes arrivés là tandis que Daniel et Caleb se disputent en chuchotant.

Les forces me quittent, ma vision s'étrécit, et je lutte pour rester consciente. L'instinct me dit que, pour survivre, il ne faut pas que je perde connaissance. Je suis secouée par un rire hystérique face à l'absurdité de cette situation. Je me mords la lèvre pour m'empêcher de m'évanouir. Je louche sur mon épaule : mon sweat est déjà noir de sang. Le rire s'éteint dans ma gorge. Les doigts écartés dans la poussière, je tâtonne autour de moi, cherchant quelque chose, n'importe quoi, qui me servirait d'arme. Puis je me rappelle : mon téléphone ! Le dernier numéro que j'ai appelé est celui de Sam.

Je le sors de ma poche, appuie sur « appeler » et le colle à mon oreille. À l'autre bout, Sam prononce mon nom. J'ai envie de crier le sien. Je ravale un sanglot et remets mon portable dans mon sweat sans qu'ils le remarquent.

— Caleb ! Daniel !

La douleur s'intensifie. Je crie :

— Mon père sait que je suis chez Cole ! Il sait que sa maison donne sur le lac.

Voilà. Ça devrait suffire à Sam.

Daniel me foudroie du regard.

— La ferme ! ordonne-t-il. On perd du temps. Viens, Caleb, il faut la déplacer.

Ils s'approchent de moi. Je m'arc-boute, griffant la terre glissante derrière moi, mais il est impossible d'échapper à la force de deux hommes surtout avec une telle blessure. Ils m'obligent à me lever et passent mes bras autour de leur cou. Mon épaule irradie de douleur quand ils se mettent en mouvement. Ils avancent à grands pas dans les bois ; mes pieds ne touchent pas le sol, je suis balancée d'avant en arrière. Ils ont du mal à marcher en rythme. J'ai l'impression qu'on m'écartèle. Alors que nous descendons une pente raide, mon téléphone est projeté hors de la poche de mon sweat ; il rebondit sur mon genou et tombe par terre. Je viens de perdre ma seule chance de garder contact avec Sam et d'appeler à l'aide.

Ils se dirigent vers le lac en contournant les marécages. Le sol est dur mais inégal. On n'entend plus la musique. Comme j'aimerais être à la place de n'importe qui à cette fête !

Nous étions plus près du lac que je le croyais : dix minutes plus tard, j'aperçois le reflet de la lune sur l'eau. Elle est pleine, laiteuse ; seules quelques bandes de nuages l'obscurcissent. Arrivés sur la rive les garçons ralentissent ; ils avancent avec prudence sur les rochers.

— Qu'est-ce que tu fais, Daniel ? gémis-je. Je t'aidais ! Je n'ai pas renoncé à retrouver le tueur de Jeanie. Je te jure !

— Mais t'es conne ou quoi ? siffle-t-il. Tu piges pas ? C'est bien ça, le problème ! Un de ces jours tu te serais rappelé que c'était moi !

Son aveu me gifle de plein fouet. Non ! Je lui faisais confiance, je le protégeais ! Pendant des années, je l'ai défendu, je me suis justifiée auprès de lui d'avoir survécu. *Je le hais. Je le hais.* J'essaie de m'écarter de lui, mais il me retient, enfonçant les doigts dans ma blessure. Je hurle à m'en arracher les poumons.

— Caleb, je t'en supplie, dis-je d'une voix rauque. Aide-moi.

Ils me lâchent près de vaguelettes qui caressent les galets. J'atterris sur les genoux ; les pierres transpercent mon legging.

— Oh, ma pauvre, se moque Daniel. Caleb ne t'aidera pas. Il est avec moi.

— Non, c'est faux !

J'essaie de me relever, mais je bascule en arrière. L'eau glacée me mord la peau. Le froid me permet de me concentrer. Je m'éclabousse l'épaule pour éteindre le feu qui y brûle.

— Nous n'étions que des enfants, Caleb.

Je n'arrive pas à détourner les yeux de ses mains. Le jour où Jeanie a été enlevée, elles devaient être marquées par la varicelle.

Je supplie :

— Caleb, ce n'est pas possible ! Nous n'étions que des enfants.

Caleb se tient tout près de la rive. Sa silhouette me rappelle la flamme tremblante d'une bougie, une bougie sur le point de s'éteindre.

— Il ne s'agit pas que du fait qu'on ait joué dans les bois. Je t'ai menti tout à l'heure, marmonne-t-il d'un ton résigné.

Je tends les bras vers lui dans l'espoir qu'il m'aidera à me relever, qu'il nous sauvera.

— La police comprendra, dis-je. Tu n'avais que neuf ans ! Quoi que tu aies fait, ce devait être un accident. Tout ira bien.

— C'est trop tard, lâche-t-il.

Sa voix se brise.

— Il n'y a pas que Jeanie. S'ils apprennent ce que nous avons fait, ils nous accuseront du meurtre de la fille du cimetière aussi.

Il se laisse tomber à genoux. La torche lui échappe des mains et atterrit sur les rochers.

— Je ne lui ai rien fait ! Je te le jure, Stella. Je n'étais même pas à Savage. Je suis venu quand j'ai vu aux infos que tu avais trouvé le corps. C'est ce truc qui l'a attaquée. Je n'ai rien à voir là-dedans. Son cadavre a juste… surgi et réveillé cette affaire.

Il cogne les galets de son poing. Une fois, deux fois, trois fois. Du sang coule de ses doigts, mais s'il a mal il ne le montre pas.

Il s'appuie sur les talons.

— Personne ne nous cherchait ! Pas avant qu'on découvre ce cadavre. Peut-être que c'est le diable qui nous punit ?

Il se couvre la bouche de sa main blessée. Lorsqu'il baisse la main, il y une tache de sang sur ses lèvres.

— Tu crois que ce truc nous en voulait d'avoir chassé sur ses terres ? D'avoir pris quelque chose qu'il voulait ? Tu crois qu'il a tué cette petite fille pour réveiller l'affaire Jeanie, et pour qu'on se fasse choper ?

À chaque mot, la voix de Caleb devient un peu plus méconnaissable. Il déglutit, s'étrangle avec ses larmes, avec son souffle. C'est ce qui arrive à ceux qui voient des monstres cachés dans l'ombre.

Il se balance pour se calmer, comme un enfant.

— Non, ce n'est qu'une coïncidence, marmonne-t-il pour lui-même. Mais qui le croira ? Ils voudront nous faire payer.

Il se redresse soudain et murmure :

— C'est ça ! Ce n'est qu'une coïncidence.

Les paroles de Caleb agissent sur moi comme un électrochoc. *Il n'y a pas de coïncidences.*

Je cherche quelque chose qui contredirait les faits.

— Daniel, ton père a… tout avoué.

Daniel fait les cent pas en donnant des coups de pied dans les galets.

Je m'écrie :

— Tu as dit à la police qu'il était coupable !

Je tremble, parce que je préfère que ce soit M. Talcott, plutôt que Caleb et Daniel.

Daniel joue négligemment la branche avec laquelle il m'a frappé.

— C'est sa faute si on chassait un monstre dans les bois.

Il se fige.

— *Et il le sait.* Il sait qu'il nous a donné l'idée. Tu ne comprends pas ? C'est cette chasse au monstre qui a tué Jeanie. *C'est sa faute à lui* !

Il se met à crier :

— Il savait que c'était sa faute si je l'ai fait, si j'ai fait *tout ça* ! C'est pour ça qu'il a avoué. Et je l'ai laissé faire parce que sans lui rien ne serait arrivé.

Il serre les dents, secoue la tête.

— Ce n'était pas ça, le plan. C'était Griever. C'est sa faute aussi. Si on ne l'avait pas vue tuer un chien, on n'aurait même pas pensé à l'imiter.

— Mais il lui *fallait* un sacrifice, murmure Caleb.

Daniel sourit – ou grimace, je ne sais pas.

— Jeanie et toi, vous étiez dans les bois. Nous, on tirait à l'arc. Caleb a dit qu'on devait donner un peu de sang à la créature.

Il jette à Caleb un regard dur.

— Je t'ai visée. La flèche devait seulement t'érafler.

Il se tient au-dessus de moi droit comme un I. Sa main est couverte de mon sang. La boucle est bouclée : nous voilà tous réunis, et il a enfin le sang qu'il destinait à notre prédateur.

— Mais c'est ma sœur que la flèche a touchée, continue-t-il d'une voix sourde. Elle s'est enfoncée dans son ventre.

Il pose le regard sur moi.

— Je t'ai dit de rester avec elle, mais tu as désobéi. Nous n'avons pas pu y amener ma mère. La forêt était trop grande. Tu t'es pointée une heure plus tard en chouinant et sans toi pour marquer le lieu où était Jeanie…

Je ne peux plus soutenir son regard.

— Mais, Caleb, tu ne pouvais pas y être ! Tu étais chez toi, tu avais la varicelle. Comme Zoey.

Je proteste pour la forme, tout en me disant que je dois revoir les mains de Caleb, pour être sûre.

Je me traîne vers lui avec appréhension. Je soulève son bras, j'essuie les traces de sang et je plisse les yeux. Soudain, tout devient clair. Ces pâles cicatrices que j'ai vues un million de fois étaient des boursouflures rouges et suppurantes lorsqu'il tenait la tête de Jeanie. Désormais, on les remarque à peine. Tout semble plus grand quand on est petit. Les enfants voient des monstres partout.

— Vos deux maisons sont reliées par la forêt, dis-je. Tu t'es éclipsé et tu es revenu sans que personne s'en rende compte.

Comment ai-je pu croire ne serait-ce qu'un instant

en quelque chose d'impossible ? Les monstres n'existent pas ; il n'y a que des gens cruels. Shane avait raison : on ne peut pas savoir ce que les gens ont vraiment en eux.

— Caleb…

En prononçant son nom, je suis submergée par une vague de souvenirs. Je le revois qui construit une cabane avec des couvertures, qui me soulève pour me montrer le nid d'oiseau sur le toit du porche ; je revois son sourire lorsqu'il attendait devant la maison de ma mère en décembre dernier. Avec lui, je me sentais en sécurité. Je me mets à hurler :

— Pourquoi tu es venu tout à l'heure ? Tu jouais la comédie ?

Je le pousse, je veux le forcer à me regarder dans les yeux, mais il détourne son visage.

— Tu voulais savoir ce dont je me souvenais, c'est ça ? Tu m'as menti ! Toi, mon frère !

Je tambourine contre sa poitrine, mais il ne redresse pas la tête. La douleur dans mon épaule et celle dans mon cœur me font baisser les bras. Je pleure à grosses larmes.

C'est Daniel qui répond à la place de Caleb :

— Il fallait qu'on sache si tu laisserais tomber après l'arrestation de mon père, ou si tu continuerais à fouiner.

Je m'efforce de me calmer. Je dois retrouver mon sang-froid si je veux survivre. Il faut que je m'échappe, ou que je trouve le moyen de quitter les bois avec eux. La mort de Jeanie était un accident. Un tragique accident.

— Pourquoi vous n'avez pas dit à la police que c'était un accident ?

Daniel fait les cent pas ; il se passe les mains dans les cheveux comme s'il voulait les arracher. Son calme inquiétant est passé, la tempête est de retour.

— Il n'y a pas de corps, aucune preuve. Ma mère l'a caché aux flics parce qu'elle croyait qu'on avait fait un truc tellement horrible à Jeanie qu'on avait dû se débarrasser de son cadavre. Je n'ai même pas pu prouver que je ne voulais pas faire de mal à ma sœur, parce que tu n'es pas restée avec elle comme je te l'avais dit !

Il a un haut-le-cœur.

Alors, si les Talcott me regardaient comme ça pendant toutes ces années, ce n'était pas parce que j'avais survécu à la place de Jeanie : ils m'observaient en se demandant ce que j'avais vu ce jour-là, ce que je dirais quand je m'en souviendrais, quand je leur volerais leur autre enfant.

— Ma mère ne m'a plus jamais regardé de la même manière, dit Daniel plus fort, perché sur les rochers. Et puis, Jeanie me suivait partout. À six ans, c'était une sale petite peste, elle n'était jamais d'accord avec moi, elle ne la bouclait jamais. J'ai essayé de lui donner une leçon.

Il serre les poings. J'ai déjà entendu ces mots : *Ne me force pas à te donner une leçon.*

Daniel le disait à Jeanie quand il croyait que personne n'entendait. Les événements défilent devant moi comme si j'y étais. Il avait cette boîte à café rouillée, dont le couvercle était percé pour que les araignées puissent respirer. Tous les trois, Daniel, Jeanie et moi, nous étions derrière les fraisiers. Daniel voulait qu'on cherche les pelotes de hiboux, les boules d'os et de membranes qu'ils vomissent. Il aimait les disséquer, reconstruire les petits squelettes. Jeanie lui a dit qu'on préférait jouer à la poupée. Pour la punir, il lui a collé la boîte dans les mains. Elle a ravalé ses larmes : elle avait la phobie des araignées. Je m'en souviens maintenant, cette boîte : c'est celle qu'elle porte en collier sur le Polaroid.

J'avais six ans. Je ne comprenais pas que c'était ainsi que Daniel la punissait, lui donnait une leçon pour qu'elle lui obéisse.

Daniel étrangle un ricanement.

— Pas surprenant qu'elle me fasse chier même après sa mort !

Il le dit comme s'il assistait au spectacle de mon souvenir.

— Je la vois partout. Je surprends son reflet derrière moi. J'entends sa petite voix de grenouille. Elle me provoque. Elle veut que je sois puni.

Il franchit la distance qui nous sépare, me regarde d'en haut. Je rentre la tête dans les épaules.

— Elle attend que tu retrouves la mémoire ! crie-t-il. À l'anniversaire de sa mort, c'est encore pire. Impossible de fermer les yeux sans la voir. Je la trouve où que j'aille ; elle rit, elle me regarde, elle marche sur le trottoir…

Il se redresse. Quelque chose a changé en lui. Il paraît grandir sous le ciel nocturne comme s'il aspirait son immensité.

— Tu n'imagines pas comme j'étais tout le temps terrifié à l'idée que tu pouvais te souvenir.

Il lève la branche. Son extrémité acérée est juste au-dessus de mon visage.

— Pendant des années, j'ai essayé de te forcer à avouer, de te faire peur pour que tu la boucles à jamais. Puis j'ai compris : ce n'était pas une histoire de *si*, mais de *quand* ça te reviendrait.

Il me lance un regard plein de haine : on dirait que je suis l'ennemie, la tueuse décidée à l'achever.

— Il fallait que je revienne. Que je retrouve le corps de Jeanie. Ça m'a bien foutu en l'air, de ne jamais remettre la main dessus. Il est pourtant quelque part dans les bois, où tu l'as laissé. Sauf si Griever l'a pris, et l'a enterré. Alors, j'ai pensé que, si je le trouvais chez elle, je ferais croire que c'était elle la coupable, et les flics l'arrêteraient. Devant une telle preuve, personne n'en aurait rien à foutre, de tes souvenirs.

Il se penche un peu plus ; la pointe de la branche me touche la tempe.

— Tu sais que ma mère s'en est prise à moi lorsqu'elle a su que le cadavre de la rouquine a été découvert au cimetière ? Elle était persuadée de ma culpabilité. Après le feu de joie, elle a attendu pendant des heures que je rentre. Elle allait parler aux flics. Tu y crois ?

Il esquisse une grimace de haine.

— Elle allait dénoncer son propre fils ! Mais, avant, elle voulait me le jeter à la figure. Elle m'a dit en pleurant que la rouquine était la preuve dont elle avait besoin : j'étais aussi malade qu'elle l'avait toujours cru.

Daniel étouffe un sanglot et brandit le bâton ensanglanté comme pour me frapper, puis, au dernier moment, il le lance dans le lac.

— Je l'ai suppliée de m'écouter. Mon père dormait à ce moment-là.

Il se frotte brutalement les joues, déformant ses traits.

C'est alors que je comprends : il n'y a pas de salut possible. Nous ne sortirons pas des bois ensemble. Là, il ne s'agira pas d'un accident…

— Elle chialait comme une hystérique. Et puis… elle m'a tourné le dos pour appeler les flics. J'ai eu un mal fou à maintenir le fil du téléphone autour de son cou.

Il se serre la gorge et imite le geste.

— Elle était plus forte qu'elle en avait l'air.

J'ai la tête qui tourne. *Ce n'est pas possible.* Pas Daniel. Pas Caleb. *Surtout pas Caleb.*

— Mais mes cheveux… Ils étaient nattés quand je suis rentrée.

C'est un truc complètement idiot à dire. Comme si ce détail pouvait me sauver, comme si j'étais en mesure de prouver ainsi à Daniel qu'il n'était pas coupable et qu'on peut tous rentrer chez nous.

— Ma mère t'a fait taire, dit Daniel. Tu pleurais comme un veau parce que tu t'étais perdue. Elle ne pensait pas que ta mère le remarquerait. Mais j'ai passé trop de temps à m'inquiéter de ce que tu soupçonnais ou de ce dont tu te souvenais.

Il affiche un sourire en coin.

— Tu deviens gênante. Zoey était gênante.

Zoey !

Je hurle :

— Caleb, où est Zoey ?

Caleb me regarde, avec un visage de gargouille triste taillé par les ombres.

— Je lui ai dit de la boucler. Je l'ai prévenue ! Elle n'arrêtait pas de crier : « Comment tu as pu me le cacher ? Comment ? Comment ? Comment ? »

On dirait un animal agonisant. Il me prend les bras et me secoue, la lèvre tremblante.

Je me raidis.

— Caleb, qu'est-ce que vous lui avez fait ?

— Je… je ne voulais pas la frapper, mais elle n'arrêtait pas, soûle, de me cracher à la figure. Elle m'a attiré dehors, elle m'a giflé.

Caleb me relâche, se claque la joue.

— Elle a dit : « Je te connais ! » Comme si elle me voyait de l'intérieur. « Je sais ce que tu caches ! »

Il imite la voix nasale de Zoey.

— « Je lis la culpabilité sur ton visage ! » Je ne voulais pas la frapper.

Il fait demi-tour et retourne vers le bois. Ce n'est plus le Caleb qui accrochait l'appât à ma canne à pêche quand j'étais petite parce que je ne supportais pas de toucher les vers, plus le Caleb que j'ai toujours considéré comme un frère.

Je fais mine de le poursuivre mais Daniel m'attrape par la queue de cheval et me force à me relever.

Je gémis :

— Qu'est-ce que tu as fait à Zoey, Daniel ?

Avec un grand sourire, il me fait pivoter face au lac.

— Rien. Cette sale curieuse n'arrêtait pas de poser des questions ; alors Caleb l'a frappée, et elle a pété un câble. C'est là qu'elle a eu l'idée du siècle.

Daniel m'attire à lui. Je regarde dans la direction

qu'il montre de son bras tendu. Au centre du lac se trouve une petite plate-forme pour les nageurs, à peine assez grande pour qu'on s'y allonge. Zoey et moi allions bronzer là en troisième quand les terminale envahissaient la crique.

— Elle s'est enfuie, sans doute pour chercher de l'aide. Mais comme elle était soûle, elle a couru dans les bois, au lieu de s'en éloigner. Il faut dire qu'elle est super rapide, même complètement bourrée !

Il chuchote ces horribles paroles à mon oreille.

— Elle a fini par arriver au lac, et s'y est enfoncée. Je l'ai entendue haleter quand elle nageait vers la plate-forme. Elle était tellement pétée qu'elle devait s'étouffer avec son vomi. Puis plus rien. Une fois arrivée, elle a sûrement perdu connaissance. Elle ne devrait pas tarder à retomber dans l'eau.

De la salive brille sur ses lèvres étirées en un rictus épouvantable.

— Elle s'est noyée.

Chapitre 28

— Tu vas me tuer moi aussi ?

J'essaie d'être courageuse, mais les forces m'abandonnent et je sanglote. Je me passe l'avant-bras sur le visage pour essuyer la morve.

— Non, ma belle, tu vas le faire toute seule.

Daniel resserre les doigts sur ma queue de cheval, me tord le cou pour que je le voie du coin de l'œil.

— C'est simple : tu vas mourir en essayant de la sauver.

Son haleine rance m'entoure pendant qu'il prononce ces paroles vénéneuses. Je passe la main sur ma blessure. Mon sweat est trempé de sang. Je ne tiens pas debout, et je ne pourrai jamais nager jusque là-bas. C'est ce qu'il veut ; c'est pour ça qu'il m'a blessée.

Un éclair passe dans les yeux de Daniel, qui sourit d'un air mauvais.

— Tu sais ce qu'on dira ? Zoey n'était qu'une petite

pute, elle se torchait toujours aux soirées. Personne ne s'étonnera qu'elle ait nagé trop loin. Quant à toi, son toutou, tu es tombée dans les bois pendant que tu essayais de la rattraper, puis tu t'es noyée en voulant lui porter secours. Tu as de la chance ! Moi, je voulais te dégommer, pour faire croire que ce truc qui fait flipper Caleb avait fini par te choper.

Je tremble de tous mes membres. Le pire, c'est que ce plan diabolique va marcher.

J'essaie de bluffer :

— Et si je ne le fais pas ?

Daniel hausse un sourcil.

— Tu sais quoi ? Si jamais tu arrives à la rejoindre, on ira la récupérer en barque, promis, dit-il en dessinant une croix sur son torse.

— Et moi ?

— Toi, on t'assommera et on te jettera à l'eau. Tu te noieras quoi qu'il arrive.

Il me pousse vers le lac.

— Mieux vaut se noyer que se faire dévorer, écarteler ou… Que fait déjà ton monstre à ces petites filles, Caleb ?

Daniel éclate de rire, comme si ce n'était qu'une vaste supercherie. Il tend le bras vers Caleb, accroupi à l'orée des bois.

— Il a vraiment de la merde à la place du cerveau ! J'en ai pas cru ma chance quand cet abruti a débarqué en ville. Ce gros lâche a pissé dans son froc quand je lui ai dit ce que j'avais fait à ma mère pour nous éviter la prison.

Il s'approche de Caleb.

— Qu'est-ce que tu m'as dit sur la fille du cimetière ? Que c'était l'œuvre du monstre, c'est ça ?

Il ricane et me regarde par-dessus son épaule.

— Il croit vraiment qu'une créature a mis le doigt d'un squelette dans la main de la rouquine !

Son sourire s'élargit. Il me fait un clin d'œil entendu comme cet après-midi-là à la crique, comme si nous connaissions tous les deux la blague. Puis il se tourne à nouveau vers Caleb.

— Tu crois qu'il a scalpé la fille, mangé un bout, puis remis le reste ? Ton monstre se contrôle drôlement bien !

Il crache par terre. Caleb regarde ses chaussures pendant que Daniel s'arrête devant lui.

— Hé, regarde-moi ! grogne le frère de Jeanie en postillonnant. T'es qu'un con ! Tu veux savoir ce qui rôde dans la nuit ?

Une pause.

— C'est moi ! Le monstre, c'est moi.

J'ai du mal à détourner les yeux de Caleb. Il ressemble tellement à sa sœur… *Zoey.* Mes jambes se mettent à trembler. Il faut que je coure, que je m'échappe. Je me tourne vers le lac, mon cœur battant à tout rompre. J'ordonne à mes pieds de bouger et j'avance en titubant dans l'eau.

Je pourrais tenter la fuite. Mais je suis blessée ; je ne serais pas assez rapide. Je regarde Daniel presser ses poings contre le torse de Caleb, qui essaie de le repousser. Ils ne font pas attention à moi. Avec un peu de chance, j'arriverais peut-être à me cacher dans les bois. Ou alors à nager ou plutôt à me laisser flotter jusqu'à ce que Sam arrive avec la police.

Il y a une douzaine de façons de m'en sortir. Mais à chaque minute qui s'écoule, le risque que Zoey se noie augmente. Même si je la rejoignais, je ne pourrais rien faire d'autre que la maintenir sur la plate-forme. Même si j'étais en pleine forme, je ne réussirais pas à la tirer, inconsciente, jusqu'à la rive opposée. Daniel et Caleb ont basé leur plan sur mon amour pour Zoey, sûrs que je mourrais pour elle. Et je ne peux rien faire d'autre que de jouer le jeu.

Lorsque je retire mon sweat, un spasme secoue mon épaule ; une vibration douloureuse menace de me faire perdre connaissance. Je retire mes tennis et mes chaussettes. J'avance un peu plus dans l'eau glacée. Super. Je peux ajouter l'hypothermie à la liste de ce qui risque de me tuer ce soir. Les dents serrées, je m'enfonce jusqu'à la taille, puis je plonge la tête sous la surface pour atténuer la douleur. Quand je remonte, la bouche grande ouverte, un cri silencieux s'élève de mes poumons gelés. Le froid me brûle, me déchire la peau, me lacère le dos, me pénètre la tête. Je plonge à nouveau. Je recommence dix fois avant de perdre toute sensation. Chose bizarre, maintenant que je ne sens plus mes bras, je peux bouger l'épaule. J'accélère : je sais que la mort est à mes trousses.

Dix brasses de plus. Le souffle coupé, les jambes en coton, je suis obligée de ralentir, puis de faire du sur-place. Je suis tentée de me laisser couler, comme si Jeanie m'attirait sous la surface. Non, Jeanie est morte ! Daniel et Caleb l'ont tuée. *Comme ils veulent tuer Zoey.*

Un éclair de panique m'électrise les membres.

Je me remets à nager, je ne m'arrête pas. Pas avant de toucher la plate-forme. Je m'y agrippe et je crie :

— J'y suis !

Il y a des voix étouffées au loin, mais elles sont noyées par le battement dans mes tempes. Je tâtonne au-dessus de moi ; mes mains glacées ne trouvent que du vide. Mobilisant le reste de mes forces, je contourne la plate-forme. Au moment où je passe le coin, je vois Zoey glisser dans l'eau. Je plonge pour la rattraper. L'eau est épaisse, comme si elle gelait petit à petit. Ou peut-être que c'est moi ?

Je donne un coup de pied et réussis à saisir Zoey par la taille et à atteindre la surface. Sa tête pend horriblement sur le côté, de l'eau s'échappe de sa bouche entrouverte. Je passe mon bras blessé sous le sien ; de l'autre, je m'accroche à la plate-forme. Mes ongles se cassent en s'enfonçant dans les planches.

— À l'aide ! crie-je en crachant de l'eau et de la bile.

Un rideau de nuage flotte devant la lune ; elle se reflète sur les vagues qui grandissent de plus en plus.

Soudain une voix me parvient, assourdie par le bruit de l'eau. C'est un hurlement fantomatique, porté par le vent.

— Stellaaa ! Tiens bon !

J'essaie de ne pas lâcher la plate-forme, mais mes doigts glissent, glissent…

Maintenant, c'est Zoey qui m'entraîne vers le fond. Je la serre plus fort. Ma Zoey : brutale, soupe-au-lait, loyale. Je ne la lâcherai pas ! Mes jambes sont un poids mort. Je ne peux pas nous maintenir à la surface, alors je m'accroche à elle.

Des bulles s'échappent de mon nez. Nous nous enfonçons dans les profondeurs opaques. Des doigts brûlants m'agrippent le cou. Des ongles me griffent la peau. J'ouvre la bouche pour crier, et l'eau remplit mes poumons. C'est la Présence qui vient m'achever ! Elle resserre sa prise. J'ai un haut-le-cœur. Je suis entourée d'un rouge démoniaque. Je ferme les yeux.

Soudain, je sens que l'on me tire hors de l'eau. Je suis trop fatiguée pour voir quel monstre me tient cette fois. *Non*, les monstres n'existent pas. Des gens cruels font le boulot à leur place.

Le rebord dur d'un bateau me racle le dos lorsqu'on me fait passer par-dessus. Puis des lèvres chaudes se posent sur les miennes. *Je les reconnaîtrais entre toutes.* Sam ! Il souffle de l'air dans ma bouche. De l'eau s'en échappe. Je tousse à m'arracher les poumons. J'ouvre les yeux : Sam est au-dessus de moi. Le soulagement rend son visage magnifique. Son expression passe d'inquiète à déterminée lorsqu'il se met à ramer. Sam est là ! Daniel et Caleb aussi… Sam est en danger à cause de moi. Je croasse :

— C'est Daniel qui a tué Jeanie.

Le sourire de Sam disparaît : il m'a entendue. Ma tête retombe sur le fond de la barque. Zoey est affaissée contre moi, son cœur bat très vite. Elle se balance au rythme du bateau, son front cogne contre ma tempe.

Je me redresse et regarde vers la rive. Shane est là. Il est venu chez Cole. Sam est tombé sur lui, et ils ont parcouru les bois à ma recherche. Ils se sont aventurés sur le territoire du monstre à cause de moi.

Les poings sur les hanches, Shane se tient sur la berge, contre le vent. Une fois à côté de lui, je me mets à vomir un fouillis d'avertissements, d'accusations, de supplications et de bruits incohérents. Il aurait dû savoir que c'était Daniel ! Il aurait dû me protéger. Il a mis un innocent en prison.

Sam me caresse les cheveux ; il chuchote des mots tendres à mon oreille. Je me balance, je vocifère, je délire, comme Caleb à cet endroit un peu plus tôt. Il y a laissé du sang, et moi, tout ce qui me protégeait de la vérité sur ce qui est arrivé à Jeanie : les visages troubles d'hommes à l'allure inhumaine qui l'ont enlevée, des monstres qui la chassaient dans les sous-bois. Ils me cachaient une réalité insupportable. Je m'accroche au tee-shirt de Sam, j'ai peur de perdre la tête.

Un hélicoptère atterrit dans un bruit assourdissant. Lorsqu'on me monte dedans sans Sam, je me débats à coups de pied, je craque. Je lui hurle que je suis désolée. Qu'il doit me pardonner parce que j'ai plus besoin de lui que lui de moi. Puis l'oiseau géant s'envole. Si je me calme, c'est parce que Zoey est à mes côtés, endormie paisiblement. Ma belle au bois dormant. Elle n'a pas à vivre tout ça.

Une fois à l'hôpital, je vois mon père qui fait les cent pas. Il est vêtu d'un pantalon de pyjama à rayures et d'un sweat-shirt. Ses yeux se remplissent de larmes : sa myopie ne l'empêche pas de constater que je suis dans un sale état. Je dois avoir l'air tourmentée, vidée de ma fureur : un fantôme trahi par un être aimé. Il ne pose aucune question pendant qu'on nous transporte aux soins intensifs.

Zoey subit un lavage d'estomac censé évacuer l'alcool. Ce doit à être à cause de ses soupçons sur Caleb ; incapable de supporter la réalité, elle a cherché l'oubli dans la vodka. Pendant que les médecins s'affairent autour de moi, discutant de la rapidité de récupération de mon tissu malgré l'exposition à des températures négatives (leur jargon, pas le mien), j'ai envie de leur demander de m'ouvrir. D'écarter mes côtes, de jeter un coup d'œil sur mon cœur. De percer un trou dans mon crâne, d'étudier mon cerveau. Je veux qu'ils diagnostiquent mon erreur fatale, qu'ils me débarrassent de cette chose, enfouie dans ma chair, qui m'a aveuglée si longtemps quant aux monstres qui m'entourent. Qu'ils la retirent telle une tumeur maligne.

Lorsque les médecins s'en vont, je fixe, hypnotisée, les quinze points de suture noirs qui referment ma blessure. On dirait les ronces qui poussent parmi les fraises. Ils sont là pour me rafistoler… Bon courage ! Je ne suis que le fantôme d'une petite fille qui a vu un frère tuer sa sœur. Un enfant qui en tue un autre ! Pas étonnant que je n'aie pas pu m'en souvenir.

Une infirmière s'active autour de moi, me borde dans un lit à roulettes. Elle me prête un miroir de poche. Je passe les doigts sur mes lèvres exsangues.

— C'est moins grave que ça en a l'air, dit-elle avec un sourire qui se veut rassurant.

Elle a tort. Tout est bien plus grave. Mais pourquoi le lui dire ? Elle ne comprendrait pas. Elle n'a pas failli se noyer en sauvant sa meilleure amie menacée par son propre frère. Elle n'a pas été attaquée par un adolescent qui a tué sa sœur et sa mère.

Les médecins finissent par décréter que je suis assez stable pour recevoir de la visite. Mon père, Sam et Shane entrent dans la chambre. Papa me serre dans ses bras, mais mon épaule me fait grimacer. Je prends de petites inspirations et lui promets que ça ne fait pas si mal. C'est faux, mais c'est en tout cas moins douloureux que le puzzle tranchant logé dans la matière grise de mon cerveau. Un monstre. Pas de monstre. Daniel et Caleb. La Présence. Le meurtrier de Jeanie. De la fille du cimetière, de Betty Balco. Tant de formes que ça en devient informe.

— On dirait que tu les as passés au hachoir, dit Shane en montrant mes ongles.

Il a deux cigarettes derrière l'oreille. Son visage est marqué par le souci. Il me tapote la tête de sa grande main.

— Je suis content que tu ailles bien, ma grande ! Tu m'en as dit bien assez pour le moment. On parlera du reste quand tu auras récupéré.

Les épaules voûtées, il tourne les talons. Je le rappelle :

— Shane ! Avez-vous trouvé Daniel et Caleb ?

Le visage partiellement dans l'ombre, il se retourne.

— Non, mais nous avons découvert des traces de sang, comme s'ils s'étaient battus. Nous avons pu reconstituer les événements. Caleb et Daniel ont poursuivi Zoey jusque dans l'eau. Ils t'ont blessée et retenue contre ta volonté. Daniel a avoué avoir tué Jeanie et Bev Talcott. Ils ont dû s'enfuir en entendant les sirènes. Nous les retrouverons, assure-t-il à mon père.

Satisfait par cette promesse de justice, papa hoche

la tête. Après le départ de Shane, il donne à Sam une tape dans le dos et m'embrasse sur le front.

— Je vais essayer de trouver un bon café et un muffin.

Il dépose un autre baiser sur ma joue.

— Ça va te remettre d'aplomb, ma chérie.

Soulagé d'avoir quelque chose à faire, il sort de la chambre.

Sam se penche par-dessus le lit. Il écarquille les yeux lorsqu'il voit les bleus sur mon cou : c'est la marque de sa main.

— Je suis désolé, murmure-t-il en passant les doigts sur ma peau abîmée. Si… s'il était arrivé quoi que ce soit…

Je baisse la tête et embrasse sa main.

— C'est moi qui suis désolée, pour ce que j'ai dit ce matin. Tu as été blessé, j'avais peur qu'il t'arrive quelque chose de pire. Quand tu t'es endormi, je me suis embrouillée, je suis devenue parano. Mais tu m'as sauvée, Sam.

Il doit penser que je parle de la noyade. Mais c'est plus profond que ça. J'entrelace mes doigts avec les siens. Je sens les cloques qui se sont formées sur sa paume à force de ramer.

Il s'assied sur le lit.

— Le jour où Jeanie est morte, mon père a bu trop de bière pendant la pause déjeuner. Il a lâché un appareil, et s'est cassé la jambe à deux endroits. J'étais aux urgences avec ma mère.

Je cache le visage dans le creux de mon coude.

— Je n'aurais pas dû te poser la question. J'aurais dû avoir confiance en toi, dis-je, la voix étouffée.

Sam écarte mon bras et m'embrasse sur la joue. Surprise, je cligne des yeux.

— Tu me pardonnes ?

Il rit tout bas.

— À ton avis ?

Je l'observe, émue. C'est vrai que j'ai de la chance ! J'ai Sam *et* Zoey. Ils sont tous les deux en vie. Les yeux fermés, je murmure :

— Daniel et Caleb ont tué Jeanie.

Le visage de Caleb surgit sous sur mes paupières : à genoux, il se balance en vociférant, les doigts en sang sur sa bouche. Il prétend en sanglotant que c'était la faute du monstre, que la Présence qui hantait Savage était sortie de l'obscurité pour se venger, parce que Daniel et lui avaient pris sa proie, Jeanie. Comment ai-je pu me tromper à ce point sur leur compte ? Je leur faisais confiance ! J'aimais Caleb !

— Et la fille du cimetière ?

Sam cherche mon regard.

Une idée me vient en tête. Elle n'est pas assez nette pour que je l'explique à Sam. Je dis :

— Daniel voit Jeanie partout. Il est persuadé que Jeanie attendait qu'il soit puni. Il la hait. Il a fait croire à Caleb que c'était la Présence qui avait tué la fille du cimetière.

Sam me fixe et se mord la lèvre.

— Mais, toi, tu n'y crois pas.

Je secoue la tête.

— Non, Sam. C'est cousu de fil blanc ! Daniel revient pour la première fois depuis des années, et on découvre un autre cadavre ? Et il n'y a pas que ça. Il a aussi dit que Caleb croyait que le monstre avait mangé un bout du crâne de la fillette. Nous ne lui avons pas parlé du bout manquant !

— Non, mais un policier aurait pu le lui dire pendant son interrogatoire, objecte Sam. Ou alors, Zoey l'a appris à Caleb, qui le lui a répété.

— Peut-être.

Je secoue la tête.

— Seulement, Daniel se vantait et il se moquait de la naïveté de Caleb. Il m'a fait un clin d'œil et a dit : « Le monstre, c'est moi. »

— Mais Betty Balco et les autres ? demande-t-il en s'allongeant à côté de moi.

— Elles ont été enlevées il y a presque quatre-vingt-dix ans. La police est au courant, Sam. Shane est au courant ! Il n'y a ni Présence ni monstre. C'est un humain, le coupable. Aujourd'hui, il est mort.

Je tourne la tête vers lui.

— Sam, jure-moi que tu vas arrêter de chercher, de croire à la Présence, aux monstres ou aux démons.

Il est dangereux de scruter trop longtemps le noir… Et je n'ai pas besoin d'un autre mystère qui me dévore, me rende aussi folle que Griever et Caleb.

— Et le folklore nordique ? fait Sam, le regard brillant.

Il est déterminé à résoudre cette énigme.

— Et s'il y avait autre chose qu'un fou qui dévore les enfants ? Et si c'était toujours là ? Deux des filles enlevées il y a des dizaines d'années étaient allées au rocher aux Nordiques. Et si c'était là que vit la créature ? Ça ne peut pas être une coïncidence !

Les coïncidences n'existent pas, me dis-je pendant qu'il continue :

— Est-ce une coïncidence que toutes les victimes soient rousses, comme Jeanie ? Que ces colons nordiques étaient probablement blonds ou roux ?

Sa détermination me terrifie. Je ne supporterai pas qu'elle le détruise.

— Nous ne saurons jamais si le folklore nordique est basé sur des faits réels ou non, lui dis-je en me pressant contre lui. Nous ne chassons plus de créatures mythiques dans les bois. Nous ne sommes plus des gamins de six ans, armés d'arcs et de flèches. Nous sommes plus sages.

Cependant ce n'est pas la sagesse qui me fait penser que les gens peuvent être monstrueux, même ceux que l'on aime, qu'aucune créature n'est aussi effrayante qu'un humain diabolique.

— Le monstre n'existe pas, Sam. Ce n'est qu'une légende. Quand Griever était jeune, des gens en parlaient. Un homme cruel connaissait cette histoire, et il a joué sur la superstition et la peur pour enlever les petites filles et s'en tirer à bon compte.

Sam me serre contre lui.

— Les habitants des petites villes ont tendance à paniquer, reconnaît Sam à contrecœur.

Il me caresse les cheveux.

— Il n'y avait pas vraiment de sorcières à Salem, mais ça n'a pas empêché les fanatiques de mettre à mort des femmes.

Je m'écarte un peu pour croiser son regard. Pour Sam, je dois être ferme. Je veux me montrer plus sûre que je ne le suis.

— Si on croit en ce qui n'existe pas, on devient

comme Griever. Je t'en prie, promets-moi que tu arrêteras de chercher.

Je lis l'hésitation dans le regard de Sam, mais il penche la tête et dit :

— Promis.

Une heure après le départ de mon père, je convaincs Sam que je peux rester seule jusqu'au lendemain matin. Au dernier moment, il se retourne sur le seuil, bloquant la porte ouverte du pied. Il sourit et me dit quelque chose de tendre, probablement qu'il m'aime. Mais je ne l'entends pas, car mon attention est attirée par une famille qui passe dans le couloir. Une petite fille à la traîne tend le cou pour me voir. Elle fronce son nez couvert de taches de son et sourit, révélant des incisives manquantes. Ses boucles rousses ont des reflets verts sous les néons.

La porte se referme. La voix de Daniel tourne en boucle dans ma tête : « Je vois Jeanie partout. » Je me demande si c'est ce qui va m'arriver aussi…

Je reste deux jours à l'hôpital. Des heures passées à regarder les carreaux jaunis, déchaussés, tandis que mon père travaille à son bureau et Sam au supermarché. Des heures de sommeil agité, dont je me réveille en essayant désespérément de prendre une goulée d'air et en griffant mon oreiller. Je repense malgré moi à ce que Sam a dit. Pourtant je suis sûre qu'il n'existe pas de créature venue du fond des temps. Je sais qui a tué Jeanie et Mme Talcott. Je crois savoir qui est responsable de la mort de la petite fille du cimetière. Que le ravisseur de Betty Balco devait être humain, qu'il a dû enlever les autres. Il est mort, désormais il pourrit six pieds sous terre.

Ça ne m'empêche pas de me poser des questions. Pas seulement parce que c'est plus douloureux d'accepter que des pulsions tout à fait humaines hantent Savage, mais aussi parce que je n'arrive pas à me libérer d'une profonde angoisse. Je ne peux oublier ce sourire de jubilation sauvage, pas plus que le regard désespéré de Jeanie. Étais-je plus courageuse, plus vivante avant sa disparition ? La perdre a-t-il éteint quelque chose en moi ?

Mais surtout, j'éprouve la même crainte que Sam. Comment réfuter l'existence d'un mal séculaire qui rôde dans les bois ? Même si nous fouillions le rocher aux Nordiques, nous ne pourrions parcourir chaque recoin de la forêt, suivre chaque passage étroit dans les sous-bois, explorer chaque mine abandonnée, chaque grotte et chaque nid d'aigle. Comment s'assurer que la Présence n'est pas là, à grignoter un doigt de petite fille ?

Chapitre 29

Je balance les jambes, assise sur mon lit d'hôpital. J'attends que mon père vienne me chercher. Gigoter ainsi laisse croire que je suis pleine d'énergie, moins traumatisée que si je me cachais sous le lit. Si je veux sortir d'ici, je dois donner l'impression que je gère la situation.

Zoey est rentrée chez elle hier. J'ai su que, avant l'arrivée de Caleb chez Cole, elle s'était gavée de bière. Après, elle a tenté de noyer ses soupçons à coups de shots. Zoey se doutait que Caleb cachait quelque chose. C'est pour ça qu'elle nous a abandonnés, Sam et moi, la veille au soir. Elle a attendu qu'il sorte de la maison, puis elle a fouillé ses tiroirs et trouvé une étrange bougie noire et un couteau de chasse qu'il n'avait pas nettoyé. Elle a compris que son frère avait décapité le chat dans le cimetière. Enfants, Daniel et lui ont vu Griever sacrifier un chien ; cela leur a donné l'idée d'apaiser le monstre avec quelques gouttes de sang.

Onze ans plus tard, en tuant ce chat, Caleb essayait encore d'offrir un sacrifice au monstre. Sam avait raison : ce n'était pas Griever.

Zoey l'a attendu pour lui en parler, mais Caleb n'est pas rentré. Le lendemain, elle lui a dit qu'il y avait une soirée chez Cole, prétendant qu'il était invité, et il a mordu à l'hameçon. Dès qu'il est arrivé, elle l'a entraîné dehors. S'il n'y avait eu que lui, elle s'en serait probablement sortie, mais il a appelé Daniel. Caleb lui a donné un coup de poing, et Daniel l'a regardée comme s'il avait l'intention de terminer le travail.

Pendant deux jours, j'ai essayé de ne pas imaginer Zoey courant désespérément, soûle, dans les bois, fuyant son propre frère. Je lui ai demandé pourquoi elle ne m'avait rien dit. Elle a répondu qu'elle ne pouvait partager ses soupçons avant d'en avoir parlé à Caleb, avant d'être certaine.

Moi, ils m'ont gardée à l'hôpital une journée de plus pour être sûrs que la blessure ne s'infecte pas. Je ferme les yeux et me frotte les tempes. Pas d'infection, mais un mal de crâne épouvantable. Le visage de Daniel apparaît sous mes paupières.

— Tu fais du somnambulisme ?

Shane interrompt mes pensées cauchemardesques.

Je rouvre les yeux. Ses vêtements sont froissés, les cernes sous ses yeux rivalisent avec les miens.

— Il faudrait déjà que j'arrive à dormir…

Il pince les lèvres, l'air sombre.

— Ton père a dit que je pouvais venir te chercher.

Je hausse les épaules et saute du lit. J'ai la tête qui tourne. Shane me soutient par le coude.

— Tu veux que j'appelle l'infirmière ?

— Non, c'est les antidouleurs qui me donnent le tournis.

Je veux sortir d'ici.

Deux minutes plus tard, Shane m'ouvre la portière de sa voiture. Je réussis à boucler ma ceinture sans gémir. Ça sent la cigarette.

— Alors, Sam Worth et toi, vous êtes ensemble, maintenant ? demande Shane en sortant du parking presque vide.

Une goutte de sueur glisse sur sa tempe.

— Vous voulez qu'on discute de ma vie amoureuse pendant tout le trajet ?

— Non, je retarde juste le moment de te parler de l'affaire.

Il me regarde longuement, comme pour savoir si je suis en mesure de supporter la vérité. Je lui fais signe de continuer.

— On a retrouvé Caleb.

Je me crispe.

— Quoi ?

Shane ne quitte pas la route des yeux.

— Tôt ce matin, un pêcheur a repéré des traces le long de la rivière. Il les a suivies, et a découvert Caleb, recroquevillé dans le tronc creux d'un arbre abattu. Il n'avait rien bu ni mangé depuis deux jours.

Je me redresse.

— Qu'est-ce qu'il a dit ?

— Eh bien, fait Shane, il répond à nos questions, mais il n'est pas... très bien.

Il est évident qu'il n'a pas envie de continuer.

— Quoi que ce soit, je peux l'entendre, Shane.

Il prend une grande respiration.

— Il a décrit en détail son association avec Daniel, qu'il a contacté à son retour à Savage. Il est revenu après avoir su pour la fille du cimetière. Daniel lui a appris qu'il avait tué sa mère pour la faire taire. Caleb n'a pas prévenu la police. Daniel et lui ont voulu te faire peur pour t'empêcher de te souvenir de la mort de Jeanie. Il a avoué que l'agent Reedy, qui, nous venons de l'apprendre, était une connaissance, les avait aidés en éloignant sa coéquipière quand Caleb a laissé les fraises devant ta porte.

Je m'affaisse sur mon siège, en grimaçant de douleur. Alors, c'est eux qui ont déposé les fraises pourries, eux qui sont entrés chez moi pour renverser les photos. Caleb a dû se servir de l'une de mes clés égarées par Zoey. Puis Caleb m'a menacée de dire à mon père et à la police que je continuais mes recherches. Maintenant que j'y réfléchis, la seule fois où Daniel nous a aidés, c'était pour nous emmener chez Griever. Il l'a fait parce qu'il croyait qu'elle cachait le corps de Jeanie ; il voulait la faire passer pour coupable. Il ne savait pas qu'elle nous parlerait des autres et nous enverrait à la chasse aux monstres.

— Reedy prétend que Caleb l'a fait chanter : il était en possession de photos de lui en train de fumer de la marijuana à une fête. Ce n'est pas tout, m'avertit Shane en me jaugeant du coin de l'œil. Il montre des signes de psychose. Il peut aborder de façon lucide certains sujets, mais sur d'autres il délire. Il a beaucoup parlé d'un monstre. Il ne lui donne pas de nom, contrairement à toi. Il prétend que la créature les a poursuivis à travers les bois quand ils t'ont laissée dans le lac, et qu'elle a attaqué Daniel.

Je baisse les épaules. Voilà ce qui arrive à ceux qui croient en ce qui ne peut exister. Je revois Caleb qui se balance en vociférant, qui pleure en disant que le monstre les a piégés. Il a toujours été plus fragile que Zoey. Daniel lui a fait croire que le meurtre de la fille du cimetière était une preuve de l'existence de la créature. J'étais un problème à régler, mais Caleb aussi. Il l'a donc manipulé pour se protéger : tant que Caleb se lamentait sur le monstre, personne ne prendrait au sérieux ses aveux au sujet de Jeanie.

— Stella, dit doucement Shane. Nous avons retrouvé Daniel dans un ravin, à un kilomètre en amont de la rivière, empalé sur une branche. Il était mort depuis vingt-quatre heures. Les spécialistes qui ont dégagé le corps ont trouvé des traces ADN. Cela devrait confirmer que c'est Caleb qui l'a tué.

— Avez-vous fouillé l'ancienne maison des Talcott ? Avez-vous trouvé le bout de crâne manquant ?

Shane me jette un regard en coin, puis se concentre à nouveau sur la route.

— Oui, mais il vaudrait mieux que tu arrêtes de penser à tout ça. Ta théorie sur les raisons pour lesquelles Daniel a tué cette petite fille et gardé son scalp s'est confirmée. Il était dans un sac à dos recouvert de ses d'empreintes. Il l'avait caché là-bas au cas où l'on perquisitionnerait la résidence actuelle des Talcott.

J'ai eu cette idée quand je me suis réveillée à l'hôpital le premier matin. La veille, j'avais dit à Sam que Daniel se vantait d'avoir tué la fille du cimetière, et que personne ne le soupçonnait. Puis toute la nuit, j'ai rêvé de lui disant que Jeanie était partout. Il avait commis une erreur à laquelle il ne pouvait ni échapper ni survivre. Je l'ai vu si clairement ce matin-là : en route pour Savage, décidé à rentrer parce qu'il était persuadé que je finirais par me souvenir. Il a dû passer devant un parc ou une cour d'école, et elle était là : une inconnue étrangement familière. Il s'est dit que le destin lui offrait une solution : si on trouvait le cadavre d'un double de sa sœur, l'affaire serait rouverte, et quelqu'un d'autre serait accusé à sa place. Peut-être croyait-il que la police se remettrait à chercher les restes de Jeanie, et qu'on les trouverait chez Griever ? Du coup, elle aurait été accusée des deux meurtres. Qui sait, peut-être qu'il croyait vraiment à ce moment-là que c'était Jeanie. Je l'imagine penché sur elle, bouleversé par cette ressemblance. Alors il a pris son scalp : sans les cheveux roux, elle ne ressemblait pas tant à sa sœur.

Shane fronce les sourcils et dit doucement :

— Mais pourquoi garder une partie de son scalp ? Et pourquoi remettre le reste lorsqu'il s'est débarrassé du corps ?

Je tape du pied. J'ai l'impression que mes entrailles jouent au flipper.

— Peut-être qu'il s'est senti coupable quand il s'est rendu compte que ce n'était pas sa sœur ? Mais il en a pris un bout : comme ça, il était sûr qu'elle était bien morte. Il lui fallait une preuve, sinon, il la verrait partout, elle aussi. Elle le hanterait comme Jeanie le hantait.

Nous accélérons sur l'autoroute. Bientôt, nous

serons à Savage. Des pins ébouriffés bordent les bas-côtés. Je tourne la tête : je ne veux pas voir ce qui se cache derrière.

— Nous savons d'où venait la petite fille, dit Shane.

Je me tourne vers lui. Le regard sur l'horizon, il fronce les sourcils. Il n'a pas dû se raser depuis la découverte de la fille du cimetière, sa barbe a blanchi.

— Dans le sac à dos de Daniel nous avons trouvé quelques reçus froissés. Ils viennent du trajet entre Portland, où il était chez sa tante, et ici. Grâce à eux, nous avons retracé son itinéraire jusqu'à Savage et contacté les autorités locales. Elle s'appelait Becca.

Il marque une pause.

— Il l'a enlevée la veille du feu de joie, quelques heures à peine avant d'arriver à Savage. Elle était en foyer d'accueil. Ils ont mis plusieurs jours à se rendre compte de sa disparition.

Daniel a parfaitement bien choisi sa victime. Nous ne saurons jamais s'il avait l'intention de se servir de Becca avant, ou après l'avoir tuée. Daniel haïssait Jeanie, il voulait lui donner une leçon. La tuer une fois n'était peut-être pas suffisant…

J'écoute Shane poursuivre son discours.

— Savage s'en remettra. Ce n'est pas comme lorsque Jeanie a été enlevée. Nous connaissons le coupable, nous n'avons plus rien à craindre. Maintenant que Daniel est mort, les journaux se lasseront de parler de lui. Caleb aura toute l'aide nécessaire.

Nous nous engageons sur Main Street, et je constate qu'il ne s'est pas trompé. Les magasins ont ouvert leurs grilles, les enfants sautent en criant dans le terrain de jeux à côté de la mairie, les grenouilles de bénitier agitant leurs slogans de fin du monde ont disparu.

Moi, je ne vais pas m'en remettre de sitôt. Je ne me pardonnerai pas facilement ce dont je ne me souviens pas, ce que j'aurais pu prévenir. Je vais passer tous les détails en revue, ils n'auront plus rien de diabolique.

— Tout ce qu'a fait Daniel, c'est à cause de Jeanie, dis-je.

Shane hoche la tête.

— Oui, c'est la raison pour laquelle il a abandonné Becca dans le cimetière.

Discuter des événements et les remettre en place me fait du bien. Je lâche :

— Il voulait qu'on la trouve au feu de joie le soir anniversaire de la disparition de Jeanie.

C'était la façon la plus spectaculaire de faire découvrir le corps, et le moment choisi mènerait directement à Jeanie.

Nous tournons dans ma rue. Je retiens mon souffle : ouf, elle est presque déserte. Les journalistes retranchés là pour apercevoir la « fille qui a eu de la chance » doivent être au commissariat où se trouve Caleb.

— Et l'os ?

Ce doigt de mille ans d'âge est la dernière pièce du puzzle.

— Il l'a probablement découvert dans le jardin de Mme Griever et cru que c'était celui de Jeanie, dit Shane. Daniel n'était pas bête, Il savait que la ressemblance de Becca et de Jeanie relierait les deux affaires. Le doigt était censé confirmer le lien. Il s'agit vraisemblablement d'une relique chippewa, comme nous le soupçonnions.

Il relâche longuement son souffle et dit :

— À ton avis, pourquoi Daniel est-il revenu ?

J'explique :

— Il craignait que je finisse par me souvenir. Il voulait que quelqu'un, n'importe qui, soit arrêté. D'après lui, Griever était forcément tombée sur le corps de Jeanie. Il avait l'intention de mettre la main sur les restes de Jeanie, dont il croyait avoir trouvé le doigt, et prévenir la police de façon anonyme. Il en voulait à tout le monde – moi, son père, Griever, Caleb.

Si Jeanie avait survécu cet été-là, il y aurait eu d'autres jeux cruels. Je ne cesse de repenser à la boîte d'araignées autour de son cou. J'en ai mal au ventre. Je me remémore ce dont je n'avais pas saisi le sens lorsque j'étais enfant : l'humeur chagrine de Jeanie quand elle a appris que Daniel serait présent le jour du pique-nique scolaire, sa terreur à l'idée qu'il tuerait les coccinelles sur les fraises : il s'attaquait à chaque insecte ou animal qu'elle aimait. Jeanie scrutant les bois, effrayée, car elle savait que Daniel la surveillait. Il ne la lâchait pas des yeux, je me le rappelle. Il aimait la tourmenter et la faire pleurer, la faire céder.

Qui sait, peut-être qu'il mentait quand il a prétendu qu'il me visait, moi. Peut-être que sa violence à l'encontre de Jeanie avait grandi de façon démesurée et que, lorsqu'il s'est aperçu de ce qu'il avait fait, il a compris qu'il ne pourrait revenir en arrière. Alors il a couru prévenir leur mère en grand frère affectueux. Ce n'était qu'un masque ! Daniel se fichait que justice soit faite. Il voulait échapper au châtiment. Qu'est-ce qui l'a poussé à faire ça ? Était-ce les bois ? le monstre ?

la chasse ? Ou peut-être était-il pourri de l'intérieur, depuis toujours destiné à détruire ?

Je pianote de mes doigts meurtris sur mes cuisses. Ça fait quatre jours que j'essaie de résoudre les derniers mystères qui entourent la mort de Jeanie, pourtant les résultats ne sont pas satisfaisants.

— Et la disparition de Betty Balco et des autres, dans les années trente ? Pourquoi l'affaire de Jeanie n'y a-t-elle pas été reliée ?

Ce dernier détail encore flou me hante.

Shane se passe la main sur la joue.

— Ça s'est passé il y a très longtemps, Stella. Tous les policiers de l'époque étaient déjà morts quand Jeanie a disparu. Il a fallu des décennies pour que ces dossiers soient informatisés, et à l'époque, on ne parlait pas des criminels qui s'en prenaient aux enfants comme on le fait aujourd'hui. Les générations se suivent, et les crimes s'évanouissent…

Il arrête la voiture, nous sommes arrivés. Le front plissé, il se tourne vers moi.

— À sa fondation, Savage était une petite ville. Je parie que, n'ayant pas trouvé le coupable, ils ont fait de leur mieux pour étouffer l'affaire. Les tombes vandalisées en sont la preuve.

Il a les yeux rouges. Ces deux derniers jours, je l'ai poussé à résoudre l'affaire la plus insolvable. À présent, je veux enfouir cette petite graine de doute, et ne jamais la voir germer.

— Il doit y avoir un moyen d'en savoir plus, dis-je.

Il joue avec une tasse à café en polystyrène posée dans le porte-gobelet.

— Au sud de Minneapolis, il y a un vieil entrepôt

où l'on stocke les dossiers d'enquêtes des comtés voisins, qu'elles soient résolues ou abandonnées.

Il prend une gorgée de café froid.

— J'y vais demain pour vérifier s'il y avait des suspects dont l'identité n'a pas été rendue publique. Parfois, la police sait qui a commis le crime, sans pouvoir le prouver, alors l'affaire est officiellement classée non résolue.

Je déboucle ma ceinture, dégage prudemment mon bras.

— Griever a dit que c'était la créature dans les bois.

Il sourit d'un air triste.

— Ça ne m'étonne pas.

Je plisse les yeux.

— Vous ne vous posez même pas la question ?

— Stella, si un monstre avait tué ces enfants dans les années trente, où était-il depuis ? Pourquoi a-t-il mis si longtemps à enlever quelqu'un d'autre ? Quant à l'histoire des colons nordiques, je te l'ai racontée non pas pour créer le doute, mais pour l'éliminer.

Il se pince la base du nez et secoue la tête.

— Est-ce la raison pour laquelle ma grand-mère m'a raconté la légende du monstre ? Peut-être qu'elle y croyait, comme Griever. Et pourquoi sa mère la lui a-t-elle racontée lorsqu'elle était petite ? Et pourquoi la répéteras-tu à tes enfants un jour ?

Il penche la tête.

— Tu comprends où je veux en venir ?

J'ouvre la portière et lâche :

— La même histoire peut servir à prouver ou réfuter l'existence du monstre.

— Tout dépend de l'interprétation, dit-il avec une

insupportable rationalité. Ce n'est vrai que si tu y crois.

Shane a raison. Savoir que les monstres n'existent pas, ne peuvent exister, devrait suffire. Pourtant mes pensées s'accrochent à ces filles disparues comme à une toile d'araignée.

— C'est insensé, reconnais-je, je voulais juste découvrir ce qui leur était vraiment arrivé. Il est temps que je passe à autre chose.

J'ai l'impression que les yeux de Shane s'embuent. Je descends de la voiture et me penche pour lui faire signe. Il hoche imperceptiblement la tête, comme ce jour de septembre où j'ai demandé le dossier de l'enquête. C'est le geste qui a tout déclenché. J'espère que, cette fois, il est le signe de la fin.

Chapitre 30

Quelques heures plus tard, Zoey vient chez moi. Elle semble plus petite, plus fragile. Chaque fois qu'elle surprend un mouvement du coin de l'œil, elle recule comme une tortue qui se cache dans sa carapace. Mon père est en train de préparer un dîner de fête, Sam et sa mère ne sont pas encore arrivés.

Zoey porte un pantalon de yoga et des tennis, tenue qu'elle trouverait d'habitude trop décontractée même pour le cours de sport. L'hématome sur sa joue droite est passé du prune au jaune. La regarder fouiller dans une boîte de bonbons que mon père a apportée me met les larmes aux yeux. Elle mord un bout d'un chocolat, puis le repose à sa place.

— Quoi ? lance-t-elle. Je suis pas contagieuse !

Elle en choisit un autre et le lèche avant de le remettre dans la boîte.

— Je n'ai pas faim, c'est tout.

Elle esquisse un sourire qui s'efface aussitôt. On dirait qu'elle joue son propre rôle.

Je hausse les épaules.

— Je ne t'avais jamais vue renoncer à des sucreries, c'est tout.

Les bras croisés, elle s'enfonce dans le fauteuil de mon père.

— Comment ça s'est passé depuis qu'il a été retrouvé ?

Elle essuie une larme.

— Ma mère m'a posé une tonne de questions. Qu'est-ce que j'avais fait pour mettre Caleb en colère ? Pourquoi voulait-il me faire du mal ? Comment pouvais-je croire qu'il s'en prendrait à qui que ce soit ? Lorsqu'elle a appris qu'il avait été retrouvé, elle s'est précipitée au poste de police pour sauver son bébé innocent. Elle croit que c'est ma faute. Quelle surprise !

Je lui prends la main.

Elle cligne des yeux, essayant de retenir ses larmes.

— Qu'est-ce que ces langues de vipère vont dire, au lycée ? Avec qui j'irai au bal de fin d'année maintenant ? Ils vont me regarder comme si j'avais une épingle dans le sourcil ou que je portais des jeans extralarges !

Elle lâche un rire qui ressemble à un sanglot.

— Mais non.

Je lui presse la main.

— Je ne les laisserai pas faire.

Il n'y a pas qu'au sujet de Caleb qu'elle avait raison : oui, j'avais besoin de sa protection. J'avais besoin qu'elle m'entraîne vers l'avant, loin du jour où Jeanie a disparu. C'est à mon tour de la protéger de ce que les gens diront sur son frère, de ce qu'ils pourraient dire sur elle. Des regards de travers et des murmures acides. J'écarte les mèches qui lui tombent devant les yeux.

— Tu vas passer une année géniale. C'est promis. Et puis…

Je lui fais un clin d'œil.

— … Sam te trouvera quelqu'un pour le bal.

Les lèvres de Zoey tremblent comme si elle essayait de retenir un sourire moqueur.

— Je te préviens, j'irai pas avec l'inspecteur Harry.

Avant que Sam et sa mère arrivent, Zoey a englouti tous les chocolats. Comment peut-elle manger, et même se resservir de macaronis au fromage ? Pendant que je la surveille du coin de l'œil, Sam me regarde, moi. Je mesure chaque mot, chaque geste, comme s'il s'agissait d'une recette de ma grand-mère. Si je suis trop bavarde ou trop silencieuse, Sam va s'inquiéter. Il se dira que je pense à Caleb et à Daniel. Je ne veux pas que ça lui pèse.

Il m'embrasse avant de partir, pendant que dans la voiture sa mère fait mine d'examiner le contenu de la boîte à gants. Je craque :

— Reviens quand tes parents seront couchés.

Et puis zut ! Même s'il m'entend crier dans mon sommeil, tant pis, ce soir je cède à mon envie d'être avec lui. Un grand sourire aux lèvres, il presse le nez contre le mien.

— Donne-moi une heure, chuchote-t-il avant de courir vers la voiture.

Zoey s'en va peu de temps après. Une heure plus

tard, quand mon père éteint la lumière dans sa chambre, je vais déverrouiller la porte d'entrée. Sam est assis sur le perron.

— Il faudra que je parte avant que ton père se réveille, me murmure-t-il pendant que nous montons à l'étage sur la pointe des pieds.

La porte de ma chambre se referme doucement derrière nous. La veilleuse de mon enfance projette des arcs-en-ciel sur le plafond tandis que ses lèvres touchent les miennes. Leur chaleur me fait sourire.

Il s'écarte un peu.

— Je te fais mal ?

Je secoue la tête et passe les bras autour de son cou. Mon épaule proteste, mais je m'en fiche. Je veux cette nuit. Je veux serrer Sam fort, fort. Mes sentiments pour lui sont la seule certitude qui me reste et qui m'aide à affronter la peur de l'avenir.

Je le relâche et me laisse tomber sur le lit. Heureusement que, suivant des conseils de Zoey, je porte un joli soutien-gorge en dentelle noire, qui s'accorde même à mes points de suture. Sam fourre les mains dans ses poches et me regarde retirer mon débardeur. Je m'allonge, les coudes appuyés sur mon oreiller en une pose aguicheuse. Mais c'est mon sentiment de vulnérabilité qui prend le dessus. Ce n'est pas à cause de ma nudité. C'est parce que je l'aime, et que je sais exactement ce que j'attends de lui : tout.

Il avance à quatre pattes sur le lit, lentement. Il glisse un bras hésitant sous ma tête.

— Je peux ? demande-t-il en passant la main dans mon dos.

Je sens la chaleur de sa main pénétrer ma peau.

Je lui chuchote à l'oreille :

— Oui…

Il touche l'attache de mon soutien-gorge avec un regard interrogateur.

— Et là ?

— Oui. Tu as un… ?

Je suis trop embarrassée pour dire « préservatif ». Il s'écarte, tellement surpris qu'il manque tomber du matelas. Il se rattrape juste à temps à la tête de lit, tout rouge.

— Stella, je peux très bien patienter.

Je lui prends la main et la pose sur ma taille. Mon cœur bat plus fort. Une bande de peau se dévoile entre son jean et son tee-shirt. Je murmure :

— Je n'ai jamais couché avec personne. Tu étais mon premier baiser, et je veux aussi que ma première fois soit avec toi. Je veux que ce soit spécial.

Le sourire aux lèvres, il prend son portefeuille dans la poche de son jean et en sort un préservatif. Je me moque gentiment :

— Je vois que tu es toujours prêt…

— J'en ai un sur moi depuis mes treize ans, répond-il. Pas celui-là exactement…

Puis il ajoute tout bas :

— Je n'ai jamais couché avec personne non plus.

Mon sourire est plus large que le sien.

Il retire son tee-shirt. Je tends les bras vers lui. Il m'embrasse dans le cou, passe les lèvres sur mes clavicules. Je me cambre. Je tremble. Et surtout je souris – à chaque seconde, à chaque baiser, à chaque bruit étouffé, même si au début ce n'est pas si agréable. Je souris parce que, malgré tout, malgré les monstres et la cruauté des hommes, j'aime Sam.

Il fait encore noir lorsqu'il se lève.

— Petite étoile, murmure-t-il. Je dois y aller. Appelle-moi quand tu te réveilleras.

Les yeux mi-clos, je hoche la tête. Je souris encore dans mes rêves, je ne crains plus ce que me réserve le jour.

Chapitre 31

Quatre semaines plus tard, au petit matin, Sam gare sa voiture au bout du chemin qui mène chez Jeanie. Le dos courbé, nous longeons l'orée du bois. L'ombre de Zoey me suit de près. Des branches s'agrippent à ma capuche. Il reste une demi-heure avant le lever du soleil. On pourrait croire que dans cette semi-obscurité je serais accrochée à Sam. Mais non. Grâce à Shane, je n'ai plus peur.

Il y a trois semaines et six jours, dans l'entrepôt où sont gardés les documents concernant les vieilles enquêtes, il a trouvé six dossiers qui correspondent aux filles kidnappées. Tous dataient de 1930, l'un d'eux appartenait à Betty Balco. Elles ont disparu sur le vieux Sentier nordique, ou dans les bois près de chez elles. Shane avait raison : il y avait des suspects dont l'identité a été gardée secrète. L'un d'eux était un professeur d'histoire, l'autre un naturaliste qui travaillait pour le département des eaux et forêts du parc régional de Blackdog. Tous deux connaissaient sans doute la légende nordique ; tous deux randonnaient souvent dans les parages. L'inspecteur chargé de l'enquête, certain de leur culpabilité, avait passé des semaines à les suivre, à essayer de les prendre la main dans le sac. En vain.

Les dossiers étaient pleins de notes et de transcriptions d'interrogatoires. Les amis et la famille des victimes avaient été questionnés. Personne n'a assisté à l'enlèvement, mais certains étaient avec elles quelques instants plus tôt. Tous ont parlé d'un silence lourd régnant dans les bois, à l'exception d'un bruissement dans les buissons. Ils ont signalé que les fillettes disparues avaient eu pendant plusieurs jours l'impression d'être observées. Les inspecteurs en ont conclu que le coupable suivait sa victime avant de passer à l'acte. D'autres personnes interrogées ont évoqué une légende qu'on leur racontait quand ils étaient petits. Elle parlait d'un prédateur vivant dans les bois qui chassait un certain type de petites filles. Quelqu'un a rapporté presque mot pour mot la légende de la grand-mère de Shane. Dottie Griever, la mère de notre vieille Griever, a déclaré à l'inspecteur que Betty n'était pas la première disparue : il y en avait eu une autre lorsqu'elle était enfant. L'inspecteur n'en a jamais trouvé la preuve.

Tandis que Shane et moi épluchions les pages jaunies des dossiers, je n'ai pas cessé de repenser à ce qu'il m'a dit : le monstre n'existe que si je le laisse prendre vie.

Le fichier sur l'enseignant révélait que sur son lit de mort il avait avoué les six enlèvements, tous suivis de meurtres.

Avant même que Shane m'en parle, j'avais décidé de ne pas laisser vivre le monstre.

Zoey et moi portons du noir, on dirait des fantômes en mission. La hachette que j'ai prise dans la cabane à outils de mon père a l'air tout droit venue du Moyen Âge, Sam trimballe carrément une faucille, et Zoey tient une pelle. Cependant nous sommes là au nom de la raison. L'arrestation de Caleb et la mort de Daniel ont eu des conséquences extraordinaires, radicalement différentes de celles de la disparition de Jeanie.

Quelqu'un doit arrêter l'invasion des cars de chasseurs de monstres et autres touristes qui y « croient », arrivés tout droit de je ne sais quel parc d'attractions hanté ou d'un safari yéti.

Sam nous a fait un exposé historique.

— Pensez au maccarthysme ou à la panique face au satanisme dans les années quatre-vingt et quatre-vingt-dix. Si on fait croire aux gens que leurs voisins sont des espions communistes, et leurs enseignants des adorateurs du démon, il est aussi possible de leur faire croire qu'un monstre venu du fond des temps se nourrit de petites filles rousses.

Il n'a pas tort.

Ce qui m'énerve le plus, c'est que l'hystérie collective s'est déclenchée après que nous avons prouvé la culpabilité de Daniel et de Caleb. Les journaux ont sauté sur la chasse à l'homme pendant que j'étais à l'hôpital. Les gros titres annonçaient : « MEURTRE DE TROIS PERSONNES PAR DEUX SAUVAGES À SAVAGE ». Au début, Daniel était le principal concerné. Puis on a retrouvé Caleb. Le magistrat censé décider si, oui ou non, il devait comparaître devant un tribunal, l'a entendu marmonner quelque chose au sujet du monstre. Il a été déclaré inapte, et envoyé dans un centre psychiatrique à Minneapolis. Un journaliste s'y est introduit pour interviewer Caleb. Le lendemain, c'était la panique. Caleb jure que la créature existe, qu'il l'a vue, qu'elle a emporté le corps de Jeanie, qu'elle a tué la fille du cimetière et Daniel. À mon avis, il s'est d'autant plus accroché à cette idée que, sans elle, leur crime était impardonnable.

Nous nous accroupissons dans l'allée et tendons l'oreille. Il n'y a que le gazouillis lancinant des oiseaux au milieu des pelouses désertes. Personne pour nous voir commettre un meurtre. Je chuchote :

— Allons-y !

Nous nous remettons en marche, plus lentement cette fois.

Les disparitions officiellement non résolues des années trente ont été découvertes par la presse à scandales. L'archiviste qui avait trouvé les articles à la demande de Sam en a donné une copie aux reporters. Ils en ont fait leur une. Les présentateurs télé ont déclaré que c'était la preuve de l'existence d'une force surnaturelle ravageant la jeunesse de Savage. La police s'est retrouvée coincée. Un juge a interdit aux flics de révéler la confession de l'enseignant, sous prétexte qu'elle n'était pas recevable puisqu'il n'avait jamais été mis en examen et qu'un mort ne peut comparaître en justice. La police n'a rien pu faire d'autre que juguler la panique de son mieux.

Les journaux et les tabloïds se sont davantage étendus sur les origines du monstre « imaginaire » que sur les crimes bien réels commis par Caleb et Daniel. Certains continuent à prétendre que la police de Savage essaie d'étouffer l'existence du monstre en faisant porter le chapeau aux deux adolescents. Daniel avait dû lui raconter ce que j'avais dit deux cent cinquante-cinq fois le jour de la disparition de Jeanie, car Caleb l'a répété dans son interview. Zoey jure que ça ne vient pas d'elle. Bien entendu, les tabloïds s'en sont servis pour « prouver » que le monstre existe bel et bien.

Les journalistes ont aussi découvert la piste Griever. Elle-même s'est volatilisée avant qu'ils n'envahissent sa cabane et ne déterrent les animaux sacrifiés. Où qu'elle soit, j'espère qu'elle ne trouvera jamais la paix.

Quant à M. Talcott, il mérite un nouveau départ. J'espère qu'il le connaîtra à Portland, où il vit avec sa sœur. Lorsqu'il a été relâché, il a dit à Shane que la veille du jour où il était allé se rendre à la police, Daniel lui avait avoué le meurtre de sa mère et de la fille du cimetière. M. Talcott avait vu combien son fils était brisé ; il s'était alors senti responsable. Il s'était accusé à sa place après avoir fait promettre à Daniel de quitter Savage et de ne plus faire de mal à personne. Le procureur a décidé de ne pas mettre M. Talcott en examen sur le motif de ses faux aveux. Je parie qu'on ne le reverra plus jamais.

Des gens prétendent régulièrement avoir vu des créatures de toutes tailles et de toutes formes. Les rosaires et les talismans ont ressurgi sur les pelouses. Les habitants de Savage préfèrent croire en une créature imaginaire, plutôt qu'accepter que quelqu'un qui leur ressemble soit capable de commettre de telles horreurs.

Des tas de journaux sérieux soutiennent que les histoires de Caleb ne sont que les délires d'un malade. Mais les cinglés qui croient aux monstres ? Ils ne lisent pas ces journaux-là ! Ils lisent ceux qui prétendent découvrir la vérité qu'on nous cache, ils cherchent les traces de pas du yéti.

À quelques mètres de nous, les fraisiers et les ronces apparaissent dans la lumière pâle de l'aube. Ils sont tout en pointes, en boucles et en contours dentelés ; on dirait la silhouette d'un dragon. La Présence personnifiée. C'est le nom que Griever a donné à la créature, et je ne lui en trouve pas d'autre. Je tire sur ma capuche, car le vent se lève. Nous ne sommes qu'en juillet, pourtant l'automne se fait déjà sentir.

— Comment on s'y prend ? demande Sam, impatient, en se frottant les mains.

Zoey lève sa pelle au-dessus de sa tête.

— Je vais démolir la bête !

— N'oublie pas les racines, dis-je.

La masse épineuse qui se dresse devant nous frissonne comme un animal aux abois. Sans doute un écureuil qui s'agite, là-dedans. D'instinct, je m'accroupis. Quelque chose de sauvage suinte du sol humide et froid, pénètre mes doigts brûlants. Je chasse ma proie, je capte la mémoire de ceux qui vivaient à cet endroit et qui, des siècles plus tôt, traquaient un prédateur. J'entends presque le vent susurrer : *vas-y ! vas-y !*

Pendant la journée, les touristes viennent voir les fraisiers. Ils prennent des photos, touchent les feuilles du bout du pied et font mine de se piquer le doigt sur les ronces. Personne n'est assez courageux pour goûter un fruit. Je les mangerais tous si cela pouvait nous débarrasser pour de bon des curieux. Les fraisiers sont devenus un lieu de pèlerinage des fanatiques. Ils sont la preuve que le mal existe. Un mythe macabre s'est créé autour d'eux. Plusieurs fois, le visage à moitié caché par des lunettes de soleil, je suis venue écouter leurs murmures impressionnés. « Pourquoi Kent Talcott n'a-t-il pas réussi à les tuer ? Sont-ils possédés ? Le monstre s'en nourrit-il ? La nature a-t-elle envoyé les ronces pour les protéger ou pour étouffer leur force vitale ? » Je balance la hachette de gauche à droite, la lame fauche les branches emmêlées avec la précision d'une guillotine. On dirait des cous tranchés.

Les fraisiers sont innocents, tout aussi victimes des événements que nous. Mais il n'y a pas d'autre solution. Sam attaque les pieds avec sa faucille. À chaque coup, la lame incurvée perce les racines cachées des ronces et des fraisiers. Zoey déterre à la pelle les plus gros plants. Nous travaillons ainsi un quart d'heure. Les fruits rouges comme des yeux enflammés tremblent sur leurs tiges. Ils tombent l'un après l'autre, éclatent, éclaboussent le sol de leur sang. Nous les écrasons. La poitrine de Sam se soulève par saccades, il a le regard d'un chien enragé. Je dois avoir de la bave aux lèvres, moi aussi.

J'admire la ferveur de Zoey. Elle a les cheveux collés au front, son gloss coule. L'effort la fait jurer tout bas. Zoey ne se réduit pas à la popularité, aux couronnes de bal, au piédestal social. Elle est aussi féroce que les guerriers d'antan, aussi belle qu'une forêt vierge, aussi complexe qu'un tunnel tortueux qui s'enfonce au centre de la terre. Et surtout elle est loyale, et rien n'est plus important.

Il y a dix jours, Caleb a déchiré un bout de son tee-shirt et se l'est coincé dans la gorge. Il s'est étouffé pendant que des aides-soignants enfonçaient la porte, dont il avait bloqué la poignée avec une chaise. Il n'a pas laissé d'explication, mais je n'en ai pas besoin. Il ne pouvait vivre en sachant ce qu'il avait fait à Zoey. Hier, leur mère a organisé une commémoration. Mon père, Sam, Mme Worth, Zoey et moi étions les seuls à y assister.

Je donne de grands coups furieux avec la hache. Une vive douleur me traverse l'épaule. Pas surprenant : elle me fait mal même quand je me brosse les dents. Je sors de ma poche une paire de gants et les enfile. J'enfouis les doigts à l'endroit où les tiges disparaissent dans le sol. Je creuse plus profondément ; Zoey m'imite. Enfin, je trouve le point où le serpent des racines se sépare en filaments. Nous les arrachons jusqu'au dernier.

Je contemple les buissons massacrés. C'est alors que je sens la peau me picoter. Des épines m'ont griffée partout. Mais je souris : cela devait être fait. Je devais prouver qu'il n'y a rien de surnaturel dans cet amas de branches.

— Je te défie de repousser, sale créature ! halète Zoey.

Je fourre mes gants boueux dans ma poche arrière et sors mon Polaroid. Nous abandonnons la faucille et la hache sur place : que les gens voient ce qui est venu à bout des fraises surnaturelles. Puis nous pénétrons dans les bois. Le soleil vient d'apparaître à l'horizon. La maison abandonnée de Jeanie disparaît derrière nous. Sam passe le bras autour de ma taille. Les herbes fragiles craquent sous nos pas : il n'a pas plu depuis des semaines.

— Je ne vois pas pourquoi on ne l'a pas fait devant chez Jeanie, râle Zoey.

Une main sur la hanche, elle me regarde. Une trace de terre souligne son œil bleu glacier telle une peinture de guerre.

— Je ne sais pas, Zo. Je le sens comme ça.

Je secoue la tête pour m'éclaircir les idées. Si je veux retrouver le bon endroit, je dois me concentrer. J'ai beau ne pas me souvenir où c'est arrivé exactement, mes pieds prennent une certaine direction. Je fais confiance à mon instinct.

— Je crois qu'on est trop à l'ouest.

Je m'arrête et regarde les arbres qui nous entourent. Je lance :

— Oui, allons vers l'est.

— OK, Miss Sauvage, mais c'est où, l'est ?

Elle tourne la tête des deux côtés.

— À gauche, répond Sam sans hésiter.

Il me presse la main. À mon retour de l'hôpital, il a eu du mal à dormir pendant plusieurs semaines : il avait peur que les cinglés qui ont envahi Savage s'en prennent à moi. Ceux qui croient que Daniel et Caleb étaient innocents frappent à la porte et m'écrivent, me sommant d'avouer que j'ai vu la bête emporter Jeanie. Mais nous nous en sortons. Mon père travaille à la maison la plupart du temps et quand il n'est pas là, Shane passe souvent. La nuit, Sam me rejoint en secret et je dors dans ses bras. Je pense que nos parents s'en doutent, et qu'ils ont décidé de nous laisser faire.

Zoey agite ses doigts manucurés sous notre nez.

— C'est Sam qui creusera ! Je me suis déjà cassé deux ongles.

Sam. Pas le roi des losers. Elle se retourne un instant, comme si elle lisait dans mes pensées, et nous sourit.

Elle s'enfonce dans une mer de fougères vert électrique. Leurs tiges me frôlent les cuisses, je serre plus fort la photo, celle de nous enfants avant la chasse au monstre, pour ne pas la perdre.

Sam tourne la tête vers moi.

— Ça va ?

Il me fixe de son regard de hibou.

Je lui caresse la joue.

— Je me disais juste que j'ai bien de la chance de t'avoir.

Il m'effleure à son tour d'un baiser. Ces derniers temps, je réfléchis beaucoup à l'amour. Celui de Daniel pour Jeanie avait toujours été ma référence. Je croyais que son désir effréné de savoir ce qui était arrivé à sa petite sœur naissait d'une affection qui ne connaissait pas de limites, dans ce monde ou dans l'autre.

Je me trompais. Désormais, je mesure l'amour à l'aune de Zoey et Sam. Je les aimerai envers et contre tout – les feux de l'enfer, les monstres, les secrets et les lycéens de Bizarrowood. Et ils m'aimeront tout autant.

Nous cherchons l'endroit où Daniel a blessé Jeanie, où je suis restée à ses côtés jusqu'à sa mort. Dans la terre peut-être encore imprégnée de son sang, je veux enfouir la photo, la seule chose de Jeanie qui me reste. Elle n'aura pas de meilleures funérailles.

C'était l'idée de Shane. Il s'est dit que l'imaginer en paix m'aiderait à tourner la page et à ne plus la voir partout. Lorsque je lui ai confié que je voulais le faire là où Jeanie était morte, il m'a fixée longuement, puis il a hoché la tête.

Nous lui avons proposé de venir, mais il est surchargé de travail. La police craint qu'à cause de la folie des médias il y puisse y avoir des imitateurs, des cinglés qui voudront faire croire à l'existence du monstre en commettant des crimes, et des pédophiles qui débarqueront à Savage dans l'espoir de mettre leurs actes abominables sur le dos de créatures fantômes.

Lorsque nous sortons des fougères, je me fige. Sam se presse contre moi. N'entendant plus nos pas, Zoey se retourne, le vent jouant dans ses cheveux courts. À la voir à contre-jour comme ça, on pourrait la prendre pour Caleb.

— C'est là ? me demande doucement Sam.

En un instant, Zoey est près de moi. Avant même que je dise un mot, elle se met à creuser la terre desséchée. Au diable ses huit ongles intacts !

Je m'accroupis et appuie les paumes sur le sol strié d'argile. Il est frais et apaisant. La clairière, divisée par un arbre abattu, a une circonférence d'environ trois mètres. Je ne sais pas pourquoi, mais je suis certaine que je suis déjà venue ici.

— Oui, c'est là.

Bizarrement, l'endroit est serein, alors que je croyais que la mort y rôderait : j'imaginais des arbres rabougris, des cadavres d'animaux décomposés, des araignées, l'odeur du soufre, de la mousse recouvrant le squelette de Jeanie. Je pensais que j'aurais à affronter ce lieu pour elle. À le défier pour rendre la paix à mon amie. Retrouver ses os et les enterrer. Car c'est sûr : c'est ici que tout est arrivé.

— Son corps n'y est pas, dit Zoey, à bout de souffle.

Les sourcils froncés, Sam parcourt la clairière du regard.

— Des animaux ont pu le déplacer. Ça fait si longtemps ! Je vais creuser.

Le front luisant de sueur, Zoey lui passe la pelle. Elle se met derrière moi, pose la main sur ma tête et joue doucement avec mes cheveux. Je m'emplis de la paix de ce lieu, desserre le nœud qui me bloque la poitrine. Lorsque le trou est assez profond, je dépose la photo au fond de cette tombe.

À l'instant où je la lâche, *je vois*. Je vois les pétunias or et fuchsia frissonnant dans la brise, un tas de queues de lézards et autour un château de pommes de pin écroulé. Le grésillement de la télé me parvient par la fenêtre ouverte de la maison de Jeanie, où sa mère ronfle sur le canapé. Jeanie et moi traversons les fraisiers. L'ourlet de ma jupe s'accroche sur un tronc abattu, mais je m'en fiche.

Nous courons de toutes nos forces vers l'antre de la sorcière. Jeanie veut la voir jeter un sort ; moi, je lui dis que les gentilles sorcières n'en jettent pas. À mi-parcours, je m'accroupis pour regarder un mille-pattes. L'un de mes lacets traîne par terre, il lui faut une éternité pour franchir l'obstacle. Je lève les yeux, je veux le montrer à Jeanie. Elle est penchée sur un nid d'oiseau tombé d'un arbre. Des bonbons multicolores dégringolent en cascade de sa poche. Je la rejoins pour voir s'il y a des œufs.

J'entends un rire. Quelque chose vibre dans l'air, m'érafle le bras au passage. Je me retourne : Jeanie vacille, puis tombe en arrière. Une flèche dans le ventre, elle est étendue comme un papillon épinglé, les ailes écartées, tremblantes.

Caleb et Daniel arrivent en courant de je ne sais où. Daniel crache et crie. Caleb pleure. Les fougères sont grandes, leurs spirales m'arrivent à la taille. Jeanie disparaît sous les feuilles avec un cri aigu, violent comme la sirène des pompiers. Daniel tire sur la flèche tandis que Caleb lui tient la tête, les doigts dans ses cheveux. Jeanie pleure plus fort, alors je me bouche les oreilles.

— Enlève-la ! crie-je. Enlève-la ! Enlève-la !

Je ne peux plus m'arrêter. Jeanie a très mal ! C'est pire que des genoux écorchés. Sa maman sera fâchée.

— On doit laisser un peu de sang pour le monstre, beugle Caleb sans lâcher la tête de Jeanie. On doit le nourrir !

Daniel le repousse et se jette sur moi. Il me serre les épaules jusqu'à ce que ses ongles sales me fassent gémir.

— Reste avec Jeanie, ou je te fais manger des vers, siffle-t-il.

Je hoche la tête. Il entraîne Caleb par la manche et appelle sa mère en criant.

Je me rapproche de Jeanie sur la pointe des pieds. Je veux voir si elle dort. Mais non. Elle me regarde, les yeux vitreux, elle bat des cils et crachote. Un liquide rouge coule sur son front. Elle sent le pipi. Un triangle d'oies sauvages passe au-dessus de nous. Je les suis des yeux, puis je regarde à nouveau Jeanie. Elle aime les oiseaux, elle a un perroquet ; pourtant elle pleure. Je m'accroupis. Les fougères me chatouillent le visage.

Je ferme les yeux et je tends l'oreille en attendant les garçons. La forêt est pleine de vie. La semaine dernière, nous avons laissé une poignée de baies en offrande au monstre, mais ça n'a pas dû marcher. Daniel dit qu'il a de plus en plus faim. Caleb, qu'il va sortir des bois.

Puis quelque chose éclate derrière moi. On dirait l'un des pétards de Daniel. Je me redresse d'un coup, je scrute les épaisses frondaisons de l'autre côté de la clairière. Je recule de deux pas. Tout est silencieux – les oiseaux, le vent, les buissons, même Jeanie. Le bois forme un mur. Une forme trouble se découpe derrière. Je gémis, je ne peux pas m'en empêcher. Daniel a dit que le monstre sait quand nous sommes là ; il doit sentir le sang de Jeanie. Un mouvement brusque dans le sous-bois, puis l'ombre se déplace sur la droite. Je chuchote à Jeanie :

— Il a faim.

J'ai le menton qui tremble. Lorsque je me retourne, Jeanie est trempée de rouge. Elle pousse des cris d'animal, de plus en plus aigus. Je m'éloigne d'elle et de l'ombre tapie dans les buissons en murmurant :

— Il va t'entendre.

Ses gargouillis étouffés se font plus forts. L'ombre bouge.

— Chut, Jeanie !

Elle hurle.

Je continue à la supplier de se taire, chut, Jeanie. Je recule. Je veux m'arrêter. Je veux rester avec elle. Mais Caleb et Daniel ont raison : le monstre a faim. J'ai peur qu'il me dévore.

Avant que la panique s'empare de moi, je m'arrache au souvenir qui flotte devant mes yeux. Jeanie était en vie quand Daniel et Caleb sont allés chercher de l'aide. Elle était en vie lorsque j'ai reculé devant l'ombre dans les bois en la suppliant de se taire. Qu'était-ce ? Un ours ou un puma attiré par les cris d'animal blessé de Jeanie ? Est-ce pour cela que son corps a disparu ? J'entends vaguement Zoey et Sam parler, je ne sais pas de quoi. Aurais-je pu chasser la bête ? Daniel a tiré sur Jeanie, mais peut-être qu'elle aurait survécu ? Il est parti chercher sa mère, il tourmentait sa sœur, mais ne voulait pas la tuer.

Non, c'est bien plus tard que c'est arrivé, après des années vécues dans la terreur à l'idée qu'on découvre son acte, pendant lesquelles il voyait Jeanie partout, le provoquant, attendant que justice soit faite. Ce n'est que là qu'il a été capable de tuer une petite fille qui osait ressembler à sa sœur.

Je vacille sur le rebord de la tombe improvisée. Le bras de Zoey, agenouillée à mes côtés, me brûle la peau. Toutes ces inventions, nos jeux dans les bois avec des arcs et des flèches, à crier aux sorcières et aux monstres, ont fait d'eux, de nous, des brutes. Comment ai-je pu avoir peur au point d'abandonner mon amie agonisante ? Caleb et Daniel disaient qu'il fallait un sacrifice. Le monstre avait faim. Le silence a envahi la forêt, un silence assourdissant, puis j'ai vu la forme derrière les fougères. Il y a eu un bruit dans les buissons. Des semaines avant sa disparition, Jeanie scrutait les bois comme si elle se savait espionnée. C'est exactement ce qu'ont raconté les amis des autres fillettes enlevées. Je secoue violemment la tête. Non,

non, non. Les monstres n'existent pas. Il y a seulement des gens cruels. Jeanie ne craignait pas ce qui tape aux fenêtres la nuit : elle avait peur du garçon qui vivait dans la chambre au bout du couloir.

Elle est morte parce que j'étais une petite fille effrayée par un être surnaturel, auquel j'ai cru, en tout cas à cet instant. Plus jamais ! La Présence n'existe pas.

L'écho d'un rire s'envole d'un bosquet. Je redresse la tête, j'en cherche l'origine. Je me couvre la bouche : c'est moi qui ris nerveusement, car l'ombre d'un doute s'éveille en moi.

Surgi de nulle part, Sam me prend le bras, me redresse, m'entraîne loin de la clairière et de tout ce qui s'y est passé. Mais que s'y est-il passé ?

Agrippée à Sam qui traverse l'océan de fougères juste derrière Zoey, j'avance en flottant. Je sais ce qui arrive lorsqu'on passe trop de temps à penser à ce qui se cache dans le noir. On devient soi-même un monstre. On devient une vieille femme, vivant seule avec ses histoires dans les bois, un tueur qui voit ses victimes partout, un garçon qui préfère croire aux créatures de l'ombre plutôt que de vivre.

On devient le gardien d'un cimetière, réel ou imaginaire.

Plus qu'aux monstres, c'est à ça que je veux penser : Zoey qui s'apprête à passer la meilleure année de sa vie, Sam et mon père à table, dévorant ses délicieux macaronis au fromage, Shane se battant contre le chaos qui menace Savage.

Jeanie, qui repose en paix.

REMERCIEMENTS

Les personnes qui ont rendu ce livre possible sont nombreuses. Ces courts remerciements n'expriment qu'une infime partie de mon immense gratitude envers vous tous.

Un merci tout particulier à :

Ma mère, qui m'a montré le chemin de la bibliothèque, et qui a rempli ma vie de livres et d'amour. Merci d'avoir été aussi présente. Mon père, qui m'a encouragée à réfléchir par moi-même et à travailler toujours plus dur. Ma sœur, Elizabeth, qui me donne l'impression que je suis la personne la plus drôle au monde. Nul n'invente des histoires aussi bien que toi. Mon frère, Andrew, qui m'a toujours soutenue. Merci d'être si différent des frères de ce livre.

Mes amis d'enfance, pour toutes les aventures que nous avons vécues, et les autres. Mes copains de fac, qui n'ont cessé de faire « jouer leur réseau » pendant que je travaillais sur ce roman.

Tous mes amis, tous les membres de ma famille, qui ont été si adorables et ont témoigné de tant d'optimisme et d'enthousiasme pour ce qui n'était qu'un gros pari.

Mon fabuleux agent, Brianne Johnson, pour ses conseils, son enthousiasme. Merci d'avoir cru en moi et en ce livre inquiétant.

Tous les écrivains et tous les lecteurs qui m'ont apporté leur soutien, leurs critiques. Surtout Debra Driza, qui a été la première à lire ce manuscrit, Fearless Fifteeners, qui m'ont soutenue comme seuls peuvent le faire d'autres écrivains débutants, Olivia Valcare, pour tous ses retours et toute son aide, CB, qui m'a convaincue d'y croire, et Melissa Palmer, bibliothécaire et amie de toujours.

L'extraordinaire équipe de Simon & Schuster. Un grand merci à : Valerie Shea, relectrice-correctrice qui m'a épargné bien des embarras, Ellen Grafton, directrice de publication, et Heather Faulls, responsable de production. Merci à Lizzy Bromley d'avoir créé une couverture aussi attirante qu'inquiétante. Je ne la lâche pas des yeux. Et merci à Caryn Drexl pour cette superbe photo.

Navah Wolf, éditrice parfaite qui aime autant les monstres que moi. Certains personnages de ce roman valaient mieux que le sort que je leur réservais. Merci de tes conseils et d'avoir posé les bonnes questions. Merci d'avoir compris que les thèmes de ce livre sont autant la loyauté et l'amitié que la tromperie et la méchanceté. Tu l'as rendu un million de fois meilleur.

Et enfin, merci à mon époux, Joe. Merci de m'avoir

toujours fait rire, de m'avoir écoutée lire à voix haute, d'avoir fêté mes petites victoires, balayé mes défaites, de m'avoir soutenue tout au long de ce voyage fou et merveilleux, sans jamais douter de moi. J'ai réussi grâce à toi.

Merci, merci, merci.

Découvrez
le premier chapitre
du prochain roman
d'Alexandra Sirowy,

Le Grand Saut,

à paraître en 2018…

ALEXANDRA SIROWY

LE GRAND SAUT

POCKET JEUNESSE
PKJ·

Titre original :
The Telling

publié par Simon & Schuster Books For Young Readers,
une filiale de Simon & Schuster Children's Publishing Division.

1.

Voici à quoi ressemble l'après : je grimpe la falaise au-dessus de Swisher Spring. Les garçons m'encouragent à sauter. Les garçons. Oui, dans l'après, ils existent, un en particulier.

Quand on parle du loup : Josh m'adresse un clin d'œil. Il nage avec les autres. Ce clin d'œil, je l'attends depuis douze ans. J'en pince pour Josh Parker depuis le premier jour de la maternelle, où il portait un pantalon en velours rouge. Jusqu'à il y a un mois, je ne l'avais jamais entendu prononcer mon nom.

Dans l'après, rien n'est aussi beau qu'il y paraît.

Une bière a suffi à me rendre pompette. Le souffle court sur cette corniche qui a tout d'une scène de théâtre, six mètres au-dessus de l'eau, quarante hectares de réserve naturelle dans le dos, je lutte contre l'envie de croiser les bras sur mon ventre. Parce que, au bout d'un mois, je ne me sens toujours pas à l'aise dans mon tout petit bikini. Encore moins alors que

Carolynn Winters bronze en dessous, sans détacher de moi son œil inquisiteur. Elle est éblouissante, confiante, le genre de fille qui obtient toujours tout ce qu'elle veut.

Rien n'est de la bonne couleur, tout est déformé.

Il y a un vide entre ce que vous voyez et ce que je ressens. D'expérience, je sais qu'il existe une frontière entre ce que les gens montrent et ce qu'ils cachent.

Ma petite vie d'avant fonctionnait comme ça. J'étais la fille discrète, sage à la façon dont les adultes rêvent les adolescents : une lèche-botte qui lève la main pour avoir de meilleures notes, plus soucieuse de ce que les gens pensent que de sa propre opinion. Je me couchais tôt, je travaillais toute la journée. Ma vie se résumait à des fiches de révision et à des heures de cours supplémentaires.

J'étais un ver de terre qui rêvait d'être un python.

Le vent fait fouetter mes cheveux. Je resserre derrière mon cou le nœud qui retient mon maillot. Dans l'eau, j'ai été prise dans le chaos des garçons. Quel que soit leur âge, ils trouvent adorable de vous éclabousser. Et quel que soit notre âge, nous, les filles, sommes à la merci de leurs vagues.

Si je le disais à voix haute, Willa ajouterait : et de leur guerre. J'imagine qu'en bas sur la rive, elle lève les yeux au ciel en espérant que je saute vite, comme ça nous partirons et elle pourra regarder le documentaire historique qu'elle a enregistré. Elle a déjà été bien patiente avec moi aujourd'hui, et même depuis deux mois. Elle en a marre de faire des trucs qu'elle déteste avec des gens qu'elle apprécie encore moins, tout ça pour me faire plaisir. Je me sens coupable.

— Saute ! saute ! saute ! hurlent les garçons.

Ils brandissent le poing. L'eau s'écrase sur leur torse. Rusty, Duncan et Josh sont inséparables depuis la maternelle. Des rumeurs courent toujours au sujet de leurs aventures nourries de testostérone.

— Saute au plus profond ! crie Rusty.

Il sait donner du courage, car il joue à des sports d'équipe depuis qu'il est tout petit. Je lève le pouce. Nous sommes arrivés à la source il y a des heures, nous avons paressé dans un coma d'alcool et de soleil. Je suis la première qui a grimpé la falaise balisée de panneaux interdisant l'escalade.

Il y a quatre ans, Terrance Finnsberg, un terminale, a sauté de cette corniche et s'est brisé l'échine sur un rocher. Mort sur le coup. Il paraît qu'il était défoncé, qu'il a dit à ses amis qu'il allait s'envoler. En réaction, l'île de Gant a rendu tout saut illégal. Ça n'a pas changé grand-chose.

Lorsque les touristes et les habitants de Seattle envahissent nos plages l'été, une brume d'ennui flotte sur l'île. Ici, les jeunes trouvent toujours quelque chose à faire. Si on leur interdit quoi que ce soit, ils taperont du pied jusqu'à ce qu'on leur cède.

Depuis que sauter est interdit, c'est l'exploit préféré de tout le monde. Votre réputation en dépend. Ce qu'ils ignorent, c'est que Ben m'a emmenée ici bien avant que sauter devienne populaire. À onze ans, je remontais ce précipice dans le noir et je faisais la bombe entre les rochers.

— Après c'est à Rusty ! crie Duncan.

L'intéressé lui agite le majeur sous le nez.

— Hé, oh ! je t'ai dit que je ne peux pas risquer

de me blesser avant la saison. L'équipe me tuerait. Toi, t'as qu'à y aller.

Duncan penche sa casquette de marin et décoche ce qu'il croit être un sourire irrésistible.

— Et moi je ne vais pas prendre le risque d'abîmer ce visage de tombeur. Ce soir, je sors avec Bethany G.

Il prononce son nom comme un dessert qu'il a hâte de dévorer. Bethany G. est une pom-pom girl toute menue dotée d'un bonnet D. Bethany J. est une rondelette joueuse de flûte dans l'orchestre du lycée. Pour Duncan, et la majorité de la population masculine du lycée, c'est une importante distinction.

Duncan me crie :

— Une fois, Kara Moren a sauté avec sa bière et s'est fait un œil au beurre noir !

— Tu pourrais poser ta bouteille, dit Willa sans aucune intonation.

Duncan se projette hors de l'eau, brandissant son poing libre.

— Vous pouvez me prendre ma liberté, mais jamais ma bière !

C'est le seul qui a gardé sa bouteille. Entre sa boisson, ses lunettes de soleil métalliques, sa casquette, son maillot de bain moulant qu'il a rapporté de Crète et sa chaîne en or autour du cou, il a l'air d'être la star d'un clip au milieu de ses faire-valoir.

— Elle ne va pas sauter. Elle a la trouille, ricane Carolynn sans même prendre la peine de prononcer mon nom.

Elle ne sourit qu'à sa meilleure copine, Becca, assise en tailleur près d'elle.

— Ce n'est pas grave, Lan ! lance Becca. Je ne sauterais pas même si c'était pour sauver la vie de Duncan.

— Hé ! proteste-t-il en se redressant pour la regarder. Qu'est-ce que je t'ai fait ?

Becca remonte ses immenses lunettes de soleil sur sa tête et lui décoche un regard innocent.

— J'en ai marre de Bethany G., c'est tout. Elle est sur liste rouge. Tu n'as fait que parler d'elle tout l'été.

Elle fait la moue et pousse un petit soupir.

— C'est pas vrai !

— Un peu, si, rétorque Josh avec un rire.

Rusty grogne son assentiment.

Duncan frappe l'eau d'un geste faussement colérique.

— Mais c'est B.G. !

Il marque une pause et sourit.

— Bien Gaulée ?

Becca se plaque les mains sur les oreilles et gémit d'un ton dramatique :

— Ça y est, je suis traumatisée !

Duncan lui souffle un baiser. Elle fait mine de l'arrêter en plein vol, puis s'écroule sur les genoux de Carolynn en gloussant.

— Pourquoi ne peut-on pas tous se marier ? demande-t-elle d'un ton mélancolique. Nous n'aurions aucune raison de parler aux autres. Et je n'aurais plus jamais à sortir avec un garçon qui veut qu'on partage l'addition.

Bien que Carolynn Winters soit sa meilleure amie, Becca Atherton possède une âme, elle. Elle tapote ma serviette.

— Allez, descends, Lan. On va prédire les couples et les coups d'un soir de notre terminale.

Elle le dit comme si c'était la plus belle carotte qu'elle pourrait me tendre. Avant, j'aurais soufflé à Willa : Flash spécial ! Toutes les filles ne sont pas obsédées par les garçons et les potins. Toutes les filles ne sont pas de petits agneaux inoffensifs. Certaines sont des requins. Même en le sachant, la Lana d'avant n'aurait jamais eu le courage de suivre ses instincts carnassiers.

La Lana d'après sourit à Becca et crie :

— Je saute et, après ça, je vais te prédire quelques trucs !

Lorsque Carolynn lève la tête vers le ciel bleu, le soleil fait briller le diamant sur son nez pincé.

— J'ai vu des tas de mecs sauter, dit-elle. Les filles ne sont pas faites pour de telles cascades.

Elle baisse le menton et décoche un clin d'œil à Becca.

— Les nénettes sont des femmelettes.

Willa se redresse d'un coup. C'est la seule à ne pas porter de maillot de bain, car elle refuse de nager et n'est pas du genre à bronzer. La bande de crème solaire sur son nez ressemble à une piste d'atterrissage.

— Et pourquoi les filles ne pourraient-elles pas tout faire comme les garçons ?

Je sais qu'elle se force à ne pas montrer le poing à Carolynn qui gémit et se tourne vers elle.

— Nous sommes différents. J'aime les manucures et Rusty…

Elle le désigne de son ongle rose.

— … aime se branler.

Willa étrangle un ricanement. Les garçons poussent des cris de victoire. Le groupe plaisante toujours sur l'amour que se porte Rusty Harper. Là où un autre serait devenu un paria, lui a gagné le statut de héros comique. Il joue le jeu.

Carolynn regarde Willa comme si c'était une étrangère qui ne comprend rien aux coutumes locales.

— Je répète : les garçons et les filles sont différents, déclare-t-elle lentement, sur le même ton que : dans ce pays, on conduit à droite.

S'ensuit une série de commentaires pervers de la part des garçons. Willa se redresse sur les genoux, les mains sur les hanches, et annonce d'un ton bravache :

— Vous pariez combien que non seulement Lana va sauter, mais qu'elle va plonger ?

Comme si la scène avait été répétée, tout le monde tourne la tête vers moi. Ils ignorent le nombre de fois où je suis venue ici avant. Willa et moi ne déjeunions pas dans le même système solaire qu'eux, nous passions encore moins la moitié de l'été à lancer des feux d'artifice depuis Shell Shores en compagnie du Cœur radioactif du lycée. Pourquoi le « Cœur » ? Parce que ces six-là détiennent le pouvoir de forcer les autres à vous traiter soit comme le pire des parias, soit comme un super-héros au physique parfait.

Un mois plus tôt, Willa et moi sirotions un mocha glacé au Marmalade's Café lorsque Josh nous a invitées à jouer au billard. Après des semaines de souffle court, j'arrivais enfin à respirer normalement auprès de lui. Avant que la nuit tombe, Carolynn m'avait appelée Lena deux fois et, quand je l'avais corrigée, elle avait haussé les épaules en ronronnant : « Ça revient au même. » Elle ne s'était pas attendue à ce que je reste pendant deux autres parties, ni que Josh me ramène après. Je sais que c'est à cause de Ben qu'il nous a remarquées. Sa disparition a braqué sur moi un projecteur que je n'avais pas en tant que petite sœur bizarroïde d'un garçon populaire.

Carolynn esquisse un sourire et tapote des mèches imaginaires qui se seraient échappées de son chignon, ce qui fait cliqueter ses bracelets or et blanc. Elle se tourne vers Becca et dit :

— Si elle veut sauter, tant pis pour elle.

Carolynn est la seule qui aime nous rappeler que nous ne faisons pas partie de leur groupe. Nous sommes des pièces rapportées. Aussi temporaires que la saison. Peut-être que le soleil continuera à briller tout l'automne, ou que Willa et moi seront rejetées avant le début des cours.

Voici un secret : je m'en fiche. Je ne me suis jamais ennuyée l'été. C'est le premier, le premier sans Ben, où il me faut une distraction. J'ai besoin du Cœur.

Becca lève ses yeux verts dans ma direction.

— Tu es sûre que c'est une bonne idée, Lan ?

— Oui. Ne t'inquiète pas !

Je ne suis pas d'accord avec Willa quand elle dit que Becca ne percevrait pas le sarcasme même si c'était un astéroïde qui lui fonçait droit dessus. C'est juste qu'elle ne voit que les bons côtés des gens. Elle vit au bout de ma rue. Petite, elle venait jouer quand ses parents se disputaient. Quand ils ont divorcé avant le collège, elle a arrêté. C'est là que j'ai compris qu'être toutes les deux des filles ne suffisait pas pour être amies. Becca a repris notre relation comme si elle ne s'était jamais interrompue. Willa ne comprend pas mon absence de ressentiment. Si Ben était là, il ne comprendrait pas non plus. Mais Becca a une façon bien à elle de vous complimenter, qui vous donne l'impression d'être aussi jolie qu'elle.

J'ai besoin de cette euphorie. Je me sens même toute légère à l'idée de me jeter de la corniche.

— Plonge ! Plonge ! Plonge ! scandent les garçons.

Je sors de ma rêverie. Ça ressemble à un appel au suicide.

Willa regarde Carolynn d'un air dédaigneux. Quand elle tend le doigt, ça lui fait relever le menton.

— Si Lana saute, tu devras reconnaître que les filles peuvent tout faire comme les garçons.

Carolynn remet ses cheveux en place.

— Non. Je reconnaîtrai que *Lana* peut tout faire comme un garçon.

Rusty lâche un rire de singe et Duncan glousse :

— Lana a des couilles !

Josh l'éclabousse.

— Ferme-la.

Duncan se protège de sa bouteille de bière et s'éloigne de Josh en nageant avec l'autre bras.

— Je plaisante !

Rusty crie :

— Eh, elle va le faire ! C'est la sœur de Ben !

La façon dont il prononce son nom, plein d'admiration, n'est pas nouvelle.

Duncan renifle.

— Lana et Ben n'étaient pas du même sang.

Son usage du passé me fait mal.

Josh bat des bras comme s'il montait des blancs en neige et crie :

— Ne l'écoute pas ! Tu peux y arriver ! Entre les rochers !

Josh Parker m'a encouragée. Moi.

Je m'avance jusqu'à agripper le rebord avec les orteils. On est en plein mois d'août, mais la source est profonde, nourrie par une rivière souterraine que Ben et moi avons cherchée de nombreux étés.

— À trois ! lance Rusty. Un !

J'imagine Ben la dernière fois que nous sommes venus : son dos large, couvert de taches de rousseur, qui pèle à cause d'un coup de soleil, ses cheveux blonds assombris par l'humidité, un tatouage à l'épaule qui s'efface déjà parce qu'il l'a fait faire quand il avait seize ans, par un type qui travaillait à l'arrière d'un restaurant chinois et qui ne vérifiait pas l'âge de ses clients.

— Deux ! crient Rusty et Duncan en chœur.

Ça, c'était *avant*. Je ne pleurerai plus, désormais.

— Trois !

Je m'élance. Deux secondes en chute libre, sans craindre la gravité, ni ce qui se passera lorsque je toucherai l'eau. Je fends la source comme un couteau. Un monde de bleu-gris m'entoure alors que je file vers le fond. Je me sens seule. Ben ne m'attend pas à la surface, prêt à me cracher de l'eau au visage.

Mes orteils glissent le long des rochers couverts d'algues. J'agite les bras. Je souffle, des bulles remontent à la surface en captant la lumière. Je vois le dessin de jambes qui nagent, des bouts de plantes et de terre qui ressemblent à des poussières d'étoile. Un visage flou plonge dans l'eau ; je ne sais pas qui c'est, mais il ne me voit pas.

Les veines de mon cou gonflent. Il me faut de l'air. Je résiste dix secondes. J'ouvre la bouche… Je ne peux pas m'en empêcher… Je ne veux pas remonter à la surface… Je ne peux accepter *son* absence. Ma poitrine se vide.

Je suis une pierre. Insensible. Indestructible. Je peux le supporter.

Je m'élance depuis le fond, je remonte à la surface, les yeux fermés, et je montre les dents au monde entier.

Tout le monde parle à toute vitesse.

— Ça va pas ? s'exclame l'un des garçons.

— Il fallait que tu te fasses remarquer, gémit Carolynn.

Becca scande mon prénom comme un chant de victoire.

— Je savais bien qu'elle s'en sortirait. C'est la sœur de Ben, dit Rusty.

— Ta gueule, crie Duncan, tu te pissais dessus !

— Je vous l'avais dit, se vante Willa.

Des mains chaudes glissent sur mes épaules. Josh me plonge sous l'eau un court instant alors qu'il essaie de me tourner vers lui.

— Désolé, désolé !

Il crache de l'eau. Je ris. Je ne sais pas si mon sourire s'enracine mais j'écarte les cheveux qui m'empêchent de voir.

Josh affiche un sourire parfait, avec de l'eau qui coule aux commissures. Il crie :

— Elle t'a cassée, avec ce plongeon, Car !

— Je parie que je peux rester sous l'eau plus longtemps que toi, mec, défie Duncan.

Rusty accepte le pari. Ils plongent. Leur inspiration et le bruit de leurs éclaboussures grésillent en arrière-plan. Josh ne me quitte pas de ses yeux bleu foncé. Ses cheveux humides sont couleur caramel. Les mains sur mes hanches, il m'attire vers lui. Elles sont aussi chaudes que sa peau bronzée le suggère. Ça me rappelle le goût du thé au gingembre.

— Et toi ? je demande. Tu veux plonger avec moi ?

Je n'arrive pas à croire que cette voix aguicheuse soit la mienne. Ma bouche dessine le sourire faussement pudique de ma mère.

Josh rougit.

— Et qu'est-ce qu'on ferait, là-dessous ?

Je l'aurais bien embrassé le soir où il m'a ramenée du bar. Becca dit qu'il ne tentera pas sa chance tant que je suis en deuil. Willa, qu'une fille ne devrait pas attendre qu'un garçon lui demande de sortir avec lui.

Mon sourire vibre dans ma poitrine. Il s'enracine. Je vais me lancer.

Duncan surgit et projette de l'eau dans les airs. De fines rivières de sang lient ses narines à ses lèvres. Sa tête tremble de panique, il regarde vers le bas. Je l'imite. L'eau s'assombrit au même rythme que le ciel peint en bleu et rose.

— Qu'est-ce que t'as au visage ? demande Josh.

— Rusty a pété un plomb !

Il presse le pouce sur une narine, puis l'autre, et tente de renifler son sang.

— Il m'a flanqué un coup de poing dans la tronche.

Josh me lâche. Je frissonne tandis que l'eau ondule. Willa est à genoux. Pour la première fois de la journée, de l'été peut-être, elle accorde de l'attention aux garçons.

— Tu mets du sang dans l'eau, chouine Carolynn en agitant la main.

Becca se rapproche du rebord. Elle attrape la casquette de Duncan qu'il a jetée sur la rive un peu plus tôt et se la met sur la tête.

— C'est dégoûtant, se plaint-elle.

Duncan se tient le nez et surnage furieusement.

— Je crois qu'il y a quelqu'un d'autre, là-dessous.

Je donne un coup dans l'eau pour me retourner et regarder le fond. Josh n'arrête pas de jurer. Willa me demande de sortir de l'eau tout de suite. Carolynn crie à Duncan et Josh d'aller chercher Rusty.

Ce dernier remonte à la surface en crachant un poumon. Il bat des bras, s'agrippe avec violence à la corde qui pend de la corniche. Les halètements noient ses exclamations :

— Il y a… une fille… au fond !

Ouvrage composé par
FACOMPO – 14100 Lisieux

Cet ouvrage a été imprimé
en Allemagne par

GGP Media GmbH
à Pößneck

Dépôt légal : septembre 2017

MIXTE
Papier issu de
sources responsables
FSC
www.fsc.org
FSC® C003309

Pocket Jeunesse, une marque d'Univers Poche,
est un éditeur qui s'engage pour
la préservation de son environnement
et qui utilise du papier fabriqué à partir
de bois provenant de forêts gérées
de manière responsable.

PKJ
www.pocketjeunesse.fr
• POCKET JEUNESSE

12, avenue d'Italie – 75627 PARIS Cedex 13